WORLD OF WARCRAFT

魔兽世界

战争罪行

[美] 克里斯蒂·高登 /著

李镭 /译

新 星 出 版 社 NEW STAR PRESS

导读

作为《熊猫人之谜》与《德拉诺之王》两部资料片之间的过渡故事，《战争罪行》讲述了奥格瑞玛决战以后，由四天神发起的针对加尔鲁什·地狱咆哮的审判和围绕加尔鲁什所引发的一系列阴谋。渴望复仇的人想要置他于死地，别有用心的人却想让他逃脱罪责，而战败的部落大酋长却对自己的罪行毫无悔意……

本书所叙述的针对加尔鲁什的审判，实际上也是四天神对联盟与部落每个人内心的一次审判。联盟与部落的领袖齐聚潘达利亚，在这片被战火摧残过的土地上，他们必须重新审视自己的决断，以及因此引发的后果。

《战争罪行》与之后的故事就像一个因果相承的巧妙循环。因为预见了燃烧军团的威胁，黑王子拉希奥策划了加尔鲁什的逃狱，而加尔鲁什前往另一个德拉诺世界所引发的蝴蝶效应，不仅触发了《德拉诺之王》中钢铁部落入侵艾泽拉斯的事件，更使古尔丹流窜到艾泽拉斯，并引出《军团再临》中燃烧军团的入侵。

由于《战争罪行》涉及到的重量级人物数不胜数，本书并没有将某一角色置于主角位置。温蕾萨与希尔瓦娜斯的再会，安度因的选择……这些在审判过程中发生的事件都为后续故事里面角色的再度活跃埋下了伏笔。可以说，《战争罪行》正是推动魔兽剧情前往一个全新时代的先导。

——编者

雷神岛
紫罗兰高地

潘达利亚
影踪禅院
魔古山露台
白虎寺
酒坛集
昆莱山

致肖恩·科普兰[①]

非凡的历史学家，

感谢他给予我的所有迅速而且极有帮助的回应和鼓舞，

以及对我的工作的热心支持。

谢谢你，好朋友！

①肖恩·科普兰（Sean Copeland），是一位资深历史学家，暴雪创意开发团队的成员之一。公司内部，历史学家是“所有暴雪剧情的知识库，为游戏开发团队和创意发展故事小组充当顾问。”作为历史学家，他负责审核出版物和艺术作品中的剧情内容，研究和记录游戏事件和角色，维护游戏角色的剧情故事，为职员举办传说研讨会，广泛参与头脑风暴会议促，进其发展。

序　言

德拉诺。这是兽人的出生之地。在很长的一段岁月里，这里是加尔鲁什·地狱咆哮心目中唯一的家。他出生在这里，在纳格兰，这个世界最美丽葱翠的地方。在这里，他曾经罹患红色斑疹，曾经因为自己父亲——格罗姆·地狱咆哮的行为而羞愧地低垂下高傲的头颅。当德拉诺被恶魔的法力所污染，加尔鲁什曾反对父亲所做的种种事迹，甚至耻于拥有地狱咆哮的血脉。直到部落大酋长萨尔告诉他，尽管他的父亲可能是第一个接受恶魔诅咒的人，但格罗姆也为了结束这一诅咒而献出了自己的生命。

德拉诺。加尔鲁什离开这里之后就再没有回来过。对于艾泽拉斯的部落，他的心中充满了炽烈的自豪感和热爱之心。为了保护自己的新家园，他曾与巫妖王的恐怖大军进行连番血战。

现在，他回来了。

这个世界和他离开时的记忆已经全然不同了。那时，这里充斥着恶魔能量，野生动物稀少而且病弱。不，这里已经重新变成他儿时的世界，那个无比美丽的世界。

一时之间，加尔鲁什只是静静地站立着。他强悍的身躯上有着和父亲同样的文身。现在，这片文身正逐渐舒展开来——他向太阳仰起头，用力吸进洁净甜美的空气。一切都显得那么不真实，但这又的确是真的。

在这个地方，还发生了另外一件更加不真实、不可思议的事情。就在加尔鲁什的眼前，父亲的形象突然闪烁着凭空出现。格罗姆·地狱咆哮在微笑，他的皮肤也恢复成了棕色。

加尔鲁什吸了一口冷气。此时此刻，他不是大酋长，不是部落的英雄，不是悍勇无畏的战士。他只是一个年轻人，看着自己早已去世的父亲——一位他以为再不会相见的亲人。

“父亲！”他高喊一声，跪倒下去，心中激荡着无比强烈的感情，“我回家了。我回到了我们的出生之地。请原谅我曾对您的怀疑！”

一只手落在他的肩头。加尔鲁什抬起头，看到了格罗姆的脸。加尔鲁什用颤抖的声音继续说道：“我以您之名做了很多事。我自己的名字也已经被部落所热爱，被联盟所恐惧。您……您是否知道我做的一切？您是否能告诉我，父亲，您为我感到骄傲吗？”

格罗姆·地狱咆哮张开嘴，想要说话。但一阵金属敲击的声音不知从何处传来。格罗姆消失了。

加尔鲁什·地狱咆哮猛然惊醒，就像以往一样。

早晨好，加尔鲁什。一个欢快的声音响起，你的早餐已经准备好了。请……后退。

如果狱卒能够多等片刻，加尔鲁什就会得到这个问题的答案了。在他的生命中，这个问题一直在困扰他，也在驱策着他。他真希望自己能用双手掐死这个打扰他的熊猫人。现在这个家伙和蔼可亲的样子反而让加尔鲁什感到格外恼火。

但在表面上，加尔鲁什依旧保持着彻底的平静。这时他正和衣躺在权充床铺的毛皮上，身上还穿着带兜帽的斗篷。他站起身，向后退去，尽可能远离那个带着铁窗框、闪烁着紫罗兰色光彩的八角形窗口，一言不发地等待着。站在窗口对面的是一名身穿花卉图案长袍的法师。她走上前，开始念诵咒语。窗口处的光芒消失了。她闪到一旁，另外两名熊猫人走了过来。他们是长相一模一样的双胞胎。其中一个紧紧盯着加尔鲁什，另一个则将茶和各种包子从紧贴地面的一个细长开口中推进牢房，随后站起身，示意加尔鲁什能够来拿食盘了。

但牢房中的兽人并没有这样做。“我的死刑将在何时执行？”加尔鲁什不动声色地问道。

“你的命运还没有被最终决定。”双胞胎狱卒中的一个说道。

加尔鲁什想要将那盘食物从窗口扔出去。或者，如果他的动作足够快，跳得足够远，就能用有力的大手攥住那个混蛋的脖子，让他没办法再用这种假笑来折磨自己。而那个会法术的小女人可能根本来不及阻止自己。但这两件事，加尔鲁什都没有做。他只是端着食盘，镇定若素地走回到毛皮床铺旁，坐了下去。

法师恢复了紫色的囚禁力场之后，就和两名狱卒一同离开了。加尔鲁什听到了他们走上斜坡的脚步声和牢门关闭的沉重撞击声。

你的命运还没有被最终决定。

以先祖之名，这到底是什么意思？

第一章

“真难以想象，如此美丽宁静的地方，竟然关押着这样一个怪物。”在通向白虎寺的路上，吉安娜·普罗德摩尔女士喃喃地说着。她、蓝龙卡雷苟斯、游侠将军温蕾萨·风行者和瓦里安·乌瑞恩国王一同乘坐在一辆车上。拉车的是一头步伐稳健的牦牛。它油亮光滑的皮毛显然是刚刚被洗刷过。为了表达对这四位贵客的尊重，车上铺满了色彩光鲜的丝绸软垫，不过四人一路上并没有经受任何颠簸。

“他根本不配得到这样的待遇。”温蕾萨说话的时候，眼睛紧盯着瓦里安，“你不应该阻止古伊尔杀死他，陛下。对这个怪物，死亡才是唯一的公正。和他的所作所为相比，即便是死亡也可以算作一种仁慈了。”

游侠将军的评判异常严厉。吉安娜却不能因此而责备她。现在，就连吉安娜自己的心中也充满了悲痛和愤怒。加尔鲁什·地狱咆哮一手造成了塞拉摩城邦的沦亡。不，用“沦亡”来形容那场灾难实在是太轻描淡写了。那座城市已经彻底湮灭了。数以千计的人失去生命，转瞬之间，灾难已然降临，一切都灰飞烟灭。这全都是因为加尔鲁什·地狱咆哮的罪行。这个曾经的部落大酋长欺骗了联盟最优秀的数位统帅，诱使他们齐聚在塞拉摩，准备进行一场面对面的战役。他却将一颗法力炸弹丢进了那座城市的正中心。他从蓝龙军团那里偷得的一件宝物大幅度强化了那枚炸弹的能量。爆炸范围内没有留下一个活物。吉安娜摇摇头，将那些可怕的记忆推到一旁。她不愿去回想那些被她深爱着的人们死亡时的惨状。吉安娜·普罗德摩尔再也无法成为塞拉摩的统治者了。

有人轻轻碰了碰她的胳膊，让吉安娜的意识跳回到现实。她抬起头，看着蓝龙卡雷苟斯。他是吉安娜在这场灾难中遇见的一个美丽的意外。如果不是他前往塞拉摩，请求吉安娜帮助他找回聚焦之虹，也许他们永远都不会相见。但如果说是这场战争给吉安娜带来了一位爱侣，那么它同时也生生夺走了温蕾萨·风行者的挚爱。大法师罗宁曾经是吉安娜之前的肯瑞托领袖。当时，他就站在塞拉摩的中心。为了在最大限度上抑制法力炸弹的破坏力，他将那枚炸弹引向了自己。同时，他将吉安娜推入传送门，让她脱离了危险。吉安娜、温蕾萨、暗夜精灵珊蒂斯·羽月和几名珊蒂斯的哨兵是那场劫难中仅余的幸存者。

温蕾萨，这位银色盟约的领导者肯定还没有从那场灾难中恢复过来——可能永远也无法恢复了。她一直都是个心志坚强、说话坦率的人。而现在，她很少会说话。她的心中充满了恨意，就如同诺森德寒冷刺骨的坚冰。感谢圣光，每当她提及她的双胞胎儿子吉拉玛尔和加拉丁的时候，那层坚冰才会融化少许。

如果是以前的瓦里安，可能会被温蕾萨的谴责所激怒，甚至大发雷霆。而现在，他只是说："温蕾萨，你也许还是能如愿以偿。记住祝踏岚的承诺。"

古伊尔，也就是曾经的萨尔，前部落大酋长，现在的萨满组织——大地之环的领袖。在瓦里安阻止他以强大的毁灭之锤对加尔鲁什发动致命一击以后，加尔鲁什就被送到熊猫人这里进行看押。这是一个部落和联盟都信任的种族，而且他们同样受到了加尔鲁什的巨大伤害。影踪派掌门祝踏岚向所有人保证，加尔鲁什将受到审判，而这场审判会还所有人一个公道。那个兽人现在正被囚禁在白虎寺的地牢中，周围有重兵守卫。两天以前，天神雪怒的使者送来消息："我们需要你们前来我的寺院。加尔鲁什·地狱咆哮的命运将被决定。"

仅此而已。

每一位联盟的领导者都收到了同样的信。吉安娜已经在山脚下和几个熟人见过了面。他们都乘坐装饰一新的牛车前往熊猫人的庙宇。摄政女王茉艾拉·索瑞森——矮人同盟的三位领袖之一——正在激动地与一名从容不迫的熊猫人争吵着，一边还不停地用手指着身边的牛车。毫无疑问，她觉得这种车辆并不"符合"自己的王室身份。

"我没有忘，"温蕾萨说道，"看样子，这对于那些天神们很重要。但如果这场该死的审判是这么重要，为什么我们不能直接飞到那座庙去？为什么要在这样的车上浪费时间？"

"我们受到邀请来至此地。"卡雷说道，"如果他们愿意等我们这样慢慢上来，我们也应该有足够的耐心。毕竟这不是很长的一段路。”

“一条龙自然会有足够的耐心。”温蕾萨说。

“我就是我。”卡雷的表情并没有因为温蕾萨的话而有所改变。吉安娜明白，卡雷苟斯就是卡雷苟斯，对此，她感到非常高兴。但他们之间的关系还有许多需要理清的地方。

吉安娜想要在绣花软垫上坐稳一些，享受一下这段沿盘山小路缓缓而行的旅程。潘达利亚的大地上，和平与美丽无处不在。樱桃树绽放出粉红色的花朵。当微风吹过的时候，花瓣便在树枝上轻轻抖动。几尊白虎雕像拱卫着样式优雅的第一道山门。山路从这里开始变得更加陡峭了。随着牛车继续向上，空气变得寒冷起来。吉安娜很庆幸一路上都有火盆散发出阵阵暖意的陪伴。同时，她也用斗篷裹紧了自己纤细的肩膀。地面上已经覆盖了一层薄薄的初雪。越往高处，积雪就变得越厚。吉安娜从内心深处产生出一种轻松闲适的感觉。就在这时，她明白了：无数次施放法术的经验让她懂得了精神的集中和意志的坚定是多么重要。而现在，天神们正在以他们的方式让客人们有机会进入这样的状态。悠闲地乘车行于山路之上，眺望远处的屋宇，沉浸在美好平静的世界之中，吉安娜和她的同伴们终于有机会能将日常琐事放到一旁，让自己的精神世界焕然一新。她深吸了一口气，嗅着淡淡的樱桃花香，一点点整理着脑海中的思绪。

她和卡雷苟斯都是面向后坐着，所以吉安娜没有看到是什么让温蕾萨美丽的面容突然布满了阴云，让瓦里安绷紧了嘴唇。这时，牛车猛然停在了第一道摇摇晃晃的索桥前面。那名高等精灵下意识地将手伸到腰间，才想起他们被请求不要带武器上山，只得将手狠狠攥成了拳头。

“他们来这里干什么？”温蕾萨狠狠地问道。然后，她又回答了自己的问题，“嗯，加尔鲁什曾经是他们的头领。我想，他们的确应该亲耳听到对他的判决。”

吉安娜在座位上转过头。现在，她能看到白虎寺前的广场了。她的眼睛也不由得稍稍睁大了一些。这时她才突然想到，现在联盟的领袖们将再次齐集一堂——就像在加尔鲁什密谋攻击塞拉摩时一样。这让她立时心头一紧。而这次不同的是，受到邀请的不仅是联盟领袖，还有部落的首领们。蓝色皮肤的巨魔沃金当然在场。现在他成了部落的新任大酋长，地位与瓦里安相当。*他能比兽人更好一些吗？还是更坏？这有关系吗？*部落的前任大酋长萨尔——现在他已经恢复了自己出生时的名字，古伊尔——曾经竭力想要遏止部落对于暴力的渴求，但就算是他也没能成功。

正当吉安娜想到古伊尔的时候，她的眼睛已经发现了那名兽人萨满。古伊尔的身边还站着他的伴侣阿格娜。那名女兽人的怀中还抱着一只小包袱。

古伊尔的儿子。

吉安娜早已听说古伊尔当了父亲。而且还有消息说，阿格娜又怀孕了。如果是在不久以前，吉安娜一定会受到邀请，去抱抱这个小家伙。但那个时代已经过去了。古伊尔这时正在审视新来的这些人。他那双像吉安娜一样呈现湛蓝颜色的眼睛看到了吉安娜。

愤怒和不快涌入吉安娜的心头。她将头别向一旁。

希望能转移一下注意力的吉安娜看到了众位首领之中最高大的

一个——贝恩·血蹄。除了古伊尔以外，贝恩曾是部落中唯一可以被吉安娜视为朋友的领袖。加尔鲁什杀害了这位牛头人的父亲凯恩。当恐怖图腾的牛头人进攻雷霆崖的时候，那个前部落大酋长却又袖手旁观。无法从部落得到援助的贝恩为了对抗玛加萨，不得不向吉安娜求援。吉安娜立刻接受了他的请求。为了报答吉安娜的恩情，贝恩后来警告她，塞拉摩即将遭受部落的攻击。当然，那时贝恩也以为对塞拉摩的进攻会是一次常规性的战斗。他并不知道聚焦之虹已经被窃，更不知道加尔鲁什残酷的灭绝计划。在吉安娜看来，她和贝恩之间已经两清了。

部落的另外几位领袖也都在这里。血精灵的洛瑟玛·塞隆，吉安娜之前刚刚被迫和他停战讲和。还有那个让人感到不快的地精贸易大王加里维克斯，正在不停地玩弄他那顶荒谬的大礼帽。

一名身穿僧袍的熊猫人向正在走下车子的众人鞠躬行礼。“尊贵的客人们，欢迎你们来到此地。这里唯有和平存在。你们将出席艾泽拉斯全部领袖的聚会。你们是否承诺，愿意依从这条规矩？”

“我以为我们到这里来是为了见证正义的实现。”温蕾萨说道，但吉安娜伸手按住了她的胳膊。温蕾萨咬住了嘴唇，没有再说什么。自从丈夫去世以后，温蕾萨和吉安娜的关系就变得日渐密切。现在，也许只有这位肯瑞托的领导者能够压抑温蕾萨对部落的熊熊怒火了。

“你应该明白，我们的心中并无和平可言。”吉安娜对那名武僧说道，“就像温蕾萨所说的那样，我们所有的只是痛苦、愤怒，以及对正义的渴望。不过，我个人不会在这里使用任何暴力。”

另外三个人也做了类似的回答，但温蕾萨在这样说的时候显得很是勉强。随后，熊猫人邀请他们跟随他走过摇摆的索桥，踏上巨大的中央石阶，向圆形大殿走去。

艾莎·云歌是第一批加入联盟的熊猫人。她站在白虎寺正门前，新来的人纷纷向她鞠躬。看到他们，她的眼中闪烁出喜悦的光彩。艾莎已经定居在暴风城，吉安娜却和她有一段日子不曾见过面了。

“我就知道你们会来的。”艾莎逐一向客人们鞠躬，“谢谢你们。”

“艾莎，”瓦里安说道，“你能否告诉我们，你们有些什么样的打算？”

“我只知道联盟和部落各种族的领导者都被要求和平地来到这里，至尊天神们将做出某种决定。”艾莎回答道，“进入庙宇之后请保持安静，并请与你们的随从一同站在中央区的北边。天神们很快就到。”她平日里温文尔雅的声音今天却显得有些高亢，让人们能够感觉到她的紧张与担忧。这不是一个好迹象，但众人全都点头表示同意。

吉安娜低声问道：“季来了吗？”艾莎的脚步晃动了一下。正如同艾莎选择了联盟，季·火掌是第一位与部落结盟的熊猫人。这造成了两人之间的隔阂，直到加尔鲁什背叛了季，差一点将季置于死地。这两位熊猫人对彼此的深切关怀是显而易见的，但两人之间的未来仍不甚明朗。

“他来了。”艾莎说，“至少现在我们是在一起的。这段时间对于我们两个都弥足珍贵。”她没有再说什么，吉安娜也没有逼她。

这位大法师希望，也许这次审判能够让季认识到，他选择部落是一个错误。

白虎寺的规模异常宏大。整座寺庙的中心就是宏伟的圆形大殿。熊猫人武僧在这里接受训练，在雪怒的严格督导下成为武术大师。在巍峨壮丽的同时，这座神庙却并不给人以任何压迫感。也许是因为人们聚集在这里从不是为了见证死亡，只是想切磋技艺。

大殿的正门位于南方。大殿中，正对着大门的坐席区中央是一个两侧排列火盆的高大座椅。大殿的西侧、北侧和东侧都排列着旗帜。地板上有六只各自独立的青铜饰环，组成了一个大圆，圆心处是第七只更加厚重、微微深陷的青铜环。大殿的照明来自悬挂在天花板上的明亮灯盏，以及从敞开的大门外洒落进来的阳光。

已经有人先于他们进入了大殿。瓦里安的儿子安度因王子向他们大步走来，拥抱了父亲。吉安娜高兴地看到这两个不久之前关系还异常紧张的男人，现在他们终于能放下心防，把臂言欢了。安度因在这片大陆上生活的时间比他们之中任何人都要久。他将一根手指放在嘴唇上，众人纷纷理解地点点头。

依照熊猫人的要求，他们静静地来到高阶女祭司泰兰德·语风身边，她和哨兵部队的将军珊蒂斯·羽月是暗夜精灵的代表。德莱尼的年迈领袖维伦点头向他们致意。安度因站在了他的导师和挚友身边，其他人也纷纷找好自己的位置。吉尔尼斯的吉恩·格雷迈恩国王与大工匠格尔宾·梅卡托克一同走了进来。他们的身后是茉艾拉、穆拉丁·铜须和弗斯塔德·蛮锤——矮人王国的三位统治者。

格雷迈恩选择了他的狼人形象。这种选择说明了很多问题。他是在告诉部落，联盟之中也有人能够理解更加原始的自然状态；同时也是在告诉他的联盟同伴，他对此并不感到耻辱。

大厅的右手边聚集着部落的代表。一看到他们，吉安娜立刻抿起了嘴唇。古伊尔的身边是他的老友兼顾问伊崔格，以及另一名年老的兽人。吉安娜记得他——瓦洛克·萨鲁法尔。他的儿子德拉诺什死在了天谴之门。后来，德拉诺什被巫妖王复活，又再一次倒在战场上——这一次，他才是真的死了。看上去，瓦洛克是一名刚强的战士，但他也是一位正在痛悼自己优秀儿子的父亲。

吉安娜听到耳边传来一阵急速的吸气声，她转过头，顺着温蕾萨的目光望了过去。

一个身材苗条、动作优雅的影子飘进了白虎寺大殿。一眼望去，她很像是一名精灵弓箭手，但她的皮肤却呈现出病态的蓝灰色调，双眼闪动着红光，仿佛那两个眼眶中正在跃动着永不会熄灭的烈火。

希尔瓦娜斯·风行者——被遗忘者的黑暗女王，温蕾萨的姐姐到了。

第二章

贝恩·血蹄过去一直觉得，潘达利亚能够像莫高雷一样，抚平他烦乱焦躁的心绪。作为一名战士，他更是尊敬雪怒的神庙中这些拥有非凡技巧与力量的武者。但现在，他的心中充满了无法排遣、难以克制的焦虑。

可以说，加尔鲁什对于部落所犯下的第一个大错就是他对牛头人的戕害——贝恩深深敬爱的父亲、伟大的凯恩·血蹄死在了加尔鲁什的手中。所有牛头人都在怀念着他。贝恩坚信，如果那是一场真正的mak' gora，一场一对一的、公平的决斗，凯恩一定能赢得胜利。杀死凯恩的不是比他更强的对手，而是毒药，虽然加尔鲁什并不知道自己的兵刃上被下了毒。

但加尔鲁什知道，玛加萨，那个对他的武器施加了“祝福”的萨满是与她的人民为敌的。那个兽人绝不应该信任一个忘记自己的根本，让自己的血脉蒙受耻辱的牛头人。因此就算加尔鲁什在这件事上是清白的，这可能也是昭示他日后心智变得扭曲、黑暗，并犯下种种无人能够否认的罪行的先兆。首先是塞拉摩毁于一旦，这段回忆至今都是贝恩梦中的一片阴影。然后是锦绣谷，那场灾难直接伤害了贝恩所深爱并崇敬的大地母亲。

那座山谷是由泰坦创造的，其中的和谐、富饶、勃勃生机和无限魅力几乎是任何人都无法想象的。在古老的魔古一族被击败之后，那座山谷就被封闭起来，由它的守卫者们精心照料。直到最近，联盟和部落才赢得了进入其中的权利。而每想及此，贝恩都会感到一阵苦涩。部落进入锦绣谷的时间并不长，但对力量的贪欲让加尔鲁什只用短短的时间就毁灭了那幅已经绵延无数个千年的美景。锦绣谷不复锦绣之象，一切欣欣向荣的生命都随风而逝，只余回忆。幸好，在煞魔被真正地打败之后，新的生命和希望已经回到了那座山谷中。

贝恩信任天神们。他相信天神的智慧与公正。

那么，他为何还要忧心忡忡？

“我曾经对加尔鲁什说过，他将会清楚地看到是谁一箭射穿他的黑心。如果你像我一样有獠牙的话，现在一定已经把它们咬碎了。我知道你为什么会这样。”

贝恩愣了一下。沃金悄无声息地走到了他身边。牛头人完全没有听到这位巨魔的脚步声。

“没错，”贝恩说，“我的父亲曾教导过我何为荣誉与公正，但我却在盼望今天能在这里看到另一些事情，一些与父亲的教导全然不同的事情。”

沃金点点头。“就像人们在美酒节上常说的——守规矩些。”他轻笑了几声，“不管怎样，如果我们想要有一个清白的开始，就必须照瓦里安说的那样去做。加尔鲁什已经做了太多坏事，若他死了，我们不想让其余的兽人将他视作烈士，继续走上他的作恶之路。无论天神怎样判决，任何人都没有立场对他们的判决说三道四。”

贝恩转过头瞥了一眼古伊尔、伊崔格和瓦洛克·萨鲁法尔。古伊尔正用强健有力的臂膀，轻柔地抱着他和阿格娜的儿子杜拉卡。贝恩知道，古伊尔的父母在他很小的时候就惨遭杀害，所以古伊尔有着极大的决心，要亲手将他的孩子养育成人。凯恩也曾经是这样一位一直将儿子带在身边的父亲。不期然间，这个念头让贝恩想到了更多的父亲和儿子……格罗姆和加尔鲁什、凯恩和贝恩、古伊尔和杜拉卡、泰瑞纳斯和阿尔萨斯、瓦洛克和德拉诺什·萨鲁法尔。也许大地母亲正是用这个关于轮回的主题来提醒世人，这是一种多么深刻的关系，它又能造就多么巨大的善良或邪恶。

“希望你是对的。”贝恩对沃金说道，“当初正是古伊尔把权力交给了加尔鲁什。而萨鲁法尔心中则充满了愤怒。”

沃金耸耸肩。“他们是兽人，而且都是坚守荣誉的兽人。真正让我担心的是那家伙——说到恨，肯定没有人比黑暗女王懂得更多。而她就跟她的恨一样，散发着冰寒的气息。”

贝恩看着希尔瓦娜斯。黑暗女王显得无比孤傲。大多数领袖都有本族的重要人物跟随。贝恩的身边就有卡多尔·云歌——在那些黑暗的日子里，这位萨满曾经给过他许多慰藉；还有佩里斯·雷蹄，他最信任的远行者。希尔瓦娜斯的身边总是会跟随着她的瓦格里。那些亡灵生物曾经是阿尔萨斯的忠实奴仆，现在她们改为侍奉希尔瓦娜斯，还曾经救过她。但看样子，至少在今天这个场合里，希尔瓦娜斯拒绝了一切随从。就好像黑暗女王单凭她那强大而愤怒的气场就足以要了加尔鲁什的命，根本不需要其他人的帮助或许可。

贝恩的目光又扫过大殿，落在联盟代表们的身上。年轻的安度因和吉安娜女士正在共饮一杯清茶。想到自己也曾经和吉安娜促膝而谈，贝恩不由得露出一点哀伤的微笑。在吉安娜的身边，有一位精灵看上去眼熟得令贝恩感到胆寒。不过，她是一位活生生的、有呼吸的高等精灵。那一定是温蕾萨·风行者——希尔瓦娜斯与业已失踪的奥蕾莉亚的妹妹。

看样子，所有的伤口都将在今天被撕开。但就在贝恩急切地等待着天神们出现，宣布他们的意图时，他手臂上的毛发突然立了起来，内心也感觉到一阵奇异而突兀的轻松。

四个身影出现在大殿正门前，遮住了门外照进来的阳光。他们走进大殿的时候，贝恩的心与灵魂都已经认出，他们就是天神。但在他的眼中，天神的形象完全改变了。贝恩以前只见到过他们化为灵兽的形象。不过，今天他们显然是决定以不同的形象示人。

朱鹤赤精，带来希望的神灵。他变成了一位苗条骨感的血精灵，有一头火红的长发。贝恩本以为他的身后披着一件金色的披风，但那实际上是他叠起的翅膀。白虎雪怒正是这座神庙的主人。他浅蓝色的人类身躯的一举一动都如行云流水般轻捷舒展，显示出他对于强大力量的控制力。他的头发和皮肤上遍布黑色和白色的条纹。看到刚强不屈的玄牛砮皂，贝恩感到额外荣幸。今天这位天神在众人眼前显现出牛头人的形象。他转动白色的头颅，用绽放出蓝色精光的眼睛逐一审视来访的客人，一双闪闪发光的蹄子每次踏在地上，都会引来一阵回音。睿智的青龙玉珑则以最奇特的化身形象让贝恩吃了一惊——一个年幼的熊猫人。就在贝恩细想这件事的时候，玉珑纯净的红色眼睛已经发现了他，并向他微微一笑。贝恩这时才意识到，玉珑的化身正是来自真正的智慧——她温和而令人心动的样子会让所有人都想要亲近她。

四位天神走进神殿，停步在雪怒接待访客的位置上。贝恩感觉到宁静与清澈之感在不知不觉间溢满了全身。他呼出一口气，在片刻之间闭起眼睛，为他们的出现而心怀感激。

所有人都闭上了嘴，急切地等待着天神的宣告。

但天神们并没有说一个字，他们只是用期待的目光看着另一个刚刚走进大殿的人。

这个人身穿黑色皮甲，右肩上绘着一头咆哮的白虎。一顶大帽子和遮住他口鼻的红布本来足以掩饰他的身份。不过，大殿中的每一个人都知道来者是谁——祝踏岚，影踪派武僧的首领。他动作僵硬地鞠了一躬，面色稍显阴沉，随后便以完全不符合他年龄和圆胖身材的灵活步伐走到环形场地的正中心，再次分别向四位沉默中的强大天神们鞠躬，然后，转身望向大殿中的众人。

“欢迎。”他说道，“今天，我将代表天神发言。我们以感激与恭谦之心欢迎你们。我请求你们用一点时间，记住眼前的景象。这样的事情在这个世界上从没有发生过。所有部落的首领，所有联盟的代言人，在今天齐聚一堂。你们之中无人携带武器，而且我已经命人在此地设下抑制力场，任何不受欢迎的魔法都无法在这里施放——即使是你们的圣光也不能被召唤。你们来至此地只为了一个目的，正如同你们曾经为了更伟大的目标而团结一心。

请用一两次呼吸的时间，认真看看你们关爱的朋友，以及你们可敬的敌人。”

贝恩首先望向安度因。他知道，那位王子的面孔不会因为恨意而扭曲。贝恩又转向那些矮人刚毅的面孔，然后是满脸长毛的吉恩·格雷迈恩。温蕾萨正用力咬着她的牙齿，纤小却有力的双拳也被紧紧攥起。贝恩有些好奇，吉安娜是否知道自己脸上的不快与愤恨是那样明显。在这段沉思的时间里，贝恩看到一些紧张的面孔松弛下来，另一些则显得更加焦躁难耐。这两种变化在双方阵营之中都有出现。

祝踏岚继续说道：“我们的脚下有一座被严加守卫的监狱，其中关押着你们为了知晓其命运而来到此地的那个人——加尔鲁什·地狱咆哮。”

贝恩咽了一口唾沫，想要说话。他能够感觉到这里空气之中的紧张，甚至能嗅到愤怒、恐惧和焦虑的心情。但这位温和的武僧依旧只是不紧不慢地说道：“你们被告知，加尔鲁什·地狱咆哮的命运将在这里被决定。这一点是确然的事实。天神们不会说谎，但他们也不会随意向你们揭示一切。经过长时间的讨论与沉思之后，他们得出结论，地狱咆哮不应该只由他们单独审判。并不只是潘达利亚的子民，世上众人皆曾受到过地狱咆哮的伤害。”他将手掌按在自己胸口下方的位置上，那里在不久之前刚刚被血吼狠狠地戳伤过，“所以，你们应当参与审判。他的罪行毋庸置疑，但我们应该以公平和公开的审判决定他的命运。部落和联盟需要共同进行这场审判，哪怕他所受的刑罚有可能会因此而减轻——或许甚至是获得自由。”

大殿中陷入了混乱。

贝恩不知道哪一边的吼声更加响亮，是部落，还是联盟。

“审判？他从来只认为他做的那些是他的功绩！”

“他死有余辜！有那么多人都死在了他的手上！”

“我们要对整个部落进行审判！”

“我们都知道他干过什么！全世界都知道！”

雪怒微微眯起眼睛，他的声音骤然响起，如同钟声一般浑厚，又像宝剑一样锋利。“我的庙宇中不容喧哗！”

众人立刻服从了命令。他满意地向祝踏岚点点头，示意后者继续下去。

“天神并非否认加尔鲁什·地狱咆哮做尽恶事，罪孽深重。我重复一遍——他的罪行是毋庸置疑的。而我们现在需要决定的是，我们将以何种态度看待这些罪行。问题不在于他是否要为这些罪行担起责任，而是在于他该如何承担这个责任。而唯一能够决定这一点的只有对他进行审判。所以，你们——部落和联盟双方，以及一切想要发出声音的人——都有机会得到倾听。”

“而天神们仍然会是法官、陪审团、裁决者和裁决的执行人，是这样吗？”这个声音来自洛瑟玛·塞隆。贝恩很清楚，这位血精灵的“合作”能力已经到了极限。

“不，洛瑟玛吾友，”祝踏岚说道，“天神的确会成为陪审团，但他们也将听取众人的意愿。而我将有幸成为法设——也就是你所说的法官。天神是睿智的，他们希望实现真实的公正。你们之中的许多人我早已认识，根据古老的熊猫人律法，将从联盟和部落之中分别谨慎选择出各一位代表，他们将成为这场审判的控诉人和辩护人。”

“他本就有罪，这是你亲口说的。”温蕾萨说道，“那我们还要辩护人和控诉人做什么？”

“辩护人将力争更加仁慈的判决。当然，控诉人就是要争取更加严厉的判决。你们可以按照自己的意愿进行推选，对方阵营则有一次否决你们推选结果的权利。”

“我个人否决这样的程序！”吉恩·格雷迈恩厉声说道，“加尔鲁什·地狱咆哮率领部落残害我们的人民，对他们大肆屠杀。如果我们要进行审判，那就要有一场真正的审判。部落的每一个领袖都要接受审判。他们之中最好的也只是对加尔鲁什的行为不作为和袖手旁观；而那些最坏的，他们追随加尔鲁什，甚至……”他凶狠地瞪了希尔瓦娜斯一眼，“……甚至主动向我们发起攻击！”众人纷纷以愤怒的语气附和吉恩的发言。贝恩难过地看到吉安娜也在支持这一提议。

“这将耗去很长一段时间。”祝踏岚平静地说，“但我们并非都有那么长久的生命。”

“联盟，”加里维克斯断喝道，“根本就不应该参与这件事。加尔鲁什应该由他的阵营的人进行审判，这样才能保证他会为我们这些被他荼毒的人做出恰当的补偿。”

梅卡托克的笑声不带半点玩笑意味。“你的意思是货币补偿吧！”

“这是一种可以接受的形式。”加里维克斯说。

祝踏岚叹了一口气，举起手，示意众人安静。“部落和联盟的领袖们必须做出决定。我所提出的条件，你们是否同意，沃金大酋长？瓦里安·乌瑞恩国王？”

巨魔和人类彼此对视了片刻，然后，沃金点点头。“天神超然物外，比我们这些当局者更能看清这件事的法理人情。我们尊敬您，祝踏岚。我更愿意听到争辩的声音，而不是只给出一个结论。部落同意。”

“联盟也同意。”瓦里安立刻说道。

“你们将被引领到适当的场所，选出你们的辩护人和控诉人。”祝踏岚答道，“请记住……对于对方的选择，你们只能否决一次。请慎重明智地做出选择。”

一直站在旁边的季·火掌走到沃金面前，深鞠一躬。“我将带你前往偏殿。那里已经备好了温暖的火盆。”他满是毛发的宽脸上露出了笑容，同时眨了眨眼睛，“还有补充体力的饮食。”

* * *

这位熊猫人说得没错。十五分钟以后，沃金、古伊尔、阿格娜、贝恩、伊崔格、瓦洛克·萨鲁法尔、希尔瓦娜斯、洛瑟玛·塞隆和加里维克斯已经坐在了一张没有华丽纹饰，但足以为他们将岩石地面上传来的寒意挡住的地毯上。他们面前摆放着肉食和饮料，身边的火盆不断散发着宜人的热气。

沃金向食物点点头。“填满肚子，舌头也会变聪明。”食物很快就被吃光了。当然，在潘达利亚，有足够的啤酒能够帮助人们把食物送下喉咙。当所有人都吃饱以后，沃金没有浪费时间，开门见山地说道：“我的兽人兄弟和姐妹们，你们知道我对你们有多么尊敬。但我认为，如果我们想让一位兽人来替加尔鲁什辩护，联盟肯定会反对。”

古伊尔点点头。“加尔鲁什堕落得太深了，他让他的种族在其他人面前完全抬不起头来。这实在是一件可悲的事情。一名兽人辩护人的话绝不可能受到重视，无论他的话是对还是错。”

贝恩却不同意。“恰恰相反。我相信，如果能够在这样的公开场合中让一位坚守荣誉的兽人站在众人面前，这也许会是一件好事。伊崔格向来都以他镇定的心态和睿智的头脑著称于世。”

但不等贝恩把话说完，那位年迈的兽人已经在摇动他睿智的头脑了。“你的话对我非常重要，贝恩，但古伊尔是对的。我和他，还有萨鲁法尔如果想要发言，自然会有机会。祝踏岚已经向我们承诺过这一点。我相信他。”

“我会为加尔鲁什辩护。”希尔瓦娜斯说道，“众所周知，他和我有着不可调和的矛盾。联盟绝不会指责我对他心慈手软。”

“可以肯定的是，你会是指控加尔鲁什的上佳人选。”沃金说道，“但我们正在寻找一位辩护人。”

“别开玩笑了，大酋长。”希尔瓦娜斯说道，“这里没有人想要看到加尔鲁什活着离开。他唯一该去的地方只有断头台！这一点你很清楚！你自己也曾经说过……”

“我比你更清楚我曾经说过什么，希尔瓦娜斯。”沃金说道，他的声音很低，其中充满了警告的意味，“你并不是哪个被割开喉咙，丢弃等死的人。我知道我们在他的统治之下都遭受过怎样的灾难。但我也知道，天神在尽可能实现一场凡人能够做到的公正审判。我认为，这里能胜任这一工作的只有一个人。一个同时受到部落和联盟尊敬的人。他对加尔鲁什不会有特别的敬爱，也绝不会说谎，做任何事都会全力以赴。”

他的目光转向贝恩。

一开始，贝恩只是以为这位巨魔要征询自己的看法。但他很快就心中一凛，明白了沃金的意思。

“我？”他惊呼道，“大地母亲啊，加尔鲁什杀害了我的父亲！”

“所以你能够明确地表达出大酋长对待加尔鲁什一案的观点。”洛瑟玛说道，“尽管加尔鲁什对你造成了巨大的伤害，但你依旧忠于部落，直到你相信他的所作所为同样伤害到了部落。联盟有大量间谍，而你与普罗德摩尔女士有着一段很好的交往历史。”

贝恩转向古伊尔，一双大眼睛里闪烁着恳求的神色。他希望这位兽人能够出言阻止沃金的决定，但古伊尔却露出了微笑。“牛头人一直都是部落的核心。如果有人能够为加尔鲁什辩护，并期待人们认真听取他的辩词，那就一定是你，我的朋友。”

“我不想为他辩护……我所想的和你想的一样。”贝恩高声喝道，“加尔鲁什所犯的罪行，简直是百死莫赎。”

*必须让他们能听到我们的声音。*一个声音第一次传入众人耳中。这是一个苍老却又无比深厚有力的声音，其中又带着一丝锋利如刀刃般的苦涩。“没有人会质疑加尔鲁什背负的无数罪行，”萨鲁法尔说道，“现在真正的问题是，谁能够让自己的话被陪审团接受，并作出最终的判决。这里的所有人都知道你的遭遇，都会冷静考虑你的发言。这一点只有你能做到，贝恩·血蹄。”

“我是一名战士，不是牧师！我没办法用满口温软动听的字眼去哀求别人，或者玩什么撩拨心弦的把戏。”

“加尔鲁什也是战士。”古伊尔说，“无论是好是坏，你的确是我们能够想到的最合适的代表。”

贝恩咬紧了牙，转向沃金。“如果我在加尔鲁什占据大酋长职位的时候，依然能对部落和大酋长保持忠诚，那么我肯定也能忠诚于你。沃金，你值得我给出一颗忠心。”

“我不是在命令你。”沃金伸手按住牛头人的肩膀，“在这件事上，你需要服从你自己的本心。”

* * *

情况并没有朝希尔瓦娜斯所期望的方向发展，一点也没有。

最初，她像部落的每一名成员那样（即使是软心肠的古伊尔显然也不例外），希望他们被召唤到这里，是为了决定该由谁来执行杀死加尔鲁什的任务。她本人对这个任务垂涎已久。最好是缓慢地处死加尔鲁什，让他承受大量的痛苦。因为瓦里安·乌瑞恩的关系，这个令人欢欣雀跃的结局已经被耽搁太久了。听到天神宣称要对加尔鲁什进行彻底的审判，她就觉得这件事开始变成了一出滑稽戏。就连天神和祝踏岚也承认，加尔鲁什罪不可恕。如果有谁要在这件事上提出“公正”和“不应只为复仇”之类的说法，那就只会让人觉得恶心和白费力气。而对于天神们的决定，希尔瓦娜斯认为其中唯一的可取之处，就是她至少可以在加尔鲁什那堆顶到天上去的罪行上面浓墨重彩地再添上一笔，亲口历数这名不称职的前大酋长犯下的种种错误。她很高兴祝踏岚会被选为这一次的法设。在她看来，祝踏岚也许是唯一能够接受死刑的熊猫人，而其余的熊猫人只会将加尔鲁什捆住，向那个兽人的喉咙里灌啤酒，直到那个兽人酒气醺醺地一边哭着鼻子，一边为自己犯下的所有罪行道歉。

她并没有认为自己会被选为辩护人。她知道，沃金是对的，她更应该成为控诉人。

但贝恩呢？

那个牛头人是她所见过最温和的战士，就像他的族人们一样敦厚平静，但他又会怎样做？

疯了，全都疯了。贝恩想要加尔鲁什死掉的理由比她充分得多。那个兽人简直就是阿尔萨斯之于她。但希尔瓦娜斯知道，如果这个牛头人接受了这一任务，他就会竭尽全力为加尔鲁什辩护，甚至能让这里的所有人各向加尔鲁什献上一束花。

贝恩的耳朵耷拉了下来。他重重地叹了一口气。“我接受这个任务，不过我完全不知道该如何去做。”

希尔瓦娜斯用了很大的力气，才没有让自己的嘴角露出冷笑。

季在这时探进头来，说道：“联盟已经选好了他们的控诉人。如果你们也准备好了，我们就能够重新在大殿中开始会议了。”

众人跟随季，沿着被雪花覆盖的小路回到大殿上。联盟的代表们已经先一步就位，都在专注地看着走进来的部落成员。祝踏岚一直等到所有人都站定脚步，才对众人说道：“你们应该都已经做出了决定。沃金大酋长，你选择谁为加尔鲁什·地狱咆哮辩护？”

为加尔鲁什·地狱咆哮辩护。这句话本身就让人感到耻辱。

“我们选择贝恩·血蹄，牛头人的大族长。”沃金回答道。

“联盟？你们有何异议吗？”

黑发的瓦里安转过头，看着他的同伴们。没有人说话。正像沃金预言的那样，联盟中的许多人似乎都对这一人选感到满意。让希尔瓦娜斯感到难以置信的是，瓦里安的小崽子甚至还露出了微笑。

“联盟接受贝恩·血蹄。他乃是明晓荣誉之人。”瓦里安朗声说道。

祝踏岚点了一下头。“瓦里安国王，联盟又支持谁作为加尔鲁什·地狱咆哮的控诉人？”

“我将执行这一使命。”瓦里安答道。

“绝对不行！”希尔瓦娜斯提出抗议，“你已经不能再命令我们了！”表示反对的并不止她一个。更多愤怒的声音响了起来。祝踏岚不得不高喊起来。

“安静，安静！”掌门人以威严的声音命令道。叫喊声渐渐变成窃窃私语，最终逐渐消失了。“沃金大酋长，你是否使用你们的权利，反对瓦里安国王成为控诉人？”

瓦里安在部落中没有什么朋友。许多人都不信任他的心性已经有了改变。就算是他拒绝占领奥格瑞玛，也几乎没有得到部落成员的多少认可。人类是敌人，永远都是敌人。希尔瓦娜斯知道，如果瓦里安成为控诉人，那么本就对这场审判心怀不满的部落更是会怨气冲天。很显然，沃金也明白这一点。

“是的，祝踏岚大师。我们将使用我们的否决权。”他说道。

奇怪的是，联盟并没有为此和他们进行争论。对方的这种反应让希尔瓦娜斯心生警惕，她开始思考联盟到底在使用什么伎俩。而这时，新的控诉人已经被宣布了。

“那么，我们选择高阶女祭司泰兰德·语风作为控诉人。”瓦里安不动声色地说道。

泰兰德·语风。在所有种族之中，暗夜精灵最为痛恨兽人，这一点即使是人类也无法与之相比。暗夜精灵对大自然无比珍爱，而兽人则只想建造更多、更大的战争器械。希尔瓦娜斯最初对这一声明感到愤怒。但她很快又转念一想，也许这个选择并非像看上去那样糟糕。大多数部落的成员都更倾向于控诉加尔鲁什，而不是为他辩护，正如同不愿成为辩护人的贝恩那样。

这时，泰兰德精光闪烁的眼睛扫过部落众人，希尔瓦娜斯没有从那双眼睛里看到任何对同样历经劫难的部落的同情。泰兰德是一名祭司，但她同样也曾在战场上搏杀。

祝踏岚还在说话。他在讲述熊猫人律法中关于审判程序和参审人员行为方式的各项要点，但黑暗女王已经没有心思再听他说什么了。

“玩得漂亮，联盟。”她用自己曾经的母语喃喃地说道。

“瓦里安只是虚晃一招。他们知道我们一定会表示反对。于是他们能够趁机推出立场比瓦里安更加坚定的人，以免我们之中还有人对加尔鲁什心存怜悯。”另一个人用同样的语言回答道，“我想，他们并不明白，我们像他们一样痛恨加尔鲁什。”

希尔瓦娜斯抬起头，看了洛瑟玛一眼，不由得挑起了一道眉弓。这个辛多雷的首领对人总是礼貌有加，但每当希尔瓦娜斯接近他，想要与他结成同盟的时候，都会遭到冰冷的拒绝。哪怕是在最恶劣的逆境中，他依然会保持自己珍贵的尊严。这一段用萨拉斯语进行的对话是否意味着某种改变？他是不是也在为自己被隔绝在部落的权力中枢以外而愤愤不平？

“她对于加尔鲁什没有任何好感。”希尔瓦娜斯继续说道。

“她对于部落也没有任何好感。”洛瑟玛反驳道，“我很想知道，沃金现在是否后悔没有接受瓦里安。我想，现在我们只能静观其变了。”

“我们一直不都是如此吗？”希尔瓦娜斯很想知道，洛瑟玛会对她的话作何反应，尤其是对于她言语中所暗示的他们的伙伴关系。洛瑟玛似乎并没有听到这句话，反而向联盟众代表中的某个人鞠了一躬。希尔瓦娜斯转过头，看到了那个人。

当然——温蕾萨和洛瑟玛在不久之前刚刚见过面。但希尔瓦娜斯还是为自己的妹妹对这名血精灵领袖的礼貌态度吃了一惊。更让希尔瓦娜斯感到吃惊的是，在与洛瑟玛打过招呼以后，温蕾萨故意和希尔瓦娜斯对视了很长一段时间，才将头转开。

这是风行者姐妹（至少是其中两个人）多年以来第一次重逢。与希尔瓦娜斯再见，温蕾萨自然会感到心潮澎湃。但现在温蕾萨的脸上既没有苦涩，也没有哀伤。

希尔瓦娜斯能看到的只有坚毅的决心和某种特别的……满足感？

希尔瓦娜斯完全不知道这是为什么。

第三章

当贝恩的蹄子再一次落在莫高雷的土地上，他的心胸终于开阔起来——这一次在潘达利亚，他一直感觉处处受限，步履维艰。他深吸了一口夜幕下洁净芳香的空气，又缓缓地将那口气吁了出去。

萨满卡多尔·云歌正在等他。“真高兴看到你回家。”云歌用浑厚的嗓音向他问候，并深鞠一躬。

“能回到家实在是太好了，尽管只能在这里做短暂的逗留，而且是为了如此令人沮丧的一个任务。”贝恩答道。

“逝者总是会伴随在我们身边。”云歌以吟诵的口吻说道，“我们也许无法再感觉到他们的身体，但他们的歌声就在风中，他们的笑声就在波浪里。”

“我希望他们能够再次与我们对话，给予我们建议，就像过去那样。”这个想法让贝恩的胸口再一次感到疼痛。他并不想故意去撕开旧伤，但他相信，如果云歌认为他的要求是不明智的，这位萨满一定会劝阻他。

“他们的确在说话，贝恩·血蹄，只是并非以我们习惯听到的声音。”

贝恩点点头。没有错，他的父亲凯恩一直在他的身边。此时，贝恩和云歌正在赤色石中。死去的牛头人英雄们都会从这里借由净化的烈火去到大地之母和天空之父那里。这里离雷霆崖不算很远。赤色石地如其名，是一片天然的红色砂岩地带。这也是一个适合沉思的宁静之地。和繁荣喧闹的雷霆崖相比，这里更像是今世与来世之间的一个过度空间。自从与凯恩道别之后，贝恩就再没有来过这里。现在，就像上次一样，云歌陪伴在他身边。只是这一次，赤色石中只有他们两个人。向西方望去，贝恩能够看到远处的雷霆崖在遍布星辰的夜空下变成了一道黑色的剪影。崖上的篝火和火炬也如同一颗颗闪烁的星星。在赤色石中，也有一小堆篝火在跳动着，为贝恩和云歌送来了舒适的光明与温暖。

火。贝恩转头望向火葬台。现在那上面并没有等待被火焰焚化的尸体。悼念仪式之后，火葬台上只会留下灰烬。就算是那些灰烬，也会被一阵风带走，散播四方。虽然已经在雷霆崖有了固定的家园，牛头人却仍然不会将他们的逝者埋入土中。他们以这样的葬礼纪念过去的游牧生活。他们挚爱的亲人将在风与火中得到自由。如果他们愿意，就算是已经死去，仍然可以行走在世间。

“你有足够的时间进行准备吗？”贝恩问云歌。

“有。”萨满点点头，“这不是一个非常复杂的仪式。”这个回答在贝恩的意料之中。牛头人是一个单纯的民族，他们的仪式中不需要复杂矫饰的咒语或者难以获得的怪异物件。大地总是能够为他们提供所需要的一切。“你准备好了吗，大族长？”

贝恩发出一阵苦笑。“没有。不管怎样，我们开始吧。”

云歌身穿由他亲手杀死的野兽制成的皮衣，开始以缓慢、稳定的节律踏动蹄子，向东方的天空仰起了头。

“向空气之灵致敬！微风、清风与暴风，你们便是它们，并且不只是它们。今晚，我们请求你们加入我们的仪式，将伟大的凯恩·血蹄低声讲出的智慧送入到他的儿子贝恩期盼的耳中。”

这是一个寂静的夜晚，但现在，贝恩感觉到自己的毛发被一阵和风轻轻吹动了。他支起耳朵，至少在此时此刻，他仿佛能听到一阵轻柔的呢喃声。云歌将手伸进他的萨满口袋中，抓出一把灰色的粉末，一边走，一边将粉末撒在地上，形成了一道朝向东方和南方的弧线。通常，这样的仪式上使用的是玉米花粉，但那都是与生命相关的仪式，而今天的仪式是为死者举行的。所以，云歌使用的灰色粉末是那些从这里前往灵界的人留下的灰烬。

“向火焰之灵致敬！”云歌面对小堆的篝火，举起他的手杖以表达敬意，“闪耀的灰烬、跃动的火苗、还有熊熊烈焰，你们便是它们，并且不只是它们。今晚，我们请求你们加入我们的仪式，以凯恩·血蹄振奋人心的鼓舞温暖贝恩·血蹄，那是他所挚爱的父亲。”

火苗猛然蹿起，贝恩感觉到火墙中散发出来的猛烈热气。在表明自己的存在之后，火苗缩回到正常的状态，在燃烧中温和地哔啵作响。

现在，云歌转向西方，召唤雨滴、河流，以及暴雨之灵，请求它们用父亲的爱洗浴牛头人的大族长。片刻之间，贝恩的心脏在痛苦中撞击着胸腔。他在想，泪水也是水。

随后受到欢迎的是大地之灵——泥土、岩石和山岳，它们是可敬的逝者的骨骼。云歌恳请让贝恩能够得到故乡土壤的抚慰，这是凯恩带给所有牛头人的恩惠。直到此时，云歌用灰色尘埃最终封闭了神圣之环。贝恩感觉到能量在神圣之环的空间中奔涌，发出一阵阵强有力的脉动。这让他回忆起暴风来临时的那种感觉。但他现在感受到的却是一种非同寻常的平静。

“欢迎你，生命之灵。”云歌呼喊道，“你在我们呼吸的空气中，在我们血液的火焰中，在我们骨骼的土石中，在我们泪滴的清水中。我们知道，死亡只是生命的影子。万物的终结如同他们的出生一般自然。我们请求你加入我们的仪式，邀请那位走在你的影子中的人今晚与我们相聚。”

他们在神圣之环的中心静静地站立着，呼吸稳定而有节律。过了一会儿，云歌点点头，请贝恩在空荡荡的火葬台正中心坐好，面对着雷霆崖。贝恩依言照做，继续深深地呼吸着，让自己奔腾翻涌的心绪平静下来。云歌递给贝恩一只陶土高脚杯。杯子里盛满了倒映着星光的深色液体。

“这能够让你看到——如果大地母亲希望如此。喝下它。”贝恩将高脚杯举到口边，喝下了杯子里的茶汁。味道不算很糟，是银叶草、石南草、地根草和另外某种他辨别不出来的草药。他将高脚杯递回给萨满。云歌又说道：“不要打瞌睡，贝恩·血蹄，但一定要用平缓柔和的眼睛看待这片大地。”贝恩依照萨满的吩咐，放松自己的身体，眺望远方。

他听到皮鼓轻缓而规律的“嘭嘭”声，如同一个牛头人心脏跳动的声音。他不知道自己坐了多久，倾听云歌的声音又有多久。他只是感觉到深深的放松，感觉到心中的平和和渐渐与鼓声融为一体的心跳。

就在这时，他察觉到了另一个人的出现。凯恩·血蹄正微笑着望向他的儿子。

这是贝恩从不曾知道的凯恩——一头正当盛年的强大公牛。他的目光锐利而明亮，手中擎着他的符文长矛。这支长矛再次恢复了完整，正如同它的主人一样。凯恩举起长矛，向贝恩致意，他胸膛上壮硕的肌肉也随之隆起。

“父亲。”贝恩喘息着说道。

“儿子，”凯恩的眼睛里闪烁着慈爱的光芒，“在你的世界和我的世界中穿行是困难的。我的时间非常短暂，但我知道，在你的心灵如此困扰的时候，我必须来见你。”

贝恩一直将全部痛苦深埋在心中，他不能表达，甚至不能允许自己去感受那种痛苦。因为他害怕这样会影响他履行对牛头人一族的责任。而现在，所有这些痛苦都如同洪水一般倾泻出来。

“父亲……加尔鲁什杀了你！他拒绝让你以荣誉的方式死去！当我和恐怖图腾拼死搏杀，就像……就像陷坑中的困兽时，他却袖手旁观，在等着看谁会是胜利者！他以暴力蹂躏整个世界，向他的族人说谎，还有塞拉摩……”

泪水从贝恩的脸上滚落，那是悲痛和愤怒的泪水。片刻间，他一个字也说不出来，强烈的情绪让他哽咽得无法作声。

“而现在，你被要求为他辩护。”凯恩回答道，“尽管你只想用蹄子踏断他的喉咙。”

贝恩点点头。“是的。您在他人都没有足够的勇气时，第一个反对他的统治。父亲……我是否也应该那样做？我能不能阻止他？是不是……是不是他泼洒的所有鲜血也都落在了我的手上？”

这个问题让贝恩自己也感到惊讶，但这些话仿佛有着独立的意志，直接从他的口中冲了出来。凯恩只是温和地微笑着。

“过去的都已经过去了，我的儿子，就如同在风中飘散的花瓣。加尔鲁什的选择只能代表他一个人，也只有他该为他的行为负责。你一直在跟随着你自己心灵的指引，你也一直都让我感到骄傲。”

就在此时，贝恩知道了凯恩将要给他的答案。他悄声说道：“您……认为我应该接受这个任务，为加尔鲁什·地狱咆哮辩护。”

“我的想法并不重要。只要你认为是正确的事情，你就必须去做。就像你做过的每件事一样。而那时对于我来说，正确的就是挑战加尔鲁什。在另一些时候，对你而言正确的，就是支持他成为部落的领袖。”

“瓦里安应该让古伊尔杀了他。”贝恩吼道。

“但他没有，所以我们才需要在这里见面。”那位年迈同时又年轻的公牛平静地说道，“回答了这个问题，你就会知道该怎样做了。如果你因为我被叛徒杀死而感到哀痛，那么你所能做的，难道不是只有尽自己的力量去维护事实和公正吗？即使这样做是如此不易。或者不如说，正因为这样做是如此不易，你才格外需要全力以赴，以你最大的力量去坚守这个职位的荣誉。亲爱的儿子，你有着和我一样的热血，一样的心。我相信，你在来到这里之前，就已经知道了答案。”

贝恩的确知道。但正因为他知道，所以他感觉格外痛苦。

“我会挑起这个担子。”他喃喃地说道，“我会以我最大的力量为加尔鲁什辩护。”

“如果你不竭尽全力，那就不再是你了。当这一切都结束的时候，你会因为自己的努力而感到高兴的。不，不，”他抬起双手，拦住想要说话的贝恩，“我不能告诉你结果会是怎样。但我可以向你保证——你的心能够得到安宁。”

凯恩的影像开始消退。贝恩这时才惊惶地意识到，他浪费了这个宝贵的机会，没有能像一个真正的儿子那样倾诉心声，向他的父亲……他的父亲……！

“不！”他站起身，高声喊道，激动的心情让他的话语完全无法连贯起来，“父亲……求求你，不要走，还不要走，请不要就这样……！”

贝恩还有很多话想要说。他是那么思念凯恩，他是那么努力地让世人记住父亲的荣耀。这短暂的时刻对他而言就是整个世界。太晚了，他恳切地伸出手，但他的父亲已经走进了生命的阴影中，再不会见到阳光。贝恩的双手只能抓到空气。

凯恩的眼睛里显露出哀伤。他也伸出了手。但瞬息之间，他就消失了。

云歌在贝恩倒下的时候扶住了他。

“你找到答案了吗，大族长？”云歌一边说，一边递给贝恩盛满清水的高脚杯。贝恩吮了一口，头脑渐渐恢复了清醒。

“我所寻找的答案？没有，但我得到了我所需要的答案。”贝恩向自己的朋友露出哀伤的微笑。云歌理解地点了点头。夜幕中并非只有寂静，蟋蟀的叫声和微风的叹息为黑夜增添了一分喧闹的安宁。但所有这一切都被一种熟悉的嗡嗡声打断了。明亮的颜色开始飞速旋转，凝聚成形。

“谁敢扰乱仪式？”云歌怒吼道，“神圣之环还没有被放开！”贝恩站起身，萨满已经大步向那道刚刚打开的传送门走去。一名身材苗条的高等精灵正从门中走出来。这是一个长相极为标准的高等精灵，有着精巧优雅的五官和润泽的金色长发，下巴上留着精心修剪过的胡须。他一出现，就焦急地向贝恩说道：“大族长，我的名字是凯诺兹多姆。祝踏岚派我来迎接您前往白虎寺。请现在就随我来。”

“你打扰了一个神圣的仪式……”云歌说道。

精灵只是不耐烦地瞥了他一眼。“我为我的失礼道歉，但我们真的要抓紧时间了！”

贝恩的视线落在了那名精灵穿的制服上。镶有金边的褐色制服，胸口正中绣着一个徽记：一枚黄金圆环中镶嵌着代表永恒的8字形图案。这是时光旅行者的制服，贝恩决定贸然一猜。“我不知道你们一族还在穿着这个。我还以为你们控制时间的能力已经……”

凯诺兹多姆不耐烦地摇动着一根细长的手指。“这个故事很长，我们的时间却很少。”

“听起来应该很有趣。时光之路上正在发生什么可怕的灾难吗？”

“我给您的理由要平凡得多——这个传送门不可能永远立在这里。”忽然间，他又笑了，闪亮的白色牙齿变成一道狡猾的弧线，“实际上，仅从理论来讲，它是可以，但此时此刻，无论是这里的我们还是白虎寺的人们，都没时间等下去了。贝恩大族长，请随我来。”

贝恩转向云歌。“感谢你为我做的一切，卡多尔。但责任在召唤我。”

“你这两句话很有些精灵腔。”云歌说道，但他还是郑重地鞠了一躬，“去吧，大族长。我相信，你父亲的祝福会永远伴随你。”

* * *

这顿饭简单而且朴素：松果面包、达纳苏斯蓝纹奶酪，还有月梨，饮料是月梅汁。在她所深爱的月神神殿里，泰兰德将不久之前发生在白虎寺中的一切事情都告诉了大德鲁伊玛法里奥·怒风。

祝踏岚委派一名法师开启传送门，帮助参与审判的人在白虎寺和世界其他地方之间往来。这让泰兰德感到很高兴。玉菲是一位长相甜美的熊猫人。她身穿水色的丝绸长袍，一头松垂的秀发遮住了她的一只蓝眼睛。

“语风书绍……”玉菲为泰兰德加的头衔在熊猫人语中是“律师”的意思。她深鞠一躬，作了自我介绍，接着又说道：“很荣幸能够送您回家。在您需要履行职责之前，并不必滞留于此地。如果您需要我的帮助，不必犹豫，请即刻向我发出呼唤。”

“亲爱的，你确定想要接受这份任务吗？”大德鲁伊问道。在翡翠梦境中长眠千年之后，玛法里奥的手臂上已经生出了羽毛。当他为泰兰德斟满第二杯月梅汁的时候，这些羽毛也在桌面上拂过。泰兰德意识到，她已经习惯了玛法里奥在长眠时发生的所有改变：羽毛；更像是夜刃豹而不是精灵的双脚；长而且浓密的绿色胡须。在泰兰德眼中，外表的变化丝毫无损于玛法里奥内心的美丽。他永远都是泰兰德最心爱的人。

玛法里奥这时继续说道："你不知道审判会持续多久。事实上，你甚至不知道这场审判将会对你产生怎样的影响。"

泰兰德吮了一口月梅汁。清凉甘美的汁水一如这片夜色中的树林。"世人的目光将聚焦在这场审判上，亲爱的。而且，"她微笑着强调，"即使我不在，你也能处理好这里发生的一切。每天晚上，我都能回来。艾露恩必将祝福我们。至于说会对我产生什么样的影响……"她的语气稍稍变得严厉了一些，"……除了摆明证据之外，我能做的很可能并没有多少。在月亮这么多次照临大地之后，已经没有几个人还会对加尔鲁什有任何好感了。而如今，他的残忍暴行也已经被终结，支持他的人只会变得更少。"

玛法里奥看着泰兰德的眼睛，表情变得无比肃穆。"我并不是问你在审判中将如何表现，而是它会如何影响到你。"

泰兰德感到惊讶和一点困惑。"你是什么意思？"

"你是一位高阶祭司，全心侍奉艾露恩。艾露恩所喜悦的是启迪与治疗。如果有需要，你也会成为勇猛的战士。但你这一次的任务是要使用语言。语言是浮华而且变幻无常的。它并不符合你美丽的心。你将不得不释放憎恨和谴责的欲望，而不是对众生的启迪。"

"到最后，我所提供的事实终将造就启迪和理解。正确地谴责加尔鲁什将最终治疗这个世界。"泰兰德如此回答，但玛法里奥依旧显得非常困扰。他张嘴想要说话，但还没等他再次发出声音，一个女性的嗓音已经从泰兰德和她的伴侣进餐的亭子外传了进来。

“女士？”

“进来吧，柯德蕾莎。”

一只纤细的手提起了薄纱门帘。那名有着夜空一般深蓝色秀发的哨兵探进头来。“有人来访。她说，她是为审判事宜而来，情况很紧急。”

玛法里奥带着询问的神情挑起了一道眉弓。泰兰德摇摇头，像他一样感到惊讶。“当然，柯德蕾莎。请她进来。”

那名哨兵后退一步，继续提着门帘，示意那名神秘的访客可以进来了。

客人是一个侏儒，脸上生满了雀斑，一头银发被梳成两个立在头顶上的圆髻。一双绿色的大眼睛闪烁着欢快的光彩。她一走进来，便向泰兰德和玛法里奥问好。

“大德鲁伊，高阶祭司，真高兴又见到你们两人！实在抱歉这样打扰你，书绍，但这件事实在是太重要了。”

当然，书绍，至少在这段时间里，这是泰兰德的另一个头衔了。“欢迎你，克罗米。”泰兰德微笑着，以优雅的姿势跪坐在地上。这样，青铜龙克罗诺姆就能平视她的眼睛了。当她与青铜龙打招呼的时候，引领客人过来的哨兵便放下门帘，退了出去。泰兰德继续问道：“我有什么可以帮忙的？”

“天神们有一样东西，希望你和血蹄书绍在审理案件时使用。如果让你亲眼看到，也许你会更明白。愿意和我走一趟吗？”

第四章

到达白虎寺之后，贝恩向玉菲鞠了一躬，感谢她用传送门接自己过来。然后，他便转向了影踪派的掌门人。“你好，祝踏岚大师。凯诺兹多姆照你的要求带我回来了。”

贝恩一边说话，一边向周围瞥了一眼。夜晚的白虎寺大殿显得更加高大宏伟。月光和灯光依稀能映照出它的轮廓，但环绕大殿的上层座位还是完全隐没在了阴影中。贝恩注意到，一些将在审判中使用的器具摆设已经在大殿中被安放好了。大殿中央被分出三个区域—— 一个是他和加尔鲁什的，一个是泰兰德的，还有一个是为法设和证人准备的。控诉人和辩护人的区域完全一样，安放着方形桌子，上面覆盖有红色和金色的桌布，还有简单的座椅。大殿西侧的桌子后面是一把椅子，东侧的则是两把。贝恩知道，东侧这一边是为他和加尔鲁什准备的。桌子上摆放着空水罐和玻璃杯，还有墨水、鹅毛笔和一摞整齐的纸张，以备进行记录。

祝踏岚将会坐在一把摆放在高台上的椅子里。这把椅子要比大殿中其余的椅子更华丽一些，但依旧无法与大殿北部旁观席中那张高大的座椅相比。在祝踏岚的坐席旁边设置了一面小锣和锣锤；前方偏左的位置是证人席。那里有一张小桌子，上面同样放好了空水罐和玻璃杯。

这些都在贝恩的意料之中。但在祝踏岚的坐席侧旁，稍微靠后一些的地方，摆放着另外一套桌椅。桌面上放着一样被黑布蒙住的东西。

“我能问问，那是什么吗？”

“就是因为它，我才会请你在这个时候来到这里。”祝踏岚做出了一个完美却又毫无内容的解释，接着又抬起手，阻止了还想问更多问题的贝恩。“等语风书绍赶到，我会向你们解释清楚。现在还请耐心等待。”

贝恩回应道：“为了赶过来，我不得不中途离开一场祈祷仪式。我相信，你应该理解当时我的处境。所以，我现在没有什么耐心。”

祝踏岚以责备的目光看了一眼站在贝恩身边的青铜龙。“玉菲完全可以迟些再打开传送门，凯诺兹多姆。她不会介意的。我知道，你对于这个世界各年轻种族的了解无法和你派驻联盟的同伴相比，但你必须学会尊重他们。”

凯诺兹多姆显露出困扰的神情。“很抱歉，你是对的。克罗诺姆的确做得比我更好。我相信，血蹄书绍将会接受我的道歉，并帮助我进一步了解牛头人的处世之道。”

贝恩的怒意稍稍平息了一点。毕竟，这头龙没有破坏仪式最关键的部分。但元素没有在仪式结束时得到恰当的感谢，这肯定是它们无法容忍的。可是贝恩现在只能放下那件事，将注意力集中在祝踏岚的话上。“你说，派驻联盟的同伴……？”

“正如同凯诺兹多姆将是你的协力者一样，另一位青铜龙也将为控诉人提供各种建议。她们很快就会到了。”

贝恩又看了一眼那件被盖住的神秘物品。现在那些空着的座位上很快就会坐满旁听的人。他的视线又转到辩护席的一张桌子和两把椅子上。尽管他在父亲面前下定了决心，但想到自己不仅要为加尔鲁什辩护，还要在审判期间被迫每天坐在那个兽人的旁边，贝恩就不由得感到怒由心生。

“有什么事在让你烦恼？”凯诺兹多姆懒洋洋地坐进应该属于贝恩的椅子里，双手兜住后脑，以挖苦的神情看着牛头人。

“许多事都让我烦恼，凯诺兹多姆。但你对此做不了什么。”贝恩回答道。

“可不要把话说得这么死。请叫我凯诺兹。”

一高一矮的两个人走进了大殿。泰兰德·语风动作优雅地点点头。“晚上好，血蹄书绍。祝踏岚大师，希望我们没有让你等待太久。”

陪在她身边的侏儒转向贝恩。“你好，大族长。真高兴能再见到你！”她给了贝恩一个微笑，然后就同凯诺兹聊了起来。

“高阶祭司泰兰德，大族长贝恩，”祝踏岚说道，“感谢你们的到来。客套话我就不多说了。我们的目的绝不仅仅是决定如何处置加尔鲁什，而是要让所有人都认同这是一场公平正义的审判。否则，加尔鲁什可能会成为烈士和殉道者，会有许多部落的成员认为他将一座灯塔丢给了他们，他们将为了支撑这座灯塔而舍命奋战；或者公众会认为我们对这名战争罪犯过于宽大，而部落与联盟之间的裂隙也会因此而进一步加宽。”

“我的任务并不困难，祝掌门。”暗夜精灵的高阶祭司用音乐般的声音说道，“我相信，那些证据本身已经足以说明问题了。”

“所有人都知道，我对加尔鲁什绝无好感，但我宁可死掉，也不会辱没我所接受的任务。”贝恩说道，他的语气中满是气恼之意。祝踏岚到底想说什么？

“我绝无冒犯之意，”祝踏岚说，“我很清楚，你们都不会使用阴谋和骗术，但依旧难免有人会无事生非。”

“这种情况会很令人遗憾。”泰兰德表示同意，“但的确也是无法避免的。”

两头青铜龙对视一眼，脸上露出很像是带有得意神色的微笑。“如果在普通的审判中，我们只能接受这种状况，”凯诺兹说道，“但这不是普通的审判。你们都知道时光沙漏吧？”

这根本就是明知故问。那座巨大、美丽，能够倒转时间的沙漏是由前任时间守护者诺兹多姆创造出来的。诺兹多姆预见到了自己的堕落，知道自己将转变成为一个名叫姆诺兹多的生物，便将使用时光沙漏的权利赠予能够战胜姆诺兹多的英雄们，在那场战斗中为他们提供了有力的帮助。

贝恩和泰兰德尴尬地对视了一眼。他们早就知道，那些帮助诺兹多姆解决那场危机的人都曾面对过两人黑暗、扭曲的倒影。想到此，他们都感觉很不舒服。

“我们知道那个沙漏。”贝恩答道。

"嗯，自从姆诺兹多被打败以后，我就一直在……嗯……"凯诺兹顿了一下，寻找着合适的词汇。

"修补。"克罗米替他说道。

"修补，是的。"凯诺兹表示同意，"当然，是用魔法手段。我一直在探索永恒岛。我将时光沙漏中的几粒时之砂与在那座岛上找到的纪元之石颗粒相混合，制造出了一件被我称为'时光之相'的宝物。要我说，那实在是一件令人称奇的小东西。它的能力和时光沙漏并不一样。它不能像那座沙漏一样倒转时光，但克罗米和我能够使用时光之相显示出任何一个时间点的情景，任何一个重要的时刻都能被分毫不差地显示出来。我甚至还能用它向未来投去一瞥。"

"该怎样使用它？"贝恩不安地又向那个黑布下面的东西瞅了一眼。

"它能够在时间中制造出精确控制的缝隙。"

"你们不会是要冒改变历史的风险吧？"泰兰德问。

"完全不会。"凯诺兹说道。现在他显得异常骄傲。贝恩很理解他为什么会这样。"就像我说过的，我改变了时之砂的内在结构。时光之相不会真的改变事实。那其中的一切都绝非实体，只不过是能够从缝隙中透射出来的影像和声音。"

"它只能以这一种方式工作。"克罗米补充说，"绝对不存在改变任何事的危险。"

"让我们来演示一下。"凯诺兹说道。他揪住黑布的一角，以富有戏剧性的夸张动作将布扯开。

时光之相是一个金属沙漏，上面镌刻着两条龙——标准的青铜龙。每条龙盘绕在一个沙漏球上，鼻尾相接，栩栩如生，就仿佛是两条正在打瞌睡的活龙。

“上面那颗球里的沙子并没有落下。”泰兰德说。

“只有当克罗米或者我激活时光之相以后，它们才会落下来。”凯诺兹说，“上面球中的沙子是有限的，只能供你们每一个人在审判中使用数个小时。你们可以选择你们认为有意义的历史性时刻，将它们展示在众人面前，作为不容辩驳的证据。每一段影像展现的时间完全由你们来决定。”

“但从另一个角度讲，”泰兰德说道，“参与这次审判的人都很熟悉那些历史性时刻，没有必要让他们再看一遍。”

“我可不这样想。”凯诺兹说，“你们必须明智地选择记录的时刻。和简单的事实相比，让人们亲眼目睹过去的历史对于一起案件的审理可能会更有帮助，也可能会造成很大的破坏。高阶祭司，克罗米被选为你的谏言者，就是要帮助你将合适的历史时刻整合为你要展示的证据。而我则将帮助你实现这一目标，牛头人大族长。”

“那么，”贝恩喃喃地说道，“没有谎言，没有夸大，任何事件都将得到精确的重现。”

“未经修饰，未经改变的事实。”克罗米表示赞同，“对此，任何人均无法提出异议。”

“哦，想要堵住悠悠之口是不可能的。”泰兰德说，“人们总会猜测动机，认为当事人心存私念，另有图谋……”

克罗米高举起双手，着急地说道：“不要泄露你的策略，高阶祭司！”

“我们又怎么能知道，该选择哪个时刻？”贝恩问，“我们能够在当庭发言之前就看到那些被展示的时刻吗？”

“当然，”凯诺兹答道，“至于说该选择哪些时刻，这就是你们需要我们的原因了。你们告诉我或者克罗米，你们希望表达怎样的观点，我们就会帮助你们定位最佳时刻。”

“为什么我们不回到达纳苏斯，仔细讨论一下该如何利用时光之相来帮助你表达自己的观点呢？”克罗米向泰兰德问道。

“你说得很对，克罗米。祝掌门，你还需要我们做些什么？”泰兰德问。

“你尽可以随你们的谏言者离开，控诉人。你也一样，辩护人。”祝踏岚说道，“从此刻开始，你们两个和我将不会再见面，也不会再交换只言片语，直到审判开始。愿你们得到和平，愿天神的智慧帮助你们光荣并勤勉地履行你们的职责。”

他深鞠一躬，并将鞠躬的姿势保持了片刻。尽管这个动作明显让他感到相当的痛苦。贝恩感觉到了这位武僧所传递的敬意和感激。

泰兰德也向所有人鞠了一躬，便和克罗米一同离开了。她的身姿依旧像以往任何时候一样，在慵懒中显示出优雅与力量。但她的脚步中还是显得有一点急切，暴露了她兴奋的心情。

“嗯，她肯定很喜欢我的发明。”站在贝恩身边的凯诺兹看着两个女人的背影说道。

“她自然会这样想。”贝恩回答道。

“你不是吗？”

贝恩带着沉思的表情看了他一眼。“今晚，这里所有的人都清楚，纯粹而未经修饰的事实绝不会有利于加尔鲁什。而我的责任正是为他辩护。无论我个人对那个兽人有怎样的看法，这个装置肯定更像是一份送给控诉人的礼物。”

“好了，”凯诺兹微笑着答道，“先不要急着放弃。在不同的视角下，即使是纯粹而未经修饰的事实也会有不同的解释。要知道，你能够要求我展示各种特定的时刻，并非仅限于加尔鲁什的作为。”

“这种想法倒是很有趣……必须承认，我被你的设想吸引了。我们先回雷霆崖去。你可以仔细和我说说，我该如何充分利用你的时光之相。”

* * *

这不应该变成一场庆典。吉安娜·普罗德摩尔心里很清楚这一点。再过不久，一场注定会以死刑收场的审判就会开始。那意味着一个生命的结束。不，他们当然不应该为此而感到欢乐。

但现实的确如此。

吉安娜能够确认，不止一个人和她有着同样的心情。不管怎样，今晚不会有人在桌边祝酒，哪怕是为了庆祝一个恶贯满盈的罪人被审判——至少不会有人公开这样做。但许多人的腰杆都挺得更直，语气也显得更轻松，甚至有人发出了笑声——吉安娜几乎已经把那种声音忘记了。她无法否认自己也有着那种久违了的心满意足的感觉。现在，她终于敢想象战争的恐怖已经结束了。至少会有一段足够长久的和平日子让她能喘上一口气，哀悼死者，与生者共同欢笑，并真正开始一些更加温和的任务，比如学习该如何与某个和她有着那么多不同的人相处。这样的未来现在都变得如此真实。

长久以来，和平的感觉都只是如同一场幻梦。直到现在，这种感觉才在吉安娜的心中渐渐滋长。她不由得环视四周，目光逐一扫过与她一起在紫罗兰高地分享美食的人们：卡雷苟斯（当然要有他）、瓦里安和安度因 · 乌瑞恩、温蕾萨 · 风行者。

就在吉安娜为这些友人的陪伴而感激时，她同样能感觉到逝者在她心中留下的失落。善解人意的卡雷温柔地捏了捏她的手。

“你在想念他们。”蓝龙轻声说道。吉安娜并不打算否认。

“是的，”她说道，“他们应该也在这里——蓓恩，还有金迪，还有特沃什。”

他们的说话声很低，但没有什么声音能逃脱精灵的耳朵。“是的，他们应该在这里，”温蕾萨说，“他们，还有罗宁，还有其他许多人。”

温蕾萨严厉的语调让安度因显得很不自在。“我相信，有天神作为陪审团，祝踏岚作为法官，正义一定能得到实现。”

“是的，”温蕾萨说，“贝恩为加尔鲁什辩护，这实在是一个奇怪的人选，但我对此并无异议。”

“贝恩是坚守荣誉之人。”安度因说道，“我完全相信，他会竭尽全力完成他的任务，无论他个人有着怎样的想法。”

“但我不认为他会喜欢这个任务。”卡雷苟斯说。

“确实，”瓦里安说道，“而泰兰德的任务则正相反。我相信，联盟中的每一个人都想要得到这个任务。”

“除了你以外。”吉安娜向他指出。

“我宁可作为一个旁观者。”瓦里安回答道，“如果我想置加尔鲁什于死地，我只需要在古伊尔挥起毁灭战锤的时候保持沉默就好了。”

温蕾萨抿起了嘴唇，但她什么都没有说。吉安娜理解她的心情。对于瓦里安在那时出手干涉，吉安娜自己的心中也是一团乱麻。

“你做得对，父亲。”安度因说道，“这将会是一场困难的审判，但它对于长远的未来一定会产生积极的意义。无论最终会作出怎样的判决，它一定能比简单的死刑更好地结束这场战争所带来的灾难。”

会吗？吉安娜依旧心存疑虑。她的噩梦是否能从此消失？当她回忆起自己逝去的友人，甚至想起他们死亡时的凄惨情景，难道能够不再心如油烹吗？她想到了金迪。当吉安娜最后一次碰触她的时候，金迪蜷缩的身体立刻变成了一堆紫罗兰色的尘埃。这时吉安娜才察觉到，她正紧紧地攥着自己的餐叉，直到指节已经变成了青白色。她努力将餐具放下，感觉到手指传来一阵疼痛。她看到面前的一只烤鸡。一丝可怕的幽默感从她的心中泛起，让她带着微笑撕下了一只鸡腿，并盯着这只鸡腿说道：“如果加尔鲁什在今天的晚饭中被一根骨头噎死了，那不就省了我们许多麻烦？”吉安娜竭力保持着语调的轻松，“我听说，今晚还有可爱的蛋糕作为饭后甜点，不过，也许大家的肚子都已经塞满了吧。”

第五章

第一日。

吉安娜·普罗德摩尔从没有看见过这样的人群，更不曾想过这么多人聚在一起的地方会是如此安全。她很感谢瓦里安的卫兵，他们已经在麇集的人群中为他们清理出一条道路，让吉安娜、卡雷苟斯、安度因和温蕾萨能够顺利地来到自己的座位前。

部落各族的领导人都已齐集于此。他们各具特色的服饰、肤色和粗蛮的态度与联盟坐席上庄严肃穆的众人形成了鲜明的对比。天神们明智地将没有与部落和联盟结盟的势力安排在中间的坐席上，让他们成为矛盾双方的缓冲区。吉安娜惊讶地在那里看到了一位相貌与精灵极为相似的女性，只是她的红色秀发中间还有两只长角。她的容貌秀美动人，却又流露出一种不属于尘世的哀婉之情。同情之心让吉安娜的胸口隐隐作痛。

“阿莱克丝塔萨。”吉安娜轻声说道。

“我宁愿她没有来。”卡雷叹息一声，坐进吉安娜身边的位子里，“这对她而言只会造成痛苦。”

在吉安娜看来，阿莱克丝塔萨——伟大的生命缚誓者和前任巨龙守护者不应该被卷入这场年轻种族举行的审判之中。她一直都是尊严、勇气、仁慈和怜悯的化身，甚至当她面对不可思议的恐怖，以及失去至亲的悲剧时，一颗仁爱之心也不曾有过丝毫动摇。她的妹妹，绿龙伊瑟拉就坐在她身边，握着阿莱克丝塔萨的手，带着孩童一般充满好奇与惊讶的眼神望向周围。

“阿莱克丝塔萨需要来到这里。”吉安娜说，“不是为了审判，而是为了她自己。就像我一样。”

“拉希奥也来了。”安度因说，“是我邀请他来旁观，来聆听的，好让他能够确定怎样做对艾泽拉斯才最好。他能够前来，让我很高兴。”

吉安娜好奇地顺着安度因的目光望过去，这是她第一次看到那个绰号是“黑王子”的强大生物。知道他的人并不多，而了解他真实身份的人就更少了。

“那么，”吉安娜压低声音对安度因耳语道，“看样子，巨龙各族都到齐了。”

就他们所知，拉希奥是现存于世的唯一不曾受到污染的黑龙。

拉希奥是死亡之翼的直系子孙。当他还在卵中的时候，因为种种机缘，终于逃脱了上古之神的邪恶碰触。在这件事上他是幸运的，但吉安娜不得不承认，拉希奥的命运绝对谈不上平安顺遂。依照阿莱克丝塔萨的命令，红龙军团想尽办法要净化黑龙。一位名叫瑞亚丝塔萨的红龙为了完成这一命令，采取了极端手段。她绑架了一头雌性黑龙，并强迫她生下龙卵。在一位侏儒发明家的协助下，瑞亚丝塔萨终于净化掉了一颗龙卵上折磨黑龙全族的疯狂。死亡之翼对此大为震怒。他摧毁了那枚卵——至少他以为是这样。但瑞亚丝塔萨早已预见到这一点，并提前将那枚被净化的黑龙卵与另一枚龙卵掉了包。为了这枚黑龙卵，瑞亚丝塔萨不仅牺牲了自己的生命，还有她未出世的孩子。

拉希奥还在卵中便已经具有完全的意识和敏感的知觉。他明白外界都发生了什么，也知道自己将由红龙军团抚养长大，并且很可能终生都会受到红龙的严密监视。但他后来还是得到了“解放”——孕育他的卵被一帮盗贼偷走了。所以当他孵化出来以后，完全没有受到红龙的影响。他到底是如何从他的俘获者手中逃脱的，这一点直到现在都还是一个谜。但现在，他就在这里，力量强大，理智健全。

安度因和拉希奥早就在潘达利亚打过交道，并成了朋友。不过安度因也承认，他们之间的友谊其实全来自他们差异巨大的观念。拉希奥的“年龄”很难界定。要是按实际年龄来看，他应该只是一个蹒跚学步的两岁孩童。但作为龙族，他已经具备了先天的聪明智慧。现在他的外表是一名与安度因年龄相仿的年轻人。

一直以来，吉安娜对安度因都抱有一种作为母亲的态度。而对于安度因的这位新朋友，她一直都感到很是不安。从一方面讲，安度因身边几乎没有同龄伙伴。但从另一方面来讲，吉安娜很担心拉希奥会对他产生“不好的影响”。不过，让吉安娜担心的并非是拉希奥的黑龙血脉。黑龙是伟大的。在耐萨里奥（也就是大家所熟知的死亡之翼）被恐怖的疯狂所扭曲之前，也曾是大地的守护者，是睿智与保护的化身。但安度因转述的一些拉希奥说过的话总是让吉安娜感到惴惴不安。她注意到，黑王子坐在尽可能远离阿莱克丝塔萨的位子上。但作为了解这个黑龙成长历史的人，吉安娜明白他为何会这样。

看上去，拉希奥的样子大体是一名人类，只是他黝黑的皮肤、异常宽松的长裤和长外衣，还有那顶包头巾让他显得很是与众不同。他的身边左侧坐着个一脸怒气的女性兽人，右手边是一名同样面色不善的女性人类。拉希奥向安度因露出微笑，然后将闪闪发光的眼睛（那是唯一能表明他真实身份的身体特征）转向吉安娜，并且略一点头，也向吉安娜报以微笑。不过吉安娜能感觉到，黑王子对自己的微笑中带着一种幽默的成分。吉安娜很想知道是什么让这个黑龙感到如此好笑。

熊猫人卫兵就站立在他们身边，神态镇定从容，就如同静瑟的山中湖水。不过，如果有任何需要，他们又会在眨眼之间以闪电般的速度采取行动。就算是有人试图采取暴力手段，他也只有一双赤手可用。吉安娜能够感觉到魔法抑制力场如同有压迫性的薄雾，弥漫在大殿之中，而走进这里的人是不允许携带武器的。

“看起来很眼熟啊。”瓦里安嘟囔着。

“什么？”吉安娜问。

“那个，”瓦里安一边回答，一边向人越来越多的旁观席上点点头，“当我在角斗士深坑里厮杀的时候，看到的也是这样的情景。只是那时的旁听者都在渴望着鲜血。”

“他们在今天不会看到血。”温蕾萨说道。她不必说出下一句——但如果审判公正，他们最终一定会看到血。

“他们最好不要见到。”瓦里安说，“如果审判陷入混乱，我们的一切努力就都白费了。而且还会有太多生命被毫无意义地毁掉。”

吉安娜将注意力转回到大厅中央。贝恩和泰兰德已经在两边坐好。两个人各有自己独立的桌椅。这些都不让吉安娜感到意外。让她吃惊的是，还有另外两个人也在那里等待着祝踏岚、天神和加尔鲁什的到来。吉安娜认得克罗米。这位异常强大的青铜龙却选择了一副最不具威胁性的外表。但吉安娜不认识正在同克罗米交谈的那名相貌英俊的高等精灵。他们都穿着表明其组织身份的褐色制服，坐在摆放在一旁的一张小桌子后面。桌子上有一样被黑布盖住的东西。

就在吉安娜寻思为什么这里会出现两头青铜龙的时候（至少吉安娜能够确认，他们身负官方使命），一名身穿长袍正装的熊猫人走进了大殿。他的手中高举着一根长杆，杆头是影踪派的标志。他将杆尾向地面撞击三次，大殿中立刻安静下来。人们纷纷在席位上坐好。

“对法律的尊敬是熊猫人一族至关重要的大事。通过法律，错误能够得以纠正，平衡能够得到恢复。这是一个历史性的时刻。在我们漫长的历史中，第一次有外人参与我们的法律审判。为了惩恶扬善，拨乱反正，我们依照传统，令接受审判之人与寻求正义之人齐聚于此，并以郑重之心向世人敞开法庭，让人人皆可见证加尔鲁什·地狱咆哮对艾泽拉斯众生犯下的罪行，以及他所接受的审判。请起立，迎接天神的到来。他们将以开放的双耳和心灵倾听在此地被说出的每一句证言。同时，请向将在此次审判中作出判决的影踪派掌门祝踏岚致以敬意。”

所有人都离席起立。赤精、雪怒、砮皂和玉珑以轻盈无踪的步伐走进大殿的上层旁听席中。吉安娜已经不是第一次见到过他们的优雅和美丽，却依旧不由自主地屏住了呼吸。她曾经问过艾莎，为何天神会以人形出现。艾莎说这是为了向部落和联盟表达敬意。他们是高贵而独特的——让吉安娜有这种感觉的不仅是他们的外表，更是因为从他们身上散发出来的巨大能量。与之相比，祝踏岚也许更容易接近，毕竟他也是一名凡人。但他也同样是一位令人肃然起敬的伟人。他的一举一动都体现出对于强大力量与宁和心神的控制。这时，他坐进了法设的坐席，拿起小锤，将身边的铜锣敲了三下。等到回音渐渐消散，他才说道：“大家可以入座了。”影踪派掌门清晰平静的声音传遍了大殿的每一个角落。“在被告上庭前，我先要叮嘱在座的诸位，我不会容忍任何对审判的干扰。任何违犯此规则的人都将被监管起来，直到审判结束。同时，为了符合此次特殊的局面，我们将以一种独特的手段呈现证据。”

他向两位青铜龙点点头。两人站起身，掀起了身前桌面上的黑布，露出一只沙漏。

不等他们开始说话，吉安娜就已经明白了他们要做什么。青铜龙解释了时光之相将如何工作。当他们的声音消失之后，一种沉闷的咆哮声充满了吉安娜的耳鼓。片刻之间，她甚至无法呼吸。她正再一次被淹没，就像是……

因为手掌被用力攥紧而产生的疼痛感将吉安娜带回到现实之中。空气再一次进入她的胸腔。她无声地用力喘息，让气流涌进肺叶。咆哮声停住了，但吉安娜依然能够听到自己的心跳声，快得就像一只小兔的心跳。她转头看着卡雷，后者正紧盯着她，秀美的脸上满是关切之情。吉安娜舔了舔干燥的嘴唇，点点头，用唇语说：我没事。

卡雷苟斯露出犹疑的神情，但还是放松了握住吉安娜的手。吉安娜缓缓地深吸了几口气。两位青铜龙这时已经做完解释，退到一旁。

祝踏岚向卫兵点点头。“传被告上庭。”

这五个字如同电流一般传入众人耳中。大厅中的每一双眼睛都睁大了，无数道目光聚焦到通向地牢的那道门上。

加尔鲁什·地狱咆哮走进了大殿，身边跟随着六名卫兵——两名来自部落，一个巨魔，一个牛头人；两名来自联盟，一个暗夜精灵哨兵和一个德莱尼守备官；还有两名吉安娜见到过的最高大魁梧的熊猫人。加尔鲁什的身上已经不见了那副著名的铠甲——在那副铠甲上镶嵌有恶魔的獠牙，它们来自加尔鲁什的父亲格罗姆杀死的恶魔。而现在，他身上的布衣显然不是为他缝制的。他宽阔的肩膀和厚实的胸膛被那件衣服紧紧地包裹着。黑色的纹路如同细长的手指，交错分布于他褐色皮肤上的刺青之上——那是煞留下来的痕迹。铁链锁住了他的脖子、手腕和双脚，上面的铁环比吉安娜的手掌还要大。习惯于大步流星的加尔鲁什现在只能笨拙地迈着伤腿，蹒跚前行了。他的面孔显得异常冷漠，既没有懦弱的表现，也看不到傲慢自大。

片刻之间，大殿中鸦雀无声，人们只能听到锁链的撞击声和卫兵们的脚步声。

然后，混乱骤然爆发。

一波波的人群——既有联盟，也有部落，甚至还有一些中立势力纷纷从座位上站起。许多人冲到上层旁听席边缘，高声尖叫着，不停地挥舞着拳头。吉安娜像其他人一样不喜欢抑制力场，但她现在很庆幸这个力场的存在。她发现，自己并不希望加尔鲁什被一群愤怒的暴徒杀死。她想让加尔鲁什听到，甚至于看到他所做的一切——能实现这一点还要感谢青铜龙的发明。加尔鲁什应该知道自己都造成了怎样的破坏，留下了多少仇恨。她希望这名战争罪犯知道，全艾泽拉斯都是如何唾弃他、憎恶他。

而吉安娜也突然惭愧地意识到，如果自己无法杀掉加尔鲁什，她也不希望某个无知而疯狂的懦夫赢得这一荣誉。

熊猫人的反应极为迅速。旁听席上的大部分卫兵都是武僧。他们的身体便是武器。贸然违反纪律的人都被迅速压制下去，并被带离了大殿。看守加尔鲁什的卫兵全都拔出了武器，围拢在加尔鲁什身边，背对着他们看管的兽人，以平静的面孔朝向周围的人群。

除了那些卫兵以外，能冷然面对这场骚乱的就只有祝踏岚、四位天神和加尔鲁什本人了。那个兽人带有刺青的褐色面孔仿佛是从岩石中雕琢出来的一样，没有显示出任何表情。

祝踏岚的声音中流露出严厉的警告意味。“如果你们扰乱法庭，那么你们能见证的审判也就只有这么多了。刚刚这样做的人现在已经被监押起来，要到审判结束才会被释放。如果还有人要在这个最庄严肃穆的场合捣乱，都会被送到他们那里去。”

他点点头，加尔鲁什身边的卫兵又回到了原先的位置上。加尔鲁什被带到了祝踏岚所在的高台前，两名高大的熊猫人站到他身后。吉安娜知道，除非再有违规事件发生，否则这两名卫兵会做的动作将只有缓慢地眨动眼睛。剩余四名卫兵向祝踏岚鞠了一躬，便退了出去。祝踏岚俯视面前的这个兽人，过了一会儿才说道："加尔鲁什·地狱咆哮，你被控犯下战争罪行，被控意图侵害艾泽拉斯的全体智慧生灵，被控意欲毁伤艾泽拉斯本身。此外，还有众多罪恶因你的名义而行，或为你的同党所为，你也要因为他们而受到控诉。"

加尔鲁什只是站在原地，纹丝不动，一言不发。

祝踏岚继续说道："具体罪名如下：种族灭绝；谋杀；强制人口迁徙；造成人员失踪。"

这份列出诸项大罪的清单本身就足以让吉安娜绷紧了神经。她向沃金以及其他部落领袖的座位瞥了一眼。她早已听说过巨魔在加尔鲁什的统治下遭受的待遇，以及这个兽人曾企图对沃金本人施加的手段。

"奴役；绑架儿童；酷刑折磨；杀害俘虏；强迫怀孕。"

安度因打了个哆嗦。吉安娜理解他的心情。吉安娜想到了阿莱克丝塔萨，想到生命缚誓者和红龙军团所遭遇的种种恐怖恶行。卡雷正静静地坐在吉安娜身边。吉安娜抬起头去看他，想要给他一些安慰，却发现他正在看着自己。卡雷知道即将发生什么，他伸出手臂，搂住吉安娜。

吉安娜让自己坚强起来。

"对城市、集镇和村庄的肆意摧毁，哪怕毫无军事或政治的必要性。"

锦绣谷。

塞拉摩。

“对于这些指控，你有什么话要说，加尔鲁什·地狱咆哮？”

加尔鲁什没有回答。有那么一秒钟时间，吉安娜突然极想知道，在这样公开直白的控告面前，这名前任大酋长是否会有所触动。她听说过加尔鲁什因为一名部下以他的名义屠杀无辜而大发雷霆。吉安娜知道，有一件事，就算是加尔鲁什的敌人也不得不承认，那就是他对本族的无比忠贞与奉献精神。而曾几何时，他也是举世公认的信守荣誉之人。

吉安娜盯着加尔鲁什，不敢眨眼，甚至不敢呼吸。她不知道自己是希望加尔鲁什就此崩溃，为以往的暴行乞求宽恕，还是会顽抗到底——如果是后者，他们就可以杀死他而不受良心的谴责。

这时，加尔鲁什露出了微笑。尽管手腕上戴着沉重的铁链，他还是慢慢地鼓起掌来。

“演出才刚刚开始，”他冷笑了一声，“我已经要为它鼓掌欢呼了。这一定会比暗月马戏团有趣得多！”他轻蔑的笑声在整座大厅中回荡。“我不会承认我感到有罪，因为这只会让我显得羞耻。我也不会声称我清白无辜，因为这不是我想得到的。就让好戏开场吧！”

旁听席上第二次爆发了混乱。人们再一次跳起脚，仿佛就算是要从人堆里爬出来，也要扑到加尔鲁什·地狱咆哮的面前，用双手掐断他的喉咙。吉安娜下意识将双手按在了椅子扶手上，撑起了身子。而卡雷苟斯和瓦里安同时从两边抓住她，把她死死地摁进了椅子里。

“别站起来，亲爱的。”卡雷急迫地悄声说道。吉安娜意识到，自己只差一步就要和其他人一同发出狂暴的怒吼了。汗水从她的前额渗出。她命令自己坐回原位，双手紧紧地攥成了拳头。

与此同时，祝踏岚也失去了耐心。他连续敲了几下铜锣，大声向熊猫人发出命令。更多部落和联盟的成员被拽了出去，以免他们继续扰闹法庭。

大殿中的喧闹渐渐平息之后，恢复沉静之色的祝踏岚看着加尔鲁什。“无论你说什么，都不会改变这场审判的初衷，我们已经有既定的计划。”他向加尔鲁什的卫兵点点头。他们带领加尔鲁什来到贝恩身边的椅子前。加尔鲁什将坐在这里接受审判。尽管身负重镣，加尔鲁什还是显示出一副悠闲得意的挑衅神情。吉安娜的眼睛里燃起了熊熊的怒火，与之相比，就算是加尔鲁什丢进塞拉摩的那颗法力炸弹也只不过像是蜡烛头上的火苗。

第六章

就在人们因为加尔鲁什的恶毒言语和傲慢态度而又惊又怒的时候，安度因却只是感觉到极为失望。如果别人知道他的心情，一定会感到惊讶。毕竟安度因本人就遭到过加尔鲁什攻击，而且差一点便没能活下来。

在作为部落大酋长的最后一段时间里，加尔鲁什变得越来越着迷于使用精神和魔法手段来征服联盟。为此，他不惜任何代价。安度因几乎无法相信传闻中加尔鲁什所做的一些事情，但他的确亲眼见到过加尔鲁什犯下的一些罪行。加尔鲁什和瓦里安不同，他从不忌惮使用煞的黑暗力量来强化他的部队。尽管他也很清楚，煞魔乃是负面情绪实体化后凝聚而成的恐怖怪物。

为了实现这一目的，加尔鲁什偷取了一件被称为圣钟的魔古宝物。当圣钟响起的时候，就会持续释放出纯粹的混沌力量。而要制衡圣钟，只有一个办法，那就是使用潘达利亚的祥和钟杵。安度因重新拼合起这件宝物，并在与加尔鲁什对抗的战斗中用祥和钟杵击中了圣钟，将混沌之音转变成真正的和谐韵律。

那次，他确实挫败了加尔鲁什的计划，而恼羞成怒的兽人用他的战斧——血吼劈砍圣钟，让那件魔古宝物变成了碎片。

一同粉碎的，还有安度因的骨头。

疼痛再一次泛起，咬啮着他身上每一处被圣钟碎片砸到的地方。当安度因改变坐姿的时候，疼痛立时袭来。随着他回想起那时的情景，疼痛也发生了改变，仿佛更加深入他的骨髓。维伦曾经告诉过他，这种痛楚可能永远都不会彻底消失。而且随着安度因年龄的增长，它很有可能也会不断增长。

“身体不会完全遗忘它所受到的伤害。你的每一根骨头都有自己的记忆。”那位古老的德莱尼曾微笑着向他说道，“不过，还是要感谢圣光，亲爱的王子，你将能够继续活下去，倾听这些回忆。”

但安度因绝无遗憾。他相信，正如同那柄钟杵能够将混乱的声音转变成和谐的乐曲，有智慧的生物一定也能做到这样的事情。安度因从灵魂深处坚信这一点。德莱尼和纳鲁都对此深信不疑——他们要比他睿智得多。大地之环就曾经使得被死亡之翼严重伤害的世界恢复平衡。这个组织本身就是由各个不同种族的萨满组成的。他们还曾经与塞纳里奥议会联合，恢复了世界之树诺达希尔。智慧生物之间的合作是完全可行的。这是他亲眼见证的事实。而每一个生命个体又都是独立的——是能够不断成长的。

审判才刚刚开始。如果冗长的罪行清单无法让加尔鲁什动容，或者说，只能成为他吹嘘的资本，那么，也许青铜龙的发明终究能够对他有所触动。

这位年轻的王子为贝恩·血蹄感到难过。现在他依旧将这位牛头人视作自己的朋友。他还记得那一晚，他与这位牛头人坐在吉安娜的客厅里。那时贝恩正因为恐怖图腾的叛逆而被迫出逃。安度因也很钦佩贝恩愿意担负起为这个杀父仇人辩护的责任。这位王子抬头看着瓦里安。他有些想知道，如果自己的父亲处在贝恩的位置上，又会怎样做。他希望瓦里安能够对这道难题应付自如，同时又能保持应有的尊严。

泰兰德·语风从座位上站起，走到大殿中心。她的身上穿着如同流水波纹的长袍。如果以单调的词汇来形容，那件袍子可以被称为“白色”，但实际绝非如此。隐约之间，它会显露出熏衣草色、靛蓝色、珍珠色和银色。任何看到它的人都会同时感受到简单与华丽之美，正如同将它穿在身上的那位精灵女子一般。安度因早就见过泰兰德·语风。在所有联盟领袖之中，甚至还可以加上一些部落的领袖——泰兰德是最让他有压迫感的一位。这并非是因为她有多么傲慢专横，恰恰相反，她一直都是那么和蔼亲切。

安度因在泰兰德身上看到了她所敬拜的月之女神的光辉，还有她的族人们所钟爱的夜色森林中的清冷幽静。这一切都是那么美丽。在麦格尼·铜须的追悼会上，泰兰德第一次对安度因说了话，并为了安慰他而用手轻抚过他的面颊。安度因曾经因此而战栗不已，那种感觉，他直到现在都记忆犹新。

此时此刻，泰兰德只是抬起头，望着旁听席上的无数张面孔，久久不曾说话，仿佛正在整理思路。然后，她将犀利的目光转向四位天神。

“作为控诉人，我有权第一个向陪审团，向聚集在这里的人们说话。”她的声音传遍了整座大殿，但依旧动听如同歌声，毫无刺耳的感觉，“控诉人有这样的权利，是因为我必须首先证明自己的论点。尽管我实在很想让辩护人在这里先说话，因为血蹄书绍接受的任务实在比我的困难太多。”

她开始以优雅的步伐走上前来。一头蓝色长发闪烁着明亮的光泽，在她背后微微摆动。她那熏衣草色的面孔再一次转向了旁听者们。“加尔鲁什·地狱咆哮在今天帮了我一个大忙。他不仅承认了他的累累罪行，甚至还将它们当作吹嘘的资本，向法庭发出亵渎之语。现在这座神庙中的所有人——实际上，我敢断言，在艾泽拉斯的所有生灵，都受到过这个兽人的伤害，或者至少是被他所影响。”

她的视线终于转向加尔鲁什，尽管这位精灵的脸上只有非常细微的变化，安度因却已经察觉到她的恨意。“我的任务光荣、令人欣喜，却又极为严肃。我将提供证据，证明加尔鲁什犯下了所有他被指控的罪行，而且还不仅于此。我要让你们看到，他不仅作恶多端，更完全清楚他的所作所为所造成的痛苦、灾难和恐怖的破坏。”

她停了一下，转向克罗米和凯诺兹面前的桌子，将双手放在心口，向他们深鞠一躬。“非常感谢青铜龙军团，因为你们的努力，我现在能够使用的工具将不再只是最终会让我们感到麻木的单调言辞，而是那些事件的真实场景。所有人都将看到加尔鲁什·地狱咆哮的阴谋，听到他的谎言。最后，你们将见证他的背叛行径。”

加尔鲁什并没有打断泰兰德。泰兰德正在布置控诉人的策略。

这将是一个非常残忍的策略。面对如此冷酷无情的控诉人，安度因本以为加尔鲁什将无法对这样的控诉保持沉默，但他一个字都没有说。

无论泰兰德是否对加尔鲁什的反应感到失望，都没有表现在脸上。她微微抽动了一下精致的鼻翼，再一次抬头向旁听席上望去。她的声音很柔和，充满了悲悯之情，正如同安度因回忆中他们第一次相见时的样子。

“我知道，这些画面很可能会非常可怕。你们之中的许多人都曾经亲身经历过地狱咆哮所制造的灾难。我将让你们重温这份痛苦的回忆。对此，我真诚地向你们表示遗憾。但我相信，如果我不竭尽我所能，让这个……兽人……接受真正的正义，那你们必将承受更多苦难。”

她又向四位天神鞠了一躬。天神们一直如同石雕一般坐在位子里，但整座大殿都能感受到他们的存在。“天神，你们的仁慈与睿智都令我景仰。我恳求你们，将我所说的真正的正义给予我们，判定加尔鲁什·地狱咆哮——前任部落大酋长有罪，认可他被指控的每一桩罪行，昭示他对艾泽拉斯所做的伤害——无论这些伤害是针对个人、针对种群，还是针对这个世界本身，并同意对他施加最大限度的惩罚：死刑。……谢谢你们。”

安度因长吁了一口气，随后才意识到自己刚才一直都没有呼吸。在法庭上是不允许鼓掌的，否则，安度因相信旁听席上一定会爆发出雷鸣般的掌声和欢呼声。面对如此深刻有力的指控，加尔鲁什依旧是无动于衷。

泰兰德回到了座位上。她的情绪高昂，身体如同精灵箭杆一般笔直。祝踏岚点了点头。

“谢谢你，书绍。辩护人可以发言了。”

贝恩并没有像泰兰德那样在镇定的神情中隐隐散发出无可匹敌的气势。他缓缓地站起身，庄重地向天神们鞠了一躬，然后转身面对旁听者。

“在受到指控的时候，加尔鲁什·地狱咆哮曾说这场审判只是一场‘演出’。我不希望我们聚集于此，真的像他所说的那样，只是为了一场演出，或是一出‘好戏’。我也不会宣称加尔鲁什·地狱咆哮是无辜的，那样只是在侮辱大家的智慧。我更不会试图让你们相信他受到了误导或欺骗，那是在冒险让我自己成为受世人唾弃之人。我同样不应该乞求怜悯，或者希望会有人能忘记他犯下的所有罪行。我现在只会提出一个重要的问题。”

贝恩挺直腰身，深吸一口气。他硕大的胸膛随之隆起，提醒在座的所有人，他是一名战士、一位大族长，以及一位伟大领袖的儿子。“加尔鲁什·地狱咆哮杀害了我的父亲。你们之中的大多数人都知道这件事。但我还是站在这里，尽管对加尔鲁什绝无个人好感，却还是选择为他辩护。为什么？祝踏岚法设、至尊天神、艾泽拉斯的人们，因为我像你们一样，希望实现我雄辩的暗夜精灵同僚所强调的‘真正的正义’。更因为只有这样做才是正确的。”

他走向旁听席，抬头望着密密麻麻的旁听者，仿佛在询问人们是否会反驳他。“我们不会像加尔鲁什对待我们那样对待他。我们不会将我们的欲望与需求放在第一位。我们不会让心中只有狂热的杀戮，只有复仇。我们不会以为我们的种族已经失去了所谓往日的荣耀，只有依靠暴力才能将其恢复。我们将会做得更好。我们比他更优秀。”他指了一下加尔鲁什·地狱咆哮。现在那个兽人的獠牙之间露出了一丝微笑。

“因为我们更优秀，所以我们将会倾听，将会使用我们的意志和心灵寻找一个结论。这个结论在未来许多世代中都应该被认为是真正的正义。”贝恩向联盟众人的席位望过去，与安度因对视了片刻，又将目光转向瓦里安，然后是吉安娜·普罗德摩尔。

吉安娜的额头上出现了一些细小的皱纹，破坏了她双眉秀美的曲线。安度因知道，这些皱纹往往会在她集中精神的时候出现。而现在，她肯定是不喜欢贝恩所说的话。

“敞开自己的理智与心灵，这正是我要面对的挑战，也是天神的。实际上，是我们所有人都要面对的挑战。我们需要的是一颗智慧之心，而不是一颗残破的心。我已经听到你们之中不止一个人说，绝不能让加尔鲁什将他的一切罪行‘置之度外’。如果你们真的不希望如此，如果你们认真地在寻求正义，那么你们就必须让他活下去。只有一个人活着，他才会所有改变，才能开始做一些事情，修复被他破坏的一切。谢谢你们。”

再次鞠躬之后，他回到了座位上。

贝恩的演讲结束后，大厅中只剩下了岩石一般的寂静。安度因对此并不感到惊讶。牛头人的战场已经不能算是一片需要向上仰攻的山坡，而是一道矗立在他面前的陡峭悬崖。

“休庭一个小时，然后在今天下午进行第一场证据演示。”祝踏岚朗声说道。他敲了一下铜锣，便站起身。大殿中的所有人都随之一同起立。然后，议论声就在大殿各处响起。所有人都在兴奋地交谈着，有的愤怒，有的欢快，而所有人无一例外都在反对加尔鲁什。

安度因竭力想要吸引贝恩的注意力，但那位牛头人正在和凯诺兹交谈。他的举手投足都显得思虑重重，脸上的神色也无比凝重。安度因继续看了他一会儿，希望自己如果真的走过去，那位牛头人能够将他看作一个来鼓励自己的朋友。也许，这样的日子终究会到来。王子的目光又转向加尔鲁什，不由得浑身一僵。

那个兽人正在盯着他。

从加尔鲁什的脸上，安度因依旧看不到任何表情。王子只觉得自己的掌心渗出了汗水，胸口也仿佛被那道冰冷的目光勒紧了。他的意识一下子闪回到他和加尔鲁什正面对峙的那一刻。

击打圣钟，将混乱转变为和谐。然后他转向加尔鲁什，告诉那个兽人，自己用手中的钟杵做了什么。加尔鲁什雷霆大怒。

“去死吧，小崽子！”

然后……

一只手落在安度因的肩头，让他愣了一下，当他意识到那其实是自己的父亲，不由得有些脸红。

“你还好吗？”瓦里安一边问，一边顺着儿子的目光望过去。随后，他不悦地哼了一声。“来吧，我们去吃些东西。你不必非得看着他。”

尽管在与加尔鲁什目光相对的时候，自己的身体反射性地感到了恐惧，但安度因发现自己其实并不介意看到加尔鲁什。贝恩刚才说的那番话依旧在他的耳边和心中回荡。而加尔鲁什现在却没有了任何得意的神色。实际上，现在这个兽人反而以恭谨的态度低下了头，起身跟随卫兵们去吃饭了。

“我没事，父亲。”安度因想了想，又说道，“不要担心，您所做的是正确的。”

瓦里安知道他的意思。国王看着加尔鲁什的背影，抿起了嘴唇。

“现在，我并不是很确定，完全不确定。”

* * *

他们都以为她死了——扎伊拉，龙喉氏族的督军。她很乐意让他们这样以为下去。

一开始，她的确可能是只有死路一条了。在奥格瑞玛攻城战中，她被从她的始祖龙坐骑——迦拉卡斯背上射了下来，几乎已经没有了生还的希望。但令人惊讶的是，她的确从那次坠落中生还了。她受了很重的伤，但她的意志更加顽强。决定将口水吐在死亡脸上的扎伊拉扔出一颗烟幕弹，分散了敌人的注意力，然后踉跄着跑到了一个安全的藏身之地，才瘫倒下去。她从重伤中恢复过来，并且坚信自己能够活下来，一定是为了某个目的。这个目的就是救出加尔鲁什·地狱咆哮——她那正在接受死亡审判的大酋长。

她和许多龙喉兽人都撤退到了格瑞姆巴托。在那里，他们曾经迎来过迄今为止最伟大的一个时刻。在那里，扎伊拉和她的部下秘密地恢复着元气。扎伊拉选择了伟大的生命缚誓者阿莱克丝塔萨遭受折磨，被迫为龙喉氏族生育红龙坐骑的那个房间。直到现在，扎伊拉还会每日心驰神往地看着阿莱克丝塔萨在极度痛苦中抓破山壁留下的深沟。还有那些曾经强迫红龙女王低垂下那颗红色头颅的巨型铁链。

她已经得到消息，沃金的“部落”为了找到她而彻底搜索了暮光高地，并重金悬赏她的头颅，但他们从没有想过来这里看一眼。扎伊拉相信，沃金会如此疏忽大意，只不过因为他是一个巨魔。要是一名兽人当大酋长，肯定会想到去搜索格瑞姆巴托。但不管怎样，这里不是他们永远的家。他们需要行动，而且速度要快。

现在，她看着自己残存的氏族，不由得心潮澎湃。“我的龙喉战士们，”她粗噶的声音显得格外激动，“你们跟随我对抗曾经统治我们的邪兽人莫格霍尔。因为你们知道，骄傲的兽人一族绝不应该被那种腐败之物所玷污。你们追随加尔鲁什·地狱咆哮，他唯一的心愿就是保持部落的强大、纯粹和力量。为了实现真正部落的梦想，他现在却身陷囹圄，仅仅由一个牛头人为他辩护。潘达利亚的天神成为他的命运的主宰者。我在那里的间谍向我报告，要拯救我们光荣的大酋长，只剩下几天时间了。”

扎伊拉的目光逐次扫过面前的兽人。她知道，他们都和她有着同样的想法。但她还是不禁为那些不可避免的命运感到遗憾。“你们受到过训练，你们有着充分的准备。但不管怎样，我们的数量还是很少。你们像我一样明白，我们也许会失败，也许一个都活不下来。但我宁可为了一个光荣的目标死在战场上，也不愿继续躲藏在这里。如果你们还愿意跟随我，就放声怒吼吧！”

一阵咆哮声响起。所有兽人都在挥动手中的武器，用力跺着脚，以最大的声音发出吼叫。扎伊拉凶狠地大笑着，加入到兽人们的战吼之中。“以先祖的名义！哪怕我们只剩下自己的意志与心灵，我们也必将取胜！”

就在扎伊拉说话的时候，她看到门口处出现了一个身影。她的一名斥候正急匆匆地跑进来，手中还攥着一份卷轴。斥候一直跑到扎伊拉面前，喘息着跪倒下去。“督军……我是一路跑回来的……有一个陌生人……他要我把这个交给你！”他将那份卷轴递了过来。因为一路上被他紧紧攥着，卷轴已经有一点折损了。

扎伊拉故作恼怒地咆哮一声，以掩饰自己的忧虑。她打开卷轴的蜡封，看到其中的内容：

向督军女士问好！

虽然头颅已经低垂，却还没有被砍掉。只要大酋长还活着，强悍的心中就有希望。我们依旧相信真正的部落，那曾经是部落的过去，也必将是它的未来。

如果你也有这样的希望，如果你的心脏还在为兽人一族的荣誉而跳动，那就请允许我见到你。我们将深谈此事。我能给你巨大的帮助。

一位朋友

“一位朋友。”扎伊拉重复着这个署名，目光转向她的斥候，“我想，那应该是一个兽人？”

斥候睁大了眼睛，用力摇着头。“不，督军。他……他是一头龙！”

第七章

古伊尔利用这段休庭的时间清理了一下思路。他的座狼雪歌这次也同他一齐来到了潘达利亚，他很高兴自己能有时间骑着她跑上一阵，静静地思考一下。这位与他有着深深羁绊的老友已经有些上了年纪，所以古伊尔不会再骑着她冲上战场了，但她依旧强健有力。在一些短暂的时光中，他们会双双享受一阵全速飞驰的乐趣。现在，他们正跑出白虎寺，沿着盘绕曲折的山路穿越荒野。这片山麓丘陵让他不禁想起了杜隆塔尔。

他的小儿子杜拉卡被牢牢地绑在他的胸前。父亲温暖的胸口和跳动的心脏在抚慰着这个男孩。当古伊尔驱策座狼向酒坛集全速奔驰的时候，杜拉卡已经沉入了深深的梦乡。酒坛集是一座位于凛风小径尽头处的小村庄。感觉到在怀中安然入睡的小生命，兽人的精神也平静了下来。在这时，带着香醇气息的风抚上了他的面颊。

泰兰德说得没有错。她只需要在每天展示出事实，就足以赢得这场审判。但这个能将往日情景重现的装置却让古伊尔满腹疑虑。如果言辞能够被扭曲，那么影像肯定也会。

古伊尔又想到那些联盟成员愤怒的吼声。他们要对整个部落进行审判。古伊尔相信，如果真的进行这种审判，那么首当其冲要接受审判的必然是他。因为是他将部落的大权交到了地狱咆哮的手中。如果不是他首先犯下了这一罪行，今天的情势可能就截然不同了。古伊尔本希望加尔鲁什会以他的父亲为榜样，加尔鲁什过去一直都是如此——但最终，加尔鲁什只学到了错误的东西。古伊尔以加尔鲁什的人格力量为赌注，放手一搏。现在，全艾泽拉斯都在为古伊尔这场失败的赌博付出代价。古伊尔一直在思忖，他自己要因此而承受多少罪责。加尔鲁什制造了那么多伤害——不只是对于那些被他终结和损伤的生命，还有对于他所统治的部落。古伊尔曾经向元素祈祷，希望能够实现一场迅速而且真实的正义。加尔鲁什已经做了太多的坏事。古伊尔相信，只要他还活着，就还会继续沿着错误的道路走下去。

他抬手按了按胸前的杜拉卡。过去是无法改变的，也不应该被改变。但未来却不一样。古伊尔知道，有许多事情——也许是所有的事情——都可能在那座法庭中被改变。

他用下巴轻轻蹭了蹭儿子的头顶，在心中立下一个誓言。他将竭尽全力保护这个世界的未来，无论要他付出怎样的代价。

* * *

“书绍，你可以请上你的第一位证人了。”

泰兰德点点头。“庭上，请允许我传维伦——德莱尼一族的先知和领袖作为我的证人。”

古伊尔咬紧了牙关。杜拉卡正躺在他身边的摇篮里。阿格娜猛吸了一口气。“我对这个精灵女祭司略知一二，我们绝不能低估她。”阿格娜的声音很低，但其中充满了怒意，“如果说兽人恨暗夜精灵，那么暗夜精灵也同样痛恨着兽人。”

“我们不知道她到底打的什么主意。”古伊尔这句话是回答阿格娜，也是对自己说的。

“我想，这值得我们好好猜一猜。”阿格娜说道。

古伊尔没有回答，只是静静地看着维伦。这位来自外域的上古长者曾经以非凡的宽仁之心对待过一个名叫杜隆坦的年轻兽人。而现在，他以典雅庄严的身姿坐在了证人席上。他比古伊尔见过的最高的德莱尼还要高大，但与那些肌肉发达的生灵相比，他的身架要显得单薄许多。他的身上没有披挂铠甲，只穿着一件白色和紫色相间、质料轻柔的长袍，会随着他的每一个动作而微微飘动。他的眼睛里闪耀着一种仿佛有着安慰力量的蓝色光彩，眼眶周围是一圈圈深深的皱纹。在他的胡须中，能看到箍着金环的短触须。而那绺几乎垂到腰间的白色长须，让古伊尔想到了大海上掀起的滔天白浪。

贝恩也在小心地看着维伦。古伊尔对这位牛头人非常了解，甚至能从他微微移动的肌肉看出他准备做出怎样的动作。

古伊尔自己曾经记录过自己祖先的历史，但他能写下的只有一些关于旧日往事的只言片语。还能清楚地记得过去的兽人实在已经太少了。恶魔之血曾经在他们的血管中流动，激起他们的狂暴之心，却让他们难以再理智地思考。当维伦重新出现在艾泽拉斯的时候，他的族人选择加入了联盟。每当想到德莱尼一族，古伊尔都会不由自主地感觉到自己的心被苦涩的歉意所刺痛。除非真正的和平与信任降临艾泽拉斯，否则古伊尔就不可能有机会坐下来，像他的父亲一样，把肚子里的问题向维伦全盘托出。古伊尔知道，尽管联盟和部落合力捉住了加尔鲁什，但这个兽人可能已经将这样的未来变得完全不可能了。

“先知维伦，”泰兰德郑重地开口道，“此地只能讲述事实，此地永远要讲述事实。这是熊猫人祖先的遗训。我们遵从他们的法律，以寻求平衡。”

“我们尊重他们的法律。”祝踏岚温和地补充道。

泰兰德面色微微一红，纠正了自己：“向您致歉，祝踏岚法设。我们尊重他们的法律，以寻求平衡。您愿意宣誓吗？”

“我宣誓。”维伦回答道。他的声音洪亮清澈，即使只有寥寥数语，也让人感觉到温暖与和蔼。他将双手放在膝头，等待着泰兰德进一步提问。

“先知，我相信，今天这个法庭上的所有人都知道，您曾在漫长的历史中，亲眼见证过我们需要知道的种种暴行。”泰兰德说道。

是了，古伊尔想到，她现在要用这数年间泼溅的血污将我们全部染黑——或者是染红。

贝恩猛然站起，高声说道：“对此，我表示反对。法设，我们在此是为了审判一个兽人的行为，而不是全体兽人所做的事情。”

“对于这一点，祝掌门。”泰兰德回应道，“辩护人曾经说过，加尔鲁什对他的族人至为关爱。我希望能够让陪审团了解这一族的历史。天神见闻广博，但他们并不知道德拉诺。他们对于兽人的心态和历史的理解对于他们做出最终判决是至关重要的。”

“我同意控诉人的话。”祝踏岚做出了决定。贝恩的耳朵微微抖动了一下，低下头，接受决定，坐回到椅子里。

“谢谢。”泰兰德继续说道，“先知，您能简短地作一下自我介绍吗？”

“我是维伦。我曾经在千年之中，尽我的全力领导我的人民。为了躲避燃烧军团的恶魔，我们从故乡阿古斯逃亡。许多个世纪以前，我们到达了德拉诺，在那里建起了新的家园。相信在座的都已经知道，我们正是从那里出发，来到了艾泽拉斯。”

“你们在德拉诺是否受到了欢迎？”泰兰德问。

“我们并未受到排斥。”维伦答道，“兽人和德莱尼在很长一段时间里，一直和平相处。”

“这样说是否准确，许多个世纪之中，你们和兽人在德拉诺比邻而居，相互之间有过一些交往，进行和平的贸易，并且彼此尊重？”

“是的，这样说很准确。”

高阶祭司看了一眼克罗米，后者点点头，从椅子上滑下来。凯诺兹则继续留在椅子里，警惕地看着审判。“庭上，请允许我展示第一段维伦之相。”

克罗米跳到桌上。因为侏儒的身材，她只有这样才能操作时光之相。但没有人敢笑话一头龙，哪怕这头龙看上去是那么可爱和欢快。克罗米以侏儒一族特有的灵巧小手启动了时光之相。

盘绕在沙漏顶部的青铜龙猛地睁开了双眼。

一阵惊讶的窃窃私语声在大殿各处响起。沙漏上的龙抬起了头，抖动两下，仿佛刚从酣梦中醒来。然后，它伸出前爪，抱住了身下的沙漏球。球中的沙子开始放射出与龙睛中的光芒一样的金光。一缕连绵不断的细沙落进了下方的沙漏球，而那颗球上的青铜龙依旧是一动不动，只是一块没有生命的青铜。

这时，克罗米的眼睛也在闪光。很显然，她在使用青铜龙族所特有的魔法。她张开了一只小手，一根与沙漏中的沙子同样颜色的雾须从她的手心中飘起，盘旋着一直延展到大殿中心，如同在空中舞动的一条长蛇，随后又不断改变形态，直到其中出现了清晰可辨的画面。各种色彩开始渲染那些画面。青铜的金色渐渐褪去，画面里那些比现实更大的人影被还原成了原本的色彩。

在画面中站立着两个年轻的兽人，褐色的皮肤上全是汗水和尘土。他们的下巴微微耷拉着，两双瞪大的眼睛紧盯着一名披挂光芒闪烁的金属铠甲的德莱尼武士。看德莱尼的表情，他显然对这两个兽人很是关切。这两个男孩则是满脸惊讶，但并没有恐惧。

古伊尔知道这两个年轻人是谁。

记忆如同潮水般涌来：当他第一次从德雷克塔尔那里得知自己的血脉传承时所感觉到的惊讶与自豪。在一条时光之路上，一段可能发生改变的历史中，与自己的父母“相遇”时的喜悦，以及被迫看着他们被杀害时那种锥心的痛楚。现在，同样也当了父亲的萨尔痴痴地看着还只是个男孩的他的父亲。当他转过身，伸手去抱自己的儿子时，阿格娜已经将杜拉卡放进了他的手臂里。他们的目光相遇。片刻之中，他们用眼神传递着彼此的爱意和理解。

然后，古伊尔抱紧杜拉卡，继续去看大厅中央那片虚幻的画面。

“先知。”泰兰德说道，“您能解释一下我们现在看到的情景吗？”

维伦叹了口气，肩膀微微弓起，用忧伤的声音说道：“可以。我并没有亲眼看到这一时刻，但我认识这三个人。”

“他们是谁？”

“这位德莱尼是我的密友——瑞斯塔兰，泰尔莫的卫队长。两位年轻的兽人是奥格瑞姆——也就是后来闻名遐迩的毁灭之锤，以及加拉达之子杜隆坦。”

“你们这样的接触很常见吗？”

维伦摇了摇头，下巴上的触须也随之而摆动。“不。那是第一次发生这种事情。我们与兽人进行贸易，但从没有见过他们的年轻人。”

“这次遭遇的后果又是怎样的？”

“那些男孩们本来是为了逃脱一名食人魔的攻击。一队德莱尼恰巧帮助了他们。我的卫队长瑞斯塔兰很惊讶地发现，他们来自不同的氏族，却依旧是要好的朋友。那时我们对于兽人已经很了解，知道这种情况绝对非同寻常。那一天已经太晚了，他们无法再安全回家，所以雷斯特兰派遣使者去告知他们的氏族，并邀请他们作为我们的客人，直到清早。并且雷斯特兰认为我也许会有兴趣和这两个男孩谈一谈。他想得没有错。我与这两位年轻的兽人共进晚餐，发现他们非常聪明，性格也很好。”

古伊尔还记得德雷克塔尔和他讲述过这次遭遇。那位老兽人也不曾亲眼见证过这件事，但他听到过关于这件事的详细讲述。古伊尔很高兴德雷克塔尔不必在这里重温往日的这一时刻。在这之后不久，兽人就彻底堕入了黑暗的深渊。

“您所说的那座城市——泰尔莫，它很容易被找到吗？”

“不，”维伦答道，“它同时被魔法和科技手段所隐藏。如果我们不欢迎那两个男孩，他们永远也不可能找到。”

“庭上，请允许我呈现第二段维伦之相。”泰兰德向克罗米点点头。克罗米的双手仿佛戴上了蜂蜜色的光之手套。她一挥手，众人眼前的画面消失了，另一幅画面取而代之。沙漏中的时之砂再次落下，一粒接一粒的光芒细沙堆积起来。在古伊尔的眼中，第二幅画面被赋予了生命。

“我们到了。”瑞斯塔兰说道。他从浑身披挂钴甲的塔布山羊上跳下来，跪在地上，扫开地面上的一些落叶和松针，仿佛在寻找着什么。没过多久，落叶下面露出一块美丽的绿色水晶。他将手掌轻轻按在上面。

“Kehla men samir，solay lamaa kahl。”

他们周围的树林开始发光。片刻之间，古伊尔有些怀疑时光之相是不是发生故障了。不过他很快就意识到，画面中的人依旧是稳定清晰的。年轻的杜隆坦惊呼一声。树林的光芒更加强烈。他们周围茂密的树林中突然出现了一条宽阔平坦的大道，一直通向群山脚下。

“我们就在食人魔国度的中心。不过，在很久以前，这座城市被建成的时候，这里并不是这样。”瑞斯塔兰一边说，一边站起身，“如果食人魔看不见我们，他们就无法攻击我们。”

“但……你们是怎么做到的？”杜隆坦问。

“一个简单的幻术。仅此而已。一个……关于光的小把戏。眼睛并非总是值得信任的。我们认为所见即真实，光一直都会将现实世界呈现给我们。但光和影是可以操纵，可以诱导的——只要能够理解它们。通过说出那段话，碰触那颗水晶，我改变了光落在岩石上、树上和地面上的方式。所以你们的眼睛才会感知到和你们原先的想象完全不同的东西。”

瑞斯塔兰发出温暖的笑声。“来吧，我的新朋友们。你们的族人以前还从没有见过这个地方呢。现在，你们就要踏上我的家乡的大路了。”

画面冻结在这一刻，然后消失了。沙漏中的沙粒停止了下落。青铜龙恢复成最初的样子，闭上闪光的眼睛，又变为一件装饰品。盘绕在底部沙漏球上的青铜龙在这时醒了过来。它伸展肢体，用一双爪子抱住它所守卫的沙漏球。

“瑞斯塔兰向杜隆坦和奥格瑞姆展示了德莱尼保护家园城市的秘密。那么，这两个男孩是否守住了这个秘密？”泰兰德平静地问道。

古伊尔知道这个答案。

“没有。”维伦的回答充满了痛苦。

“发生了什么事？”

维伦重重地叹了口气，向部落这一侧望过来。他在寻找古伊尔。当这位先知再次开口的时候，他仿佛只是在对那个小男孩的儿子说话，无数全神贯注的旁听者全然被他置之脑后。

“多年以后，兽人们受到了耐奥祖的欺骗，又被古尔丹所出卖。我坚信，杜隆坦一定在为那件事而深自悔恨……”

当泰兰德打断先知的话语时，脸上依然带着温和的微笑。“您有着丰富的同情心，先知，但还请简单地陈述您所知道的事实。”

阿格娜显得惊讶而且愤怒。“她甚至不让他说出心里的话！为什么贝恩不反驳？”

贝恩保持着沉默，只是他的一双耳朵紧紧抿在脑后。这让古伊尔知道，这位辩护人一点也不喜欢事态会这样发展。“因为泰兰德的要求是正确的。亲爱的，贝恩会有所行动的。不要担心。”但古伊尔不能否认，他也和自己的爱侣一样感到愤怒。

维伦点点头。“好的。简单的事实就是，杜隆坦在多年后率领一支兽人部队攻击了泰尔莫。”

“谢谢。”泰兰德转回头，目光扫过旁听者，最终落到四位天神的身上。“我必须警告法庭，现在将要展示的是极为暴力和令人不安的画面，但这便是背叛和屠杀的本质。”

贝恩又一次没有反对。古伊尔痛苦地意识到，这同样是因为泰兰德是正确的一方。

尽管如此，这位控诉人却丝毫没有自得或兴奋的样子。她说道：“我将展示第三段维伦之相——泰尔莫被兽人攻占。”

时光之相的沙粒再次落下。画面重新被打开。古伊尔抬起头，看到了他记忆中的杜隆坦。已经成年的杜隆坦成了霜狼氏族的首领，尽管古伊尔以前从未见过，但他立刻就认出，父亲的身上披挂着传承了十代的首领战甲。用锁链连缀在一起的沉重铠甲正面有两头白色的恶狼相对而立。那本应该是我的战甲，古伊尔心中想道，如果命运没有那么多波折，有朝一日它也应该是杜拉卡的。

古伊尔提醒自己，命运并没有这样安排。这副战甲已经失落在时间的长河之中。奥格瑞姆认为它被不知名的敌人掠走了，或者是被元素破坏了。而古伊尔则是作为一名人类的囚犯长大成人。命运走到今天这一步，部落，尤其是加尔鲁什所统治的部落，要负很大责任。但联盟就没有一点责任吗？

杜隆坦和另外几个全副武装的兽人站在前一段画面中出现过的那片“森林”之中。和古伊尔记忆中非常相像的奥格瑞姆站在他的挚友身边，看着杜隆坦在地面上搜索。古伊尔知道——他相信法庭中的每一个人也都知道——杜隆坦在寻找什么。

杜隆坦站起身，掌心托着一颗异常美丽的翠绿色宝石。

“你找到了。”奥格瑞姆说道。杜隆坦点点头，目光从宝石上转向同伴们。

“各就各位，”奥格瑞姆对兽人们吼道，“我们很幸运。德莱尼没有察觉我们的行动。”

杜隆坦犹豫了片刻，然后说出了那句致命的咒语：

“Kehla men samir，solay lamaa kahl。”

保护泰尔莫的幻象缓缓地消失了，显露出那条一直向前伸展的宽阔大道，仿佛正在向这些兽人发出可怕的邀请。

仿佛就在一刹那，整座大殿都变成了战场。宏大的画面令人感到窒息——兽人们骑在披甲的战狼背上，手中高举刀斧，在冲锋中发出震耳欲聋的战吼。他们胯下的巨兽同样在发出刺耳的长嚎。时光之相集中在他们身上，跟随着这群扬起漫天尘沙，如同晴空霹雳一般的暴徒向前急冲。而他们的对面就是安详宁静的泰尔莫城。在下一个瞬间，全景画面被更加具体的形象所取代——数名德莱尼呆立在原地，在惊愕中全然不知道要逃跑或保护自己。巨剑利斧砍下了带角的头颅，而那些蓝色的面孔上还充满了困惑的表情。靛蓝色的鲜血四处泼洒，沾染在华丽的铠甲和褐色的皮肤上。巨狼的皮毛上同样满是蓝血，让这些猛兽的脚印也都变成了蓝色。

恐惧的尖叫声和哀号声夹杂在一片杀戮的喧嚣中。杜隆坦的族人横冲直撞。而兽人武士的身后还跟随着刚刚出现的术士。他们将火焰、暗影和诅咒播撒在一群群手无寸铁、心胆俱裂的德莱尼身上。

一些兽人冲进了建筑物中，追杀那些慌不择路、逃进房屋里的德莱尼。没过一会儿工夫，满身鲜血的兽人武士已经跑下建筑物的台阶，去寻找下一个目标了。

终于，泰尔莫的守卫者开始反击了。德莱尼卫士们以他们的敌人完全无法想象的魔法力量作为武器。银白色、碧蓝色和亮紫色的光芒与病态的黄绿色的术士魔法能量发生了激烈的冲突。在灼目的强光中，一切刀剑交锋都已经无法看清了。古伊尔的注意力一直集中在他的父亲身上。而时光之相仿佛也在跟随古伊尔的目光，聚焦在了杜隆坦和那个正在用闪耀着蓝色强光的宝剑向杜隆坦发动攻击的人身上。

瑞斯塔兰。

那位德莱尼高喊着古伊尔听不懂的战号，抓住杜隆坦，将他拽下坐骑。让古伊尔惊讶的是，杜隆坦没能及时做出反应，只是重重地跌落在地面。瑞斯塔兰举起宝剑，而杜隆坦也握紧了战斧。

杜隆坦的黑狼调转回头，来保卫他的主人。巨大的狼牙插进德莱尼的手臂中。闪耀的宝剑从瑞斯塔兰的手中落下。杜隆坦的战斧劈落，砍开银甲，撕裂骨肉。瑞斯塔兰跪倒在地。狼牙咬得更紧了。蓝血从战斧造成的伤口中喷涌而出。杜隆坦再次挥斧，结束了德莱尼卫士的痛苦。瑞斯塔兰，杜隆坦曾经的朋友，带领他进入这座都市的引路人，就这样被杀害了。

古伊尔认为这一定应该是这场血腥展示的结尾了。泰兰德已经给出了足够的证据。他瞥了一眼那位精灵祭司，看到泰兰德将双臂紧紧抱在胸前，两只眼睛死死地盯着被她展示在法庭面前的那些画面。她并没有要结束展示的意思。于是，屠杀的场面继续了下去。

兽人在时光之相中蹂躏了整座城市。古伊尔的心中掠过一阵阵恶寒。但他明白，即便瑞斯塔兰的死让法庭中的旁听者们心胆俱裂，这依然只是泰兰德证据链条的开始。

第八章

堆积在地上的尸体太多了，甚至常常会将追杀猎物的兽人绊倒。战斗已经完全变成了近身搏杀。杜隆坦像其他兽人一样满身鲜血，却仍然在以令人惊骇的速度和准确性劈砍突刺。眼前的暴力是如此真实生动，古伊尔忍不住向那些即将被杀戮的人高声示警。法庭中这样做的人不止他一个。

有人冲向了正在战斗的杜隆坦。古伊尔却只能在无可奈何的恐惧中看着这一幕。

那个女孩年纪还很小，身上刚刚出现了一点女性的曲线，但这颗花蕾永远也不可能有机会完全绽放了。

古伊尔明白，是父亲受过的训练让他没有将这个女孩一斧劈成两段。古伊尔熟知这种劈砍所需要的技巧和力量。当他看到杜隆坦转动战斧的时候，甚至能感觉到自己手臂上的肌肉也在绷紧。那个女孩却没有半点犹疑。她扑向这个手臂粗大、全身重甲的兽人，用攥紧的拳头击打兽人粗壮的双腿，却没能造成任何伤害。

女孩知道自己这样做将必死无疑，她的挑战也许是古伊尔所见过的最具勇气的行为之一。

但杜隆坦的斧头终究没有落在这个德莱尼孩童的身上。古伊尔知道，他绝不会这样做。这样做的另有其人。随着女孩动作戛然而止，震惊与愤怒的泪水刺痛了古伊尔的眼睛。女孩大瞪着闪闪发光的双眼，张开的嘴里涌出了鲜血。攻击来自女孩的背后。刺穿她身体的长矛向旁边一送，女孩的尸体倒落在地上。杀手一脚踏住依然在抽搐的女孩，拔出了长矛，带着狞笑望向面色铁青的杜隆坦。

整个画面冻结了，停留在那个被虐杀的女孩身上，随后渐渐消失。

在自己心中，古伊尔看到了另一幅画面—— 一个来自他亲身经历的画面：那时，他刚刚从他的“主人”埃德拉斯·布莱克摩尔的靴子底下逃出来，正受到战歌氏族的测试。一个人类男孩被带到他面前—— 一个甚至比那名可怜的德莱尼女孩还要幼小的孩子。

“你知道他是谁，”艾斯卡说道，“他们是我们的夙敌……杀死这个小孩，不要让他成长到能够杀死你的年纪。”

“他还是个孩子！”一个被吓坏了的小男孩，仅此而已。古伊尔的心跳在回忆中迅速加快。

“如果你不动手……你就别想活着离开这座山洞。”

“我宁可死，也不会干这种辱没荣誉的勾当。”

地狱咆哮——格罗姆·地狱咆哮，最狂野、最凶暴的兽人，加尔鲁什的父亲，他支持古伊尔的决定。

“我曾经杀死过人类的小孩。”格罗姆对艾斯卡说道，“为了那样的战争，我们付出了我们的一切。而我们又因此得到了什么？挫败和耻辱！我们的族人委顿在集中营里，甚至不会为了解救自己而动一根手指，更不要说为他人而战了。就是这样的战争，这样的杀戮，才让我们走到了今天这一步。”

泰兰德做了阿格娜和古伊尔最害怕的事情——呈现事实，并扭曲了它。那个杀害幼女的冷血杀手绝不是一个真正的兽人。

但恐怖依然没有就此终止。另一幅画面几乎是紧随其后就出现了。很显然，这也是泰尔莫被攻陷的那一天，只不过时间稍晚。到处都是全身血污的兽人。一栋栋曾经美丽辉煌的建筑尽数遭到破坏，房间中只剩下了残破的家具物品。

“我们找到的活德莱尼该怎么处理？”一个声音问杜隆坦。

“杀死他们。”杜隆坦用粗噶的声音说道，“全都杀光。”

画面冻结，渐渐消失。沙漏中的沙子不再落下。

“没有问题了，祝掌门。”泰兰德高昂着头，紧咬的牙关泄露出她努力控制的怒火。当她坐下的时候，大厅里充满了死一样的寂静。

* * *

安度因圆瞪着双眼，在惊骇中大张着嘴。当然，他知道这段历史。有许多人对此都有所了解。因为与德莱尼共同生活的经历，安度因所知道的要比大多数人都更加详细。但现在他才明白，德莱尼从没有真正向他讲述过那段黑暗的日子里到底发生了什么——他们不想将这种恐怖的回忆压在他的心上。王子的手心里全是冷汗。他发现这双手正在不住地颤抖。

维伦变得更加苍老，更加哀伤。安度因懂得，这位仁慈宽厚的先知在同时为遇害的德莱尼和满手鲜血的兽人们感到痛惜。与德莱尼共处的日子足以让安度因理解先知的心情。逝者无辜惨死，兽人却必须为自己的暴行而承担后果。

“如果我可以，我会让你彻底远离战争，儿子。”安度因抬起头，看到了父亲。瓦里安面容严肃而又满是同情，他继续说道：“战争是丑陋的。我们刚刚看到的战争乃是最丑恶的一种战争。”

安度因干涸的嗓子让他说不出一个字，让他无法反驳他的父亲。他同意，战争是丑陋的。但他们刚刚见到的一切根本就不是战争。战争指的是手执武器、心有觉悟的双方进行的殊死拼杀。而在泰尔莫所发生的事情根本配不上这样的称谓。对无辜者的谋杀——这才是对它最准确的描述。依然难以摆脱晕眩感觉的王子向部落那一边望过去。包括那些兽人在内，没有一个人喜欢他们刚才看到的东西。让他们感到不安的也许并非是暴力，而是那种不“荣耀”的行径。任何人都能让手无寸铁的人群血流成河。

贝恩又等了一会儿，然后以谨慎的态度站起身，向大殿中的所有人点头致敬。“先知，我相信，您刚才所见到的一切一定令您心如刀绞。对于控诉人展示这种并无必要的画面，我感到遗憾。”

“对此，我表示反对！”泰兰德高声喊道。

“同意控诉人。辩护人不得诱导证人的想法。”

“当然，法设。进行这种假设是错误的。我道歉。先知，您能告诉我们，对于我们刚刚看到的事情，您有怎样的想法？”

“不需要道歉，血蹄书绍。如果你要我说，我也只会说出和你一样的话。”维伦说道，“看到这一切的确令人心痛难忍。”

“您能否告诉法庭，具体而言，是什么令您如此痛苦？”

“当然是无辜者毫无意义的死亡，其中甚至还有孩子。”

贝恩点点头。“当然。这就是全部了吗？”

“不。同样令我感到痛苦的还有那个天性高贵坦诚的人，因为屈服于上位者的压迫，不得不做出有违本心的事情。”维伦答道。

“你所指的是杜隆坦？”

“是的。”

“你不认为他喜爱这样的屠杀？”

“对此，我表示反对。”泰兰德说道，“证人不可能知道杜隆坦的想法。”

贝恩很显然预料到了这一点。他平静地转向祝踏岚。“庭上，请允许我展示一段曾经被控诉人作为证据的画面——一个语风书绍最终选择不予展示的画面。”

“请。”祝踏岚说道。

贝恩向凯诺兹点点头。青铜龙站起身。虽然身量比克罗米要高出许多，他也以同样灵巧的手指为沙漏赋予了生命。杜隆坦的身影再一次出现。他的狼、德莱尼女孩和杀死她的凶手也闪入画面。还是那个恐怖时刻凝固在众人的眼前——女孩的口中流着鲜血，长矛刺穿了她柔弱的身躯。

安度因想要转开眼睛，但他强迫自己静静地看着。贝恩想要做什么？

随后，那些人影有了动作。女孩的身体抽搐着。兽人抽出了他的武器。“你欠我一个人情，霜狼。”凶手冷笑着说道。

泰兰德正是在这一点结束了展示，让画面跳跃到杜隆坦那个可怕的命令上："杀死他们……全都杀光。"

但此时此刻，全部有眼睛的人都能看到杜隆坦死死地盯着面前这具孩童的尸体，脸上露出惊骇的神情。全部有耳朵的人都能听到他充满了绝望、愤怒和悔恨的凄厉长嗥。这个霜狼兽人抬起了头，贝恩高叫一声："停下，就在这里。"

泪水在杜隆坦褐色的面孔上闪烁着。所有人都知道，兽人的哭泣是多么罕见。杜隆坦张开獠牙外翻的大嘴，无声地恸哭着。大殿之内同样听不到任何声音。

画面消失了。良久之后，贝恩才再次开口。

"先知，您能否告诉法庭，对于今日的兽人，您有怎样的看法？"

"对此，我表示反对。"泰兰德说道。

"我同意辩护人，"祝踏岚说，"证人可以回答这个问题。"

维伦缓慢地寻找着合适的词句，他的声音中充满了哀伤。"我很高兴，他们能够克服因为喝下玛诺洛斯之血而受到的诅咒。"

"您是否知道，是谁将兽人从这一诅咒中解放了出来？"

"格罗姆·地狱咆哮，加尔鲁什的父亲。"德莱尼回答道。

"所以你的意思是，您相信人们是可以改变的。"贝恩喃喃地说道，"哪怕是格罗姆·地狱咆哮。"

"我相信这一点，衷心地相信。"

"哪怕是加尔鲁什·地狱咆哮？"贝恩进一步问道。

"对此，我表示反对！"泰兰德第四次高呼道，"辩护人又一次意图误导证人。"

贝恩态度温和地向祝踏岚转过身。"法设，是控诉人以她自己的证据将审判引入这条思路。”

“我同意控诉人，”祝踏岚说道，“辩护人，你不得诱导证人思考。你可以改变你的问法。”

贝恩点点头。“那么，总而言之，以您的经验，兽人一族曾经对抗过一个巨大的挑战，并且战胜了它。他们是否改变了自己？”

“是的。”维伦说，“我比任何人都更清楚，恶魔的影响力是多么强大。”他的声音苍老而哀伤。

“我没有更多问题了。”贝恩说道。

但泰兰德还有问题。她再一次走到由她邀请的德莱尼证人面前。“我只剩下了一个问题，先知。请简单地回答我，不要带有您的个人观点——杜隆坦和他的同伙在攻击泰尔莫的时候，是否饮下了玛诺洛斯的血？”

“没有。”德莱尼答道。

“他们的意识是完全清醒而独立的？杜隆坦的意识是独立的？他是基于他的自主意识作出的选择？”

先知的回答很不情愿：“是的。”

泰兰德几乎无法掩饰自己眼中胜利的光彩。“谢谢您。我没有问题了。”

* * *

祝踏岚宣布休庭一个小时。他睿智地感觉到，看到刚才那番景象的旁听者们需要离开法庭，清理一下自己的心神。否则，他们很可能会加入到“被限制行动者”的行列中，直到审判结束。

安度因向吉安娜、卡雷苟斯和他的父亲告退，说他需要去外面伸展一下尚未痊愈的双腿，呼吸一些新鲜空气。而他真正想做的只是逃离这里。这段休庭的时间实在是太短暂了，他没有时间回到他在潘达利亚最喜爱的地方——石匠之愚去。很久以前，石匠们曾经在山壁上小心地雕凿出一段阶梯，但阶梯的尽头只有一片壮观的自然景色。没有人知道开凿这段阶梯最初的目的是什么。安度因却很喜欢这一段只是为美景而存在的阶梯，尤其喜欢那里的宁静。不过，他现在只能在这座神庙里寻找一些景致。至少他需要离喧闹的主殿远一些。

他终于找到一小片风景。通常只有武僧和洛大师会来到这个清净的地方。在审判期间，他们和那位土地精铁匠黑弓箭都被要求在白天时离开寺院。于是，安度因便得以一个人独享这片清静之地。

山风清冽凉爽，安度因的双脚在轻尘般的白雪中留下了一串脚印。粗大的锁链环绕在山壁周围，以免有人在无意中掉落下去。西方屹立着古老的雪峰。巨大的山岳穿透云层，上面飘浮着丝丝缕缕的薄雾。在东方，安度因看到两座小一些的高塔。塔周围环绕着樱桃树，前方有一尊雪怒的雕像。

在南方，静瑟的神庙和广袤无垠的潘达利亚大陆如同大师笔下的画卷，令人感到心旷神怡。安度因已经不是第一次被这里的美景所吸引，心中油然生出了保护这个世界的雄心。他也感到很是好奇，为什么对他而言，如此陌生的一个地方，却让他觉得这么像是他的家。

“你想要一个人静一静吗？还是我们可以聊聊？”如同丝绸一般柔和的年轻声音在他身后响起。安度因很熟悉这个声音，他微笑着转向站在门洞前的拉希奥。

“当然，不过我可能不会是一个好的谈伴。”

“高阶祭司语风，或者我现在该称她为语风书绍，她有着一个很强势的开头。”拉希奥一边说，一边走到安度因身边。他双手背在身后，向远方的风景望去，仿佛他真的对白虎寺的美景很感兴趣。但安度因知道，黑王子真正的心思并不在于此。

“的确。”安度因回答道。

“不过，她并没有向我们提出任何新东西。”拉希奥继续说了下去，“每一个人都对加尔鲁什恨之入骨。为什么还要扯出那些在他出生以前发生的事情来？这真是一种令人好奇的战术。”

“她这样做是有道理的。”安度因说，“她要让我们知道，兽人不能躲在‘我们喝了恶魔之血’的理由后面。加尔鲁什完全没有受到过污染。所以她必须明确这一点。”污染加尔鲁什的是对权力的欲望，是对于他人苦难的麻木不仁，而他堕落的程度是安度因完全不愿去想象的。

“但他还是做了那么多可怕的事情。”拉希奥喃喃地说道。他皱起眉头，若有所思地拈着自己的小胡子。“不过……用这样大的一支画笔将一整个种族全部涂黑，她这样做可能会适得其反。随后她肯定需要对自己的攻击方向做一些细微调整。”

“无论什么时候，你总是想着要做‘细微调整’。”不等安度因多想一下，气恼的话语已经脱口而出。他用手臂抱紧身子，打了个哆嗦。大殿里有火盆提供热量，而且挤满了旁听者。安度因却在出来的时候忘记了带上斗篷。那个被杀害的女孩给他带来的冲击远比他以为的更大。

拉希奥只是笑了笑。寒冷的空气将他的呼吸变成一缕缕白烟。“这是因为，我是正确的。任何事都不会是一成不变的，安度因王子。一个与你结盟的种族，到明天就可能成为你的敌人。”他极有气势地向群山一挥手，“就连大地本身也在不断地变化。火焰喷涌，转眼又变成冰冷的灰烬。宁静的空气也会化为猛烈的旋风。大海与河流从不会停止流动。所谓恒久不变的事实是根本不存在的。”

安度因紧紧抿住嘴唇。拉希奥说得不对。他不可能是对的。一定有不会改变、永恒的东西存在。也一定有另一些东西，永远都是错误的，就像无辜者被杀害这种事。

“如果没有任何东西是牢固不变的，我们又怎么可能建造起任何可以持久的东西？”安度因问。这是一个问题，但安度因的语气却像是无力的恳求。

“牢固是有程度之分的。”拉希奥向他指出，“尽管岩石和水都会变化，如果你在它们上面建造房屋，那么你最好选择前者作为地基，因为如果是后者，你就有可能不得不游泳了。”

安度因沉默了一段时间。各种想法如同脱缰的野马，在他的脑海中奔腾。没有一种想法能够让他感到高兴，而且所有想法都会一直冲入他的内心深处。终于，他转向黑龙王子，低声问道：“拉希奥，你认为我们是朋友吗？”

这个问题显然让拉希奥吃了一惊。黑王子的反应给了安度因一点快意的感觉——他侧过戴着头巾的头，咬住嘴唇，认真思考着这个问题。

“是的。”拉希奥最后说道，“如果我还有一个朋友，不管怎样，那都是你。”

这个回答让安度因露出伤感的微笑。“那么……我们能不能……只是在这里待上一会儿，享受一段平静的时光？就像朋友一样？”

“好的，当然。”拉希奥说。

于是，他们都没有再说话。

第九章

“请告诉我们，你的名字和你的职业。”泰兰德朗声说道。

精灵祭司请来的第二位证人是一个兽人。他大约中等年纪，身材粗壮，有着不太常见的浅绿色皮肤。也许是为了补偿他完全秃掉的头顶，在他的嘴边生满了浓密的黑色胡须。“我名叫考苏斯，是奥格瑞玛的蘑菇商。”

“你的商店叫什么名字，位置在哪里？”

“它叫‘暗土’，就在暗影裂口。”

泰兰德开始来回踱步，或者更像是以优美动人的身姿在地面上游动。她的手臂抱在胸前，紧蹙的双眉在她高高的额头上印出了若干皱纹。

“暗土。”她以过分夸张的戏剧化语气重复了一遍这个名字，“暗影裂口。听起来很有些不吉利。难道……你的店是因为名字不好才关了张？难道这样不会引来大酋长特别的注意？”她的语气中流露出一种似有若无的挑衅意味。考苏斯立刻恼怒起来。

“我的蘑菇上过两位大酋长的餐桌。”他喊道，“直到不久以前，大酋长也只会因为它们的鲜美而注意我。”

“庭上，请允许我向陪审团展示考苏斯提及的‘不久以前’的事情。”

克罗米再次激活了时光之相，正跪在地上收割蘑菇的考苏斯出现在画面中。他背对着门口，正一心一意地工作着，并没有看见掀起门帘的来访者。不过，他还是感觉到了异样，皱起眉头，转过了身。

“请停在这里。”泰兰德说道。克罗米停住了画面。“考苏斯，能否请你告诉我们，这些兽人都是谁？”

“我只知道他们之中一个人的名字。不过，他们都是库卡隆的成员。那个黑石兽人——就是那个一只手只有三根指头，脸上全是疤痕的——他叫马尔考罗克。当然，现在他已经死了。”

这种介绍只能算是一种证言程序。法庭中的绝大多数人都认识这个已经死掉的库卡隆头领。这个灰色皮肤上覆盖着红色战痕的兽人在许多人的心目中都代表了黑石兽人最糟糕的那一面。是的，人们认得他，并且极度唾弃他。

“谢谢。克罗米，请继续。”

“不识字吗？”画面中的考苏斯说道，“关门了，明天请早。”他的手紧紧攥住了工作时使用的小刀。

“我们来这儿可不是为了蘑菇。”马尔考罗克说道。他的声音并不大。在他身后，有另外四个兽人跟进了店门。他们之中的一个拉下了门帘。“我来这儿是为了你。”

直到此时，考苏斯才露出犹疑的神情，他问道：“我干了什么？我是个公平买卖的商人。没有人抱怨我的货不好。加尔鲁什大酋长也会吃我的蘑菇！”

“正是因为大酋长，我们才会来这里。”马尔考罗克又向前迈出两步。考苏斯站了起来。“你公开反对他——你是不是那天忘了好好收割你的蘑菇了，嗯？”

考苏斯明白了他们的来意，立刻沉下了脸。“部落不是由奴隶组成的。每一个部落的成员都有自身的价值！我可以反对我的酋长的决定，但这并不代表我要与他为敌！”

马尔考罗克以夸张的动作侧过头，用手指敲打着下巴，仿佛在认真考虑考苏斯的话。“当然，我相信你也没这个胆子。”

他用只有三根手指的手抓住那位蘑菇种植者的手腕。虽然带有残疾，马尔考罗克却显然拥有非凡的力量。考苏斯惊呼一声，手中的小刀掉在了地上。马尔考罗克显然很喜欢这个任务。他面带轻松地将考苏斯的手臂拗到他的背后。随着一声裂响，手臂被折断了。另外四个打手也冲了进来，也许是害怕失去找乐子的机会。他们的脸上都带着兴奋的笑容，仿佛这是一场狂欢的酒会，而不是在以众欺寡，肆意殴打一个无辜的人。

这群暴徒只使用了拳头。他们要造成伤害，而不是死亡：面孔、腿、手臂。一名库卡隆一拳打烂了考苏斯的鼻子，鲜血和鼻涕溅得四处都是。考苏斯猛地向后一摆头。随后第二拳又将他的牙齿打得四处飞散。当那个发了疯的兽人挥起第三拳的时候，马尔考罗克阻止了他。

“如果杀了他，就不能让人们看到他对我们有多么害怕了。”库卡隆的首领大声呵斥道。

考苏斯扬起下巴，直愣愣地看着时光之相中自己被打的样子。他努力坚持了几分钟。但他只是一个小店主，对面却是五名受过严格训练的库卡隆。最终，他不可避免地跪倒了下去。他的脸已经几乎无法识别了。急促而痛苦的喘息声从他的喉咙里传出来。最后狠狠地一踢让他紧缩起身子。但即使在那个时候，他还是坚持着，没有发出一声惨号。

库卡隆却几乎没有喘过一口粗气。他们彼此拍打着后背，走出了蘑菇店。等到房间里只剩下考苏斯，他抬起头，吐出鲜血和更多的牙齿，然后就失去了知觉。

画面消失了。考苏斯急促地呼吸着，神情中充满了愤怒。泰兰德问道："考苏斯，就你所知，库卡隆对于你的攻击只是个案吗？"

"不是，"兽人答道，"还有一些人也像我一样被打得很惨，甚至更糟。"

"你受伤极为严重。"泰兰德说，"能活下来已经是奇迹了。"

"对此……"贝恩开口道。

"我收回最后这句评论，祝掌门。"泰兰德带着疲惫与忍耐的神情打断了辩护人，然后又说道，"请告诉陪审团，你所说的'甚至更糟'是什么意思？"

"我指的是一段时间以前剃刀岭旅店的那场爆炸。"考苏斯答道。

"剃刀岭绝不是以待客周到而著称的。"泰兰德说道，旁听席中传来一阵窃笑声，"在那里发生暴力案件——即使是一场爆炸，也可以被认为是心怀不满的顾客干的，而不是库卡隆。"

尽管不少旁听者被泰兰德的俏皮话逗笑了，考苏斯却依旧只是铁青着脸。"那时我正在那里。因为想要尽可能躲开奥格瑞玛，躲开马尔考罗克，我到了那家旅店。”他冷笑了一声，“很讽刺，不是么？那时他走进来，开始威胁一个被遗忘者和一个血精灵。”考苏斯开始显露出不安的神色。“一看见他们，我就溜走了。我很走运。”

“真的？他威胁了他们？是身体上还是口头上？”

“他想要恐吓他们，至少一开始是这样。我不知道他们后来说了些什么。”

泰兰德点点头。“克罗米，让我们亲眼看看那时到底发生了什么。”

安度因从没有去过剃刀岭的那家旅店。而他在画面中看到的情景更让他觉得，如果这个地方不曾被摧毁并重建的话，他肯定不会有心情前去拜访。出现在画面上的旅店大堂幽暗、粗陋、肮脏，很可能还弥漫着难闻的气味。他注意到青铜龙凯诺兹仿佛正在偷偷取笑一些人对这幅画面的反应。

不管怎样，那里的确充满了纵酒狂欢的欢快气氛，直到库卡隆出现。他们停在旅店门口，壮硕的身躯挡住了从门外照进大堂的阳光。大堂中的两位客人——一名被遗忘者和一名辛多雷正举杯共饮。他们不约而同地抬起头，向这些新来的人望过去。

“停。”泰兰德说道，“这两位部落的成员是弗兰迪斯·法雷队长和克兰蒂尔·血刃。法雷队长受希尔瓦娜斯女王的派遣，负责指挥为大酋长服务的被遗忘者分队。血骑士血刃曾经效力于游侠将军哈杜伦·明翼麾下。他们两位在北方城堡战役中都功勋卓著。”

安度因向部落席位瞥了一眼。希尔瓦娜斯和哈杜伦都向前俯过身子。安度因并不认识法雷和血刃，但从他们首领的反应判断，这两个人应该很受器重。

血刃有着与太阳同色的头发和纤尘不染的洁白皮肤。尽管并不是在执行任务，她的身上还是披挂着一副简单的护甲。法雷在醒转成为被遗忘者之前一定腐烂过一段不短的时间。安度因很好奇，他那只合不拢的下巴是怎样将饮料送进喉咙的。

泰兰德向克罗米点点头。画面又活了起来。

“麻烦来了。”克兰提尔对她的同伴说道。

“不用担心。”弗兰迪斯举起一只露出骨头的胳膊，挥了挥，“马尔考罗克，我的朋友！你是在访问平民窟吗？夜壶里的尿都比格罗斯克这个流氓卖的酒要好喝。不过确实是便宜，而且听说相当来劲。过来，我请你们喝一轮。”

马尔考罗克微笑着。安度因一点也不喜欢他的样子。从克兰提尔的表情判断，这位血精灵一定也很不喜欢。

“格罗斯克，给每人都倒上一杯。”那个黑石兽人用力拍了一下弗兰迪斯的后背，让被遗忘者差一点扑倒在桌子上。“在这里找到牛头人和被遗忘者倒是在我意料之中，但我不得不说，血精灵小妞和这里看起来可有些格格不入啊。”他的眼睛紧盯着克兰提尔。

“没这回事儿，我到过比这还差劲的地方。”血精灵圣骑士一边回答，一边向马尔考罗克眯起眼睛。那个被叫作“流氓”的旅店老板格罗斯克为他们端上了酒。

“可能吧，也许吧，”马尔考罗克说道，“但是你为什么不在奥格瑞玛？”

“金属过敏。”克兰提尔说道。

尽管画面中的气氛已经变得相当紧张，安度因还是不由得笑了起来。他喜欢这个克兰提尔。这位血精灵很勇敢。她让安度因想起了艾尔琳，那是一位勇敢的矮人，失踪在大地的裂变之中。

马尔考罗克一开始仿佛吃了一惊，但他很快就大笑起来。

“看来你和其他几个人更喜欢来乡巴佬的地方。小公牛贝恩和他的跟班沃金在哪儿？我想要跟他们谈谈。”

所有的眼睛都转向了部落的新任大酋长和辩护人。当然，他们也亲眼看到了画面中的一切，而且为这种放肆的侮辱稍稍感到有些吃惊。

“我已经很久没有见过他们了。”克兰提尔说道。她将靴子搭在桌面上，稳稳地看着马尔考罗克。“我和牛头人的圈子不怎么熟。”

“是吗？”马尔考罗克说道，“那怎么有人看见你和弗兰迪斯昨天晚上在这家小旅馆跟牛头人、巨魔还有其他人相谈甚欢呢？据我所知你还这么说过：‘加尔鲁什就是一个蠢货，萨尔应该回来把他一脚踢去幽暗城’，‘在塞拉摩使用法力炸弹根本就是懦夫的行为’。”

“还有元素。”另一名库卡隆补充说。

马尔考罗克继续说道：“对，还有元素。还说什么凯恩当初没有趁机杀掉他真是太可惜了，因为萨尔永远不会用这么残忍和无礼的方式来奴役元素。”

克兰提尔美丽的面孔僵住了。弗朗提斯 · 法雷手中举着酒杯，身上的脓水滴落在桌面上。

“但是，如果你最近都没见过贝恩和沃金，那我想这些线人可能看错了吧。”马尔考罗克话锋一转。

“很明显，”弗兰迪斯从惊愕中恢复过来，“你需要更好一点儿的线人。”然后，他又低头去喝酒了。

“必须的。”马尔考罗克表示同意。“在我看来，你们俩谁都显然不会说出这种反对加尔鲁什和他的领导的话。”

“很高兴你明白这点。”弗兰迪斯说，“谢谢你的酒，下轮我请？”

“不了，我们现在最好得回去了，”马尔考罗克答道，“看看我们能不能找到沃金和贝恩。因为看起来很不幸，他们不在这里。”

贝恩和沃金很走运，安度因心里想，他们的神灵和大地母亲一定在保护着他们。

马尔考罗克站起身，点点头。“好好享受你的酒。”他留下这样一句话，就率领库卡隆离开了旅店。

“这实在太煎熬了。”克兰提尔长吁了一口气。

“的确。”弗兰迪斯说，“有那么一会儿，我以为我们会被逮捕，如果没有被就地处决的话。”

克兰提尔向周围扫视了一圈，“奇怪，格罗斯克不见了。”

弗兰迪斯将下巴复了位，皱起眉头。“什么？丢下这么一个拥挤的旅馆不管了？他应该多请些人手，而不是就这么丢下口干舌燥的顾客自己溜走。”

看着这两个人突然一愣，安度因很清楚将要发生什么事。王子颈后的头发竖了起来。他想要高声示警。但画面中的事情已经发生了。太晚了，当法雷和血刃知道情况不妙的时候，一切都已经太晚了。

这两个不幸的家伙跳起身，向旅店门口跑去。在地板上绽开的寒冰抓住了他们的脚，整个画面变成了耀眼的白色。爆炸的声音在大堂里回荡。时光之相消失了。

泰兰德站在大殿正中，抬起头看着座位中的天神们。相隔这么远的距离，很难分辨天神们的表情。但安度因至少对赤精有不少了解。他知道，天神们一定和在座的所有人一样感到哀痛。暗夜精灵张开口，仿佛想要对陪审团说些什么，却又多想了一下，摇摇头。她不必对刚才发生的事情进行解释。他们全都明白。

“没有问题了，祝法设。”

她在绝对的静默中向自己的椅子走去。

第十章

贝恩沉默了很长时间。他希望自己能够保持镇定。但实际上，他的愤怒几乎让他无法向考苏斯发问。刚才的画面在他的胸中点燃了凶猛的怒火。

就像其他所有人一样，贝恩一直在怀疑，剃刀岭旅店的爆炸并非事故。不过，那场灾难中没有生还者。任何事都无法得到证明。就他所知，格罗斯克一直坚称他什么都不知道，并坚持说他的离开只是一个幸运的巧合。

没关系。他不是那个先后将冰霜手榴弹和破片手雷扔进那家人群密集的酒店中的人。

贝恩站起身，向考苏斯走去，一边祈祷能够控制住自己的情绪。

“看样子，你是幸免于难。”贝恩说道，“马尔考罗克和那些库卡隆显然是认为仅靠殴打就能阻止人们诋毁加尔鲁什的日子已经结束了。”

考苏斯点点头。“你说得对。感谢先祖，我现在还活着。”

“毫无疑问，马尔考罗克那时正在干着他在黑石山中已经干过的勾当。”贝恩继续说道，“嗅出他认为是叛徒的人，把他们当作威胁消除掉。我相信，照你刚才那番话的意思，还有其他人成了这位霸道的新任库卡隆的目标。”

“是的，我绝对不是唯一受到威胁的。”

“他们之中是否有人听马尔考罗克说过，他是从加尔鲁什那里得到命令，要……恐吓……他们？”

考苏斯皱起眉头，带着疑问的目光向加尔鲁什闪动了一下。加尔鲁什只是坐在位子上，仿佛一座石雕，目光平静而冰冷。考苏斯回头说道：“没有，不过我认为，这是显而易见……”

贝恩抬起一只手。“只需要回答问题，请说。”

考苏斯的眉毛皱得更紧了，不过他只是用沉闷的声音答道：“没有。”

“那么，你就不能向法庭保证，被告的确曾下达过命令，要谋杀那些直言不讳的族人？”

“不能。”考苏斯说道。他在竭力阻止自己与辩护人发生争论。

“那么，会不会有可能是马尔考罗克和库卡隆在自作主张，加尔鲁什甚至不知道这件事？有可能他对所有这些事都不知情？如果他真的知道，他是否有可能不赞同这种行为，并采取措施阻止马尔考罗克？”

“对此，我表示反对。”泰兰德说道。

“我同意辩护人，”祝踏岚说，“证人可以回答。”

考苏斯咬着牙说道：“是的，有可能是这样。”

“我没有问题了。”贝恩向泰兰德点点头。后者站起身，但并没有走向证人。

“法设，”泰兰德说道，“我请求法庭重新宣读一段公开陈述，就是您向被告提起指控的那一段话。”

“准许。”祝踏岚向札札里克·弗瑞点点头。这位拥有优美笔迹和中立地位的地精书记员只向法庭索要了不算高额的润笔费。现在，这名地精调整了一下鹰钩鼻上的眼镜，郑重其事地挺起窄小的胸膛，打开了卷轴。

“加尔鲁什·地狱咆哮，”地精高亢的声音在大殿中回荡，“你被控犯下战争罪行，被控意图侵害艾泽拉斯的全体智慧生灵，被控意欲毁伤艾泽拉斯本身。此外，还有众多罪恶因你的名义而行，或为你的同党所为，你也要因为他们而受到控诉。”

“谢谢。”泰兰德说道。札札里克拿起鹅毛笔，准备继续进行记录。

“众多罪恶因你的名义而行，或为你的同党所为，你也要因为他们而受到控诉。”暗夜精灵将最后一段话重复了一遍，然后耸耸肩。她望着天神们说道：“有时候，我觉得案情已经如此明显，我在这里的工作甚至是没有必要的。”

这句话刺激了贝恩。他愤怒地跳起身。“控诉人的评论是完全不恰当的！”他高声喝道，甚至忘记了使用规范用语。

泰兰德微笑着，以安抚的态度举起一只手。“我收回这句话，法设，并向我的同僚道歉。我没有问题了。”

“证人可以回座位了。”祝踏岚说道。考苏斯站起身，匆忙地回到了旁观席中，脸上现出一副如释重负的神情。祝踏岚平静地看着泰兰德。“书绍，我必须提醒你，在审判过程中务必保持谨慎。我并不想被迫训责你。”

“明白。”泰兰德回答道。

贝恩转过身，眯起眼睛望向加尔鲁什，然后是泰兰德。“法设，我请求十分钟的休庭，让我能够在下一个证人上庭之前与被告和我的顾问进行商议。”

“准许。”祝踏岚敲了一下铜锣。

凯诺兹向泰兰德走过来，脸上依然是那一副挖苦的表情。泰兰德还站在自己的桌子旁边。她向青铜龙点点头，以示敬意。而凯诺兹却抓起了她的椅子，微笑着向她一眨眼。

“我马上就还回来。”他向惊愕的高阶祭司做出保证，就拖着椅子来到了身负重镣的加尔鲁什身边。

贝恩气恼地低声说道：“泰兰德不会忘记这一点的。”

“我没打算让她忘掉。”凯诺兹也压低了声音，“根据我的计算——我在这件事上一直都很在行——我们只剩下七分钟十八秒了。请说吧，书绍。”

牛头人不需要催促。现在他不停地翕动着鼻翼，全部注意力都集中到了加尔鲁什身上。“以大地母亲的名义，你到底在干什么，加尔鲁什？”

“我？”加尔鲁什笑了两声，“什么都没做。”

“这正是我的意思。直到现在，你没有丝毫懊悔，没有受到触动，甚至连一点兴趣都没有！”

加尔鲁什耸耸肩，他的锁链发出刺耳的撞击声。“这是因为我对这场审判根本就没兴趣……书绍。”

贝恩低声骂了一句。“那就是说，你真的想要接受死刑？”

“死刑？不。死亡？如果我在光荣的战场上，在这个祭司向我施加诅咒的时候，英勇奋战而死……那没有问题。那正是我所希望的。”

“如果你继续这么面无表情地坐在椅子里，不做一点能够拯救你自己的事，那么每过一秒，你能够得回自由，再次战斗的机会就要少一分！”贝恩警告他。

“我不是只想听床头故事的小孩子，血蹄。”加尔鲁什说道，“就算我能活得像这条青铜龙一样久，我也绝对不会再被允许进行战斗了。”

“生命中总是充满了惊喜。”凯诺兹忽然说道，“要我说，只有当你的脑袋像花生烤鸡一样被串在长矛上，被兴高采烈的人群从暴风城的大门传递到奥格瑞玛的时候，你才肯定不会有再次战斗的机会。”

在随后几分钟的时间里，贝恩在椅子中沉默着，与自己的良心进行着角力。如果加尔鲁什自己根本不在乎结果会怎样，他为什么还要如此费力地辩护？这是荣誉对我的要求，贝恩想道。没有人能够说，我不曾竭力为他辩护。那么，如果他最终被判缓刑呢？那时又该怎样？

“血蹄书绍。”凯诺兹在提醒他。贝恩抬起一只手，示意他的顾问不要说话。

他知道，自己辩护得很好——这个兽人也许并不应该得到这样的辩护。但他现在能否看着自己过世的父亲说：我回家了，父亲，我已经尽我所能，做到了最好？

他知道答案。贝恩深吸一口气，他要接受眼前的事实。他转向加尔鲁什，说道：“给我一些能够与她对抗的东西，加尔鲁什。一直以来，我都不得不在没有你帮助的情况下制定我的全部策略。”

“你完全清楚这些策略的效果如何。”凯诺兹说。

贝恩干巴巴地瞥了凯诺兹一眼。“你的信任很令人鼓舞。”他又转向加尔鲁什，说道：“如果你不愿意和我谈，帮助我为你辩护……你是否有其他愿意与之交谈的对象？某位战士，或者受你尊敬的萨满？”

一个怪异的笑容出现在加尔鲁什的獠牙周围。“说起来，书绍……这样的人……的确有一个。”

* * *

片刻之后，贝恩坐回到加尔鲁什的身边。这个兽人完全出乎预料的谈话要求到现在还让他感到有些茫然。加尔鲁什脸上的微笑已经消失了，他再一次戴上了那副神秘而不可理喻的面具。泰兰德正在击毁贝恩能够拿出来的每一面盾牌。现在已经没有还活着的人能够被贝恩用来分担加尔鲁什的罪行了；而且会为加尔鲁什说好话的人也几乎是不存在的。

泰兰德的下一个证人正在宣誓。贝恩阴沉着脸。他的心中明白，凯诺兹的话没有错。泰兰德这次请来了另一位兽人——一位有许多旁听者都认识并尊敬的长者，一位贝恩极不想面对的证人。

瓦洛克·萨鲁法尔。

这位长者平静地坐在椅子里。岁月在他绿色的面孔上留下了许多斑点。时间和哀伤在他的额头上和黄色的獠牙周围刻下了深深的皱纹。白色的长发辫从他依旧壮硕的肩膀上垂挂下来。他的目光也依然像往日那样犀利警惕。贝恩知道泰兰德将提出怎样的问题。他已经向前支起耳朵，希望找出一点能够拯救加尔鲁什的蛛丝马迹。

“请说出你的名字。”泰兰德温和地说道。

“我是瓦洛克·萨鲁法尔。”老兽人用浑厚的声音说道，“布洛克斯的兄弟，德拉诺什的父亲。我效忠于部落。”

“布洛克斯不仅是部落最伟大的英雄之一，他更是艾泽拉斯的伟大英雄，对吗？”

萨鲁法尔眯起眼睛，仿佛正在这个问题中寻找陷阱。最后，他回答道：“是的，我和其他许多人都如此认为。”

“您自己也在您的族人之中，甚至在联盟的眼中拥有崇高的地位。”泰兰德继续说道。贝恩能够从这位暗夜精灵的声音中听到真诚的敬意。“这里有许多人都知道在您的儿子身上发生的悲剧。”

瓦洛克谨慎地保持着面容的平静。“巫妖王的黑暗伤害过许多人。对此，我不会要求任何特殊的待遇。”他的话并没有错——英勇的德拉诺什·萨鲁法尔在天谴之门安加萨一战中遇害，随后又被复活成为亡灵，向他的父亲和部落的其他英雄们发动攻击。而无论是对于部落还是联盟，最大的悲剧是这种恐怖的事情在对抗巫妖王的战争中并不鲜见。许多人都曾像瓦洛克一样，被迫与曾让他们痛心哀悼的挚爱之人刀剑相向。巫妖王的黑暗阴影依旧笼罩在幸存者心灵的伤口上，更笼罩在黑锋骑士们的身上。现在，这些骑士依旧是部落和联盟社会中极度令人不安的一群人。

“如果庭上允许，我希望其他人能够完整地了解您所经受的一切。”

贝恩心中突然打了个哆嗦。他明白泰兰德想要展示什么东西了。

不。无论泰兰德是另有图谋，还是她只是出于被误导的同情，贝恩都不能让她展示……

贝恩跳起身，高喊道："对此，我表示反对！法设，瓦洛克·萨鲁法尔已经承受过太多的痛苦。语风书绍的话只会向他的伤口中撒盐。我绝不会冷眼旁观他再次承受丧子之痛！"

"你在这个法庭中会看到什么，不会看到什么，并不由你来决定，书绍。"祝踏岚警告道，"但这次，我同意你。法庭认为，瓦洛克·萨鲁法尔是一位受人尊敬的战斗英雄，并且曾经历过惨痛的损失。但是，语风书绍，我们看不出这些与加尔鲁什有什么关系。在这里受到审判的并非是巫妖王。"

泰兰德的面颊上腾起两片红晕。"我收回我的要求，并向证人道歉，希望这没有对他造成困扰。"

瓦洛克紧咬着牙，但依然略点了一下头。高阶祭司继续问道："您是否同意，您是受到世人尊敬之人，瓦洛克·萨鲁法尔？没有人会质疑您对部落的忠诚？"

"我在众人眼中的形象并不由我来决定。"萨鲁法尔回答道，"就我而言，我全心全意地热爱着部落。"

"足以为部落而死吗？"

"是的，当然。"

"足以为它而被杀？"

"当然，我是一名战士。"

"您是否会承认，您和另一些人曾经将部落……当作滥杀无辜的藉口？"

“对此，我表示反对！”贝恩喊道，“控诉人一直纠缠在与被告毫无瓜葛的历史旧事中。她这种做法已经接近于煽动仇恨了！”

祝踏岚镇定地转向泰兰德：“书绍，你能否解释一下，提出这一系列问题的目的？”

“实际上，我希望向法庭表明这位证人是有理性且负责任的，祝掌门。我相信这与煽动仇恨绝无半点关系。”她愤怒地瞪了贝恩一眼。

祝踏岚考虑了一下，然后说道：“好吧，我许可你的提问。证人可以回答问题。”

“我的答案是——是的。”瓦洛克说道。

“您现在会宽恕这种行为吗？”泰兰德继续问道。

“不，我不会。这一点，我曾对人说过。”

“对谁说过？”

“这不是秘密。我并不为我所做的事情感到骄傲。”瓦洛克一边看着维伦，一边说道。

“您是否曾将这种心情向加尔鲁什·地狱咆哮讲述过？”

“是的。”

泰兰德点点头。“庭上，请允许我展示一段与此有关的画面。在此要说明一下，”她看了贝恩一眼，“我将按要求撤掉我所选择的第一段画面。”

“控诉人可以展示这一证据。”祝踏岚说道。已经完全熟悉了时光之相的克罗米立刻就让画面出现在大殿中央。

法庭中的众人第一次看到了加尔鲁什·地狱咆哮的另一种样子。他不再是身负铁链，面无表情，而是数年以前，巫妖王还没有被打倒时的那名骁勇战士。贝恩不由得想到，那时候他的父亲仍然对这个格罗姆·地狱咆哮的儿子充满敬意。

就连那时的萨鲁法尔大王也要比现在年轻许多——贝恩心情沉重地意识到，这位兽人唯一后代的死亡对他造成了多么严重的打击。

加尔鲁什和萨鲁法尔正在北风苔原的战歌要塞，俯视着摊开在地板上的一张大地图。这张地图是用缝合在一起的兽皮制成的，上面的众多要塞分别插着代表部落和联盟的小旗。一艘玩具飞艇正在空中飞行。一个个骷髅脸代表了没有穷尽的天灾军团。萨鲁法尔跪在地上，指点着各种标志，一边还在说话。加尔鲁什则弯着腰站在一旁，表情看上去冷漠而且气恼。

萨鲁法尔正在试图让加尔鲁什理解，向作战部队提供充足的物资补给是多么重要，而地狱咆哮只是不耐烦地挥挥手。“航道……辎重……你真是快把我烦死了！我们需要的只有部落的战斗精神，萨鲁法尔。现在，我们已经在这片冻土上站稳了脚跟，任何敌人都不可能阻止我们！”

贝恩注意到加尔鲁什对这位经验丰富的兽人长者摆出的不拘小节的态度。他不喜欢这样。不过，见多识广的萨鲁法尔并不会为了这点小事而生气。

“攻城器械、弹药、重甲……”萨鲁法尔回应道，“如果没有这些，你计划如何打破冰冠堡垒的高墙？”

加尔鲁什冷笑了一声，站直了身子。“计划？让你看看我的计划！”他一斧剁碎了代表无畏要塞的雕像，“既然……我们已经有了航道。我们不如……”瓦加德和西部卫戍要塞被他踩在了脚下。

萨鲁法尔带着训诫的语气说道：“你说话真像个浑小子！地狱

咆哮，你的血管里流着和你的父亲一样的血。一直以来，你都是这么急躁……急躁而且莽撞。你总是一心想着发动全面战争，却不想一想这样做的后果。”

“不要和我说什么后果，老家伙。”

贝恩颈后的毛发竖了起来。画面中的萨鲁法尔也是一样。他向加尔鲁什走进了一步，低声吼道：“我和你的父亲喝过一样的血，加尔鲁什。玛诺洛斯的诅咒之毒也曾经在我的血管中涌动。我的武器曾经斩断过许多敌人的身体和心志。格罗姆光荣牺牲，将我们全部从那诅咒之血中拯救出来，但他也无法抹去我们的恐怖回忆，更不可能将我们过去所做的种种恶行一笔勾销。”

画面中的萨鲁法尔这时将目光别向一旁，眼神显得格外疏离，现在他更像是在对自己说话，而不是对那名年轻的兽人。“诅咒结束之后的那个冬天，成百上千像我一样的兽人老兵陷入了绝望。我们的意识终于获得自由，是的……重获自由的我们所想到的第一件事，就是燃烧军团操纵我们犯下的种种令人发指的罪行。”他点点头，仿佛得出了一个结论。他的声音变得越来越低，贝恩必须努力提起耳朵才能听清。“我觉得，最让他们心惊胆战的是那些德莱尼孩子们的声音。没有人能忘记……你去过野猪农场吗？当那些猪到了出栏的年岁时，它们发出的就是那种声音。那些猪被杀死的声音——那种最响亮、最震耳欲聋的声音。对我们这些老兵而言，那真是一段难熬的日子。”

维伦闭起了眼睛。贝恩感觉到人们的目光都转向了那位德莱尼。不止一个人在座位上不安地挪动着身体。他抬起头，看到天神们正全神贯注地看着一幕幕时光之相。

画面中的加尔鲁什打破了静穆的气氛。当他的话语传入贝恩耳中的时候，贝恩真想立刻把他扼死。他的话语和杜隆坦之前展现过的表情截然相反。“但你们不可能认为那些孩子应该被放过吧？他们如果长大，肯定会危害我们！”

让贝恩感到惊讶的是，萨鲁法尔对加尔鲁什的这句话没有任何反应。他只是继续用那种轻微而又疏离的声音说道：“让我感到难过的并不只是我们敌人的孩子……”

这句话终于让加尔鲁什闭住了嘴，但年轻兽人看着萨鲁法尔的目光中全都是厌恶和可怜。萨鲁法尔打了个冷战，当他转头盯住加尔鲁什，再次开口的时候，他的声音重新变得强壮而坚定。

“我不会让你再次带领我们走上那条黑暗之路，年轻的地狱咆哮。如果真有那样一天，我会亲手杀掉你。”

毫无疑问，这正是泰兰德等待的时刻。一位伟大的英雄，早在这个年轻的暴君将兽人引入另一场毫无理由的毁灭性战争以前，就威胁要将他杀掉。

画面中的加尔鲁什做出了回应。贝恩再一次为这个年轻兽人表情的转变感到惊讶。他用一种带有敬意，几乎是感到惊叹的平静语气问道：“你是怎么活了这么久的，萨鲁法尔？你的回忆为什么没有压垮你？”

萨鲁法尔微笑着答道：“我不吃猪肉。”

“停。”画面停住了。泰兰德让画面留在大厅中央，牢牢地映入陪审团和旁听者的心中，然后才向克罗米点点头。画面消失了。泰兰德转向萨鲁法尔，真诚地微鞠一躬。“谢谢您，萨鲁法尔大王。书绍……你可以提问了。”

贝恩点点头，向萨鲁法尔走去。“萨鲁法尔大王，我尽量长话短说，这样您就不必在这张椅子里待上太长时间了。您说过，宁可杀死加尔鲁什，也不会让他带领兽人走上那条黑暗之路。”

“是的。”

“这是一种比喻吗？”

“不是。”

“您真的会亲手杀死加尔鲁什？”

“是的。”

“您相信他已经这样做了吗？带领兽人走上了黑暗之路？”

“是的。正因为如此，我才会率领部下反抗他。在他做了那些……”这位老兽人厌恶地摇摇头，狠狠地瞪了加尔鲁什一眼。

“那么，您将乐于见到语风书绍作出最终的结论——死刑。”

“不。”

窃窃私语的声音在整座大殿中响起。贝恩则心中暗喜。他对瓦洛克·萨鲁法尔的判断是正确的。他向泰兰德偷瞥了一眼，看到那位卡多雷在座位上挺直了腰身，正专注地看着证人席，希望找到贝恩的一差半错。贝恩绝不会给她任何机会。

“您想要看到怎样的结果？”

泰兰德跳了起来。“对此，我表示反对！证人的个人意愿与本案无关。”

“法设，我正在尝试澄清萨鲁法尔大王所说的‘我会亲手杀掉你’所指为何意。”

“我同意辩护人。”祝踏岚说道，“你可以回答问题，萨鲁法尔大王。”

萨鲁法尔并没有立刻开口。他用审视的目光久久地看着加尔鲁什，然后说道："加尔鲁什并非一直都像你们现在见到的这样。就像我说过的，他鲁莽而且任性。但我曾经坚信他对部落的忠诚。即使是现在，我也不会怀疑他对族人的忠诚。不管怎样，他的罪行必须得到判决。我发誓要杀掉他，我依然会坚持这个誓言。但我不会把他交给别人处决。我会亲自与他战斗，在 mak' gora 之中。"

"你认为他应该得到第二次机会吗？"

"如果他击败了我——是的。这就是兽人的方式。这是真正的荣誉。"

贝恩几乎无法相信自己听到的一切。"我不希望对您产生误解，所以，请让我重复一下您的说法。您不希望法庭处决加尔鲁什，而是要在荣誉的决斗中挑战他。如果他赢得了那场决斗，您就会让他得到宽恕？"

"为此，他还需要赢回他的荣誉。他已经将自己的荣誉撕得粉碎，又把碎片踩进了愤怒的大地之中。"萨鲁法尔厉声喝道，"但，没有错，如果他赢了，那么他就应该得到这个机会。他曾经拥有过荣誉。他能够再次学会拥有它。"

贝恩几乎要发出一声欢呼。他明白了兽人长者的意思。他支持这位长者的理念。更重要的是，这样才是正确的。他想到了自己死在 mak' gora 之中的父亲。凯恩一定也会赞同这样的方式。贝恩心中清楚，他正走在正确的道路上。尽管对于加尔鲁什心怀怨怒，贝恩的确在做正确的事情。

他给了泰兰德一个胜利的眼神，然后说道："我没有更多问题了。”

出乎他的预料，却让他感到高兴的是，泰兰德也没有问题了。当祝踏岚敲响铜锣，结束了这一天的审判时，加尔鲁什·地狱咆哮似乎在这场审判中第一次有了保住脑袋的机会。

第十一章

大多数人会以为，夏琪亚出现在落锤镇，是因为加尔鲁什·地狱咆哮的垮台让她感到沮丧，让她想要回到兽人之根所在的地方。在这个奥格瑞姆·毁灭之锤——另外一位伟大的大酋长遇害的地方，她会消失于阴影之中，用她那惊人的狙击手技艺去消灭敌对的巨魔和联盟冒险者们。这样想的人都错了。不过夏琪亚很乐意维持这样的假象。她并没有缩进角落里，一边舔着伤口，一边为失败而哀痛。她是另一个人的忠实部下。那个人一直对她有着期待——期待她恢复部落的荣耀。现在的夏琪亚只不过是深深地隐藏着自己。

落锤镇已经成了一个非正式的避难所。对现实不满，感到眼下这个世界已经没有自己容身之地的人们都聚集到了这里。所以，这里没有人对她有所怀疑。她一直在等待着自己的命令，同时每天都透过她的瞄准镜，享受着让敌人的脑袋像扔出去的南瓜一样爆开的乐趣。

但自从加尔鲁什·地狱咆哮在潘达利亚受到审判之后，她就开始变得坐立不安了。她的盟友何时才会召唤她奔赴战场？他会向她发出怎样的命令？还有谁和他们有一样的想法？

“等我给你的命令，”他用那种丝绸一般的声音说道，“我不会丢下你的，但我们必须等待正确的时机。”

所以，当旅店老板埃德瓦告诉夏琪亚，她有一封信刚刚寄到的时候，夏琪亚几乎无法掩饰自己的欣喜。

毫无疑问，你的手指一定已经渴望着向我们的敌人开火了。但首先，你必须找到更多的盟友。下面名单中的这些人能够帮助我们。把他们找出来，当你们集结在一起的时候，我会给你下一步的命令。

今天去见第一个，在枯须峡谷。

夏琪亚收拾好自己珍贵的步枪和另外几样随身物品，乘上座狼。不到五分钟时间，她已经来到了谷口。她找到一个能够俯瞰谷中小路的制高点，透过瞄准镜望了过去。她并没有等待太长时间。

一头皮毛光亮的黑狼出现在瞄准镜中。狼身上的骑手在鞍子里低伏着身子。斗篷遮住了她的面孔，但斗篷下的身姿已经足以让夏琪亚断定，她的新战友也是一位女性兽人。夏琪亚缓缓地露出了笑容。她很有些好奇，是否……她很快就会知道了。

骑手放慢了速度。狼踏入了上山的小径。夏琪亚没有暴露躲在山岩后的自己，只是高声喊道：“你好，狼骑士！你是那头龙的朋友吗？”

狼背上的兽人掀起兜帽，露出一张刚强有力的面孔。“在大多数情况下，我都不是龙的朋友。”龙喉氏族的督军扎伊拉同样高声喊道，“但这一次，没有错。”

“扎伊拉！我听说你死在战场上了！”

“我的确掉下了坐骑，但我要活下去，为我们真正的领袖而战。我依照命令，单身而来，不过我的氏族已经做好了战斗准备。”

“那么，”夏琪亚举起手中的卷轴，“就让我们召集更多盟军吧！”

* * *

第二日。

“我请安度因·乌瑞恩殿下，暴风城的王子前来做证。”

安度因一直都在害怕这个时刻的到来。他也一直都不喜欢军情七处给他的代号：“白卒”。总之，他完全不想以任何形式卷进这桩案子，担心控辩双方中的任何一方利用他。他的父亲当然知道他的心思。但吉安娜不知道。所以，这位大法师才会用惊讶中带着一点关切的眼神看着瓦里安在儿子的手臂上握了一下，安度因才从座位上站起身，走向证人席。

安度因早已习惯了王室排场，也曾经在更大规模的人群面前进行过演讲。但那些场合和此时完全不同。以前，他或者是客人，是受到邀请的发言人，或者是受到尊敬的主人。他知道该做些什么，以及如何去做。但这一次的情况是前所未有的，而且格外让他感到不安。他看着拉希奥的眼睛，坐了下去。他几乎能听到黑王子在对他说，这实在是太有趣了！而正是黑王子的这种兴致让他平静了下来。

泰兰德走过来，向他报以友善的微笑。“安度因王子，感谢你今天来至此地。”安度因觉得，最好不要提醒她，其实自己根本是别无选择。所以他只是点点头。高阶祭司便继续说道：“殿下，作为一位和平的拥护者，你在全艾泽拉斯闻名遐迩，这样说准确吗？”

“是的。”安度因答道。他希望自己能够表达出更多的信息，但父亲已经告诉过他：只须清楚地回答问题，不要主动说任何事。泰兰德知道自己在做什么。

“那么，我们可以认为，你并不恨部落，或者可以说，你不恨那些种族？”

“是的，可以这样认为。”

“你曾经与他们合作，甚至在战争期间，也以宽容怜悯的态度对待他们，是否正确？”

“是的。”

“当然，这里的所有人都知道加尔鲁什·地狱咆哮的名字以及名声。而你更是曾经亲自和他打过交道，对不对？”

要开始了，安度因心想。他故意不去看加尔鲁什。“是的。”

“你和他打过几次交道？”

“两次。”

“你是否能向法庭陈述一下这两次的经过？”

安度因有些好奇，既然泰兰德已经拥有了时光之相这件独特的工具，为什么她不直接展示这两次交锋的画面？也许是因为泰兰德得到的展示时间有限，她打算把这些时间留给更生动的画面，而不是只让法庭看到一些对坐谈话的人。“一次是在塞拉摩。那是一场和平的会面。我的父亲、吉安娜·普罗德摩尔女士和我在场。另一方则是萨尔带领加尔鲁什和雷加·大地之怒，还有一些库卡隆。”他已经有很长一段时间没有再回忆过那场不幸的会面了。那以后实在是发生了太多事情。安度因发现自己的目光已经落在了那名身负锁链的兽人身上。加尔鲁什平稳的瞪视让安度因感觉自己就像是一只被钉在标本板上的虫子。奇怪……他不是囚犯，加尔鲁什才是，但安度因却觉得是自己在座位中感到手足无措。

“那次会面的具体情况如何？”

“开始的时候情况并不好。”安度因承认，“但渐渐地，我们开始找到了一些共同立场。甚至是加尔鲁什……”

“你能详细解释一下‘开始的时候情况并不好’是怎样的情形吗？”

“嗯。首先，那时风暴正在肆虐，所以大家的心情都不好。所有人都带来了武器——不过是为了正式将武器放下。”

“是谁第一个放下了武器？”

“嗯，是我。我的弓。这是我第一次与萨……我是说，与古伊尔说话。”

“瓦里安国王和大酋长是否也像你那样做了？”

“是的。当他们放下武器，开始交谈的时候，他们发现彼此之间的共同之处远比他们曾经预想的更多。”

“加尔鲁什对这次和平会谈有什么贡献？”

“嗯……他似乎并不理解作为一名领袖，意味着有时候必须要考虑一些不那么令人兴奋的事情。他在古伊尔和我父亲商谈贸易协定的时候打断了他们。他一直在说部落……部落想要什么就拿什么。”

泰兰德刻意地瞥了加尔鲁什一眼。“我明白了，请继续。”

“当谈话转向巫妖王的下一次进攻时，古伊尔和我父亲之间的关系就开始变得融洽了。他们同意，这件事必须认真应对，而且计划为此进行新的会谈。但就在那时，我们遭到了暮光之锤教徒的攻击，局势彻底陷入了混乱。当然，这正是暮光之锤的目的。那些邪教徒在攻击中特意分成了不同的种族——和部落同种族的教徒的目标是联盟，联盟同族的目标则是部落。加尔鲁什大吼着‘人类叛徒’，我的父亲也错误地相信古伊尔带来了刺客。然后……”

“历史文献记录了剩下的事情，谢谢你，安度因王子。”泰兰德以优雅的身姿来回踱步。她背对着安度因，面朝满心期待的旁听者们。安度因也抬头向旁听席瞥了一眼，并再一次想到了父亲对他讲过的角斗士深坑。王子意识到，这些人在渴望着鲜血。这个念头让他同时感到战栗和哀伤。他的目光回到了加尔鲁什的身上。兽人的脸上出现了一丝倦怠。这让安度因开始怀疑，加尔鲁什是否也想到了同样的事情。

也许，他毕竟还是不希望接受这场“角斗”。

“我现在想谈谈你第二次与加尔鲁什·地狱咆哮的……遭遇。”

安度因知道，这件事迟早会被提起，但他依旧没有想好该以何种方式应对。一切都仿佛刚刚发生——仿佛不久之前，那只巨大的钟才落下……他清了清喉咙，当他开口的时候，他很不高兴地听到自己的声音在微微颤抖。

“那是几个月以前，就在……”

泰兰德转过身，露出温和的微笑，同时却举起一只手，止住了安度因的发言。“如果庭上允许，”她说道，“我不需要你再讲述下去了，安度因王子。我会在这里展示它。”

她节省时光之相的时间，就是为了展示这样的事情……“你认为这样做明智吗？”安度因不假思索地说道。圣钟恐怖的凄鸣犹然在耳，那种妖异的声音激起了人们心中各种黑暗的东西。想到那个时刻将会被重现，安度因立刻感到不寒而栗。“如果……”

泰兰德举起一只手。“不必害怕，殿下。我明白你在担心什么。我和克罗米详细讨论过这件事，她和我也亲眼看到过那段历史被重现。时光之相让我们真切地看到了当时发生的一切，但看到和听到那座钟的鸣响并不会对现实中的我们产生同样的影响。”

“感谢圣光。”安度因喃喃地说着，长吁一口气，放松了下来。他又感觉到了骨骼的疼痛，那种感觉突然而又强烈。很显然，无论是他还是他的身体，都不可能喜欢重新见到圣钟奏响的那一刻。攥紧了渗出汗水的手掌，安度因深吸一口气，将自己稳定下来，开始低声祈祷。一波柔和的治疗能量涌过他的全身，痛苦在某种程度上受到了平抑。

“现在你应该能舒服一些了，安度因王子。你能否先介绍一下我们即将看到的事件的前因后果？”

安度因舔舔嘴唇，抬头看了一眼天神们。他们没有任何表示。但只是看到他们，已经足以让安度因感到心神宁静。他让自己的目光继续停留在天神身上，避开了地狱咆哮，然后才说道：“魔古制造了一件宝物。雷电之王，也就是雷神称它为圣钟。它的原始形态是暴力而且残忍的。只要它发出鸣响，就会向世界散播混乱和恐怖。它的声音会激发雷神战士的愤怒与憎恨，让他们得到非自然的强大力量，同时又将恐惧钉入雷神敌人的心中。当联盟了解到这件宝物的存在以后，暗夜精灵将它藏到了达纳苏斯，希望任何可能滥用它的人都无法接触到它，无论是联盟还是部落。吉安娜女士亲自向它施加了保护结界，以保障它的安全。”

“听起来，这是一件相当强大的武器。”当然，泰兰德很清楚这一点。

“它是一把双刃剑，”安度因继续说道，“从它那里得到多少，也要付出相等的代价——也许还要更多。”

“围绕那只钟又发生了什么事？”

“一名夺日者的密探依照加尔鲁什的命令，绕过吉安娜女士的结界，带领另外几名部落成员将圣钟偷走了。”

“根据你对圣钟的描述，得到它的加尔鲁什·地狱咆哮应该会变得所向无敌。”

安度因不由自主地瞥了加尔鲁什一眼。看到那个兽人的脸，他立刻起了一身鸡皮疙瘩。但这种反应并非来自恐惧。加尔鲁什一动不动的样子在他看来很不自然。在他的印象里，加尔鲁什的形象一直都伴随着激烈的动作和高声吼叫。安度因伸手拿起了小桌子上的水杯，才继续说道：“熊猫人想出了对抗那钟声的办法。他们曾经制造过一柄祥和钟杵，能够将混沌的钟声转向和谐。这柄钟杵已经破碎，碎片也散落各地。但在英雄的帮助下，我找到并重新拼合起这些碎片，并找到了重新将其力量激发出来的圣油。获得这件宝物之后，我就前去与加尔鲁什作战。我想要在他敲响那只钟以前阻止他。”

“一个人？”

“当时的时间已经非常紧急了。”

泰兰德向克罗米点点头。安度因所害怕的事情开始了。

但这一次，安度因有机会听到了加尔鲁什在与他作战之前都说了些什么。

加尔鲁什站在时光之相里，比真实的他又高大了许多。那正是安度因记忆中的加尔鲁什，而不是现在那个像石头一样坐在法庭中，脸上毫无表情的兽人。他正在魔古山宝库的一座平台上，身边只有他的勇士伊什。他们面对着圣钟。那是一口巨大的钟，甚至比那个魁梧的兽人还要大很多。钟身上有一张诡异生物的脸。钟的底缘镶嵌着长钉。加尔鲁什狞笑着，高举起双臂，发出胜利的吼声。他在向簇拥在宝库之中的族人们吼叫道：“我们是部落，我们不是任何人和任何力量的奴隶！有了圣钟，我就能够彻底扫除残留在我们身上的软弱。”

安度因意识到，加尔鲁什在颤抖。因为他的体内充满了无法控制的激情和兴奋。他带着无比的轻蔑吼出了那些他所厌恶的情绪：“恐惧……绝望……怨恨……犹疑，那些劣等种族全都被这些压弯了脊梁。但我们则会控制它们的力量。我们将凝聚力量，摧毁联盟，夺取属于我们的一切。让我们胜利的歌声响起来吧。”

尽管泰兰德已经向安度因保证过不会有事，但安度因还是死死地攥住拳头，让指甲一直插进了掌心里。他的眉头也凝出了汗珠。

黑暗的钟声响起，但他立刻就知道，高阶祭司是正确的——安度因的耳朵的确听到了圣钟可怕的混沌凄鸣，但这声音并没有能进入他的心和骨髓。欣慰之感让他稍稍松懈了片刻。然后，他又集中起精神，专心看着眼前的画面。

安度因看到自己冲向圣钟。他一直认为自己属于中等体型。他的父亲当然是一个格外高大的男性。他则从小时候就已经习惯了自己不算壮实的身体。但看到自己站在部落的前任大酋长和那口更加巨大的钟前面，他才意识到自己的身材是多么单薄……实在是太弱不禁风了。

“停下，加尔鲁什！你不知道这口钟会有什么样的作用！”安度因自己的声音从画面中传出来，语气果敢而坚决。

加尔鲁什猛地转过身，看到了安度因。他向王子身后望过去，发现安度因是唯一挡在他和胜利之间的人，便立刻仰起头，哈哈大笑起来。

“最后来找我麻烦的竟然不是瓦里安，而是他的小崽子。你送死的精神称得上是勇气可嘉，年轻人。”

泰兰德喊道：“停在这里。”画面定住了。安度因眨眨眼，回到了现实世界。高阶祭司转头说道：“殿下，这的确是非凡的勇敢。”

“我，呃……并没有那么勇敢。”安度因说道，“那时我吓得要死。但我必须阻止他，无论要付出怎样的代价。”

王子的话让泰兰德吃了一惊。紧接着，她又露出了微笑，那是甜美而又真诚的微笑。“啊，”她和善地说道，“即使心怀恐惧，依然要坚持自己的原则，这才是真正的勇敢。”

安度因感觉到自己的脸红了，但他只是说：“嗯，事实是，任何人都不能让加尔鲁什做出这样的事。”

泰兰德向克罗米打了个手势，画面继续运动起来。

“我发誓，我不会让你这样做。”画面中的安度因高喊道。

“那就阻止我，人类。”加尔鲁什以嘲讽的口气说道。他知道，安度因不可能阻止他再次敲响圣钟。他挡不住这个兽人粗大的手臂，甚至来不及赶到他或者圣钟前面。加尔鲁什用实际行动嘲讽了安度因的威胁。

可怕的声音再一次响起。动人的美丽中渗透出极端的恐怖。这一次，加尔鲁什身边的剑圣成了圣钟的牺牲品。

伊什高声号叫，他的身躯中注入了在潘达利亚被称为“煞”的黑暗实体。煞正是憎恨、恐惧、怀疑和绝望的凝聚体。即使只是从过去的影像中听到，兽人痛苦的号叫依旧让安度因感到一阵阵揪心的痛苦。

“这太痛苦了！”兽人剑圣尖叫着。要知道，他承受痛苦的能力是远远超过常人想象的。“我无法控制它！”

法庭中和画面中的两个安度因都紧盯着苦苦挣扎的伊什。听到了尖叫声的部落成员纷纷从宝库深处跑出来。伊什冲向他自己的族人。那些人被迫与他战斗，否则就要被他杀死。“停下。”泰兰德说道，“安度因王子，为什么你不早些敲响圣钟，或者是在此时敲响圣钟？”

“祥和钟杵只能发挥一次效用。如果敲偏，我就会浪费宝贵的机会。我必须等到能够切实击中圣钟的机会。至于说我为什么不在此时采取其他措施——我并不知道伊什会因此受到怎样的伤害。”

“你在关心一个兽人的安危？”

安度因感到一阵困惑。“为什么我不应该关心他？”

泰兰德愣愣地盯着安度因。不过控诉人很快就恢复了过来，向克罗米发出命令：“继续。”

加尔鲁什一直在鼓励伊什要“战斗”，要“控制”，要“使用”煞。而伊什则不断地经历着每一种可能的负面情绪——怀疑部落的力量，为死亡的同胞哀伤，畏惧自己的死亡。这些负面情绪很快就压倒了他。剑圣跪倒在地，到了最后，他依然没有忘记自己的责任，喘息着说道：“大酋长！我……我辜负了你。”

加尔鲁什来到这位濒死的战士身边，神态平静而又残忍。“是的，伊什，你辜负了我。”

怒火顿时冲入安度因的心头。加尔鲁什强行将煞灌入伊什体内，他和安度因都亲眼看到了这位剑圣是多么奋力想要控制他必然无法战胜的力量。为了取悦他的大酋长，他献出了自己的生命，而对于他的全部努力和痛苦，他的大酋长只是丢给他一句现在他可能听到的最冷酷的话。安度因将目光转向被告，同时感觉到自己的面孔因为气怒而涨得通红。当看到那个该诅咒的加尔鲁什的嘴角竟然露出一丝满意的狞笑，安度因更是不由得紧咬住了牙关。

他的骨头又开始疼了。

“你的骚扰让我失去了一个强大的战士，年轻的王子。”画面中的加尔鲁什说道，“你要用你的生命作为补偿。”

“这完全是你的错，加尔鲁什。”安度因再一次听自己说这句话，感觉到自己的声音年轻得不可思议。他看着自己向前方跳过去，清晰地回忆起自己在那时全心全意向圣光祈祷，请求和平的降临，请求这一击能够正中圣钟。来之不易的祥和钟杵被画面中的安度因高高举起，猛地击向圣钟。一道巨大的裂缝出现在美丽又令人胆寒的钟身上。加尔鲁什·地狱咆哮在震惊中后退一步，当钟声将他吞没的时候，他几乎无法保持自己的平衡。

画面中的安度因转过身，希望照亮了他年轻的面孔。他张开嘴，想要说话……

加尔鲁什恢复了清醒。他咆哮道："去死吧，小崽子！"然后就猛地朝安度因冲过来。他的目标并非是安度因，而是那口钟。现在那口钟再也不可能召唤煞了。破碎的黄铜钟身如同雨点般落向安度因，给他造成了巨大的痛苦。安度因的骨骼被砸碎，剧烈的疼痛伴随着回忆再次袭来。安度因只能拼命不让自己呼喊出来。

他随后的记忆就是熊猫人武僧和他的导师——仁慈睿智的维伦在照料他。是他们救了他的性命。所以，现在时光之相中的画面对他而言是完全陌生的。安度因强迫自己将注意力集中在眼前的画面上，不再去想骨髓中那种冰寒的疼痛。

令他感到惊讶的是，画面中的加尔鲁什看上去很苦恼，丝毫没有杀死仇敌之子的喜悦。"我对于这件宝物还很不了解。"他喃喃地说道，"意志软弱的人不可能控制煞的能量，但我会控制它。"

没有人敢对他说话。就连他自己的族人也只是沉默地站在一旁。毫无疑问，他们在等着瞧随后会发生什么。加尔鲁什从沉思中猛然醒来。"至少，人类王子已经死了。"这个兽人的声音显得异常凶狠，"乌瑞恩国王将会知道不断向我挑衅的代价。"他不以为然地挥挥手，又一次陷入沉思，一双粗大的眉毛紧皱在一起，"别来烦我，我还有很多事要思考。"

画面消失了。安度因很高兴能看到这段画面的终结。但加尔鲁什的话，还有他的表情都让安度因感到困惑。他向法庭中的兽人囚犯瞥了一眼。现在加尔鲁什的表情就像刚才画面中的一样——沉思导致他的眉毛间出现了一道深沟，但没有人能看出他到底在想些什么。安度因向那双黄色的眼睛里望进去，直到泰兰德的声音将他的注意力吸引开。

“书绍，该你提问了。”泰兰德一边说，一边向后退去。她向暴风城王子鞠了一躬。那双柔美的眼睛显得无比温暖。安度因虚弱地向她报以微笑。然后，王子打起精神。现在该由贝恩来向他提问了。

第十二章

贝恩点了一下头。安度因觉得自己似乎听到牛头人在低声表示遗憾，不过那点微弱的声音很快就消失了。

“我们全都知道你承受的苦痛，安度因王子。”贝恩说道，“曾经有一段时间，到处都流传着你已经去世的谣言。很高兴能看到你还活着。”

“我也感到高兴。”法庭中悄然传过一阵窃笑。贝恩的耳朵抖动了一下。

“你刚刚说过，当你与加尔鲁什对峙的时候，你曾感到害怕。那么，当你意识到那只钟即将落在你身上的时候，你又有怎样的感觉？”

安度因眨眨眼，显然是对这个问题稍有些吃惊。不过他很快就开口道：“我……那个……那件事发生得太快了。”

“请尽量回忆一下。”

王子舔了舔嘴唇。“我没办法形容我那时有多么害怕。还有……被背叛的感觉是什么样的。我知道，那听起来太愚蠢了，竟然会感觉到被一个敌人‘背叛’。”

“那么，您到底是为什么要去面对加尔鲁什？”

“为了阻止他召唤煞。”

“这个我们知道，但是为了什么？”

“因为……”安度因停了一下。最明显的回答当然是他想要阻止加尔鲁什将煞当作武器。

安度因曾经和自己的父亲讨论过关于煞的事情，说明了憎恨所制造的伤害毋庸置疑会远超过它的好处。瓦里安也很赞同儿子的智慧。

“我想要加尔鲁什理解他正在做出怎样的事情。”安度因的话脱口而出，“我相信，如果我能够让他明白，他将为胜利付出怎样的代价，他就会……嗯，他就会……”

“他就会什么？”

“他就会看清，这样做是毫无荣誉可言的。我那时不相信他竟是如此黑暗。他将族人献祭给了那些……怪物……任何胜利都不值得为之付出这样的代价。”他来不及组织言辞，来不及仔细思考，甚至来不及想一想自己要说些什么——这些话已经冲出了他的双唇。但安度因感觉到了骨骼上痛楚的减轻，所以他知道，自己所说是正确的——这是属于圣光的话。

贝恩微微打了一个哆嗦。他大步走到安度因面前，专注地看着人类王子。“当沉重的铜块打倒你的时候，我能够想象你的心中充满了怒火。而当你醒来，发现自己必须承受巨大的痛苦和漫长的恢复期，你肯定想要报复加尔鲁什。因为当你为加尔鲁什送去智慧与援助的时候，他却让你的骨头变成了碎片。”

安度因用很低的声音说：“不。”

贝恩继续逼问道：“难道你不曾经受痛苦？害怕自己也许再也无法行走？难道你不感到愤怒？”

“是的，当然，这些感觉我都有。”

“但现在，在这里，在宣誓之后，你却说你不想复仇。”

“的确是这样。”

“这是一种令人惊讶的态度。为什么？”

“因为这样做不会有任何好处。这不会让我断裂的骨头复原，也不会让死者复生。除了造成伤害，这样做不会有任何效果。”安度因感觉到现在说话比原先更轻松了，就像呼吸一样轻松，就像生命一样，让他非说不可。

“但你肯定不希望加尔鲁什再做出那些事，那些他因之而受到指控的事情，对不对？”

“不。”不要再有折磨，不要再有痛苦了。我们来到这里是为了彼此帮助，为了共同成长和繁荣。

“嗯，控诉人坚持认为，唯一能确保那些恐怖的事情不再发生的办法只有让加尔鲁什·地狱咆哮死亡。你希望这样吗？”

“对此，我表示反对！证人的愿望与法庭将会做出的结论无关！”泰兰德的声音非常紧张。她跳起身，动作中已经稍稍失去了惯常的优雅。她的目光射向安度因，其中流露出一丝困惑。

“法设，”贝恩说道，“加尔鲁什的大部分受害者都已死亡，不能再为自己陈词了。安度因王子幸存了下来，并告诉了我们他的想法。如果我们需要实现正义，我主张那些受到伤害最深的人应该表达出他们的观点。”

那位老熊猫人先是看着贝恩，然后转向泰兰德。“血蹄书绍，你是否真的明白，这是一把双刃剑？如果我同意让此位证人说出这样的观点，那么控诉人的其他证人也会说出他们的观点。”

“我明白。”贝恩答道。现在，泰兰德困惑的眼神已经转向了贝恩。安度因也对牛头人的战术感到困惑。很显然，允许证人的观点左右加尔鲁什·地狱咆哮的命运——贝恩已经将一件强力武器交给了泰兰德。贝恩很聪明，不可能不明白这一点。

“很好，那么这样做就是被许可的。安度因王子，你可以回答问题了。”

“安度因王子，请告诉法庭，”贝恩说道，“你希望加尔鲁什·地狱咆哮为了他所做的事情而丧命吗？”

“不。”安度因·乌瑞恩低声答道。

“为什么不？”

“因为我相信人是可以改变的。”

“是什么会让你这样说？”

“因为我看到了这样的改变发生在我父亲的身上。”安度因的眼睛向瓦里安闪动了一下。后者显得有些惊讶。

“你认为加尔鲁什·地狱咆哮是能够改变的吗？”

暂停了片刻，安度因将头转回来，专注地看着加尔鲁什。他的心中没有恐惧，只有平静。他深吸一口气，打开自己的胸怀，让真实的答案能够被说出来：“是的。”

贝恩后退一步，点点头。“我没有更多问题了。”泰兰德看了看安度因，然后又看看贝恩，又看看安度因，摇了摇头。

安度因无声地舒了一口气，站起身，回到了自己在旁听席的位子上。

* * *

希尔瓦娜斯如同石雕一般一动不动。但在冷漠的外表之下，她的胸中却在燃烧着怒火。她无法相信这个暗夜精灵竟然如此无能。如果希尔瓦娜斯是控诉人，她一定会用许多像蛛网一样轻柔却危险的问题，将这个年轻的人类王子团团裹住。就算是加尔鲁什·地狱咆哮打断了安度因·乌瑞恩体内的每一根骨头，这个孩子发自肺腑的证词还是将整个法庭的气氛都改变了。泰兰德却只知道在那里摇头。

“本法庭将休庭一个小时。”祝踏岚说罢，敲响了铜锣。当贝恩离开座位的时候，希尔瓦娜斯急忙向他跑了过去。但沃金还是抢在了她前面。那两个人一同向大殿门口走去，巨魔迫不及待地祝贺着贝恩的“公正”。

“无论泰兰德再向你发动怎样的攻势，现在没有人能够认为部落会亏待加尔鲁什了。嗯，暴风城的王子真可以算得上是辩护方的证人了！”

“年轻的乌瑞恩知道何为正义。”贝恩喃喃地说道，“他有着宽容的胸怀。他的证词极有分量。”

“看起来要比牛头人大族长的更有分量。”希尔瓦娜斯厉声说道。她和他们一同走出大殿。现在已是中午，希尔瓦娜斯不喜欢太阳，但她现在绝不打算退缩。

贝恩的耳朵抿到了脑后。“注意你的言辞，希尔瓦娜斯，”沃金说道，“你不知道自己说的话什么时候会落在自己身上。”

“很幸运，我不必在全艾泽拉斯的注视下注意我说了些什么，否则，我大概也会成为擅长于舔靴底的联盟同情者……”

贝恩并没有在怒吼中掐住希尔瓦娜斯的喉咙。他只是停下脚步，用力攥住了黑暗女王的手臂。不在战场的时候，贝恩的一言一行总是那样温和而又严谨，甚至让希尔瓦娜斯忘记了他是一名战士——部落足以以之为傲的最优秀的战士。现在黑暗女王才意识到，他可以将自己的手臂像折断花茎一样捏断。

“我不是联盟的同情者，”贝恩用深沉，平静的声音说道，“我也不舔靴底。”

“放开她，贝恩。”沃金说道。贝恩服从了命令。沃金又对黑暗女王说道：“希尔瓦娜斯，贝恩正在完成他的工作。这是我，他的大酋长要求他担负的工作。他在这项工作中显示了他的荣誉。他做得没有错。你不应该有这种言论。”

“我并不否认他将工作完成得很好。”希尔瓦娜斯也恢复了镇定，“我反对的是他将工作做得太好，甚至有可能真的取胜！”

贝恩感伤地笑了笑。“也许你并不打算夸奖我，但你的确做到了这一点。不过我相信，加尔鲁什依然难逃法网。我只是让那些渴望着杀戮的旁听者们能够静下来，思考一下，仅此而已。这样做是正确的。任何夺取生命的决定都不应该贸然做出——无论是在战争中，在 mak’gora 上，还是在法庭中。现在，请你们原谅，我还需要为下一个证人做些准备。”

他分别向两个人鞠躬。对沃金的一躬鞠得要比对希尔瓦娜斯深得多。然后，牛头人就走开了。凯诺兹正在等他。希尔瓦娜斯意识到那头青铜龙看到了刚才发生的一切。她真希望能伸手抓掉那张英俊的精灵面孔上的窃笑。为什么他不建议多展示些可怕的东西给大家看看？

沃金摇摇头，叹了口气。

“希尔瓦娜斯，你什么时候能够变得更有智慧一些，而不只是变得更加精明？”沃金的声音中并没有任何训斥的意味。

“当部落本身有了足够的智慧，懂得不要将仁慈廉价抛售给那些根本不配得到仁慈的人时。加尔鲁什也许在短时间内会是部落领袖的一个好选择，但是当萨尔宣布他将彻底引退的时候，他就不该只满足于如此简单的选择。”

微笑出现在大酋长的獠牙周围。“比如说，选择黑暗女王成为部落的大酋长？”

希尔瓦娜斯摇摇头。“这种权力不会让我产生兴趣。我本以为你明白这一点，沃金。”这是最优秀的谎言——其中掺杂着真实的谎言。黑暗女王的确没有兴趣以如此露骨的方式掌握权力。

沃金耸耸肩。“谁又能知道你想要些什么呢，希尔瓦娜斯。有时候，我觉得就连你自己也不知道。”他用带着利爪的手指点向希尔瓦娜斯，“不要去惹贝恩。他并不打算剥夺你见证罪人伏法的权利。你只需要等待正确的时机到来。”

说完这句话，沃金便转身走向一名兜售食物的小贩，买了一些吃的。希尔瓦娜斯看着他的背影，心中暗自思量。

她的愤怒并没有稍有减轻——它永远不会消退。怒意对于现在的她而言，正如同她心脏还在跳动时的呼吸。但她的愤怒早已发生了改变，从灼热疯狂的火焰变成了经过深思熟虑，可以控制的能量。

沃金和贝恩并没有全面考虑清楚这件事。他们只是在关心他们的族人会如何面对这件事，部落的成员们想要看到什么，又会如何理解自己看到的一切。哪怕他们确实也考虑到了那些热爱圣光的联盟，他们也绝不会质疑自己已经得出的结论。

但陪审团并非是联盟或者部落的成员。组成它的是完全公正的天神，他们与易于受到感官影响、生命短暂、喜欢感情用事的艾泽拉斯各种族截然不同。也许这种差别会让天神们对于像“怜悯”和“第二次机会”这样的概念没有兴趣。如果是这样，她就大可以不必担心。但天神们不甚了解的也许是炽热的复仇，还有失去挚爱之人的无尽痛苦。

她已经用冷静而且如同箭锋一般精确的思维得出了明确的结论——不能冒险放任天神自行作出决定。无论他们如何“威严”，他们依然有可能会犯错误。

希尔瓦娜斯不会听沃金的话，坐等她要见证的“死亡”在“正确的时机”到来。她要将局势控制在自己的手中，就像以前的许多次一样。但她到底该怎样做？她也许能单靠自己的力量实现目标，但这种可能性毕竟不大。那她又能信任谁？当然不是贝恩，也不是沃金。也许是洛瑟玛·塞隆。那个辛多雷似乎很想和她谈一谈。还有加里维克斯，但那家伙无疑会提出一笔很高的酬金。

法庭还需要一段时间才能做出结论。而最有利于希尔瓦娜斯进行思考的还是她自己的王国，幽暗城。那里有低矮压抑的穹顶和众多被遗忘者的环绕。那些亡灵会全心听从她的指引。黑暗女王也需要他们，需要让家来激励自己。

希尔瓦娜斯向被安排在法庭外的玉菲法师走去，要求她为自己打开传送门。玉菲念诵咒语，幽暗城出现在了她的面前。就在这时，另一名希尔瓦娜斯不认识的熊猫人跑了过来。

“希尔瓦娜斯女士，”那个熊猫人说道，“打扰一下，我接到命令，要将这个交给您！”他将一支卷轴和一个蓝布小包裹递到黑暗女王的手中，又迅速后退，鞠了一躬。就在希尔瓦娜斯张嘴想要询问是谁送来了这份卷轴的时候，身边的空气闪动，她已经回到了自己的寓所之中。

黑暗女王的住处装饰得非常简单，因为它的主人在这里逗留的时间并不会很长。希尔瓦娜斯·风行者已经不再需要睡眠了。她回到这里只是为了单独进行思考。这里的家具并不多：一张垂挂着沉重的黑色幔帐的大床，一张摆放有蜡烛和书写用具的桌子，一把椅子和一只排列着几本书的书架。一些被精心挑选出来的武器陈列在墙边伸手可及的地方。现在的希尔瓦娜斯并不需要很多东西。而她也没有保留多少过去的遗物。

虽然很好奇会是谁送给她这份文件和包裹，谨慎的希尔瓦娜斯并没有立刻打开它们。她对卷轴进行了彻底的检查。上面并没有魔法能量，也没有毒物的痕迹。卷轴用红色蜡漆封锢，但蜡封上看不到表明身份的印章。希尔瓦娜斯又将注意力转向包裹。她注意到，这只蓝色布包是在所有大城市中都能买到的普通物品。她将包裹轻轻晃动了一下，里面传来一点金属撞击声。最后，她坐在柔软的床垫上，除去手套，用指甲挑开蜡封。

卷轴上只有两行精致的字迹：

我们曾经在同一阵线。

也许我们仍可如此。

希尔瓦娜斯若有所思地眯起眼睛，竭力在脑海中寻找这个神秘人物可能的身份。她没有马上认出这个笔迹，但的确觉得它有些熟悉。如果说到曾经与她合作，又与她为仇作对，或者被她欺瞒背叛的，那可是能够填满很长一张名单。放下卷轴，她颇有兴致地解开了布包，又打开布包中的一只小木匣。

希尔瓦娜斯的胸口一下子绷紧了。蓝色包裹从她的手中掉落，仿佛刚刚咬了她。

这名女妖死死地盯着包裹中的东西，然后站起身，有些踉跄地走到桌边。她的手指颤抖着开启了一只锁住的抽屉。她已经有许多年没有碰这只抽屉。这里面存放着她全部的过去。不过收藏在里面的东西的确不算很多：数十年前的旧信，创下过辉煌战绩的箭镞，还有另外几样代表着她的生命碎片的小物件。

以及一只小木盒。

希尔瓦娜斯的心中有一个声音，催促她将这件新得到的礼物扔进抽屉，重新把抽屉锁好，忘到脑后。这种东西对她不会有什么好处。但是……

她握住抽屉中的木盒，回到床边，心中充满了对她而言已经非常陌生的柔情。她慢慢掀开盒盖，向盒子中凝望着。

数年以前，一名冒险者在她殒命的高塔废墟中找到了这件东西。然后它经过一番辗转，回到了希尔瓦娜斯的手中。那时，潮涌般的回忆几乎让她崩溃。而现在，她又一次体验到了那种心情。

这样一件小东西，却对女妖之王有着如此强大的作用：它只是一件简单的珠宝。希尔瓦娜斯将项链从木盒中提起，让冰凉的金属落在自己的掌心，凝视着上面那颗闪闪发光的蓝宝石。然后，她轻柔地将这条项链与刚刚收到的那件礼物摆放在一起。

这两条项链几乎完全一样，只是一条镶嵌着蓝宝石，另一条镶嵌着红宝石。希尔瓦娜斯知道，它们不同的地方还有上面的铭文。

她打开自己的那条项链，轻声读道：给希尔瓦娜斯。永远爱着你的姐姐，奥蕾莉亚。

奥蕾莉亚……风行者三姐妹中的大姐已经离开了她们。先是她们的弟弟利莱斯，他们之中最年轻的一个，也许也是最聪明的一个。然后是奥蕾莉亚，消失在黑暗之门对面的外域中。然后……

希尔瓦娜斯摇了摇头，恢复了镇定。在风行者家族中，她能够确信还拥有呼吸的只剩下了一个人。

希尔瓦娜斯打开红宝石项链匣，她知道自己能从里面找到什么，但她还是想要亲眼看到。

“给温蕾萨。永远爱着你的姐姐，奥蕾莉亚。”

第十三章

这张字条是用粗体字写成的，言简意赅。

法庭后我在家见你。

这几个字让温蕾萨感到一阵紧张。

她的姐姐很聪明，就算是有人在中途截获了这张纸条，也不可能知道是谁送出的，就算写下这些字的人身份暴露，这看上去也不过是一封无害的便笺。

但它并不是。“家”在这里有着非常黑暗的含义。温蕾萨很庆幸那位名叫贾骥的熊猫人信使完全不知道，这张纸条有可能会引发一场战争。她将纸条卷到只有写下它的鹅毛笔杆那么细，扔进了身边的火盆。

“温蕾萨？”她愣了一下，猛转过身。喊她的是瓦里安。“快到回去的时间了。如果你想尝尝饺子，最好快一点。”

他和安度因正大嚼着春卷，并且显然已经准备要返回熊猫人的神庙了。温蕾萨这才发现，她扔进纸条的那只火盆是属于一位熊猫人厨师。那位厨师正忙着将叠摞在火盆上的竹制蒸笼一只一只地取下来，用筷子取出其中样式精致的饺子。他向温蕾萨露出探寻的微笑。温蕾萨点点头。但现在她实在是没有什么心思吃东西。

“你会喜欢它们的。安度因昨天几乎吃光了韶米的所有东西。”瓦里安笑着抓了抓安度因的金发。这个男孩腼腆地一缩头，第一次显露出他这个年纪才应该有的样子。

“这个小人类长得更壮实了。”韶米说道，“熊猫人的食物很适合他。能够让如此了解我的家园的客人同时享受到满足和喜悦，这也是我的荣幸。”

“你还应该试试这种上面撒了芝麻粒的点心。”安度因开始向温蕾萨推荐，“它们里面灌满了用莲花根磨成的细粉。味道很棒。”

“谢谢。”温蕾萨说道，“请给我两个。”

“我也还想再吃两个。”安度因说道，“父亲，您先进去吧，我很快就去找您。”

“那我们一会儿见。”瓦里安拉过儿子来，抱了他一下，然后就大步向大殿走去。安度因目送自己的父亲离开，然后用熊猫人的语言向韶米道过谢，便咬了一口点心，带着享受的神情闭起眼睛。

“这实在是太美味了。”他说道。温蕾萨不由得想到了自己的儿子们，还有他们无与伦比的好胃口。但她的心思很快又回到了希尔瓦娜斯的身上。她依旧没有吃一口东西。安度因一边咀嚼着，一边看着她，忽然问道：“你还好吗？”

温蕾萨的心跳立刻变快了。这个人类王子实在是太敏感了……

她是怎么泄露自己的心思的？难道安度因已经知道了……

“我当然没事。为什么我会有事？”温蕾萨强迫自己咬了一口点心。这种小饼柔软而且有咬劲，馅心甜美且不油腻。如果不是她现在肠子上仿佛打了个结，嘴里干得像是灌了一堆沙子，她也许真的会非常喜欢这种美味的食品。

“嗯……因为我在法庭上说的那些话。我知道你和吉安娜阿姨并不想给加尔鲁什第二次机会。我也希望你们知道，我明白你们的想法。我的确明白。”

温蕾萨大大松了一口气，甚至于感到全身一阵无力。“我也明白你为什么会那样想。”

“真的？”安度因王子的脸上焕发出光彩。而温蕾萨立刻便因为自己的搪塞之词产生出一阵负罪感。

“你能够看到每一个人身上最好的一面，安度因。这一点所有人都知道。”

安度因又消沉了下去。“我知道有些人并不认同我这样。他们认为我太软弱了。”

“嗨，”温蕾萨轻轻握住王子的手臂，“你身处在无数想要亲手杀死加尔鲁什的人面前，却在为他说话。软弱的人是不可能有这种勇气的。”

烦恼的表情从安度因的脸上消失了，取而代之的是胜利的微笑。这个男孩的心灵终有一天会破碎，如果他活得够久。“谢谢你，温蕾萨。这番话对我很有意义，尤其是当它出自你的口中。说实话……我甚至感到有些惊讶。我一直很担心你会是恨不得亲手杀死加尔鲁什的人之一。”

"不，我不会。我相信这次审判。我相信天神会做出正确的判断。"

"我……真的很高兴听到你这样说。"

当他们并肩返回法庭的时候，温蕾萨的心中又多了一重对加尔鲁什的愤怒。正是因为这个兽人，她才不得不向一个只有十五岁的男孩说谎。

让他们惊讶的是，大殿门口出现了一名熊猫人卫兵。他正温和地把所有人挡在门外。瓦里安走到那名卫兵面前，样子显得很是焦虑。他转回头，一看到温蕾萨和安度因，便立刻向他们招手。看到暴风城国王仿佛雷暴云砧一般的面孔，温蕾萨感觉到眉宇间渗出了汗水。他是不是已经发现了……不，如果瓦里安发现了，他现在早就向温蕾萨发起攻击了。

"出什么事了？"温蕾萨竭力表现出好奇和关心的样子，不过她自觉似乎不是很成功。

"法庭在今天之内都将关闭。"瓦里安愤愤地说道，"安度因，跟我来。温蕾萨，如果你愿意，可以先回紫罗兰高地去了。"

"当然。"温蕾萨这样说着，却没有立刻离开。她装作整理发髻的样子，继续逗留在能够透过门口看到大殿内部的位置上。祝踏岚、贝恩和泰兰德似乎正在等待安度因和他的父亲。贝恩首先开始说话。瓦里安将双臂抱在胸前，咬紧了牙关。安度因一边听，一边显露出困惑的表情。瓦里安抑制不住，开始向贝恩吼叫。祝踏岚说了些什么，瓦里安又转过头去向他和泰兰德吼叫。而安度因则竭力想要让局面平静下来。

"游侠将军，"那名熊猫人卫兵说道，"我无意冒犯，但您待在这里并不合适。”

温蕾萨脸一红，点了点头。“当然，我应该道歉。”她转身走开，一边寻思着贝恩打算使用怎样的新战术，才能够让天神对这个满手鲜血的刽子手产生同情。

温蕾萨迈着大步，攥紧了拳头。她巴不得夜色早点降临。

* * *

“出了什么事？”安度因的目光逐次扫过祝踏岚、泰兰德、贝恩，最终落到自己的父亲身上。现在他只能看懂父亲的表情。瓦里安正在因为某件事而感到极度不安。

“安度因，”瓦里安说道，“贝恩要求……”他下颌部的肌肉紧紧地绷起，“圣光啊，我真是说不出口！”

贝恩向前迈出一步。“陛下，哪怕您只是将王子带到这里，我也要衷心感谢你。”

“先别谢我，”瓦里安嘟囔着，“我现在最想做的就是带他回暴风城去。”

“但……到底……”安度因开口道。

贝恩抖动了一下耳朵。“我受命向你提出一个要求。”

“是谁的要求……”安度因开口道，但后面的话一下子堵在了他的喉咙里。他知道是谁，也知道会是怎样的要求。于是，他只剩下了一个问题要问：“为什么？”

“我不知道他为什么想要与你说话。”贝恩说道，他的语气显得异常烦恼，“他只是提出了这个要求。而且他说，你是他唯一愿意与之说话的人。”

“更有可能是唯一愿意和他说话的人。”瓦里安说道。

安度因将一只手按在父亲的手臂上。“我还没有答应，父亲。”他又转头看着祝踏岚，“审判中允许这样的事情发生吗？”

“年轻人，根据熊猫人的律法，我将决定这场审判中何事可以进行。血蹄书绍在一段时间之前找到我，向我提出这个问题，对此，我思考了很久。然后我指示他等到你做证之后再行决定。现在，控诉人和辩护人都已经放弃了继续让你做证的权利，这对于双方而言都应该是各有得失。”

“说实话，”贝恩说道，“殿下，众所周知，你是一个仁慈笃厚的人类。如果你能够对加尔鲁什友善以待，利用你的机会，认真进行这场谈话，我必定将从中受益良多。而如果你对他不闻不问，我的辩护也必将受到负面影响。语风书绍也和我面临着同样的问题，只是她受到的影响与我正相反。”

“那么，为什么你不要求直接拒接他？”安度因向泰兰德问道。

“因为如果你和他谈话，加尔鲁什就会考虑打破在法庭上的沉默。”泰兰德回答道，“这意味着我将有机会直接向他提问。这可能会对我的控诉大有助益。”

“根据你们谈话中发生的变化，这也有可能有益于我的辩护。”贝恩说，“就像我说过的，这是一场赌博。”

“我不能强迫加尔鲁什在法庭上说话，但我感觉，如果他开口，那将是一个极其重要的变化。”祝踏岚说道，“无论发生什么事，至少不会有人说他不曾有机会说话。”

“所以，现在整个审判已经落在了我的肩上。”安度因说，“你们并没有真的给我很多选择，对不对？”

“你并不必这样做。”瓦里安说，“你知道，我不愿你接受这个要求。你承担的已经太多了。”

“那为什么你不直接替我拒绝掉呢，父亲？”

“因为你已经到了能够为自己做出决定的年纪。做出选择的将是你。”瓦里安说，“我不希望你答应。但我必须让你自己做出选择。你能够去见加尔鲁什，也可以永远不再见到他，只要你愿意。”

父亲的话让安度因感到惊讶。他向自己的父亲微微一笑。然后，他开始思考，努力让心中激荡的情绪平静下来。

他再次想到砸落在自己脆弱肉体上的那些铜钟的碎片，以及地狱咆哮充满恨意的面孔。他的骨头如同条件反射般地开始疼痛。再不会见到加尔鲁什，拒绝一个必将对他造成痛苦的邀约——天哪，这实在是太有吸引力了。加尔鲁什所做的一切都只可能招来安度因的蔑视和嫌恶。安度因早已经给了他很多机会。他不欠加尔鲁什任何东西。他已经为那个前任大酋长说了很多好话，任何人都不可能期望自己会得到这样的善意。加尔鲁什一心只想要他的命，而他却在拯救加尔鲁什的生命。

但是……

安度因回忆起圣钟碎裂之后，加尔鲁什以为自己已经死掉时脸上的表情——没有欢愉和得意，而是充满了沉思。还有加尔鲁什在法庭中表现出的那种深深的疲惫。

加尔鲁什那个时刻到底在想些什么？和一名牧师接触，会让他的心中产生怎样的情绪？他会感到懊悔吗？

骨骼中的疼痛稍稍减轻了。安度因也在此时做出了决定。他看着聚集在面前的这些人。他们来自不同的种族，和他有着不同的关系——他的人类父亲、一位暗夜精灵英雄、一位熊猫人的掌门人，还有贝恩——他的牛头人朋友。任何人都不曾料到他们的友谊，也没人谈起过它——但它是确实存在的。

“有个陷入麻烦的人请我和他谈一谈。父亲，我能够在拒绝之后，继续站在圣光下吗？”

* * *

一开始，瓦里安坚持要陪伴他的儿子，但心中暗藏希望的安度因拒绝了父亲的好意。他还要求当值的狱卒都退到牢房走廊的大门以外。这样，他和加尔鲁什之间的交谈就能够完全保持私密了。为此，瓦里安争论了几乎一个小时，但并没有改变安度因的心意。他对父亲说道：“我作为牧师去见他，他必须能够自由地与我交谈，并且知道无论他说什么，我都会为他保密。”

瓦里安终于不情愿地让步了。他逐次看着祝踏岚、泰兰德和贝恩。“如果安度因受到任何伤害，我一定会要你们负责。我还会亲手杀死加尔鲁什，无论这会造成什么样的后果。那时就让所有审判都见鬼去吧。”

“请放心，瓦里安国王。从现实条件来讲，加尔鲁什是不可能攻击安度因的。您的儿子是绝对安全的。如果我对此没有信心，就绝不会这样说。”祝踏岚回答道。

现在安度因正站在白虎寺地下这个与世隔绝的空间里。两名看守加尔鲁什的狱卒——影踪派武僧楚李和楚罗正在牢门旁等待他。

他们鞠了一躬。“欢迎，光荣的王子，”楚李说道，“您愿意前来面对您的敌人，这需要巨大的勇气。”

安度因的心中则是七上八下。听到自己的声音没有流露出恐惧，他才松了一口气：“他不是我的敌人。至少此时此地不是。”

楚罗慢慢露出微笑。“能够明了这一点，说明你的智慧一如你的勇气般超逸非凡。我们会一直守在这里，只要你一声呼唤，我们即刻就会赶到你身边。”

“谢谢。”安度因回答道。维伦教导过他抚平焦虑，让心神安宁的方法。现在，他正依照导师的教诲，缓缓吸气，直到数过五下，然后屏住呼吸，在心跳一下之后，又以同样的速度将气息呼出。一切都会好起来，维伦这样对他说，黑夜终将结束，暴风总会消散。只有你自身灵魂中的风暴才会持续不退。

他的努力奏效了……至少在他来到加尔鲁什的牢房门前是这样。

这座牢房很狭小。里面只有睡觉用的毛皮毯子、一只夜壶，还有一个盆。加尔鲁什在牢房中只能走上一两步。而他脚踝上的铁镣又进一步限制了他的行动。牢房的每根铁栅都要比安度因的身体粗。八角形的窗口被散发出柔和光线的紫色结界所遮蔽。祝踏岚没有说错。加尔鲁什·地狱咆哮同时受到了钢铁和魔法的禁锢。

安度因的注意力并不在这些防护措施上。他的目光很快就集中到了牢房中的那个兽人身上。加尔鲁什以挺拔的身姿坐在毛皮床铺上。王子不知道他会以什么样的方式对待自己——愤怒、哀求，还是嘲讽？但所有这些，安度因都没有看到。加尔鲁什的脸上只有安度因在这个兽人“杀死”自己以后流露出的那种忧郁的沉思。

“请不要碰触牢房的铁栅。”楚罗对安度因说道，“你在这里最多可以停留一个小时。当然，如果你想早些离开，叫我们就好了。”他又指了指一把椅子和一张小桌子。桌上放着一只水罐和一只空水杯。

安度因清了清嗓子。“谢谢，我不会有事的。”

加尔鲁什似乎完全没有注意到那些狱卒。他只是专注地看着安度因。熊猫人两兄弟默默地退到了大门外。安度因感到有些口干，便坐下来，为自己倒了一杯水，不紧不慢地吮了一口，润润喉咙。

“你害怕吗？”

“什么？”刚喝入口的水喷了出来。安度因的骨头突然开始隐隐作痛。

“你害怕吗？”加尔鲁什重复了一遍。兽人的语气很随意，仿佛只是在闲聊家常。但安度因知道，这句话是一颗炸弹。无论是照实回答，还是说谎，它都会炸开一道门，门后则必将是安度因不愿提起的事情。

“我没有理由害怕。你身负镣铐，又被困在魔法囚笼中。你不可能攻击我。”

“肉体的安危只是一个人会为之害怕的理由之一。会让人害怕的事情有很多。我再问一遍：你害怕吗？”

“听着，”安度因一边说，一边小心地将水杯放在桌子上，“我来到这里，是应你的请求，是因为贝恩说过，你只会和我谈论……谈论你想要谈的事情。”

“也许你的恐惧就是我想谈的事情。”

“如果是这样，那么我们就都在浪费时间。”安度因站起身，向门口走去。

“停下。”

安度因停住脚步，但依然背对着加尔鲁什。他对自己感到气愤，掌心更是因此泛起了潮气。他必须用尽每一点力量，才能抑制身体的颤抖。他不会让加尔鲁什感觉到他的恐惧。

“为什么我要停下？”

“因为……你是我唯一愿意交谈的人。”

王子闭起了眼睛。此时此刻，他完全可以一走了之。加尔鲁什肯定是打算和他玩某种阴谋诡计。也许是要诱骗他说出某些他绝不该说的话。但那到底是怎样的阴谋？加尔鲁什到底想知道些什么？安度因意识到，自己的心中的确有着某种程度的恐惧，但他并不真的想走。现在还不行。

他深吸一口气，转回身。“那么，我们来谈谈吧。”加尔鲁什朝椅子指了指。安度因的身子晃了晃，随后才故作轻松地坐进椅子里，一扬眉毛，表明他在等待加尔鲁什开口。

“你说，你相信我能改变，”加尔鲁什说道，“在我做了所有那些事情以后，到底是这个世界或其他任何一个世界中的什么东西还能让你有这样的想法？”

这名兽人的语气中依旧没有任何情感，有的只是好奇。安度因想要回答，却又陷入了犹豫。吉安娜会如何……不，吉安娜已经不再是那种他视之为榜样的外交家了。安度因意识到，尽管他的父亲以前一直打算杀掉加尔鲁什，但现在，瓦里安在他心中已经成了比吉安娜更称职的为人楷模。发现自己心态的变化，安度因甚至觉得有一点好笑。同时，他又感到一阵哀伤——因为他爱吉安娜；以及一点慰藉——因为他也爱他的父亲。

“我告诉你一件事，你也要告诉我一件事。”

一阵怪异的微笑出现在加尔鲁什的嘴角。“一言为定。作为一名谈判者，你比我想象的更优秀。”

安度因干笑了一声。“我想，我应该感谢你的恭维。”

兽人的嘴咧得更大了。“你先。”

至少和加尔鲁什达成了第一点共识，安度因暗自思忖。“很好，我相信你能够改变，是因为没有任何东西能够永远保持原样。你从部落大酋长的位置上被推翻，是因为你领导的人们改变了。他们不再服从你的命令，而是改为质疑那些命令，并最终拒绝了它们。你从大酋长变为罪犯，你还会再次改变。”

加尔鲁什发出毫无幽默感的笑声。“你是说，从生变为死。”

“这也是一种方式。但这并不是唯一的方式。你能够审视你所做的一切。仔细去看，去听，真正尝试着去理解你所造成的痛苦和伤害，并且明白，如果还有机会，你决不能继续重复这条老路。”

加尔鲁什身子一僵，用沉闷的声音说道：“我不能变成一个人类。”

“没有人会认为你想这么做。”安度因答道，“但兽人也能够改变。你比任何人都更明白这一点。”

加尔鲁什陷入了沉默。他将目光移开，静静地思考着。安度因想要将双臂交叉在胸前，但他克制着这种冲动，继续强迫自己显示出轻松闲适的样子，等待着加尔鲁什的回答。一只眸子明亮、满身粗毛的老鼠从牢房的毛皮床铺下面探出头。它的鼻子抽动了几下，又飞快地缩回到床铺下面。曾经的部落大酋长……现在，他只能与老鼠同居一室了。

“你相信命运吗，安度因·乌瑞恩？”

安度因第二次遭到了出乎意料的突袭。加尔鲁什的脑子里到底在想些什么？

“我……我不确定。”安度因有些口吃地回答道。他一直在小心维持的冷静外表瞬间便瓦解了。“我是说……我知道这个世界有预言存在，但我认为，我们都可以做出自己的选择。”

“你选择了圣光？还是圣光选择了你？”

“我……我不知道。”安度因意识到，他从没有问过自己这个问题。他回忆起自己第一次考虑成为一名牧师的时候，曾经感觉到自己灵魂的纠结。他渴望着圣光所给予的平静，但他的确不知道是圣光向他发出了召唤，还是他主动去追寻了圣光。

“你能选择拒绝圣光吗？”

“为什么我会想要这样做？”

“可能的理由有许多。我还记得另一位广受爱戴的金发人类王子。他曾经是一名圣骑士，但他最终背弃了圣光。”

义愤和受伤的感觉赶走了安度因的犹疑。热血冲到他的脸上。他断喝道：“我不是阿尔萨斯！”

加尔鲁什再次露出怪异的微笑。“不，你不是，但也许……我是。”

第十四章

幽魂之地——这是这里现在的名字。曾几何时，这里是风行者家族的家园。在此之前，温蕾萨只回过这里一次。当时，哈杜伦·明翼邀请她一同对抗他们共同的古老敌人阿曼尼。那时，这个地方就让温蕾萨从内心深处感到一阵恶心。而现在，这种感觉再一次袭来。当温蕾萨的角鹰兽飞过萨拉斯小径的时候，她就开始感觉到自己的肠子在抽搐，握住缰绳的手掌心渗出了汗水。

扭曲的死亡之痕穿过曾经美丽的大地。这条鼻涕虫一样蜿蜒伸展的道路是千百个亡灵生物踏出来的。没有人知道这条死亡地带是否还能恢复。它一直穿透了已经名不副实的塔奎林，分隔了月亮圣殿和太阳圣殿，又穿入永歌森林和银月城，把那座有着无数神奇故事和颂歌的城市一分为二。即使在半空中，她依然能够看到巫妖王留下的各种痕迹。死人还在这里游荡，还在杀戮。

死人，但并没有真的死掉，就像我的姐姐。

不，和希尔瓦娜斯完全不同。她和她的臣民都有着独立的意志，是能够自主思考的智慧种族。他们可以选择想要什么，不想要什么，应该杀死谁，不应该杀死谁。正因为如此，温蕾萨才会回到她的故乡——一个她从没有想过还会回来的地方。

她感到眼睛十分干涩，罗宁的死讯对她造成的痛苦至今都未能平复。而这种痛苦所带来的持续压力正在让她的知觉渐渐迟钝。她让角鹰兽转向西方，同时禁不住开始好奇，希尔瓦娜斯见到她返回风行者之塔的时候，会不会感到高兴。

再次见到风行者之塔，让温蕾萨的心中又生出一阵苦涩。突然而且锐利的痛苦感觉成为她愤怒之火新的燃料。她的家乡不是被兽人摧毁的，但兽人从她身边夺走了太多东西——先是她的弟弟利莱斯，然后是罗宁——她最温暖的光。实际上，兽人早在阿尔萨斯之前就已经渴望着要彻底摧毁奎尔萨拉斯了。

随着向目的地逐渐靠近，温蕾萨的嘴唇越发开始扭曲变形。这座高塔——她的家族的高塔，已经成为行尸走肉和幽影恶灵的肆虐之地。

女妖。

那些幽灵四处飘荡。它们是既无目的也无意义的死者，与充满生命目标的生者截然相反。而这些死灵中间还能看到几个戴着兜帽，穿红色和黑色长袍的身影。温蕾萨知道他们是谁——戴索姆教派的信徒。这是阿尔萨斯入侵之后兴起的一种邪教。他们正在利用风行者之塔实现某种残暴秽恶的目的。

他们在利用我的家。

温蕾萨发出一阵没有言辞的尖叫。自从战胜加尔鲁什以来，所有在她胸中燃烧，却又无处宣泄的怒火尽数被倾注在这些邪教徒的身上。她拉开弯弓，射出一支又一支利箭。第一支箭射中了一名侍僧的眼睛。不等那些怪物明白发生了什么，第二箭和第三箭又分别刺穿了其他两个人的喉咙。第四个目标满面惊骇地望向温蕾萨，同时伸出痉挛的手，去抓身边的武器。但他很快也死了。不等角鹰兽降落，温蕾萨已经一跃而下，开始攻击那些堕落游侠。光芒闪烁的长剑切开幽灵的身躯，让它们彻底湮灭，得到永久的平静。但这不是出于怜悯，只是因为愤怒。一阵女妖的号叫开始撕扯温蕾萨的身体，让她禁不住战栗不已。但只是在转瞬之间，那个幽灵的恐怖号叫就永远地平静了下来。高等精灵发出了属于她自己的恐怖尖号，凄厉而语无伦次的吼叫中清晰地表达出了令人心碎的愤怒与痛苦。

又有两名施法不够迅速的侍僧成为剑下之鬼。他们一个被猛冲而至的温蕾萨砍断了脖子，另一个紧接着被砍开了胸口。当这名侍僧鲜血喷涌地倒在地上的时候，温蕾萨又一剑狠狠地戳穿了他的肚子。

温蕾萨屏住呼吸，把长剑从尸体上拔出来，双眼向四周搜寻敌人——无论生者还是死者。她并不担心自己会被认出来。现在已经几乎没有正常的活人会到这个地方来了。就算是有勇敢无畏的血精灵来到这片废土，她的兜帽披风也足以掩饰自己的身份。而任何见到她的侍僧都不可能活着回去向主人报告。

时间一分一秒地过去。温蕾萨一次又一次听到远处传来无意识的呻吟和叹息。当那些亡灵游荡到温蕾萨的家中，温蕾萨就将它们消灭——尽管这个家已经化作废墟。潮湿而冰冷的迷雾黏附在她的皮肤上。她开始急躁地来回踱步，怀疑这一切只不过是希尔瓦娜斯残忍的玩笑。

她灵敏的耳朵捕捉到了身后传来的一点细微声音，便手举弓箭，猛转过身。羽箭还没有离开弓弦，箭杆已经开裂。弓弦发出“砰”的一声空响。

对面的那名弓箭手身穿黑色皮衣。正是她射断了温蕾萨即将射出的箭。她掀起兜帽，一双眼睛里放射出的红光刺透了迷雾，黑色的双唇扭曲成冰冷的笑容。

“小心些，妹妹。”希尔瓦娜斯一边说，一边放下武器，“我可不认为你想要杀死面前的这个女妖。”

* * *

她们一同走过灰色的沙地。浪涛的声音要比死者的叹息与哀号更容易接受，但也好不了多少。

希尔瓦娜斯觉得这个地方充满了幽灵——不仅仅是那些四处游荡的幽灵，还有那些曾在这里生活的，她的家人。

“只剩下我们了。”温蕾萨仿佛能够读懂姐姐的心思。希尔瓦娜斯微微一笑。作为四姐弟中间的两个，她们一直都有一种让两人与老大奥蕾莉亚和老幺利莱斯区分开来的羁绊。

“这很像是外交辞令。”希尔瓦娜斯说道。

温蕾萨停住脚步，眺望北海。“先是利莱斯被兽人杀害。然后是奥蕾莉亚在外域失踪。为什么你要选择这个地方，希尔瓦娜斯？”

“你觉得是为什么，妹妹？”

“伤害我。你选择了一个被死者作为家园的地方。生者在这里并不受欢迎。”随后她又补充说，“除非是心存邪恶的生者。”

希尔瓦娜斯哼了一声。“伤害你？傲慢的孩子！”她发出毫无愉悦之感的笑声，“难道你没有注意到，是谁聚集在你的周围，哭泣着，尖叫着，想要回它们的生命？那些是我的游侠！我就死在这里！”

温蕾萨打了个哆嗦。“我……我很抱歉。我还以为……你已经习惯了……呃……”

“习惯了作为‘女妖之王’？、‘黑暗女王’？”希尔瓦娜斯的语气中充满了夸张的意味，“这总比腐烂成泥土要好些。至少现在，我还能左右这个世界上发生的各种事情。”

“我们能够对这个世界造成的影响要比我们所希望的更小。”温蕾萨说道。她捡起一块石头，把它扔进大海。石块立刻就消失了。“我不知道你现在是什么，但你已经不是我敬爱的姐姐了。”

我是……我也不是，希尔瓦娜斯心中这样想着，却没有说出口。

“但你和我都同意一件事。”温蕾萨转过身，她的面孔涨得通红，眼睛里闪耀着犀利的光芒，“加尔鲁什·地狱咆哮必须死。而且你似乎也像我一样，不相信天神能够做出和我们相同的结论，否则你就不会来这里了。”

“我不能否认你的猜测。而你尝试联系我是很勇敢的行为。特别是就像你说的一样，你不知道我现在是什么人。”*勇敢，也有一点莽撞。如果有人发现了那条项链，温蕾萨必将身负叛徒的烙印。*

“我冒了险。这应该是值得的。希望它值得。”

“你这样做，肯定不仅仅是为了得到我的同情，让我承认加尔鲁什·地狱咆哮是一个多么可憎的怪物。”希尔瓦娜斯将双臂抱在胸前，“你一定有了行动计划。”

“我……嗯，还没有。”

希尔瓦娜斯挑起一道眉弓，并开始计算杀死温蕾萨需要多长时间。

“我想要告诉你，我们并非孤军作战。”温蕾萨说道，“还有其他人也抱着和我们相同的想法。他们不会阻止我们，甚至有可能帮助我们……杀死加尔鲁什。”

“妹妹，有许多人都对这次审判满腹怨言，但没有人会真正采取行动。你所说的那些盟友如果嗅到一丝危险的气味，感觉到他们的生命或者名誉不再安全，就立刻会凭空消失。”

温蕾萨认真地摇着头。“不，他们不会。我甚至得到了吉安娜女士的赞同。”

希尔瓦娜斯皱起眉头。“你在说谎，妹妹。吉安娜·普罗德摩尔也许已经不再是以前那个天真的和平主义者，但她不可能赞同任何刺杀行动。她也许在衷心期盼加尔鲁什的死亡，但她绝不会亲手去取那个兽人的性命。”

“你错了。她想要加尔鲁什死，而且是在宣判以前。她曾经说过，那样就会省掉我们许多麻烦。有这种想法的并不止她一个。空军上将凯瑟琳·罗杰斯也是一个。她痛恨部落，更恨加尔鲁什。”

“我记得她来自南海镇。”希尔瓦娜斯说，“我怀疑，她并不愿意与被遗忘者的女妖之王合作。”

“她不必知道更多详情。除了我们以外，没有人需要知道这些。”

希尔瓦娜斯在沉默中思考着。“我们可以等等看，天神是否会首先为我们做好这件事。”

“不。如果他们真的决定采用仁慈的手段……”温蕾萨说出这个词的时候，向地上啐了一口，“我们就再也没有机会了。我们必须在审判结束之前行动。至少现在我们双方都能对他下手。”

听到这里，希尔瓦娜斯大笑起来。“下手？妹妹，你有没有看到对他的守卫是多么严密？就算是技艺最高超的刺客也不可能突破那座监狱。”

温蕾萨微微一笑。这还是她记忆中希尔瓦娜斯的面孔，还是她小时候就熟悉的那双随时会迸发出畅快笑声的嘴唇。但希尔瓦娜斯表情中闪过的一丝残忍是温蕾萨从没有在姐姐的脸上见到过的。

“的确不可能，”温蕾萨表示同意，“一名刺客是做不到的。但就算是囚犯，也必定要吃饭，不是吗？”

毒。怪不得温蕾萨会想到她的姐姐。

“你希望得到一种无法被侦测出来的毒药——一种至今还未被制造出来的毒药。”

温蕾萨点点头。

“完美，”希尔瓦娜斯说道，“的确，我怎么就没有想到这个。”

“我们需要有人渗透进厨房，或者把药从食物源头就加进去。”温蕾萨继续说道，“或者还可以说服某个负责为他准备饭食的人。我们……”

“等一下，也许你的谋略很让人兴奋，但先别急着筹划。”希尔瓦娜斯说道，“我并没有说我会参与其中。”

“什么？你刚刚说这很完美！”

“哦，的确是。我以前曾经被一个暴君控制过，”希尔瓦娜斯说道，“而我背叛了那个一手把我制造出来的人。阿尔萨斯将我复活，为的是继续折磨我。但他完蛋了，我却还在这里。我也背叛了加尔鲁什，我很愿意让他死掉。”黑暗女王摊开双手，展示出自己的身体。与她还有呼吸的时候相比，尽管她的皮肤已经变成蓝灰色，碰触起来格外冰冷，但她还是那样强大，并且拥有了另外一种异样的美丽。“总之，我是被遗忘者。任何人都能理解我杀他的理由。那么，你的理由又是什么，小妹妹？”

“真难以相信，你竟然会问我这样的问题！”

“是的，而且我要求得到你的答案。”希尔瓦娜斯的声音格外冰冷，“加尔鲁什做了什么，让你决定必要置他于死地？”

“他又有什么是不曾做过的？他向塞拉摩施加的恐怖是绝对无法被饶恕的！他们全都死了……死得那么惨。我只是凭借着好运气，才能活到现在。”

希尔瓦娜斯摇了摇头。她的一头秀发在活着的时候是近似于银色的淡金色，现在却变成了几乎和她的妹妹一样的银白色。她们是风行者家族中的月亮。奥蕾莉亚就总是打趣地称她们为月女士和小月亮。而奥蕾莉亚和利莱斯——有着灿烂的金色头发的长姊和幼弟——则是家族中的太阳。奥蕾莉亚……

“这不是真正的原因。”

“兽人一直都是我们的敌人，加尔鲁什更是在世的兽人中最可憎的一个。他们的历史中只有怪物和魔鬼所犯下的累累罪行。希尔瓦娜斯，他们夺走了我们的小弟！你很清楚，奥蕾莉亚如果能够亲手制裁加尔鲁什，一定会不遗余力，拼死而战。她一定会希望我们这样做的。”

希尔瓦娜斯咬住了嘴唇。“我同意你的说法，但这依旧不是你的理由。”

温蕾萨吃力地咽了一口唾沫。“你的确是想伤害我。你想要看到我受苦。”

“我想要自己判断你在这件事上承受了多么深的痛苦。这不一样。”

温蕾萨属于联盟。她有一个人类丈夫，她还为他生了孩子。这里曾经是她的家，但她已经不属于这里。而她现在所说的一切与联盟公开宣称要坚守的那些法律完全背道而驰——当然，联盟里面也有不少恶棍、杀人犯和贼。

有那么一会儿工夫，希尔瓦娜斯以为她的妹妹会拒绝回答。风行者姐妹毕竟都是意志力极强的人。温蕾萨苗条的身体就像她的弓弦一样强韧。但现在，这副身躯却仿佛因为无法承受巨大的压力而开始颤抖。希尔瓦娜斯以死者特有的耐心等待着——这是阿尔萨斯不知不觉间送给她的另一份礼物。她感觉到，妹妹心中无比的暴怒就要喷发出来了。

但这样的事情并没有发生。

希尔瓦娜斯没有看到火焰，反而看到了水——泪水充满了温蕾萨的眼睛，沿着她的面颊滴滴滚落。温蕾萨开口的时候，甚至没有想到将泪水拭去。

“他夺走了我的罗宁。”

原来如此。一切都能解释了。

希尔瓦娜斯走上前，拥抱了自己的妹妹。温蕾萨如同即将溺死之人，紧紧抓住了她。

第十五章

第三日。

“大酋长。”泰兰德低下头说道。

对古伊尔来说，听到自己以外的其他人被这样称呼，感觉总是很奇怪。他并不认为自己的选择错了——他从没有为自己的这个决定后悔过。先祖们都应该知道，沃金绝对能够胜任这个职位。但……这毕竟还是很奇怪。古伊尔不知道自己是否终有一天能够习惯这件事。

“高阶祭司。”沃金回答道，他明亮的眼睛里还闪动着一丝恶作剧的意味。

“你统率巨魔一族已经有许多年了。在你之前，你们的领袖是你的父亲。”

“是的。”

“现在，在加尔鲁什·地狱咆哮的残暴统治……”

“对此，我表示反对。”贝恩说道，不过他的心思仿佛根本不在这上面。

“在加尔鲁什·地狱咆哮被击败之后，”泰兰德立刻改正了自己的发言，完全没有被打断过的样子，“古伊尔任命你为大酋长。现在，你统率的不再只是暗矛巨魔，而是部落的各个种族，尽管你并不是一个兽人。”

“对此，我表示反对！”贝恩喊道。这一次，他显然是认真的，“证人统率部落的能力不应在此法庭上讨论！”

“祝掌门，我正在尝试向陪审团证明证人的能力。”泰兰德说道。

“换个方式，书绍。”祝踏岚平静地说道。

“如您所愿。沃金大酋长，你的族人因为加尔鲁什而遭受了巨大的磨难。你个人也是一样。你是否能就此向法庭做一下陈述？”

“乐意之至。”沃金说道。他的声音因为郁积在心中的怒火而变得格外深沉。“当兽人来到这个世界的时候，巨魔是艾泽拉斯各种族中第一个加入部落的。我们一直是兽人、是古伊尔忠诚的朋友。古伊尔请我作为加尔鲁什的顾问，我竭尽全力履行这一职责。但加尔鲁什已经不记得巨魔曾经是兽人的挚友了。”

“他对你们做过什么？”

“他禁止我的族人居住于他们在奥格瑞玛选择的区域之中，强迫他们进入一个特别的区域。他还将回音群岛纳于军事管制之下。”

“这可不像是一个代表部落各种族的领袖做出的事情。”泰兰德喃喃地说道。

“的确。”

“你和加尔鲁什是否就你所关注的这些问题交换过意见？”

“是的，不止一次。”

“他向你承认，他有意要这样做？将你的族人推进贫民窟？”

“是的。”

“我想要向陪审团展示这位证人的第一段时光之相。”泰兰德说道。她后退一步，与众人一同观看出现在大殿中央的画面。画面中，巨魔领袖和前任大酋长正在格罗姆要塞的王座大厅中。

“不要顶撞我，巨魔。”加尔鲁什凶狠地说道，“你知道是谁掌管这里。难道你还不明白，为什么萨尔选择了我，而不是你？”

“这一点并不奇怪，加尔鲁什。他把这个头衔给你，因为你是格罗姆的儿子，也是因为人民希望得到一位战争英雄。”这的确没错。在刚刚击败巫妖王之后，人们都厌倦了战争，但他们依旧崇敬他们的战争英雄。古伊尔本以为，大酋长的头衔应该能够很快就帮助加尔鲁什学会控制自己的能量。他实在是大错特错了。

但画面中的沃金并没有就此罢休。“我相信，你不知道自己和你的父亲有多像，哪怕你没有饮下过恶魔之血。”

加尔鲁什气势汹汹地向巨魔逼近了一步，他显然已经快要控制不住自己的怒气了。“我现在没有把你的肠子掏出来，已经是你的运气了，小崽子。”

“停！”泰兰德高声喊道。画面中的两个人停在原地，仿佛被瞬间冻结。“至尊天神，就是这里。加尔鲁什·地狱咆哮，部落的大酋长向沃金发出了明确的死亡威胁。”她向克罗米点点头。青铜龙用她的小手指拨弄几下，画面又恢复了运行。

“你真是愚蠢透顶，竟然以为能这样对你的大酋长说话。”加尔鲁什说道。

“你不是我的大酋长。你没有得到我的尊敬。我也不会眼看部落毁在一个愚蠢的战争狂手里。”沃金的声音镇定、明确、冷静，与加尔鲁什几乎失去控制的狂暴神态形成了鲜明的对比。

“那么你又是怎么以为的？你又打算做些什么？你只能发出空虚无力的威胁。带着你的同类溜进贫民区去吧。我的王座大厅已经无法再容忍你这种肮脏的家伙了。”

画面停住，慢慢消失。泰兰德摇了摇头，重复了一遍加尔鲁什的话：“‘带着你的同类溜进贫民区去吧。’以这样的方式和这种话语来对待一个长久以来一直全心效忠于部落的种族，这实在是很有趣。”

“我也这样认为。”

“那么，加尔鲁什根本没有像古伊尔叮嘱的那样，将你视为一位应予以尊重的顾问。加尔鲁什将巨魔赶进了他自己也认为是贫民窟的地方，并把你驱逐出王座大厅。他还威胁要杀死你。”

古伊尔开始感到紧张。沃金从容安闲的面孔也变得严肃起来。“他所做的并不只是威胁。”大酋长仰起头，露出喉咙上一道隆起的浅蓝色伤疤。如果那一刀割得更深一些，也许就会要了他的命。古伊尔抬起头，看到天神们都因为加尔鲁什明确的狂暴与憎恨而显示出不悦的神情。

泰兰德等到人们的议论声渐渐平息，才说道：“我将要展示一场卑劣的攻击，以及加尔鲁什·地狱咆哮在其中扮演的角色。克罗米？”

旁听席中传来一阵窸窣声。几乎每一位旁听者都坐得笔直，并让身子稍稍前倾。沃金的遭遇无论在部落还是联盟之中早已经尽人皆知。有一些人仅仅是出于猎奇的目的，想要知道当时血腥的细节，但更多的人应该只是想亲眼确认，以摆脱对这件事的惊讶和难以置信。

“大酋长，你能先向我们介绍一下这件事的背景情况吗？”

“当然。那时，部落刚刚在潘达利亚登陆。暗矛巨魔并没有得到与部落其他种族共同行动的命令。我一直都认为，进攻这一地区是一个错误，但加尔鲁什非常高兴能占领这片土地……他那时是怎么说的……‘这片土地拥有丰富的资源：木材、石料、铁矿、燃料，还有人口。’”

“木材、石料、铁矿、燃料，还有人口。”泰兰德喃喃地说道，“在加尔鲁什的意识中，这些全都是资源。那么，你是否在告诉法庭，你认为加尔鲁什打算奴役熊猫人？”

一阵骇然的惊呼声响遍了整座大殿，贝恩跳起身，高声喊道：“对此，我表示反对！对这一问题的任何回答都只是证人自己的观点，仅此而已。从没有任何证据表明，加尔鲁什想要奴役一整个种族！”

“是吗？”泰兰德回敬道，“一个曾经以那种方式对待巨魔的统治者的人，很难说他会干出什么事来！”

两个人盛怒相向，祝踏岚用力地敲响了铜锣。“肃静！我要提醒诸位，任何不理智的行为都将让你们在审判随后的进程中遭到拘禁！语风书绍，除非你有证据能够支持这一指控，否则我建议你改变问题。”

“您曾经说过，证人自身的观点是可以被法庭采纳的，法设。”

祝踏岚顿了一下，然后叹了口气。“的确如此。也许这个问题不算逾矩，那么，请问吧。”

泰兰德转向沃金。“大酋长，你认为加尔鲁什的话是这样的意思吗？”

“我不认为他像语风书绍所说，打算‘奴役’熊猫人。我认为，他只是想在这里征募新兵，以支持他的战争。当时他发出的战吼是：‘冲上海岸，让这片新大陆变成红色！’”

“你是说，鲜血的红色？是要灭绝熊猫人，而不是奴役他们？”

“书绍！”不等贝恩站起身，祝踏岚已经断喝一声，“你必须停止将你的词汇塞入证人的口中，否则我就要对你进行申饬了。”

泰兰德一鞠躬，举起一只手。“明白，法设。请继续，大酋长。”

“我认为他的目的是让潘达利亚成为部落的领地，让这里的人为部落而战。部落的颜色是红色。我认为这才是他的意思。”

“但你并不能确定？”

“我只能告诉你我听到的，以及我自己所想的。”

“当然。”泰兰德说道。古伊尔已经不是第一次对沃金的理性与正直感到钦佩了。作为个人之见，沃金能够轻松地编织一个谎言，但他没有这样做。不过，泰兰德已经提出了问题，将怀疑植入众人的心中。无论是陪审团还是旁观者，都会禁不住去思考加尔鲁什这番话真实的意思。

“那么……当时部落已经到达了潘达利亚。”泰兰德进一步推论道。

“其中没有暗矛。我去见了加尔鲁什，他还是怒气冲冲，像以往一样口出不逊。然后，他似乎又重新考虑了一下。”

“谢谢你的讲述。克罗米？”

身材娇小的青铜龙跳上桌面，启动了时光之相，画面再次出现。

“这就是你和我的区别，沃金。”当时的加尔鲁什说道，“我不会让我的族人在沙漠中饥渴而死。无论什么都无法阻止我为兽人和任何有勇气与我们并肩奋战的人赢得一个自豪而光荣的未来——无论是什么。在这里等着。”

加尔鲁什走到旁边，开始和一个名叫拉克戈尔·血刃的库卡隆低声交谈。古伊尔皱起眉头，很想知道为什么泰兰德不让陪审团听到他们耳语的内容。过了一会儿，加尔鲁什狞笑着走了回来。

“巨魔，要证明你对部落的价值，你可以去做一件事。那是一个位于这片大陆中心的任务。”

“我会去的。”沃金说道，“但我将只是代表我们一族的见证人。必须有人盯着你，加尔鲁什。”

画面停住，消失了。泰兰德向沃金转回身。“能否让我们知道，在这次加尔鲁什委派你和拉克戈尔·血刃一同完成的任务中，发生了什么事？”

“我们的任务是搜索一个蜥蜴人聚居地。”沃金说道，“斥候报告说，那些洞窟中存在着一种古老的魔法。加尔鲁什希望对那里进行详细的调查。”

“你发现了什么？”

沃金深吸了一口气，然后才回答道：“那是一种……非自然的东西。血刃告诉我，加尔鲁什早已知晓，在蜥蜴人和魔古之间存在着某种联系。他……是正确的。”

另一幅场景出现在大殿中心。这一次，沃金、血刃和另外几个古伊尔不认识的人正处在一座黑暗潮湿的洞穴中。一具高大的蜥蜴人尸体倒卧在没过脚踝的污水中，缓缓地流着血。洞中到处都是蜥蜴人的卵。这里正是沃金要寻找的蜥蜴人聚居地。他的喉咙中发出一阵低吼。当他说话的时候，浑厚的声音因为愤怒而微微颤抖着。

“这些魔古……他们在这里施行邪恶的黑暗魔法。蜥蜴人不是自然繁殖的产物——他们是被直接制造出来的，是血肉被重新塑形和扭曲后得来的。”他厌恶地摇了摇头，“这是最黑暗的魔法！”他转向血刃，举起了手中的武器，显然已经准备好要摧毁所有这些蜥蜴卵了。

但那个兽人只是露出了阴鸷的笑容。“是的！”血刃兴奋地喊道，“重塑肉体的力量，能够用它打造强大的战士。这正是大酋长想要的！”

古伊尔将视线从画面上转向陪审团和旁听者们。就像前数日一样，天神们镇定若素，但能做到这一点的也只有他们了。其余人都紧盯着时光之相，表情从嫌恶到愤怒，无一不全。

“加尔鲁什想要扮演神明吗？”画面中的沃金愤怒地喊道，“他要制造怪物吗？这不是部落会做的事！”

就是它，古伊尔想道，就是这句话。尽管除了沃金面前这几个人以外，没有人听到过这句话，但它依然被口口相传，使得整个世界都知道它。是它指引古伊尔，帮沃金夺回了回音群岛；是它鼓舞这位巨魔首领活了下来，又为了保护部落家园而恢复了力量。瓦里安正是知道了这一事实，才没有像加尔鲁什那样对待煞，并且拒绝了占领奥格瑞玛的机会。

这不是部落会做的事。

永远也不会。

但这是加尔鲁什想要做的事，画面还在继续下去。

血刃走向沃金。巨魔族长愤怒地瞪着他。那个兽人的鼻翼翕动了一下，做出一副闻到恶臭气味的表情。

“他早就知道你是个叛徒！”血刃狂吼一声。尽管古伊尔知道会发生什么，但就算是他，也为这个身材高大，而且披挂重甲的库卡隆疾如闪电的动作吃了一惊。匕首化成弧光，一闪而过。鲜血从沃金被割裂的喉咙中喷涌而出。巨魔瘫倒在地上。

人群喧嚣。画面消失了。

“札札里克·弗瑞，你能重读一下指控的第二、三、四、五和第七条吗？”泰兰德向法庭秘书问道。

那位地精哼唧着，开始在文卷中搜寻，很快就大声读道：“谋杀。”

泰兰德抬起一只手，示意他暂时停住，地精从眼镜后面看着精灵祭司，眨了眨眼。

“谋杀。”泰兰德竖起一根食指，“命令库卡隆，只要沃金不服从他的野蛮计划，就割开沃金的喉咙。请继续。”

“呃……强制人口迁徙。”地精读完这一条，又用询问的眼神看着泰兰德。

泰兰德竖起第二根手指。“强制巨魔——部落重要和可敬的成员——居住在他指定的地方。”

“造成人员失踪。”

三条罪状了。“派遣沃金和血刃一同行动，同时很清楚沃金会被谋杀。”

“奴役。”

“很可能会在潘达利亚实行。那些变种的蜥蜴人肯定不会自愿服从他的命令。”

“对此，我表示反对。”贝恩说道，“加尔鲁什不应该为蜥蜴人身上发生的事负责。”

“我同意辩护人。”祝踏岚说道。

“确实不该。但这段时光之相很清楚地表明，他是希望能够为他们负责的。”泰兰德毫不退让。祝踏岚不得不点了点头。

“我允许你表达为‘有奴役他人的企图’。”熊猫人法设说道。

“酷刑折磨。”

“如果我们都认同，加尔鲁什有意实行蜥蜴人所遭遇的一切——被改造，被扭曲，违背本心发生变化。那么对这个兽人而言，生物就是可以随意折磨的，不需要理由就可以尽情施加痛苦。”

她打了个手势。“通过这一位证人，我们已经见证了加尔鲁什被指控的一半罪名。一半！还有其他许多人也都遭受过他的谋杀与折磨，以及沃金所证实的其他卑劣罪行。他……”

“法设，”贝恩用低沉有力的声音说道，“如果控诉人已经没有问题要问证人，却还要以自己的雄辩操纵视听，我是否该有机会询问证人了？”

这是相当有效的一击——泰兰德的面颊立刻变得绯红，又被蒙上一层阴影，变成了紫色。

“你还有更多问题要向证人提出吗，语风书绍？”祝踏岚和蔼地问道。

“我还有一个场景意欲呈现，法设。这……非常重要。经历过这件事的人，现在只有一个活了下来。”

“那么，请进行吧。”

泰兰德恢复了镇静，向克罗米点了点头。

古伊尔一开始感到有些困惑。泰兰德重新展示出刚才已经在大殿上出现过的画面：加尔鲁什侮辱了沃金，然后走到一旁，和拉克戈尔进行密谈。

但这一次，所有人都能听到加尔鲁什对这名库卡隆所说的话。

“我相信你一定能证实我的怀疑。”加尔鲁什在血刃的耳边说道，“看看这个巨魔会如何反应。如果他表示赞同，他就能活下来。如果他反对，他就是叛徒，那就割开他的喉咙。”

画面停住了。泰兰德一直走到那个巨大的加尔鲁什幻影前面。这个加尔鲁什的脸上还带着一丝得意的冷笑。精灵祭司的目光从这个幻影又转移到真正的加尔鲁什身上。

和过去的那个扬扬自得、几乎有些滑稽意味的地狱咆哮相比，现实中的加尔鲁什没有任何表情。只有他的双眼紧盯着泰兰德，完全没有去看精灵祭司身后的画面。泰兰德高昂着头，脊背挺直。正义的怒火让她显得美丽却又恐怖，仿佛一位满心愤怒，已全然抛弃怜悯与宽容的正义女神。她的胸膛伴随着快速的呼吸而一起一伏，细长的脖颈上甚至能看到剧烈心跳而引发的震颤。古伊尔绷紧身体。他知道随后将发生什么——慷慨陈词，义愤填膺。人们对地狱咆哮之子已经深恶痛绝。她对加尔鲁什的斥责一定会得到广泛的支持。法庭上即将爆发一场巨大的混乱。

最终，她说话了。

“那么，我们都知道了。”

平静的声音传遍了因为惊愕而变得一片死寂的法庭。泰兰德继续盯着加尔鲁什。片刻之后，她只是以充满轻蔑的神情撇了撇嘴，便转过身，背对着加尔鲁什。

“没有问题了。”

第十六章

贝恩的思绪在激烈地翻腾。他疯狂而几近绝望地寻找着一切最渺茫的机会，希望能消除泰兰德刚刚对他的辩护造成的破坏。

沃金是贝恩的朋友。贝恩一直都很尊敬这位巨魔。自从凯恩死后，他们的关系变得更加密切了。贝恩不想审问沃金，不想质疑他对所有这些事件的解释，更不会在陪审团面前损伤沃金的信誉。但正是沃金首先要求他为加尔鲁什辩护的。

“沃金大酋长……你是一位令人尊敬的巨魔，无论部落还是联盟，都承认这一点。没有人会质疑你的遭遇，更不会否认巨魔一族被流放到了奥格瑞玛城中很不理想的一个区域。”

沃金静静地等待着。贝恩继续说道：“现在，你担负起了大酋长的责任。为此，你被迫做出了一些极具挑战性的决定。我是否能问一下，你对于叛徒有着怎样的处置方针？”

“对此，我表示反对！”泰兰德跳起身，“法设，您刚刚确认过，证人统率部落的能力不应成为此法庭讨论的问题！”

“法设，”贝恩说道，“我并没有质疑他的能力。我只是在询问他的方针。”

祝踏岚侧过头。“我相信，你询问的内容和本案有关，书绍？”

“是的。”

“如果真是这样，我同意辩护人。”

“我还没有机会处置背叛我的人。”沃金回答道，然后他又补充了一句，“现在还没有。”那种略带些友谊色彩的表情从他的脸上消失了，取而代之的是警惕的神色。

“我希望你永远不会遇到这样的事情。”贝恩说道，“但你愿意将加尔鲁什处死，为了他对部落所做的一切。”

“是的。”

“所以，作为一位大酋长，你愿意处死任何背叛部落的人？”

大殿中的气氛立刻变得更加紧张。这是审判以来第一次，众人紧张的对象并非是加尔鲁什。贝恩当然感觉到了这种气氛，他颈后的毛发都竖起来了，但他知道，自己现在已经不能让步了。

“是的，如果……”

“只要回答问题，大酋长。请。”

沃金用探寻的眼光看着他，然后咬紧牙关说道：“是的。”

贝恩转过身，因为不必再看到沃金而松了一口气。他向凯诺兹点了点头。凯诺兹一直坐在他的座位上，表情正变得越来越阴郁。很显然，他在渴望着使用自己的能力。看到贝恩点头，他立刻跳起来，开始操作时光之相。

贝恩感受着冲过鼻翼的气流，压抑着跺脚的冲动，耐心等待画面出现。他所展示的是加尔鲁什和沃金的交谈，正是泰兰德曾经展示的那段画面。但暗夜精灵控诉人过早地结束了画面。贝恩想让陪审团看到这次谈话最终的结果。无论如何，他的尾巴还是开始焦急地抽动起来。

“你不是我的大酋长。”画面中的沃金依旧以他镇定从容的声音说道，“你没有得到我的尊敬。我也不会眼看部落毁在一个愚蠢的战争狂手里。”

“停在这里。”贝恩说道。他转过头，面对天神，郑重地看着他们。“这是很重要的一幕，所以我要在此强调，而你们现在所见到的正是这样一个事实：一名部落的成员对被正式任命的大酋长说了一句话，请容我引述这句话：‘你不是我的大酋长。’”

凯诺兹以完美的时间节奏耽搁了一会儿，让贝恩的话在众人心中沉淀，然后才恢复了画面的运行。

“那么你又是怎么以为的？你又打算做些什么？”加尔鲁什吼道，“你只能发出空虚无力的威胁。带着你的同类溜进贫民区去吧。我的王座大厅已经无法再容忍你这种肮脏的家伙了。”

“我知道我要做什么，地狱咆哮之子。我会静静地等待，等到你的人民明白你并非称职的大酋长。我会笑着看他们像我一样唾弃你。当你遭受彻底的失败，你的‘力量’变得毫无意义的时候，我会迅速而安静地结束你的统治。”

画面停住了。人们纷纷在座位上交头接耳。“沃金说这名被合法任命的大酋长‘不称职’，他‘唾弃’加尔鲁什，并威胁要‘结束他的统治’。这些难道不都是确切无疑的叛逆之词？根据部落当前的领袖沃金的言论，部落的叛徒应该受到怎样的处置？”

“对此，我表示反对！”从审判开始以来第一次，泰兰德似乎真的被激怒了。这位从来都心如止水的暗夜精灵的确是被贝恩扰乱了心神。“辩护人是在用狡辩困扰证人！”

“他完全没有针对证人。”祝踏岚说道。

“沃金做过或没做过什么，说过或没说过什么，都与本案无关！”泰兰德喊道。

“对此，法设，我相信这是有关的。”贝恩说，“我相信，加尔鲁什感觉受到了沃金的威胁，并将他视为叛徒。我相信加尔鲁什有可能认为自己的生命正处于危险之中。”

“书绍，我听到了表达不满的言辞，以及气恼和不敬。”祝踏岚说道，“以及威胁加尔鲁什无法再领导部落。但古伊尔就是和平退位的。尽管沃金非常不悦，而且颇有失礼之处，但我看不到他对加尔鲁什有人身威胁。”

贝恩可以停下了，他已经表明了自己的观点——加尔鲁什如果认为沃金企图废黜他，可以依照法律杀死沃金。这是他的权力。但贝恩知道，这样还不够。天神已经见到加尔鲁什对沃金施行的暴力。他们需要看到事情的另一面。

贝恩痛恨自己不得不走到这一步，但他必须履行自己的责任。他说道：“我请求将这段对话进行完全展示。我相信，它与本案有着极大的关系。”

祝踏岚看着控辩双方，点点头。“继续吧。”

贝恩既没有看身后的沃金，也没有看画面中的沃金，当部落的新任大酋长在时光之相中说话的时候，他的双眼一直盯在天神身上。

“当你统治部落的时候，你会一直回头，因为你将害怕背后的阴影。”

贝恩闭了一下眼睛。

“当你的血慢慢流干的时候，你会知道是谁的箭射穿了你的黑心。”

“是你决定了自己的命运，巨魔。”画面中的加尔鲁什吼道。兽人将一口痰啐到了沃金两根脚趾的脚上。

“你也是，‘大酋长’。”

画面消失了。

在一片寂静中，贝恩依旧无法去看沃金。他将注意力转向了祝踏岚。“我对这位证人没有问题了，法设。”熊猫人点点头。贝恩觉得他望向自己的目光中多出了一点同情。

第十七章

走廊的门在安度因背后被重重地关上。依照他的特别要求，他被单独和一名被控以杀戮罪行的重刑犯留在了一间牢房里。

安度因给自己倒了一杯水，喝了下去。他注意到，这一次自己没有颤抖得那么厉害。加尔鲁什坐在床铺上，依旧戴着重镣，看着这名人类王子。

“我想要知道你对于沃金的证词有什么想法。”加尔鲁什说道。

安度因抿起了嘴唇。“遵照我们的约定，这一次你应该先对我说些事情。”

加尔鲁什发出一阵深沉惆怅的笑声。“那么我会对你说，我相信今天结束之后，我将失去任何走出这间牢房的希望，除了被押赴刑场以外。”

“的确，现在的情况……对你很不利。”安度因说道，“但你为什么会这样说呢？”

加尔鲁什盯着安度因，仿佛在看着一个白痴。“我威胁了沃金，驱逐了他的族人，还试图杀死他。这些已经足够了。”

安度因耸耸肩。“他也威胁过你，污蔑过你的名号，并当着你的面发誓说会杀死你。如果他做不到，他也能轻易在奥格瑞玛找到愿意这样做的人。也许你驱逐他的族人并非是因为你恨他们，而是因为你害怕他们。”

兽人发出怒吼。他猛地站起身，吓得安度因向后一缩身子。但是就在他发出吼声的时候，楚氏兄弟已经冲了进来。

“没事！”安度因抬起一只手，勉强作出微笑的表情，“我们只是在……讨论问题。”

楚李和楚罗交换了一个眼神。楚李审视着加尔鲁什。“听起来不像是在讨论。”兽人没有说话，只是在迅速地喘着粗气，两只拳头不停地一张一合。

“不是你们想的那样。”安度因说。

楚罗平静地说道：“囚犯地狱咆哮，你必须控制自己的情绪。与殿下说话乃是对你的优待。如果我们感觉到他可能遭遇任何危险，你的这项优待将被撤销。你明白吗？”

片刻之间，加尔鲁什仿佛是要冲破铁栅，扑向楚罗。但他最终还是坐了下去，沉重的铁镣随着他的动作当啷作响。“我明白。”他依旧怒恨交加，但还是控制住了自己。

“这样很好。你还希望继续吗，殿下？”

“是的，”安度因说，“谢谢你们。你们可以走了。”

楚氏兄弟鞠躬后便退了出去。但在走上通向走廊门的斜坡前，楚李又警告性地看了加尔鲁什一眼。

“如果我们之间没有这道栅栏，我早就杀掉你了。”加尔鲁什低声咆哮着。

“我知道。”安度因回答道，奇怪的是，他并不害怕，“但这道栅栏的确是存在的。”

“确实。”加尔鲁什深吸一口气，继续说道，“我并不害怕想要暗中取走我性命的懦夫。我从没有害怕过沃金。”

“那么，你为什么不在 mak’gora 中向他挑战？”已经从刚刚的惊骇中恢复过来的安度因毫不退让地回敬道，“为什么要采取那种卑劣的方法，犯下有悖于你的传统的罪行？难道你是害怕他会在公平的决斗中击败你？你所做的才是懦夫的行径，是玛加萨的勾当。”

“我以为你是有荣誉的，但你也是只想着来阴的，小崽子。”

“我说的是实话，加尔鲁什。正是这一点让你感到困扰，不是吗？重要的不在于其他人如何看你，而是你如何看待自己。”

安度因本以为加尔鲁什会再一次暴怒而起。但这一次，加尔鲁什将怒火压在了心中。只是在他的眼睛里还有火光喷射出来。

“我从没有忘记过吾族的传统。”加尔鲁什的声音变得格外低沉，安度因必须支起耳朵才能听到，“我要重复自己对沃金说过的话。如果我自由了，无论什么都无法阻止我为兽人赢得一个自豪而光荣的未来——还有任何有勇气与我们并肩奋战的人。”

“如果联盟也和你站在同一阵线呢？”

“什么？”

“如果联盟也和你站在同一阵线呢？你真正关心的是兽人的自豪与光荣，还是你自己？”这番话是安度因刚刚想到的。它仿佛有自己的意志，直接飞出了安度因的双唇。安度因将它说出口的时候，就已经意识到了它的荒谬。但他心中还有另一个声音，不，并不荒谬，也绝非不可能。和平是一定能达成的。没有人必须放弃这个未来。团结，为了共同的利益而合作——除此以外，还有什么能激发真正的自豪感，实现长久牢固的光荣？

造就英雄的是这个，而绝不是杀戮。

加尔鲁什惊讶地盯着安度因，微微张着嘴，满脸都是难以置信的神情。

安度因的呼吸很浅，而两个人之间只有不断延续的沉默。他不敢再说话，仿佛是害怕打破加尔鲁什所中的法术。

终于，加尔鲁什开口了："出去！"

失望的情绪让王子的每一根骨头都感到疼痛，仿佛它们正在一同唱着哀歌。

"你说了谎，加尔鲁什·地狱咆哮。"安度因哀伤地轻声说道，"有一样东西会阻止你。和平会阻止你。"

随后，安度因没有再说话，直接站起身，踏上通向外面的坡道，敲响了走廊门。门无声地打开了，他走出去的时候，感觉到加尔鲁什的目光仿佛要钻透他的脊背。

* * *

吉安娜一个人待在紫罗兰高地自己的帐篷里，正在进行晚餐前的梳洗。紫罗兰高地位于距离白虎寺很远的西北方，肯瑞托的作战基地就在这里。而现在，瓦里安和安度因，以及几位强大的法师——温蕾萨、卡雷苟斯和吉安娜也都住在这里。吉安娜换上了一条不算正式的长袍，又洗了洗脸。她几乎要哼起歌来了。沃金的证词确实够致命。吉安娜从没有和巨魔打过交道。圣光在上，早在部落到来之前，这个种族就已经对人类和联盟各种族做过许多坏事。而且，巨魔在他们漫长的历史中一直认为自己是比其他种族更优秀的超级种族，听这样一个种族的成员谈论不同的种族在部落大旗下联合，这一点本身就很有趣。不管怎样，吉安娜差一点就要为沃金在法庭上的证言而欢呼了。

“吉安娜？”

“卡雷！”吉安娜说道，“进来。”

卡雷苟斯掀起门帘，但并没有走进帐篷。看到蓝龙的表情，吉安娜的好心情消失了。“出什么事了？”

“和我出去走一走？”

外面在下雨。这里似乎一直都在下雨。但吉安娜立刻说道：“当然。”她披上一件斗篷，就走了出去。卡雷苟斯放下门帘。他们的双手握在一起。吉安娜告诉学徒奈尔菲，他们会出去走一会儿。并特意叮嘱这名负责在紫罗兰高地为所有法师提供帮助的学徒，如果大家已经做好进餐准备，就不必等他们了。

他们走过宽阔平整的广场。还有其他不少法师正在细雨中忙碌着。两个人手牵着手，静静地走下宽大的台阶。这条曾经被许多魔古的双脚踏过的道路一直通向水边。他们沿着残破的小路继续前行，转向左边，穿过影木林。吉安娜意识到，卡雷正带他走向这段曲折小径尽头的那片小海滩。被安排在这里站岗的奥术守护者只是来回踱着步，履行着他们既定的监督职责，并无意于打扰他们。吉安娜只是集中精神，在因为雨水而变得湿滑的古老石板路面上踏稳每一步。现在迈出的每一步都让她更加确信，自己不会喜欢他们即将进行的对话。

当吉安娜终于站在这片狭窄的海滩上时，她禁不住回忆起自己曾经走过一片类似的沙滩——恐惧海岸，就在那道已经不复存在的城墙之外。她回忆起看到蓝龙在天空中飞翔，寻找一个着陆的地方，回忆起自己是如何奔跑着去迎接他。

当他看到她的时候，脸上立刻焕发出光彩。他们在那里谈论了来帮助她对抗部落的人们。尤其是那些将军们对即将到来的战争的看法——吉安娜对这一点格外表示了担心。

她还记得自己那时对他说的话："如果有人应该感到苦涩和憎恨，那就应该是我。但我听到了他们谈及部落时所使用的一些言辞——那些侮辱性的，冷酷的言辞——我感到是那样遗憾……我的父亲并非只是要赢得战争。他恨那些兽人。他想要将他们碾碎，把他们从艾泽拉斯彻底抹去。这些将军们也是一样。"

安度因是对的。人的确是会改变的。现在，她已经成为了那种自己曾经在内心中深深排斥的人。

就在那时，卡雷第一次有些迟疑地表露出，他希望能够不止是做她的朋友。他承诺，会帮助她保卫家园。"我这样做不是为了联盟，或者塞拉摩。我这样做是为了塞拉摩的女士。"那时，他将一个吻印在了她的手掌上。

当那件昭示出守护巨龙创生秘密的宝物对卡雷造成强烈的影响，他为了免于自身的迷失而陷入苦战的时候，他们开始悄然靠近。但最近几个月发生的事情又逐渐拉远了他们。卡雷不久之前刚刚来到潘达利亚。现在，他看着吉安娜，眼中充满爱意，却也有不悦。吉安娜感觉到一阵与扑面而来的清冷海风毫无关系的寒意。

她的目光落在水中的联盟船只上，还有那座顶端放射出美丽的紫罗兰色光芒的高塔。将高塔从地面托起的巨大平台让那团光芒显得更加辽远缥缈。它的周围环绕着肯瑞托之眼的徽记。对吉安娜而言，那就像是一座灯塔，一团风暴中绝不会熄灭的烽火。

黑色的幽默感让她笑了起来。“先是一片沼泽，然后是大雨。我们总有一天会找一片真正好看的海滩。”

卡雷并没有以他风趣的俏皮话应对，这让吉安娜感到心中一片冰冷。她深吸一口气，转向卡雷，握住他的双手。“到底怎么了？”吉安娜口中这样问着，却非常害怕自己已经知道的答案。

卡雷没有回答，只是将吉安娜紧紧抱入怀中，让自己的面颊贴在她的白发上。吉安娜也用双臂抱住他，嗅着他的气息，倾听着他的心跳。这种感觉仿佛只经过了短短一瞬，卡雷已经轻轻将她推开，俯视着她。

“这场战争从你身上夺走了太多。”卡雷说道，“我说的并不只是具体的东西。”他拨开落在吉安娜眼前的一缕散发。曾经装点这位女士美艳面庞的金色秀发，现在也许只剩下他指缝间的这一缕残阳了。“你变得这么……”

“冷酷？怨恨？”吉安娜必须努力不让自己的声音真的符合这两个词的描述。

卡雷哀伤地点点头。“是的，就好像你受的伤至今还在流血。”

“我是否应该把发生的事情一一列出来？”吉安娜厉声说道，她没有因为自己向卡雷发火而后悔，“其中有些事你也亲眼见到过！”

“但并非全部。你那时没有要我和你一起来潘达利亚。”

吉安娜低下头。“没有。但这并不意味着我不……”

“我知道。”卡雷苟斯温柔地打断了她，“我来了，而且我很高兴能在这里。我想和你在一起，无论我们要经历什么。我想要帮助你，吉安娜。但你似乎只喜欢让自己的心继续留在那个黑暗的地方。我每天都在法庭中看你，我看到了一个心中的恨比爱更多的人。也许是加尔鲁什将你放在了这个地方。但你是自愿要留在这个地方的。”

吉安娜后退一步，紧盯着他。“你认为我喜欢这样？我喜欢生活在噩梦里，感觉到自己就要被怒火炸裂？难道你不认为，让一个造成这种恐怖灾难的人得到他应得的惩罚，是我理应得到的享受——不，不，是我应该为之欣喜若狂的事情？”

“我不认为你喜欢这样。我相信，你有权顾及你的感受。但我担心的是，你的这些感受并不会因为审判结束而消失。”

血管在吉安娜的额角脉动，她用手按住那里。“你为什么会认为那些感受不会消失？”

“我还记得你是多么希望瓦里安能够解散部落。”

“我不能相信，你……”

“请听我说，”卡雷苟斯恳求道，“想象一下，如果瓦里安做了加尔鲁什所做的那些事，你又会有什么样的感觉。比如说，他决定联盟只应该由人类组成。他颁布法令，规定德莱尼只应该住在暴风城的贫民窟中。如果泰兰德不同意组建一支萨特军团为他而战，他就会派人去杀掉泰兰德。侏儒和矮人必须成为他的劳工队。

如果他听说艾泽拉斯最美丽和神圣的地方有一件宝物，他就会为了满足一己私欲而毁掉那个地方。他……”

“够了。”吉安娜说道。她的全身都在颤抖，但她也不知道自己颤抖的原因。“你已经说得很明白了。”

卡雷苟斯陷入了沉默。

“我没有摧毁奥格瑞玛。我本可以这样做。那很容易。”吉安娜说道。

“我知道。”

“你还记得，当你对我说你会留下来，参加塞拉摩之战时的情形吗？”卡雷咬住下嘴唇，点了点头。“我因为那些将军对部落的恨意而感到沮丧。那时你问我，我是否认为恨意会让他们在战场上变成不可靠的指挥官。”

“我记得。”他回答道，“你还说过，你和他们的感受并不重要。我说，这是很重要的，非常重要，但保卫这座城市是当时最重要的事——就如同打败加尔鲁什的时候那样。我们——无论联盟还是部落——都在竭尽全力要将他打败。”

“那么……你是要告诉我，现在，当他开始接受审判的时候……我们之间的不同……它们又变得重要了。”

卡雷悄声说道：“是的。”

泪水刺痛了吉安娜的眼睛。她用轻不可闻的声音问道：“有多重要？”

“我还不知道。也许只有当这一切结束，我看清我们变成了什么样的人时，我才会知道。如果你继续留着这份憎恨，吉安娜……它会吞噬你。我不能眼看着……你迷失在其中。我不想失去你，吉安娜！”

那就不要丢下我，吉安娜的心在大声呼唤。但她没有把这句话说出来。她知道卡雷这番话的意思。他们之间的隔阂早已不仅仅是简单的种族差异了。这不是爱人之间因为某种蠢事而进行的争吵。这是关于他们的本质、他们的核心的争执。如果他们内心最需要的东西发生了冲突，他们是否还能够继续在一起？

吉安娜没有争辩。她没有承诺自己会改变，也没有威胁要离开。她只是扬起头，用双臂抱住卡雷的脖子，用自己的全部心意去亲吻他。随着一声兼具痛苦与爱的轻呼，卡雷苟斯把吉安娜紧紧抱住，仿佛他永远也不会放手。

* * *

这是银月城的一个美丽夜晚，萨伦·织歌者随意地穿着长袜、紧身裤，还有敞开领口的亚麻衬衫。他房间的窗户也大开着，让夜晚的清新空气不断飘散进来。蛛网般的薄纱窗帘不断随风轻轻飘舞。从他在皇家贸易区中的豪华寓所里，能够听到窗外各种微弱的声音。萨伦·织歌者躺在床上，吸着黑莲花水烟，做着关于荣耀的梦。通常这都会是他最为放松惬意的时刻，但今晚，他却找不到这种感觉了。当他的知觉渐渐迟钝的时候，心中的波澜却愈发激烈。他的白色眉毛紧蹙在一起，脑子里一遍又一遍地分析着当前的局势。

就在不久以前，他还拥有着令人称羡的地位。他以多种技艺为他的大酋长——加尔鲁什·地狱咆哮服务：首先，他伪装成为一名忠心耿耿、值得信任的肯瑞托成员，同时又将自己获得的一切情报忠实地献给加尔鲁什；其次……嗯，可以说，历史将永远铭记塞拉摩，不是为了它的建成和发展，而是为了它的彻底灭亡。

这个想法让这名血精灵面带微笑地玩弄起一个法力炸弹的小模型。这是他的创造物的一件小复制品。他曾经将这样的复制品作为谢礼，赠送给将他从塞拉摩监狱中营救出来的部落成员。他知道，这种小东西没什么品味，但的确非常有趣。

但即使是回想那个光荣的时刻，也无法让他在今晚感到舒适。他叹了口气，站起身，走到窗口，将身子靠在窗台上，向外望去。尽管拍卖行是全天开放的，但深夜时分的街道已经相当安静了。和他们的卡多雷表亲不同，文明的精灵会在太阳的微笑中做完自己的事情。如果他想看到热闹的夜晚，他要搬到谋杀小径去才行。

一切都曾经是那么顺利。但是之后，所有人都开始反对加尔鲁什。萨伦鹰钩鼻的鼻翼开始翕动。就连他的首领——洛瑟玛·塞隆都拒绝援助大酋长。*废物，他们全都是废物。现在，加尔鲁什的命运将由一群会说话的熊猫和几个会发光的……幽灵之类的东西来决定。这简直太疯狂了。*

萨伦回过头，瞥了一眼他心爱地豪华的寓所。但据他的估计，他很快就要把这个舒适的小窝丢下了。塞隆现在正忙着将部落的合法大酋长彻底毁掉，还没有时间来理会一个大法师。但一旦他们决定好该如何处置加尔鲁什，辛多雷的首领毫无疑问将会想起塞拉摩的那件小事。像织歌者这样的精灵——这样真正忠诚于部落的精灵——必将成为不受欢迎的人。谁又能知道，如果塞隆继续这样讨好联盟，也许萨伦·织歌者会被处以极刑也说不定。

萨伦的手伸向了自己细长的喉咙，若有所思地抚摸着身体的这一部分。他当然愿意自己的头能够一直留在原来的位置上。

这些想法实在太令人郁闷了。也许在银月城酒馆喝上一杯，能够帮助他进入梦乡。他刚刚要将窗户关上，却在中途停住了——两头巨大的黑狼正飞速地跑进商站。一开始，萨伦并没有对此多有留意。也许骑在狼背上，披着斗篷的两个兽人只是前来拍卖行出售战利品的冒险者。但黑狼径直跑过了拍卖行和银行，在萨伦的窗口下停住脚步。现在萨伦看清了，这两名兽人都是女性。其中一个掀开了斗篷兜帽，正警惕地观察着四周。另一名骑手依旧将面孔藏在兜帽之中。

不安中依然涌动着好奇——也许这种好奇心正是他最大的敌人。萨伦有些气恼地暗自思忖着，不管怎样，就算是到了最后一刻，也应该显得勇敢一些……

“你们好，无论你们是朋友还是敌人。”他用响亮的声音喊道，“我还不确定你们的身份。或者你们是来逮捕我的，或者你们是将我从塞拉摩那座令人不快的监狱中救出来的人，现在终于接受我的邀请，来探望我了。”

依然戴着兜帽的兽人仰起了脸，紧盯着萨伦的眼睛。那是一张骄傲的，灰色皮肤的女性兽人的面孔。“两者都不是，不过还是朋友。我们来寻求你的帮助，去完成一个最急迫，同时也充满了光荣的任务。”

扎伊拉，龙喉氏族的首领，正向萨伦露出凶狠的笑容。

“原来如此，原来如此，”萨伦说道，“我还以为你已经……”

“我活着，而且活得很好。很高兴能看到你也还活着。”在听到扎伊拉的下一句话时，萨伦的心跳猛然加快了，“就像你说的那样——有人曾经从牢狱中救出过你。我认为你应该是那种懂得知恩图报的人。”

第十八章

第四日。

泰兰德看着坐在证人席上的古伊尔，轻声笑着摇了摇头。祝踏岚不由得微皱起了双眉。

“书绍，你需要休息一下吗？”

“不，法设，还请法庭原谅我的失态。我只是在努力思考该如何介绍古伊尔。”

“让他做一下自我介绍好了。”祝踏岚建议道。

泰兰德扬了扬眉毛，便向兽人提出了邀请。

古伊尔抬头看着天神们。“我的名字是古伊尔，杜隆坦和德拉卡之子，瑞亚尔之女阿格娜的生命伴侣，杜拉卡的父亲，大地之环的领导人。”

“你能和我们说一说大地之环吗？让我们了解一下你们对艾泽拉斯都做过什么事？”泰兰德问。

“大地之环是一个由各族萨满共同组建的组织。”古伊尔答道，

“这个组织内部没有冲突，只有对于我们这个世界共同的关心。我们现在的首要任务是与元素达成和谐，共同修补大地的裂变造成的破坏。”

“在大地的裂变之后，你个人为此做出的贡献要远远超过大部分萨满。”泰兰德说道，“大地裂变的源头——腐化的黑龙守护者死亡之翼正是因为你的力量才会彻底败亡。”

“能够为此战出力，是我的荣幸。”

“救世萨满古伊尔，你所做的远远不止于此。但现在，我希望你向法庭讲述一下你曾经有过的另一个名字，以及另一个头衔。你能向我们阐述一下，在你以英雄的行为拯救世界之前担负着什么责任吗？”

“以最大的敬意，我表示反对。”贝恩开口了，但他显然很不愿意这样说。

“法设，我只是在让法庭了解证人的基本情况，”泰兰德说道，“在任何人的眼中，古伊尔都是一位非常重要的人物。”

“我同意，控诉人，请继续吧。古伊尔，请回答问题。”

“我曾经被称为萨尔，曾是部落的大酋长。”

“‘萨尔’，一个有趣的名字。”泰兰德喃喃地说道。刚才那种困惑却又颇觉有趣的神态已经从她的身上完全消失了。她不紧不慢地在法庭中踱着步。“你能否告诉我们，你是如何得到这个名字的吗？”

“这个词的意思是‘奴隶’。”古伊尔说道，“我的父母在我很小的时候就遇害了。我被人类埃德拉斯·布莱克摩尔找到。他给我起了名字，并将我培养成一名角斗士。后来，我得知他打算让我成为一支兽人军队的头领，而他将利用这支军队攻打联盟。”

“很显然，你没有这样做。你那时又做了什么？”

“我逃离了布莱克摩尔的控制，并竭尽全力解救集中营里的兽人。”

“那是什么时候？”

“燃烧军团到来数年以前。”

泰兰德点点头。“你建立起了一支自由兽人的军队，是吗？”

“是的。”

“你又率领这支军队做了什么？”

“我率领他们攻击了集中营的管理核心——敦霍尔德城堡。我打败了布莱克摩尔，为我的族人赢得自由。最终，我率领他们渡过大洋，到达了卡利姆多，并在那里建起一个新的国家和一座城市——杜隆塔尔和奥格瑞玛。”

“奥格瑞玛，为了纪念奥格瑞姆·毁灭之锤；杜隆塔尔则是为了纪念你的父亲杜隆坦。一片兽人的土地，一座兽人的城市。”泰兰德说道。

“是的，那是兽人新的家园。”古伊尔回答。

“只是为了兽人吗？”

“不，我和暗矛巨魔的首领森金，还有他的儿子沃金建立了牢固而果敢的同盟关系。我早就公开宣称，我相信牛头人是部落的核心，凯恩·血蹄是我的兄弟。部落逐渐成长，又加入了被遗忘者、辛多雷，以及一部分地精。现在，它还会向一切希望加入我们、相信我们的理念的熊猫人敞开大门。”

“有人相信，这些新成员的加入稀释了部落的力量。”

古伊尔看了一眼加尔鲁什。后者正坐在贝恩身边，也在稳稳地注视着古伊尔。“我相信，正是他们让部落变得更强壮，而不是软弱。”

“你是在什么时候离开大酋长位置的，为什么？”

“就在击败巫妖王之后不久，”古伊尔答道，“当大地的裂变开始摇撼艾泽拉斯的时候，我起身前往纳格兰，在那里研习萨满之道，探寻元素受到困扰的原因。因此，我为部落任命了新的领导人。后来，当我掌握了所需的技能之后，便与萨满同道协力安抚元素，拯救我们的世界。”

“你任命加尔鲁什·地狱咆哮取代你的位置，对不对？”

“是的。”古伊尔绷紧了下巴，但他的声音依旧保持着应有的礼仪。

“你的理由是什么？”

“加尔鲁什在诺森德表现得很好，他那时的所作所为都体现出强烈的荣誉感。他年轻且勇敢，在因为战争和天灾的恐怖而饱受打击的人民眼中，他是希望与胜利的象征。”

“你那时对他存有什么顾虑吗？”

“我对所有的人选都有这样或那样的顾虑。我会担心，统率部落的担子对于那些年长者会不会过于沉重；或者让兽人以外的部落成员成为大酋长会不会导致不满。没有任何人选会是完美的。加尔鲁什似乎知道自己的限度，而且有许多人能够为他提供中肯的建议。”

泰兰德向克罗米点点头。“庭上，请允许我展示一段相关的时光之相。”

画面在大殿中央出现。古伊尔至今都清楚地记得那一段时光。

“你很快就会回来吧？”古伊尔眨了眨眼睛，画面中加尔鲁什极度缺乏信心的声音让他不由得吃了一惊。他早就忘记了，当加尔鲁什得知自己将要接受怎样的任命时，曾经是多么忐忑不安。

“我……不知道。”画面中的萨尔开口了，“也许我要用相当的时间才能学会必要的知识。我想，我不会离开太久，不过，可能也会有几个星期，甚至几个月。”

“但……但部落呢！我们需要大酋长！”

“我正是为了部落才会离开的。不必担心，加尔鲁什。我不会放弃部落。只是我必须有此一行，必须去做我要做的事。我们都在全力为部落服务，即使部落的大酋长也是如此——或者可以说，部落的大酋长尤其要如此。我很清楚，你会像我一样将对部落尽心竭力。”

“是的，大酋长。是你让我知道，我的父亲因为对他人的奉献成为了足以令我们感到自豪的人。他为部落献出了自己的一切。我加入部落的时间并不长，但即便如此，我已经见到了足够多的事情，所以我知道，我会像父亲一样，为部落而死。”

当过去的加尔鲁什真诚地说出这番话的时候，古伊尔看到大殿中许多人的脸上都显示出惊讶的表情。长久以来，世人所见到和听说的加尔鲁什都是那个塞拉摩的毁灭者。古伊尔有些觉得泰兰德展示这样一段画面实属不智之举。这肯定会为加尔鲁什赢得人们的同情。

“你已经面对并欺骗了死亡。”萨尔说道，“你消灭了死亡的众多爪牙。你为这个新的部落做了很多，甚至超过了许多从一开始就加入部落的人。而且你应该知道，我绝对不会任命一个无力胜任的人照管部落——无论这段时间是多么短暂。”

“你……你要让我成为大酋长？”那张年轻的面孔上也曾经出现过如此惊讶的表情……

“不。但我会指派你代替我统率部落，直到我回来。”

加尔鲁什显然不知道该说些什么才好。“是的，我明白战争。使用战术，集结部队——这些事我都知道。让我以这样的方式为部落服务吧。给我一个敌人，让我去打败他。你会看到我将是多么骄傲地为部落奋勇献身。但我对政治一窍不通，我不知道……不知道该怎样统治。我宁可手中是剑，而不是一卷文书！”

“这个我明白，”萨尔说道，“但你的身边不会缺乏优秀的顾问。我会请求伊崔格和凯恩辅佐你。在过去的许多年中，他们都向我提出过许多充满智慧的谏言，指引并帮助我统率部落。政治是可以学习的。你对部落的爱又能够从哪里学到？”萨尔摇了摇头，“在我看来，这要比政治头脑重要多了。在这一点上，加尔鲁什·地狱咆哮，你有着过人的长处。”

加尔鲁什依旧表现出一反常态的犹豫。最后，他终于说道：“如果你认为我有这样的能力，那么我向你发誓，我会全力以赴，为部落赢得荣耀！”

“现在部落需要的并不是荣耀。”萨尔说道，“你不需要格外去争取什么，部落现在所面临的挑战已经够多了。况且现在已经没有人能否认部落的荣耀。你只需要好好地照料它，将它的需要置于你的需要之前，就像你父亲做过的那样。库卡隆将受命保护你，就像他们曾经保护我那样。我将以一介萨满的身份前往纳格兰，而不是部落的大酋长。好好利用凯恩和伊崔格的帮助。你会不拿武器就上战场吗？”

加尔鲁什显得很困惑。“这真是个愚蠢的问题，大酋长，你很清楚答案。”

“是的，我很清楚。我只是要让你理解，你现在拥有怎样的强大武器。”萨尔说道，“当我努力为部落而奋斗的时候，我的顾问就是我的武器。他们会看到我看不到的误区，提出我想不到的办法。只有傻瓜才会轻视这样的武器。我不认为你是傻瓜。”

“我不是傻瓜，大酋长。如果你这样看我，你就不会要我担起这份责任了。”

“确实。那么，加尔鲁什，你同意统率部落，直到我回来吗？你愿意接受伊崔格和凯恩的建议吗？”

加尔鲁什深吸了一口气。“我渴望着以我最大的能力统率部落。是的，我的大酋长，您问我一千遍，我都将回答‘是的’。我将尽我所能领导部落，我会向您任命的顾问征求意见。我知道您给予了我一份多么巨大的荣誉。我会尽最大的力量，让自己能够配得上这份荣誉。”

“那么，就这样决定了。”萨尔说道，“为了部落！”

“为了部落！”

“请停在这里。”画面停止了。泰兰德走向那两个静止不动的巨大人影，仔细端详着年轻的加尔鲁什。他看上去是那么高兴，那样深受感动。然后，泰兰德转过身，看着现在的加尔鲁什——沉默，身负锁链，半睁着眼睛回视泰兰德。古伊尔意识到，泰兰德已经不再需要说一个字。过去和现在的两个加尔鲁什·地狱咆哮之间的对比已经不可能更加明白了。

泰兰德摇摇头，仿佛很难相信自己的眼睛。片刻之后，她才又说道："请告诉我们，在你离开之后又发生了什么——就在你离开之后不久。"

"大地的裂变到来了，"古伊尔回答道，"世界急需我的萨满能力——这是我或者其他任何人都不曾想到过的。"

"所以，你对萨满能力的学习让你无法返回部落？"

"一开始是这样。随后，就像我刚刚说的那样，我去了大漩涡，帮助大地之环安抚那里暴躁的元素。而在死亡之翼冲入我们的世界之后，我所掌握的大地元素技能更变得格外重要。"

"在我看来，那是摧毁死亡之翼的关键因素。"泰兰德说道。她迅速地向贝恩那里瞥了一眼。毫无疑问，她在等待贝恩表示反对，但贝恩没有任何表示。"没有了未受污染的奈萨里奥，这个世界便缺少了大地守护者，这样说是否正确？"

"是的。"古伊尔不安地动了动身体。

"而只有你强大到能够控制大地元素，对抗克洛玛图斯，以及使用恶魔之魂对抗死亡之翼，对吗？"

"是的。"古伊尔说道，"即使是这样，如果没有部落和联盟双方许多英雄的帮助，我们还是会一败涂地。我还是要说，如果换作其他萨满，只要他们有这样的能力，都会毫不犹豫地与这个强大的敌人决一死战。"

"但别人没有这样的能力。"泰兰德说道。

"确实没有。"古伊尔答道。他不喜欢被人们看作与守护者相等的存在，哪怕只是暂时的，更不喜欢被视作一位与众不同的英雄，因为他内心深知，任何大地之环的成员如果可以，都会做出同样的事情。

“在死亡之翼灭亡之后，你回到了大漩涡，在那里继续你的工作，对吗？”

“是的。”

“在那个时候，关于加尔鲁什所作所为的传闻已经飘进了你的耳朵。”

古伊尔带着询问的眼神看了泰兰德一眼，才点点头。“是的。”

“那时许多人都认为你应该回去继续领导部落。”

“那些这样说的人并没有去过大漩涡。”古伊尔说，“任何曾在那里奋斗过的大地之环成员都会告诉你，在那里的每一个人都是不可或缺的。”

“那么，你被禁止离开？”

“不，没有人被命令留下来。我们必须探寻自己的内心，想明白该怎样做才是最好的。那时我一直能听到元素的呼号。所以我知道，我必须留下来。”

“假设你没有一直听到元素的喊声，那么你就能够离开大旋涡。那样的话，你会怎样做？也许你会前往奥格瑞玛，让加尔鲁什离开你的宝座？”

“那时他已经是大酋长了。我没有权力做那种事。实际上，那时我甚至已经不是部落的一员了。我成为了大地之环的首领，也将继续忠诚于大地之环。其他势力的领袖都处在必须做出变革的位置上，但我不是，而我也不知道部落是不是还想接受我的旧理念了。”

“我不确定是否明白你的意思。”尽管泰兰德这样说，但古伊尔知道，她是明白的。不过古伊尔还是很乐于趁这个机会说出一些一直沉重地压在他心头的话。

“这个世界并没有等待我回来。”他的脸上露出一丝自嘲的微笑，“它已经改变了。兽人变了，我的部落变了。我该怎样做？杀死我的兽人同胞，直到部落再一次变成我的部落？我有权力强迫部落重新服从我的统治吗？既然我已经选择了另一条道路，难道我还有权改变部落的现状吗？”

“如果人们这样要求你——你又会怎样做？”

“沃金的确在请求我的支援。当我收到兄弟的求援时，立刻以全身心做出了回应。”

“那么，你和追随你的人为了帮助沃金和巨魔们，又做了什么？”

沉默了片刻，古伊尔才给出回答。“杀掉那些军事管制回音群岛的库卡隆。”

“难道这不是在违抗大酋长的意愿？”

“这是在违抗大酋长，但无论是谁统治部落，部落永远都是一个家庭。那时库卡隆所做的不是抵抗外辱，甚至不是攻击敌人，而是让部落自相残杀。”

“所以你决定对抗加尔鲁什。”

“是的，当我的兄弟请求我一同对抗一个本应尊敬他，但却想要将他杀死的人时，我无法坐视不理。”

泰兰德微笑着，带着敬意向古伊尔点了一下头。“谢谢，古伊尔。我没有问题了。辩护人，现在证人归你了。”

古伊尔明白，尽管泰兰德的问题已经让他感到心神俱疲，但那肯定无法和他即将要面对的诘问相比。他的朋友贝恩——凯恩·血蹄之子——已经站起了身。古伊尔已经见到过贝恩是如何向沃金发问的，而他们都是一同对抗加尔鲁什的盟友，也正是沃金吁请这位尽职尽责的牛头人担负起了为地狱咆哮辩护的责任。

贝恩仍然像以往一样，全心全意地履行着自己的职责。毫无疑问，他也会全力攻击古伊尔，就像他对沃金那样。

*我们到底是怎样走到今天这一步的？*古伊尔心中一直在思考着这个问题。他强打起精神，准备迎接即将到来的质询。

第十九章

哈隆梅瑟尔叹了口气。又到了嚎风峡湾景色绚烂的傍晚。在这片让人爱得要死的诺森德大陆上，让人永远也看不完的“北地之光”在天空中舞动起来。还有这令人神清气爽的低于冰点的气温，一张总让人不由得想喊一声“天哪！”的粗陋小床，以及一些大约可以被称作“食物”的东西。

这个地精看着渐渐西下的夕阳。他身边两侧各有一个女人。他已经不是第一次在好奇，她们的头盔下面会是一副怎样的面孔。

是啊……西部卫戍要塞光荣的又一天，也是一个被迫在联盟“做客”的地精度过的又一天。

他几乎已经忘记了自己已经被囚禁多少天了。他那美丽的飞艇——卢葛女士号——正在被敌人征用，用以保护这座要塞，打退蜂拥杀来的海盗。日复一日，没有季节的变化，这里的岁月很难计量。不管怎样，他在这里一定已经被关押了有几年时间了。

甚至连一件衬衫都没有。哈隆梅瑟尔在寒风中伤心地想着，我可是棘齿城的人，那里可是热带。真要感谢这帮家伙，他们把我关在这里，给我的脚腕拴上铁球，甚至连一件衬衫都不给我。

“知道吗，小绿妞，”哈隆梅瑟尔嘟囔着，“一旦你们在这里干的这些破事儿让部落知道，那可就要引起国际争端了。我是说……”他挺起腰，活动了一下身体，“我在这里根本就是一丝不挂。”他涎笑着露出自己锋利的黄牙齿，带着挑逗的神情向自己左边的那个女人耸了耸眉毛。

哈隆梅瑟尔几乎能听到她咬牙的声音。这个翠绿色眼睛的矮人异常痛恨这个绰号。当然，这样只会促使哈隆梅瑟尔不放过任何机会使用这个外号。

“嘿，不用你告诉我。”小绿妞嘟囔着，“小心我再给你来点厉害的！”

“哦？”地精问道，“难道是我闪亮的绿色皮肤，还有我紧绷的波浪状的肌肉……”

“……让我们想起了天灾桶？当然。”“蓝铃铛”发出了声音。这个女人的真名更难记，似乎是某某军士。所以哈隆梅瑟尔只记住了她的天蓝色眼睛。

“好了，女士们，你们的铁甲下面一定也是有颗心的。”哈隆梅瑟尔说道，“我在这里已经被囚禁很长时间了。我也做了你们要我做的一切。你们不是想要打击那些海盗吗？”他将生着锋利指甲的手指朝碎裂海峡的方向一指。那里的岸边停泊着好几艘海盗船。海盗们不时会向这里发动袭击，但大部分时间里，他们都会躲到陆地上的人们鞭长莫及的深海中去。

但躲不开才华横溢的地精！哈隆梅瑟尔想到。他的小胸膛因为自豪而鼓了起来。“你们要打海盗！而我就要依照联盟的命令，每天检查飞艇，运送大批冒险者往来。既然你们已经占据了我的船，而且它只有一次……”

“七百一十三。”

“你说什么，蓝铃铛？”

那个人类的眼睛现在看上去不像是蓝天，而更像是铁蓝色的冰川。“七百一十三次。你的飞艇已经有七百一十三次出现故障或者意外了。而今天的故障还没有修理好呢。”

“女士！你这样说可是伤害了我！”

小绿妞哼了一声。“哈！我还不想呢！别耍滑头，地精——这可不好玩。”

“我？耍滑头？绝不会！要知道，人们都说和地精打交道……”哈隆梅瑟尔的话说到一半却停住了，因为他发现那两个女人都没有听他在说什么。

她们的视线已经转向了右侧主门的方向，哈隆梅瑟尔的大耳朵也在这时捕捉到了吸引她们注意力的东西。那是难以分辨的粗噶战吼声，以及联盟士兵应对敌袭时发出的呼喊。紧接着就传来了哈隆梅瑟尔已经极为熟悉的钢铁撞击，以及利箭怒啸的声音。片刻之后，联盟的呼喊渐渐变成了痛苦的尖叫。

“哦，这可真棒，”哈隆梅瑟尔嘟囔着，“我的脚上还拴着这些东西，只知道喝血的维库人却已经杀上门来了。”

“留在这里。”蓝铃铛丢下这句话就跑了出去。

“噢，”哈隆梅瑟尔带着期待的神情挑了挑眉毛，“她穿上整套盔甲还能跑那么快。”

“我也能。”小绿妞喃喃地说道。他们在沉默中又站了一会儿，那个矮人却已经全身都开始抽动了。突然间，她恨恨地骂了一句，抽出佩剑，透过护面甲瞪了哈隆梅瑟尔一眼，说道：“你给我老实待着！”然后，她就拔腿去追赶同袍了。果然，虽然只是一路小跑，但她冲上战场的速度一点也不比那个人类慢。

哈隆梅瑟尔没有浪费时间。他一直跑到腿上的铁链所能允许的极限范围，终于到了空港旁边的一片土地上。然后，他的十根手指在土里拼命刨了一通，找到了一块石头，便紧皱起双眉，用力抡起石块，敲打腿上的铁镣。一边敲，他一边向大门瞥了一眼，竭力想要搞清楚那里到底发生了什么，随后又将视线转向飞艇。

*该死的锁！*他心里想着，终于丢下了石块，哼哧着轮流拖动两颗沉重的铁球，一寸一寸地向卢葛女士号靠近，无比甜蜜的自由正在那里等着他。这些忘恩负义的小妞们，等他离开这里，她们一定会想念他的。只有他才能给她们带来一点幽默，在她们沉闷的生活中注入一点亮色。联盟的世界永远都是灰了吧唧的。

一阵响亮的脚步声传来，哈隆梅瑟尔的身子一下子僵住了，耳朵也耷拉了下来。他看到两个看似是人类男性的人正全速向他奔来。其中一个人从头到脚被包裹在铠甲之中，另一个人也许是法师或牧师，一只手一直拉低着兜帽，遮住了面孔。他们没有穿制服，而且他们是从城墙边上绕过来的，并非直接从城堡里跑出来。但这些都不重要，他们刚才显然是在战斗——那名战士的剑上还带着鲜血。

地精努力咽了一口唾沫，高声喊道：“我，呃，只是在让飞艇做好起飞准备！”哈隆梅瑟尔努力作出一个仓皇的微笑，“我们可以从空中发动攻击……让这些维库杂种知道我们厉害，对吗？”他攥起拳头，捶打着空气，竭力让自己的声音显得更凶悍一点。

“上船。”法师用如同丝绸一般光滑，却又显得格外凶戾的声音说道，“快一点。夏琪亚他们争取不了多少时间。”

哈隆梅瑟尔彻底困惑了。他们，他们在让他上飞艇。他开始继续步履蹒跚地向飞艇蹭过去。那名战士气恼地吼了一声。哈隆梅瑟尔这才发觉，其实这是一个女人，只是穿了一身男性的盔甲。更让他感到惊愕，却也暗自欢喜的是——那名女战士一把抱起了他和他的铁球，直接把他夹到了飞艇上，又一把将他按在舵轮前面。地精的两只手立刻攥住了舵轮，就好像攥住自己的小命一样。

“哦，你的肌肉可真强健！要去哪里，女士？”他用最大的声音喊道。

“去下面，我不是什么女士！”那个女人冲他吆喝着。她的声音浑厚而沙哑，绝无任何容许辩驳的余地。同时她还在不断扭头看着空港，显然是在担心有人注意到他们的逃亡。

“嘿，记住，可是你不让我叫你女士的。”哈隆梅瑟尔回了一句嘴，又突然说道，“等等，等等……你是说，你想让我把飞艇开到海盗那里去？”

“没想到我竟然解放了一个弱智。”女战士透过护面甲的缝隙，狠狠瞪了地精一眼。天哪，哈隆梅瑟尔还真不知道人类的眼睛竟然会是这种样子。

“下面都是海盗，”地精又说道，“哦……哦，不……我明白了。你们也是海盗，对不对？海盗发动攻击就是为了这艘飞艇，对吗？听着，这一切我都可以解释！那些事都是联盟逼我干的！”哈隆梅瑟尔一辈子没说过几句真话，不过这肯定是其中一句了。

那个女人哼了一声，摘下头盔，露出灰色的皮肤和粗硬蓬松的黑发。

“海盗，呸。”兽人将一口痰啐在哈隆梅瑟尔心爱的飞艇甲板上，“那些不过是灌了一肚子朗姆酒的杂碎。只是我们现在需要他们的力量，所以只能与这种人为伍。”

“我得救了！”哈隆梅瑟尔尖叫着，“总算是得救了！不过，你们到底是谁？”

“我是扎伊拉，龙喉氏族的督军。”那名兽人挺起胸膛说道。

“天哪！”哈隆梅瑟尔惊呼了一声。她在奥格瑞玛攻城战中的勇猛战绩甚至一直传到了诺森德。一些联盟的“英雄”很喜欢谈论部落最终失败的战例。“扎伊拉督军？我还以为你已经……”

扎伊拉骂了一句脏话。“我还活着，活得很好，而且渴望着复仇。我想，你应该也和我一样，地精。”

“我的名字是哈隆梅瑟尔。你说得没错，但我更渴望着能平安逃出去，而且我不想再去当海盗的俘虏。你想要他们干什么？”

“我们需要作战的士兵。他们就是很合适的兵源。前提是我们给他们的钱够多。我的情报来源告诉我，你曾经有很广的人脉，而且可能还藏着一大笔资金。你会帮助我们组建一支军队吗？”

突然之间，一切都变得合理了。哈隆梅瑟尔喜欢合理的局面。“哦，是的，当然，我有一些很好的合作伙伴，而且在我发达的日子里也挣过几个钱。但你们要做什么？我还不确定是不是想要支持你们。”他顽固地将双臂抱在胸前。

女兽人猛转过身。“你会支持我们，因为这样能让你得到自由，并且让你活下来。”

哈隆梅瑟尔觉得这个女兽人说得很对。“你的谈判技巧说不上有多巧妙，但的确非常有效。好吧，我会送你们去海盗那里。”

“他们会认出你吗，地精？”那个身材高瘦的人类用丝绸一般的声音对哈隆梅瑟尔说道。他掀起兜帽，露出白色的长发和发光的绿眼睛。一个血精灵！“如果我们费了这么大力气救你，而你却因为丢掉脑袋而坏了我们的大事，那我可是会很不高兴的。”

“他们，呃……也许认识我？”地精支支吾吾地说道。

“那么，”血精灵不紧不慢地说，“就躲到一边去，让我们去和他们打交道。等等……也许我们能给你做一点伪装。”但他仿佛又意识到了什么，以极其夸张的动作打了个响指：“不，这样不行。你太矮了，没办法伪装成矮人。”

哈隆梅瑟尔瞪了他一眼。这名法师却伸出手，拍了拍他的头顶。

* * *

贝恩·血蹄在古伊尔的蓝色眼眸中看到了接受命运的觉悟与决心。对于这位他深深尊敬的兽人，贝恩曾经考虑过不再问任何问题。但他知道，如果自己不向这位朋友提问，就只能是一个放弃责任的懦夫。无论古伊尔还是沃金，他们都会理解。或者，也许他们不会。但贝恩已经接受了这个任务，他一定要完成它。

他低下头，并将这个姿势保持了相当长的一段时间。“请记录员写下，辩护人了解古伊尔，知道他曾名为萨尔，在这个已经将‘英雄’一词过度滥用的世界上，他是一位真正的英雄。辩护人感谢他多年以来为部落，为艾泽拉斯奉献的一切。我们全都亏欠他良多。”

古伊尔眯起眼睛，但还是礼貌地回答道：“我只是做了使命需要我去做的事情。”

我也是，贝恩希望自己能说出这句话。“当你披上大酋长的斗篷时，你是否对你的新部落有着属于你的愿景？”

“是的。我希望部落能够容纳不同的种族和个人，因此而变得更加强大。我希望所有的部落成员都珍视荣誉，彼此敬重如同家人。我希望能够彻底甩掉紧咬我们不放的古老的恶魔阴影。”

“而你认为被告威胁到了所有这一切？哪怕真正结束恶魔阴影的正是他的父亲？”

“对此，我表示反对。”泰兰德说道，“格罗姆并非是正在这里接受审判的地狱咆哮。其子非是乃父。”

“我同意控诉人。请以另外的方式提问，书绍。”祝踏岚说道。

“你认为加尔鲁什是否威胁到了你的愿景？”

“是的，但我也说过，我并不确定自己是否还有权……”

“只需回答问题。请告诉我，是或者不是。”

一阵怒意从那双蓝色眼睛的深处一闪而过，但古伊尔还是简单地答道：“是。”

“就像我说的，你以坚守自己的荣誉而著称。甚至对于你的敌人，你也会秉公以待。陪审团即将看到的就是这样一幕。”

一个男性人类出现在大殿中央。他扑倒在地板上，身下的地面似乎正在颤抖。他有着黑色的头发，身上的衣服也很华丽。看上去，他显得非常害怕。

凯诺兹固定住了画面。贝恩向古伊尔转过身。“你认得这个人吗？”

古伊尔的面孔变得异常严肃。“我认得。我……我很感谢你没有展示这以前的事情。”

贝恩知道古伊尔所指的是什么。凯诺兹一直坚持认为，如果能展示那些画面，产生的效果肯定会更好。但贝恩完全没有心情这样做。“请向法庭表明这个人的身份，可以吗？”

“他是……埃德拉斯·布莱克摩尔……已经死了。”一阵惊讶的窃窃私语声掠过整座大厅。所有人都意识到，他们正在见证一个真正的历史性时刻。“我本来是要与他谈判。我的条件是放过敦霍尔德城堡，以及城堡中的所有人，只要他同意释放我的同胞。他……拒绝了。”

带着对自己的恨意，贝恩开口问道：“你是否愿意告诉法庭，他是以何种方式拒绝了你？”这样问的时候，他始终没有去看古伊尔。

法庭陷入了寂静。过了一段时间，古伊尔说道：“我向他提出了我的条件。他的回答是……杀害年轻的塔蕾莎·福克斯顿女士，并将她的头颅抛到我的脚前。”

“你是兽人，被人类囚禁。一个人类的死亡对你而言又有什么意义？”

“你知道的，贝恩。”这个声音迟缓而且冰冷。

贝恩转过身，小心地保持着面容的平静。“我的确知道，但陪审团不知道。”

古伊尔深吸一口气，让自己镇定下来。他的声音清晰明确，只有攥紧的双拳出卖了他的情绪。他抬头向天神们望过去。天神睿智的面庞上显露出仁慈与同情的神色。

“塔蕾莎·福克斯顿是我的朋友。她把我看作她的弟弟。而对我来说，哪怕她是我的亲姐姐，我对她的爱也不可能再多一分。她对我非常好，甚至不惜冒生命危险帮我逃出敦霍尔德。但在她第二次赌命向我发出警告的时候，布莱克摩尔……”他停了一下，咬了咬牙，才继续说道，“布莱克摩尔发现了她，并为此杀死了她，砍下她的头颅，抛给我，希望以此来击垮我的精神。但他失算了。”

贝恩向凯诺兹挥挥手。年轻的萨尔出现在画面中。他身上的每一寸都显示出令人敬畏的英雄气概。他比大多数兽人更高，更加孔武有力。他的身上披挂着奥格瑞姆·毁灭之锤的黑色战甲，背后是那件与毁灭之锤同名的巨大武器。萨尔的两只手中各握着一把剑。他将其中一把丢给布莱克摩尔。那个人类立刻尖叫着向后蹭去，一边紧盯着萨尔。现在人们已经能够清楚地看到，布莱克摩尔的亚麻衬衫上涂满了呕吐物。

“萨尔，听我解释……”布莱克摩尔说道。

“不，”萨尔那种极不自然的平静语调和他刚刚与贝恩对话时完全一样，“你没办法解释。没有任何事情值得解释。我们之间只有战斗，这场仗早就该打了。这将是一场至死方休的决斗。拿起剑来吧。”

布莱克摩尔继续向后缩去。“我……我……”

“把剑拿起来，难道你只能像个被吓坏的孩子一样坐在那里，等我一剑把你戳穿吗？”

布莱克摩尔的手在颤抖，但他还是握住剑柄，笨拙地站起了身。

“来啊。”

令人吃惊的是，布莱克摩尔真的冲了过去。无论是谁都能看出来，他喝了不少的酒。但即使是这样，他的速度还是异常迅捷。萨尔不得不快速举剑，挡住了他的这一击。

布莱克摩尔的表情发生了变化。他的眉毛拧到一起，嘴唇紧紧绷住。他先向左侧佯攻，随后向萨尔的右侧全力扑去。现在他的动作已经变得更稳定，力量也强了许多。

贝恩还记得，布莱克摩尔曾经被认为是一位超一流的战士。实际上，凯诺兹曾经对贝恩讲过，在另外一条时间线中，布莱克摩尔成功篡夺了洛丹伦王国，成为一名统驭众生的暴君。画面中的萨尔比布莱克摩尔强壮许多，但布莱克摩尔更加敏捷——而且他是在为自己的生命而战。

萨尔注意到这个人类正在寻找一面盾牌，以保护自己的左侧，便凶暴地扯断门板的铰链，把门板抛给布莱克摩尔。

“躲在门板后面吧，你这个懦夫。”

布莱克摩尔扭转身形，把门板推到一旁，向萨尔喊道：“现在还不算太晚，萨尔。你还可以投奔到我的麾下。我们可以合作。当然，我会释放其他兽人，只要你承诺，他们会在我的旗帜下，为我而战，就像你一样！”

兽人绿色的脸上现出难以置信的神情。愤怒随后便让他的面孔变成了墨绿色。在这个瞬间，布莱克摩尔骤然发动了突刺。萨尔却还在思考他荒唐的要求，没能及时格挡。那个人类的剑碰到了萨尔的黑甲上，被弹到了一旁。

“你的酒还没有醒呢，布莱克摩尔。如果你真的以为我能忘记那件事……”

贝恩预先看过这段画面。他知道随后将发生什么。但即使是他，在第二次看到萨尔爆炸性的动作时，还是不由得被吓了一跳。在这场决斗中，萨尔一直都没有尽全力——直至此时。他以前所未有的速度、力量和致命的技巧攻向布莱克摩尔。

布莱克摩尔根本就没有机会，但他依旧拒绝屈服。他举剑挡住了萨尔的劈斩，但强烈的撞击一定在震颤着他的骨髓。他的力量在慢慢流逝，动作愈见缓慢。终于，萨尔的最后一击让他的剑从手中飞了出去。即使是这样，他依旧没有认输。他伸手到自己的靴子里，抽出一把匕首，露出白森森的牙齿，号叫着向前扑去，要将刀刃刺进萨尔的眼睛。

萨尔的怒吼声震颤着大殿，正如同它在很久以前震动着敦霍尔德城堡。他的剑力斩而下。

贝恩没有让人们看到布莱克摩尔死亡的那一瞬间。“停。”画面在致命一击完成之前就消失了。

“一场公平的决斗。”贝恩说道，“可能会有人说，这甚至已经超越了公平。埃德拉斯·布莱克摩尔是一个犯下了许多罪行的人。这个叛徒之子一直在精心策划，打算自己也变成一名叛徒。他将兽人当作武器，图谋以这件武器来摧毁联盟，从而登上统治全体人类的宝座。另外，他更是异常残忍。他会因为萨尔在角斗场上输了一阵而狠狠鞭打萨尔。他霸占年轻的塔蕾莎·福克斯顿，只为了满足自己的淫欲。而当塔蕾莎想要帮助萨尔的时候，就被他残忍地杀害。许多生灵，甚至是许多人类都认为他是个怪物。

“古伊尔有充足的理由痛恨布莱克摩尔。但他还是给了这个敌人一个战斗的机会。他甚至还给了布莱克摩尔一件武器，让布莱克摩尔能够带着荣誉死去。”

贝恩转过身，看着古伊尔。“我无法理解的是，为什么一位如此重视荣誉的兽人——甚至愿意让一个在不久之前刚刚杀死自己挚爱之人的仇敌拿起武器——却又打算冷血地杀死加尔鲁什·地狱咆哮。这样做是为了维护你期望中的部落吗，古伊尔？”

大殿中一片哗然。泰兰德站起身喊道：“我反对！证人来此不是为了受到审判的！”古伊尔也站起了身，但他什么都没有说——他已经不必再说了。

祝踏岚不停地敲着铜锣，高喊道：“肃静！”然后他才又说道：“语风书绍！古伊尔！立刻回到你们的座位上，否则我就要申饬你们两个了！血蹄书绍，你必须撤回这一提问。我同意控诉人！”

贝恩向祝踏岚一鞠躬，转身面对古伊尔。兽人萨满已经坐回到证人席中，但贝恩能感觉到，他看着自己的眼睛里有一种之前从未有过的感情——那是贝恩绝不希望见到的。

“那么我直接提出核心问题好了。”贝恩说道。

“明智的选择。”祝踏岚说道。

“你的决定——无论是一直远离奥格瑞玛，还是之前对加尔鲁什·地狱咆哮的任命，都受到了一些人的批评。”贝恩说道。

“我知道那些批评。”古伊尔在椅子中坐稳，将双臂抱在胸前。

“你也在法庭中陈述过，你做出这些选择是有理由的。”

“是的，我也说明了那些理由。”

“你有没有希望过自己当时会做出不同的选择？也许你会认为自己对加尔鲁什·地狱咆哮所做的一切也负有责任？”

“不，我对这两个问题的回答都是‘不’。”

“你对此确定？”

古伊尔眯起了眼睛，但还没等他再次开口，泰兰德已经站起身，再次高喊道：“对此，我表示反对！辩护人这样是在强奸证人的观点！”

“血蹄书绍，”祝踏岚的声音依旧温和敦厚，“如果你有自己的观点要阐述，请直接说出来。”

“是的，法设。您即将看到，古伊尔曾经被烈焰德鲁伊俘获。”贝恩转向了旁听席上聚精会神的人们，“他们利用了古伊尔最伟大的力量——他与元素非凡的契合度来折磨他。古伊尔的本体被分散到了每一个元素位面。在那段时间里，他被迫要面对自己的各种恐惧。我必须满怀敬意地指出，这些恐惧与他在战场上的遭遇有关——也与本案有关。”

他向凯诺兹点点头，后者立刻跳了起来。这位青铜龙一直在等待古伊尔做证，在此之前，按照他的话说，他只能被迫“坐在冷板凳上，看着克罗米尽情展示一幕幕真实又令人兴奋的历史时刻”。

面对凯诺兹的抱怨，贝恩只是回答道：“我认为这种把生命系于天平上的审判已经很令人兴奋了。”

凯诺兹立刻就说：“那我们就要想尽一切办法让这个天平向我们这一方倾斜。”而且他还为贝恩找到了不止一个据他认为能够撼动审判天平的历史时刻。

现在被展示出来的这个画面是一个相当戏剧性的画面——天空

中有一座神庙，支撑神庙的圆柱就像它周围的云朵一样洁白。锯齿般的蓝色闪电割裂天空，从神庙中穿过，紧随而至的是雷霆炸裂的怒吼。闪烁着蓝白色光芒的亡魂能量体被盔甲包裹，在神庙中盘旋。神庙正中心，一团狂乱的风暴之中仿佛囚禁着一个巨大的古伊尔的影子。

阿格娜站在那团风暴前，呼唤她的爱人，伸出手去，努力想要抓到他。而那个灰色影子口中吐出的言辞充满了悲哀和痛苦。

“失败了，我辜负了整个世界。元素……不再同我对话。大地之环……不再相信我的领导。我的软弱……将艾泽拉斯……导向灭亡。”

他的衣服和头发都在被愤怒的狂风撕扯着。阿格娜的声音也正被狂风吞噬：“古伊尔，是我——阿格娜！你不认识我了吗？”

“灭亡……一无所有……只有灭亡。”那个绝望的影子呻吟着，“我……辜负了部落……无颜成为大酋长。加尔鲁什……将毁掉部落。我的人民……只有灭亡。凯恩，我的兄弟……为什么我不听你的话？”

画面中的影子停住了，如同黎明时分的一个幽灵。贝恩以不算有力，但很清晰的声音重复道：“‘为什么我不听你的话？’”

另一段画面出现了。

第二十章

不，不要是这个时刻……

古伊尔感受到心脏在胸腔中疼痛难忍，甚至不得不在数秒时间内停止呼吸。他抬起头，惊骇地看着贝恩。他无法想象，一个儿子竟然会如此利用自己的父亲。贝恩只是紧盯着自己的双手。他无法去看那时光之相。他一样在感到痛苦，但他依旧选择展示这个时刻。古伊尔咬紧了牙，用尽一切力量，让自己平静下来。

你犯了一个严重的错误。一个浑厚深沉的声音响起。这是古伊尔极为熟悉的声音。

凯恩·血蹄。

这位牛头人长者正在那株承载着玛诺洛斯的骨架与铠甲的死树下等待古伊尔。他将双臂抱在胸前，显示出与他的年龄全然不符的遒劲肌肉和健壮身姿。窃窃私语的声音再次在人群中响起。部落和联盟都很尊敬并钦佩这位牛头人。

他们都说，那时你就要打赢了，我的兄弟……

“凯恩！”画面中的古伊尔——不，那时他还是萨尔——说道，“能见到你真是太好了。我一直都希望能够在离开之前再听一听你的意见。”

“我不认为你现在听到我的话会感到高兴，更不相信你会喜欢我所说的事情。”牛头人回答道。

“我一直都会认真倾听你的每一句话，所以我格外需要你在我离开的时候为加尔鲁什提供谏言。你有什么想对我说的，就请说吧。”

但他其实言不由衷，不是吗？他并没有认真听凯恩在说什么。

“当信使带着你的信来见我的时候，”凯恩说，“我还以为在经历过这么多岁月之后，我终于老迈昏聩了，并且像可怜的德雷克塔尔那样发烧昏了头，所以我才会看到你竟然亲笔写下你要任命加尔鲁什·地狱咆哮作为部落的首领！”

凯恩的声音越来越高。萨尔却微微皱起眉头。“我们需要私下谈谈这件事。我的家门和耳朵随时都向你敞开着……”

“不，”凯恩一踏蹄子，他很少会有这种愤怒的表示，“我选择在这里，在你过去最强大的敌人的阴影中，这是有原因的。我记得格罗姆·地狱咆哮。我记得他的热情、他的暴力、他的任性和莽撞。我记得他曾经造成的灾祸。他在杀死玛诺洛斯的时候成为了英雄。我首先要为此而感谢他。但不管怎样，就算是你也无法否认，他毁掉了许多生命，并且以此为荣。他对鲜血和暴力有着无法遏制的渴望。而为了满足这种渴望，他从不在意流血的人是否无辜。你让加尔鲁什知道了他的父亲的英雄事迹，这样做是对的。你说的都是事实。但格罗姆·地狱咆哮所做的另一些事同样是事实。他的儿子同样也需要知道那些事。我在这里请求你也回想一下那些事。同时想一想那些黑暗和光明。不要忘记加尔鲁什是谁的儿子。”

“加尔鲁什从没有像格罗姆那样受到过恶魔之血的污染。是的，他很鲁莽，但人们热爱他。他……”

“他们热爱他，是因为他们只看到了光荣，却没有看到他的愚蠢！我也能看到他的光荣，我看到了他的战术头脑和智慧。也许，经过细致培养和指导，这些素质能够成为优秀的种子，在加尔鲁什的灵魂中生根。但现在的他却只是认为一切都很容易，不需要思考，不需要理会内心的智慧。他身上有很多东西，我是尊敬而且欣赏的，萨尔。不要误解我。但他并不适合统率部落，正如同格罗姆不适合统率部落。如果当他越界的时候，你不在他的身边予以监督，尤其是现在这个时候，我们和联盟之间的关系相当微妙。你是否知道，有许多人都在暗中议论，既然麦格尼已经变成了钻石，矮人们还没有明确的领导人，眼下正是攻击铁炉堡的大好时机。”

“我当然知道，”萨尔叹了口气，“凯恩……这样的情况不会持续很久的。”

“问题不在这里！那个孩子并没有你所拥有的那种领袖性格。或者我应该说，你曾经拥有过的领袖性格？我所认识的那个萨尔，是牛头人的朋友，曾经对我们一族有巨大的帮助，他绝不会如此轻易就将他经历千辛万苦恢复起来的部落拱手交给一个依然乳臭未干的小崽子！”

“你是我在这片土地上最早认识的朋友之一，凯恩·血蹄。”萨尔的声音低沉而危险，“你知道，我很尊敬你，但决定已经做出了。如果你担心加尔鲁什不够成熟，那就指导他，就像我对你的请求一样。用你丰富的智慧和经验帮助他。我需要你来做这件事，凯恩。我需要你的支持，而不是你的反对。你冷静的头脑可以让加尔鲁什保持平静，而不是用你的责难去激怒他。”

“你要求我使用我的智慧和经验，我只有一个答案能给你：不要给加尔鲁什这份权力；不要在你的人民面前转过头去，只丢下这样一个傲慢的莽汉来领导他们。萨尔，这就是我的智慧——许多年来积累下的智慧，以鲜血、灾难和战争换来的智慧。”

萨尔全身僵硬。这肯定是他最不想见到的结果，但这样的结果已经发生了。当他再开口的时候，他的声音变得异常冰冷。

“那么，我们就没什么可说的了。我已经做出最终决定。加尔鲁什将在我离开的时候领导部落。你是否会担任他的顾问，还是让部落为你的顽固而付出代价，这全由你来决定。”

古伊尔看着时光之相，心头压上了沉重的歉意。就在此时，萨尔转过身，背对着他的兄弟，走进了黑夜。古伊尔知道那时的自己干了什么——他骑上自己的双足飞龙，径直去了黑暗之门，前往德拉诺接受训练了。

那一次就是他和凯恩的诀别。

凯恩站立在时光之相中，目光一直跟随着远去的友人。然后，他重重地叹息一声，低下了头。过了一会儿，他抬起头，望向了树上恶魔的骷髅。

“格罗姆，你英灵有知，帮助我们指引你的儿子吧。你牺牲了自己，才换来部落的今天。我知道你绝不希望看到你的儿子毁掉它。”

“停。”那头老公牛的影像渐渐消失了。贝恩面对着古伊尔，挺直腰身，“古伊尔，现在我还是要问你那个你曾经问过自己的问题：为什么你不听他的话？”

古伊尔以为泰兰德会反对，但泰兰德只是保持着平静的坐姿，在嘴角上甚至还出现了一抹微笑。她在给古伊尔做出反应的机会，古伊尔接受了这个机会。

“因为我不是青铜龙。我无法在现在与未来之间穿梭，知道我做出的每一个选择会产生怎样的影响。我是凡人，只能顾及到眼前，就像你一样。在没有完美的选择时，我要做出最佳的选择。是的，我任命加尔鲁什代替我统率部落。当大地的裂变袭来的时候，你，贝恩·血蹄，也在和我并肩奋战。你明白我为什么会把权力交给加尔鲁什。你现在希望我会做出别的选择吗？希望可无法造就世界，我们在任何时候都只能依照眼前的情况尽力做出最好的选择。我们会犯错，所以我们必须在错误中生活，并且从错误中学习。这就是我们能做的。”

“加尔鲁什·地狱咆哮也犯了错误。”贝恩回应道，“他更加难以在这样的错误中生活下去。”

“如果他还能活着的话。”古伊尔说。

“你曾想要杀死他，对不对？”

“这你很清楚。”

“如果你能回到那个时刻——在那个加尔鲁什被你们打败的时刻，你还会想要杀死他吗？”

古伊尔深深地省视内心。他会吗？

他的回答让自己吃了一惊。

“不。”他平静地说道，“过去这几天里，我已经相信，这场审判是一个好主意。人们需要听到不同的声音，否则他们就不会来到这里。我衷心相信，天神能够做出正确的选择。”

“我还有一个问题。”贝恩说，“你已经承认，你在一生中做出了许多错误的决定。”他朝加尔鲁什坐着的地方指了指，让古伊尔再看一眼那张冷漠的面孔，那副被铁链锁住的身躯。“他，也犯过错误。难道他就没有机会从错误中学习？用自己的力量去纠正那些错误？”

“有些事情是永远都无法纠正的。”古伊尔沉声说道，他的嗓音中充满了感情，“有时候，我们只能在一件事造成更多伤害之前阻止它。你的父亲是睿智的，贝恩。但我们那时知道他是正确的吗？我们知道这一切的结局吗？我不知道，你呢？”

他紧盯着贝恩。他们两人之中第一个将目光别开的是牛头人。

“没有问题了，法设。”贝恩说着，回到了座位里。

泰兰德站起身，带起袍服的一阵窸窣声。“古伊尔，你说我们无法知道这一切的结局，正是如此。庭上，请允许我展示一个若古伊尔做出不同的反应之后，就可能发生的结局，一个极有可能发生的结局。甚至觉醒的伊瑟拉也看到了它，并因此亲自前去寻找我们面前的这位证人。”

“控诉人可以展示此段时光之相。”祝踏岚表示同意。

画面出现在大殿中。一开始，画面中一无所有，也悄无声息。随后，古伊尔渐渐能分辨出一些建筑物、山岭和树木了。随着这些影像逐渐清晰，古伊尔才发觉，画面中的房屋无人居住，山上不见青草，树木也只剩下了枯枝朽干。世界如此寂静，是因为已经没有生灵能够发出声音。古伊尔能听到的只有风声，还有远方传来的雷鸣声。

世界更多的细节出现在画面中：尸体在它们倒下的地方腐烂，其中有人类、兽人和牛头人，也有猛犸象、猛犸人和熊。没有食腐的鸟兽来享用这餐盛宴，因为它们也都冰冷地躺在了死亡的大地上，黑色的羽毛在没有任何温度的风中抖动着。

不，等等——还有活着的生物。一头暮光龙出现在众人的视野中。他的全身都闪耀着紫罗兰色和靛青色光芒，异常美丽，却又与大自然极不协调。越来越多的暮光龙飞翔在已经化作一片屠场的艾泽拉斯上空，直到半空中布满了青紫色的巨龙，甚至完全遮住了这段时光之相中最恐怖的一幅画面。但古伊尔只需要瞥上一眼，就已经知道那是什么了。

在龙眠神殿的尖塔上，插着灭世者死亡之翼的尸体。他是将世界击碎之人，是带来死亡之人，是死亡本身，但他也死在了一个只有暮光龙飞舞盘旋的世界中。

这段时光之相永远也不会成真了。古伊尔知道，这其中至少有一部分是因为他的选择。

“没有问题了。”

第二十一章

黄昏到来之后很久，温蕾萨终于出现了。看到妹妹的角鹰兽之前，希尔瓦娜斯差一点就要放弃希望，返回幽暗城了。她终于松了一口气，而怒火也立刻涌上她的心头。

“你迟到了一个多小时！”希尔瓦娜斯喝道，“幸好我已经不再需要吃饭了。真没想到活人吃一顿饭要这么长时间！”

“很抱歉，”温蕾萨说道，“我想要同吉安娜谈一谈，看看在古伊尔做证之后，她是否改变了主意。”

庭审的情况比希尔瓦娜斯所希望的更好。许多部落成员，明显也有许多联盟成员都希望古伊尔把那个曾经被称作“大酋长加尔鲁什”的怪物在战场上直接打死。毫无疑问，许多人依然在为此而心怀不满。这就是怨恨——任何证据、解释或者理由都不可能改变人们深藏在心底的恨意。贝恩已经很接近于把古伊尔打回成一个凡人，而泰兰德手腕高超的最终画面把所有非议都压了下去。至少暂时是这样。尽管那个兽人现在说他认为应该对加尔鲁什进行审判，但所有人都还记得，只是因为瓦里安·乌瑞恩的阻止，古伊尔才没有将加尔鲁什当场击毙。

“会怎样改变她的主意？”希尔瓦娜斯问道。好奇心让她将对温蕾萨的愤怒放到了一旁。

“我不知道改变吉安娜的究竟是古伊尔的证词，还是她与卡雷苟斯的对话。不管怎样，她似乎已经不那么渴望见到鲜血了。”

“我一直以为你的意思是她在背后支持着我们！”希尔瓦娜斯压低声音，警惕地说道，“那个蓝龙到底对她说了些什么？”

“我不知道。我不可能靠近到他们身边去听他们说话。”温蕾萨说道，“你知道的，姐姐，卡雷苟斯不是个心肠刚硬的人。他太像生命缚誓者了，绝不可能同意我们的做法。他也不可能允许吉安娜这样做。我只知道，当他们出外散步回来之后，他们的样子都很抑郁。”

“尽量不要让吉安娜的心肠软下来。”希尔瓦娜斯说道，“看现在的情形，我们必须加快速度了。”

温蕾萨点点头。“就像你说的那样，我同在那座神庙周围搭起店铺的熊猫人食品商聊了聊。韶米说，他的妹妹木兰就在那座神庙的厨房工作，负责给囚犯和卫兵们制作食物。我们便聊起了加尔鲁什都吃些什么。”

进展看来还算顺利。“他都吃什么？”

温蕾萨并不蠢。她现在明显是松了一口气。她的手也从腰间的匕首上移开了。这对姐妹向海边走去。“他每天的早餐都一样：一种小圆面包和茶。”

希尔瓦娜斯摇了摇头：“这些都没用，除非你的朋友韶米能够被说服，为加尔鲁什准备一些‘特殊’的圆面包。”

“我们无法说服他，我相信他的妹妹一样也不会听我们的。有不少熊猫人懂得毒药，但他们不会用毒药干这种事。”

“继续。”这时，沙滩上的一道闪光吸引住了希尔瓦娜斯的眼睛，她把那件发光的东西捡了起来。那是一枚纪念徽章，应该是最近十来年的产物。金徽章的表面上雕刻着凯尔萨斯·逐日者带着笑容的脸。希尔瓦娜斯嘴角微微一翘，将那枚徽章扔进了波涛之中。

“午餐是米饭和某种烤肉——鸡、穆山兽、老虎，或者猎人带回来的其他各种猎物。”

希尔瓦娜斯竭力压抑住自己的笑意。“我觉得，应该没有老虎肉。”

“但他说的的确是有……哦！”温蕾萨仿佛吃了一惊，立刻就大笑起来。这是一种纯粹、惊讶、欢喜的笑声，丝毫没有怨毒和阴谋的影子。在这短暂的瞬间，希尔瓦娜斯仿佛重新站在了故乡的海岸边，沐浴在阳光下，利莱斯逗得姐姐们发出一阵阵欢快的笑声，也让她的心头感到温暖。

回忆让她的身体微微抽搐，但她还是露出了微笑——她还是没能抑制住自己。

“天哪，我想你是对的。”温蕾萨一边笑，一边说着，“我相信雪怒肯定不会喜欢老虎肉。”深吸一口气之后，温蕾萨终于平静下来，“我……我似乎很久都没有笑过了，自从……好吧，这就是他们给加尔鲁什的午餐。”

希尔瓦娜斯走出温暖的过去，回到了眼前的任务中。杀戮比欢笑更让她感到惬意，至少让她更觉得熟悉。

“还是那个问题，我们唯一的机会就是在猎物被处理成食材之前就向其中下毒。”她喃喃地说道，“这要比我预期的状况更难。”

温蕾萨拾起了一片贝壳，无聊地在手中将它抛来抛去。刚才的好心情已经完全消失了，她微微皱起了眉头。“希尔瓦娜斯……我们该如何把食物送到他口中？我的意思是——他们并没有单独为他准备食物，卫兵们吃的东西和他一样。”

“我不觉得这其中有什么问题。”

“嗯……我们并不想杀死那些卫兵。”

希尔瓦娜斯眨了眨眼睛。“你说什么？”

“我们想要杀死加尔鲁什，而不是和他在一起的熊猫人卫兵。”

希尔瓦娜斯摇了摇头。“只要加尔鲁什能死，其他人是死是生都不重要。那个兽人肯定不会因为他干过的坏事而难以安眠。就算死几个熊猫人也是值得的。难道你连这点狠心都下不了？”

温蕾萨盯着手中的贝壳。那只贝壳依然在她的两只手中来回跳动着，也许就像是她的心思。希尔瓦娜斯不会喜欢杀死温蕾萨，但她更不可能允许她的妹妹在这一时刻失去勇气。

和我并肩战斗，妹妹，留在我身边。

“我……如果加尔鲁什以外的人死了，瓦里安一定会全力彻查这一整件事。祝踏岚也绝不会善罢甘休。这会让他们发现我们。如果死的只是加尔鲁什，那么所有人都会睁一只眼闭一只眼。”

希尔瓦娜斯眯起红色的眼睛，看着温蕾萨。“这……倒是我从没有考虑过的。”她不得不承认这一点，但她还是怀疑温蕾萨只不过是不想沾上无辜者的血，“只是你要知道，这会让我们的任务更加困难。”

温蕾萨回应道：“我宁可现在多想一想，能够如何能够不露马脚地干掉他，也不愿意以后再去想该如何逃脱追捕。根据我在法庭上的观察，即使是沃金也可能不会赞成就这样杀死他。瓦里安更是肯定会反对。”

逐渐变强的海风撩动着她们的头发。“我还以为你已经因为悲伤而不顾一切了。”希尔瓦娜斯说道。

“我正是如此！别以为……哦，”愤怒骤然袭来，又急速离开，“谢谢。”

“好了，再说一说白虎寺的晚餐菜单吧。”

“一共有三只碟子。分别盛着米粉和鱼、某种炖菜，还有绿咖喱。”

希尔瓦娜斯拼命地思考着。她已经很久不曾尝过食物的味道了。她的心思飘回到了与家人共享的盛宴上，还有在这片海滩上吃过的野餐。利莱斯用长笛吹奏的乐曲犹然在耳。奥蕾莉亚会蜷起身子，津津有味地看着一本书。希尔瓦娜斯和温蕾萨则会在浪花间痛快地游泳，直到饿了以后才会回到岸边，大嚼烤鹌鹑和火腿、苹果和蜜瓜，还有奶酪和面包……

“希尔瓦娜斯？”

希尔瓦娜斯猛然回到了现在。她在这里已经是第二次走神了，这不是什么好现象。“你需要知道那些菜品是如何准备的。”她以命令的口吻对温蕾萨说道，“一旦我们知道了菜品成分，也许我们就能解决你那个没胆色的小顾虑，同时又能实现我们的目标。”

“我会的，”温蕾萨回应道，“我会告诉韶米，我的孩子们对熊猫人的食物很感兴趣。这一定能让他高兴。”

“还要盯着吉安娜。”希尔瓦娜斯又说道。

“哦，我会的，不必担心这件事。”温蕾萨说。

她们站在水边，希尔瓦娜斯知道，和妹妹的会面已经结束了。但两位风行者都不想离开。沉默在她们中间延续着。过了很久，温蕾萨才说道：“你有没有……和你们那边的人说过？”

“没有，”希尔瓦娜斯说，“我对加尔鲁什的反感尽人皆知，而且我与贝恩和沃金都有矛盾。不管怎样，这件事越少人知道越好。我认为，我们可以信任彼此。”

温蕾萨转过头，眼睛眨也不眨地盯着女妖之王。“我们可以吗，希尔瓦娜斯？”

希尔瓦娜斯点点头。“我不会背叛你，妹妹。我们失去的已经够多了。”她说出这番话的时候，知道其中的每一个字都是真的，只是……这是她完全没有想到的。

温蕾萨露出了微笑。“好吧，我们都应该回去了。”

她们迈着轻松的步伐，向她们各自的坐骑走去。“你觉得你什么时候能够再去找韶米？”

“最早明天，我一有时间就去找他。”

“那就让我们明天庭审之后再回这里见面吧。”

“你确定这样做明智吗？我们不想引起怀疑不是吗？”

想到明天将不会再见到温蕾萨，希尔瓦娜斯几乎踉跄了一下。她已经没有痛觉的身体却在此时感受到一阵怪异的痛楚，仿佛她再一次被刺穿了。她只有咬紧嘴唇，不要让自己呼喊出来。

“你说过，现在时间非常紧急，”希尔瓦娜斯说道，“而我们还不知道需要怎样的毒药，以及具体该怎样下毒……”

温蕾萨一抬手，微微一笑。“好了，好了！我真是很期待这一切早些结束。想想看，希尔瓦娜斯！”她的眼睛里闪耀起喜悦的光芒，“加尔鲁什·地狱咆哮……瘫倒在他的牢房里，呼出最后一口气，感觉到冰冷的毒药正一点点让他的心脏停止跳动。我真希望能让他知道，是谁杀死了他。”

“我记忆中的温蕾萨不像你这样嗜血，”希尔瓦娜斯说，“没想到你变成了这样。”

“我必须如此。我现在心里什么都想不了，只是在盼着那个兽人死掉，自从……”她停了一下，将目光转向远方，“我们明天再见，姐姐。”她的微笑中夹杂着一种怪异的羞怯，恍惚之间，她仿佛不再是最近所有人眼中的那个严厉、愤怒的女人，而是变回了希尔瓦娜斯记忆中的小妹妹。“这样说也许有些奇怪，但……我很高兴能够和你一起做这件事。”

“我也是，小月亮，我也是。”

* * *

“我们已经快要来不及了！”扎伊拉吼叫着，在卢葛女士号的甲板上来回踱步。哈隆梅瑟尔站在一旁，脚腕上还套着带铁球的锁链。他将双臂抱在胸前，狠狠地瞪大了双眼。

“好了，女士……”

“督军！”

“督军，我认为卢葛女士号工作得很好。毕竟，我已经有几年时间没有对她进行过真正的修理了。我已经做到最好了！”

“你要做得更好！如果我们不能在宣判之前赶到，一切都将毫无意义！”

“如果你把这个去掉，也许还能有些好处。”哈隆梅瑟尔凶巴巴地指着脚上的铁球说道。

“如果你辜负了我，我就把你从这里扔出去。到时候它们能让你死得更快！”

“实际上，”哈隆梅瑟尔回应道，“物体的下落速度是一样快的。”

“理论上没有错，但你显然没有考虑到空气阻力。”萨伦一边说话，一边审视着自己的指甲，“或者任何可能造成干扰的魔法手段。比如说，假设你装备有降落伞，或者被施放了缓降法术……”

“你要帮帮他，萨伦。”

大法师愣了一下。“请说清楚些？”

“既然你们两个都这么聪明，那就一起来解决这个问题。现在，想办法让我们快速到达潘达利亚。”

在此之前，萨伦一直都在享受着飞行的乐趣。扎伊拉是一个很有价值的盟友。她曾经打倒过一个邪兽人，从而牢牢控制住了一个桀骜不驯的氏族，也曾经让那些反抗加尔鲁什的叛徒吃过许多苦头。他们的那位龙族盟友会任命扎伊拉为他们的首领——这一点也不奇怪。龙喉氏族已经提前出发，正在潘达利亚等待与他们会合。

夏琪亚是继扎伊拉之后加入这支队伍的重要战力。这名兽人狙击手似乎和他们的头领有一些私交，不过她从没有提到过她们是如何认识的。她对于战争策略的掌握，尤其是对于高度和距离的利用对实现他们的计划很有帮助。

还有哈隆梅瑟尔……直到现在，他对这次行动都漠不关心。

他们两个来到了船舱里。在这里，哈隆梅瑟尔阴沉着脸，简短地向血精灵介绍了卢葛女士号的操作方法。虽然不愿承认，但萨伦还是被这台机器的精巧程度所折服了。

“这艘飞艇的状态远没有你说的那么差。”萨伦问道，“你既然是一个囚犯，又是怎样让它在这么长的时间里都能保持这么好的状态的？”

哈隆梅瑟尔站在一只正喘着粗气的风箱和铿锵作响的循环曲柄旁边。他回答道：“奶糖、麻绳，还有一只巫毒圣物。”

萨伦笑了。“你真是个有趣的家伙。不过，玩笑归玩笑，你是怎么做到的？”

哈隆梅瑟尔叹了口气，将一根肮脏的绿色手指伸向引擎内部。萨伦顺着他手指的方向，看到了一只倒霉的小动物的颅骨。那只颅骨上还装饰着彩绘和各色羽毛。

“哦，天哪，”萨伦说道，“我明白了。”他能够感觉到那件圣物中释放出来的魔法能量。“不管怎样，你这样做的确很有效。相当有效。”他小心地向那件东西伸出手，久久地端详着它，“我有一个建议要给你。”

“嗨，现在我能接受任何建议，只要能让我不必以任何一种速度直线落在地上摔死。”

“你应该把这些机器擦干净，用点唾沫让它们运转起来尽可能顺畅一些。”血精灵大法师摆动手指，紫罗兰色的烟雾开始在他的手指间缭绕，“我可以看看，是否能说服我们的这位小朋友跑得更快一点。”

他举起这件圣物，轻轻向它吹了一口气。看到上面的羽毛开始抖动，他露出了微笑。

第二十二章

第五日。

吉安娜·普罗德摩尔在自己的座位上感到异常烦躁。她向大殿环视一周，低声对瓦里安和安度因聊了一些无关紧要的琐事。尽管她和卡雷苟斯依然坐在一起，但吉安娜知道，他们之间的紧张关系已经被许多人看在眼中了。他们的关系还没有结束——现在还没有，而她并不想将如此宝贵的感情就这样送进坟墓。但她又觉得要把这份感情维持下去实在是很艰难。现在她甚至已经有些不敢去看镜子中的自己了。

克罗米和凯诺兹正在时光之相后面咬耳朵，有可能是在讨论各段时光之相的展示次序。为了打破充塞在耳鼓中的沉寂，吉安娜说道："凯诺兹能创造出时光之相，这实在是一件好事。它能够彻底消除谣言之祸。我们都知道，我们所见到的就是绝对的真实。"

卡雷也在看着那两位青铜龙。他的眉毛却微微皱在了一起。"我很庆幸有时光之相能够提供真实的历史闪回。但……加尔鲁什说这场审判就像暗月马戏团的表演。我很担心我们在观看这些画面的时候，只把它们当成一种娱乐，而不是证据。”

看来，我们又回到那些问题上了……我们总是要回来的。“这只是加尔鲁什在自说自话。”吉安娜用严厉的语气说道。

“我不会为此而争论，但这种剧院般的展示……”他摇了摇生着蓝黑色头发的头，“现在所发生的事情非常重要。这不是竞技——这应该是正义的裁决。这里不应该充满了角斗场的气氛。”

“人们都受到了伤害，卡雷。”吉安娜说，“我们中的一些人将永远无法从那个怪物所做的一切中恢复过来。我们需要这场审判。”

卡雷苟斯转头凝视着吉安娜，关怀之情充溢在他英俊的面孔上。他将吉安娜的手握在自己的手中，低声说道：“要到什么时候你才能将过去甩掉，继续前行？你至今都没能做到这一点，吉安娜。就像我说过的——我甚至不知道你是否想要这样。”

吉安娜按捺不住激动的心情，猛地将双手从卡雷苟斯的掌心抽了出来。

祝踏岚敲响铜锣，示意众人安静。吉安娜心中庆幸着法设及时的宣示，急忙将双臂抱在胸前，心中同时感到怒火中烧和痛楚难耐。

祝踏岚说道：“熊猫人法庭现在开庭，愿正义永存于此地。书绍，请你传第一位证人。”

泰兰德点点头，站起身，走向证人席。

“控诉人请生命缚誓者阿莱克丝塔萨出庭。”

吉安娜的下巴耷拉了下来。泰兰德的这一举措完全出乎她的预料。真身是一条巨龙的阿莱克丝塔萨在变成人形时，往往不会选择太过庄重的衣着。但今天，她用一袭闪亮的金红色长袍包裹住了从脖颈到脚趾的每一寸肌肤，只有双臂和头颈裸露在外。她仪态庄严地站起身，缓步走入了证人席。

一些人不约而同地站立起来——她的族人，还有她的妹妹。然后是其他龙族、其他人，直到数百人同时起立的声音充满了整座大殿。几乎每一个人都站立起来，向这位前任守护者——在无数个千年中守卫、保护和关爱艾泽拉斯全部生灵的伟大生物致以无声的敬意。在落座以前，阿莱克丝塔萨扬起长有双角的螓首，望向众人，一丝柔和的微笑出现在她的脸上。她将手掌按在心口，以示感谢。在她的眼眶中能看到泪光闪烁。

卡雷在吉安娜身边悄声说道："这是你需要的吗？"

吉安娜没有回答。

泰兰德向阿莱克丝塔萨送上温暖的微笑。她深鞠一躬，说道："生命缚誓者，我将尽力减少您在做证时承受的痛苦。"

"你对我太好了，"阿莱克丝塔萨说道，"我深表感激。"

泰兰德深吸一口气。"这位证人不需要介绍。即使是天神也对她多有了解。"

"对此，我表示反对。"贝恩说道，"除非证人能够给出与加尔鲁什·地狱咆哮直接相关的证据，否则我敦请不要对这位证人进行盘问。"

泰兰德说道："法设，加尔鲁什·地狱咆哮从一个特殊的部族那里得到过极其重要和影响深远的帮助。那就是龙喉氏族。我希望让您看到，不久之前还被加尔鲁什称为盟友的这个氏族到底是由怎样的一群人组成的。"

“法设。”贝恩插口道，“我们——至少是我们中的大多数人都有过结交劣友的时候。龙喉氏族过去所做的事情与本案无关。”

“血蹄书绍的观点是正确的。”祝踏岚说道。

“是的，但那个氏族所犯的罪行并非只限于过去。”泰兰德回应道，“龙喉兽人一直都在奴役和折磨龙族。即使在加尔鲁什的统治之下，他们还在继续着这种暴行。我认为这位证人非常适合揭露这一罪行。”

祝踏岚赞同地点点头。“我同意控诉人。你可以继续了。”

“生命缚誓者，您和您的种族曾经遭到龙喉氏族的绑架和囚禁，对吗？”

“是的。”阿莱克丝塔萨说道。吉安娜觉得这位巨龙正以非凡的毅力保持着平静。

“你是否能告诉我们，这件事是如何发生的？”

“龙喉得到了恶魔之魂，并用这件宝物来控制龙族。他们追赶一名受伤的雄龙，找到了我的家，经过一番激战，他们用恶魔之魂捉获了我的三位配偶和我。”

“然后又发生了什么？”

“恶魔之魂的掌管者耐克鲁斯命令吾族和我跟随他前往格瑞姆巴托。”

“他们想让您做什么？”

“他们想要我们成为他们的坐骑，参与对抗联盟的战争。我们将……驮载他们飞赴战场，并攻击他们的敌人。”

“肯定有一些红龙在战场上死去了。龙喉是如何补充这样的损失的？”

“他们夺走了我的孩子。他们偷走了我孕育的每一批孩子。”

吉安娜同情地咬住了自己的下嘴唇。她没有孩子，将来可能也不会有了。她的关爱全在她的侄儿安度因身上。她的学徒金迪的死曾给她带来巨大的痛苦。但她知道，无论她与自己的后辈之间有多么深厚的感情，也无法和父母对子女的爱相比。成为另一个生灵的母亲，这是一种魔法，一种对生命的肯定，是一种永恒的存在。吉安娜完全无法想象，阿莱克丝塔萨如何能承受这样的痛苦——亲眼看到自己的孩子遭受奴役。她回头瞥了一眼，看到一直在专注而和蔼地听取证言的天神们，也已经为阿莱克丝塔萨的惨痛遭遇所动容。

“请原谅我提出这样不近情理的问题。”

“我明白你为何要提出它们。”

泰兰德显得很是感激。吉安娜忽然惊讶地意识到，现在反而是红龙女王在安慰暗夜精灵的高阶祭司。对此，吉安娜不由得惊讶地摇了摇头。

“您说是‘每一’批孩子，”泰兰德再次开始提问，“您怎么还会产下更多龙卵？既然您知道孩子会被他们夺走，为什么您还会愿意继续孕育子嗣？”

“最初，我拒绝了。”阿莱克丝塔萨说道，“我告诉他们，他们只能拿走我最初生下的那些卵。我不会给他们更多了。我的配偶们也和我有着同样的心意。耐克鲁斯……耐克鲁斯拿了我的一颗卵，将它举到我的面前，把它在手中压碎。他……让蛋液洒在了我的脸上。”

她中断了声音，努力让自己平静下来，然后才继续说道：“我发出痛苦的哭号——我那没有孵化的孩子，在我的眼前被杀害了。我的身上到处都是他的血肉……尽管我的身体被铁链绑缚，但我还是攻击了那些兽人，在他们压制我之前打伤了几个兽人。”

“所以您只能按照他们的吩咐去做。”

“我并没有立刻屈服。我拒绝进食，想要在产下更多孩子供他们折磨以前就死掉。他们又毁掉了一颗卵。在那以后……我就做了他们想让我做的事。”阿莱克丝塔萨露出哀伤的微笑，“要知道，如果我的孩子能够活下来，我希望也许他们终有一日能获得自由。”

在感同身受的恐惧中，吉安娜用手捂住了嘴。她很清楚那一段残忍的兽人历史，但听到阿莱克丝塔萨亲口说出来……

此时此刻，吉安娜感觉到卡雷对于时光之相的评价是正确的。仅仅是听到这段叙述就已经足以令人惊慌不安了。她很感激泰兰德没有将这段历史的画面呈现出来。

“其他红龙最终都失去了生命，对吗？”

“是的。到最后，我的四位配偶中，有三位都被杀害了。”

吉安娜转过头瞥了一眼温蕾萨。这位高等精灵仿佛石雕一般坐在椅子里，只有快速的呼吸表露了她心中激烈的情绪。

“您和您的配偶在绝望中同意了这种恐怖的要求。但您并没有因此受到那些兽人的照料？”

“没有。我一直被铁链捆绑着，就连我的下巴也被撑开，这样我就无法攻击他们。如果我们之中的任何人试图抵抗，或者想要解救我们，他们就会用恶魔之魂对付我们。那实在是……”阿莱克丝塔萨的身体微微颤抖了一下，“无以言喻的痛苦。”

“您想要提请休庭吗？”泰兰德温柔地问。

红龙女王摇了摇生有巨大双角的头。“我更愿意快些讲完这些事。”她甜美的嗓音已经变得愈发紧张起来。

“您生育红龙，供他们使用，就像他们要求的那样。”泰兰德说，“他们是如何使用那些红龙的？”

阿莱克丝塔萨低头盯着自己在膝盖上交握的双手。“他们成为坐骑，冲上战场，如同野兽一般。他们的技能被训练成杀戮联盟成员的利器。他们的任何反抗行为都会使他们遭受折磨，并有可能让他们尚未孵化的兄弟姐妹早夭在卵中。”

“作为红龙，被强迫做这样的事情会有怎样的感受？”

阿莱克丝塔萨抬起头，当她说话的时候，已经完全无法掩饰声音中的痛苦。“我们敬畏生命——所有的生命，我们痛恨毁灭生命。龙喉强迫我们去做的事情正是我们最不愿做的。”

泰兰德点点头，仿佛对这个答案感到满意。然后，她转身面对着旁听者。“作为部落的首领，加尔鲁什·地狱咆哮完全了解龙喉氏族以及他们获得坐骑的手段，却依旧欣然与他们结为联盟。你们已经听到了这个氏族对我们的世界上最仁慈善良的种族做了什么。”

她开始来回踱步，像在沃金做证时那样掐指记数着。“奴役；酷刑折磨；强迫怀孕；绑架儿童；杀害俘虏。这一次，只是一位证人，便证实了加尔鲁什的五桩罪行。”

泰兰德盯着加尔鲁什看了半晌，才又转向阿莱克丝塔萨。“谢谢。”然后她转向贝恩，“该你提问了。”

贝恩站起身，向红龙女王走去。吉安娜皱起眉头，对卡雷说：

“他现在还要盘问阿莱克丝塔萨，难道你不认为这很不合适吗？”

“我希望她完全不必在这个法庭中发言。”卡雷回答道，“但生命缚誓者是坚强的。她承受过的苦难远远超过了在法庭上的一番言语。她在做她必须要做的事。贝恩也是一样。”

“他没有必要这样做。”吉安娜恨恨地说道。这一次，卡雷没有回答。吉安娜向前俯过身，用双手撑住下巴，专注地看着眼前的一切。她本以为贝恩能够更善良一些。但经过前几天的庭审，她现在越发无法理解贝恩怎么可能会为加尔鲁什辩护，尤其是还要采用如此残忍的手段。她对此完全无法理解。

“谢谢，生命缚誓者。我为我不得不对您造成的痛苦感到歉意和遗憾。”那名牛头人说道。*他是真心的吗？*“我尽量长话短说。您在龙喉的手中承受了巨大的痛苦，其他兽人也都曾伤害过您。现在您又会如何看待这个种族？”

“我对艾泽拉斯的任何种族都没有怨恨。我是生命缚誓者，哪怕我作为守护者的绝大部分力量都消失了，我的心依旧未变。”

“您喜爱他们吗？”

“我爱他们。”红龙女王的话让吉安娜全身一僵。然后，她缓缓地从手掌中抬起头来，瞪大眼睛，无比震惊地盯着阿莱克丝塔萨。

“包括兽人？”贝恩说道，仿佛他已经读懂了吉安娜的心，“那些对你做了这么可怕的事情的人？你怎么可能还会爱他们？难道你不应该怒吼着将他们彻底消灭吗？尤其是加尔鲁什·地狱咆哮，正是他恢复了兽人凶暴的力量，造成了更多的灾难。”

“几乎没有什么生物是真正邪恶的。”阿莱克丝塔萨说道，“即使是他们，也绝非无法救赎。改变是生命固有的特性。只要是生命，就会不断成长。生命能够寻觅光明，或者黑暗。只有当一个生命彻底选择了黑暗，甚至使生命本身也面临毁灭的危险时，我才会认为它是没有希望的。”

“就像死亡之翼和玛里苟斯那样。”

“是的。那是让我深感遗憾的事情。”

泰兰德正在她的座位上浏览文件。她紧绷着身子，不时会抬头瞥上一眼，微微蹙起蛾眉。

吉安娜一直在盯着红龙女王。“她在说什么？”她用微弱而又激动的声音说道，“她在做什么？”

“对此，我表示反对！”泰兰德喊道。吉安娜长吁一口气，闭上眼睛。

“书绍请说？”祝踏岚问道。

“我请求休庭。”

“为何要休庭？”

“证人显然已经因为这些问题而心力交瘁了！”

祝踏岚眨眨眼，低头看着阿莱克丝塔萨。“生命缚誓者，你需要提请休庭吗？”

“不，法设。重新提起这些事情的确令人痛苦，但我还能够坚持。”

“要求被拒绝。继续，血蹄书绍。”

“谢谢。”牛头人俯首致谢，然后转身继续看着阿莱克丝塔萨。“我还有最后一个问题。如果一个曾经折磨过您、杀戮了您的幼子的兽人今天向您请求原谅……您会怎样做？”

伟大的生命缚誓者脸上露出浅浅的微笑，但这笑容正在逐渐绽开。阿莱克丝塔萨望向古伊尔和他的家人，与古伊尔四目相对。当她开口说话的时候，一缕光明仿佛在她的身上闪耀，那正是她的灵魂之光。

“我当然会原谅他。”她看着贝恩。仿佛这个牛头人只是一个少不更事的孩童，仿佛这是再简单、再明显不过的答案。

“没有问题了。”

第二十三章

当祝踏岚敲响铜锣，宣布当天庭审结束的时候，安度因立刻转头看着他的父亲。“我现在要去见加尔鲁什了。我也许会错过晚餐。”通常他都会和父亲，还有吉安娜、卡雷苟斯和温蕾萨在紫罗兰高地共进晚餐。但这一次，他必须要去……尽管他也不知道去找加尔鲁什算是什么。他不知道和加尔鲁什算是交谈、倾听、精神指引，抑或只不过是那个兽人的一个训练假人。或者可能四者全是。不过这一次，他希望自己能有第五件事去做——把某种理念塞进加尔鲁什厚硬的脑壳。

瓦里安点点头。“我想你应该想这样做。我们不会把全部东西都吃光的。”

“没关系，我已经吃了一些韶米的饺子。”

“等等，你要去做什么？”吉安娜问道，“加尔鲁什？安度因，你去找加尔鲁什做什么？”她的表情既愤怒，又警觉。

“我在晚饭时和你解释，”瓦里安对吉安娜说，“去吧，儿子。”

安度因敏捷地跳过一排座位，快步向楼梯跑去。他听到吉安娜的声音从背后传来：“瓦里安，这到底是怎么回事？”

安度因打了个哆嗦。他心中只想着去找加尔鲁什，却忘记了吉安娜的存在。他有意向吉安娜隐瞒了自己同加尔鲁什见面的事情。这件事极少有人知道。安度因知道吉安娜对此会有怎样的反应，所以他对此一直保持着沉默。所有人都似乎对他该做什么、该见谁有发言权，对此他已经非常厌倦了。而现在，他必须要见到加尔鲁什，除此之外的一切事情都变得无足轻重了。

他快步跑进了通向加尔鲁什牢门的走廊。“王子今天比囚犯还要快。”楚李对安度因说道，“他还在回来的路上。”

“我等他好了。”安度因站到走廊一侧，背靠在墙上，将双臂紧抱在胸前。他竭力强迫自己放松下来。在待立在这里的短暂片刻，安度因却忽然从这个荒谬的任务中感觉到了一种黑色的幽默。

没过多久，加尔鲁什回来了。随着一阵铁链摩擦碰撞的声音，拖着一条伤腿的加尔鲁什出现在安度因面前。他的身边跟随着玉菲和另外六名负责在加尔鲁什离开牢房时进行看押的卫兵。安度因在兽人褐色的面孔上看到了一丝惊讶。不过这个表情很快就消失不见了。楚氏兄弟打开牢门。玉菲首先走了进去，并示意安度因跟随在她身后。他们走下斜坡，来到里面的牢房，静静地看着加尔鲁什带着沉重的铁镣声走进牢门。两名卫兵解下了他身上的大部分镣铐，只剩下脚踝上那一副。另外四名卫兵和楚氏兄弟站在一旁，紧盯着兽人的每一个动作。加尔鲁什来到毛皮床铺前，坐了下去。牢房的铁栅门被关闭，上锁。玉菲走上前，低声念诵咒语，双手作出精细繁复的手势。铁栅前出现了一道柔和的紫色光屏。

“这有什么作用？”很显然，这是一道额外的保护措施，但安度因并不知道它到底能有什么效果。

“这是一道单向屏障。”玉菲回答道，“如果有需要，卫兵们能够进去，但加尔鲁什无法出来。”

“很聪明。”安度因说道。玉菲面色微微一红，向王子鞠了一躬。

“你的话让我感到荣幸。”熊猫人目光低垂地说完这一句，就立刻快步走了出去。片刻之间，安度因对她的行事风格感到有些好奇。不过，王子的心思很快就回到了即将与兽人进行的对话上。楚李和楚罗向王子点点头，然后就关闭并锁上了外牢门，依照王子的要求，将他与囚犯单独留在一起。

一开始，安度因依旧只是静静地站着，瞪着铁栅后的兽人。而加尔鲁什似乎对王子溢于言表的怒意感到非常有趣。

“说话吧，安度因王子，否则你就要爆炸了。”加尔鲁什说道，“我可不想为你变成一团烂肉而负责。”

“你怎么会做出这样的事？你怎么可以做出所有这些事？”安度因说话的时候，嘴唇还在不住地颤抖。仿佛正是因为说出这段话，他才再次恢复了行动能力。他大步走上前，站在距离加尔鲁什的牢房栅栏不到一尺的地方。“你不是疯子，你并非没有感情。那么，告诉我——你怎么能这样做？”

加尔鲁什安闲地靠在他的床铺上，脚镣随着他的动作当啷作响。“做什么？”

“你知道我说的是什么，与龙喉结盟！”

“既然你这么虔诚，你应该立刻就能做出判断。”加尔鲁什说道，“泰兰德在今天打了一张好牌。我必须承认她的能力。阿莱克丝塔萨的故事肯定让不止一个人的眼睛湿润了。”

“故事？这就是你对此的看法吗？”

加尔鲁什耸耸肩。“现在它已经变成历史了，就算是我对此感到遗憾也没有用。”

“所以你也不需要别人对你感到遗憾？”安度因狠狠地把话顶了回去。

“的确。我不需要你的同情，人类。”

“那你为什么想要和我说话？我，一名牧师，一个你曾经想要杀死的人？”

加尔鲁什沉默了。

“她是生命缚誓者，加尔鲁什。她是……她是这个世界最仁爱慈悲的生灵，而你的部众却对她做出那样的事。”

加尔鲁什的眼睛里放射出光芒。“啊，终于说实话了。你其实和吉安娜一样，对不对？你在心里一样也把我们都看作是怪物。”

安度因发出一阵窒息般的喉音，颓然转过头。兽人笑道：“你们全都一样。”

王子哼了一声。“我们的确一样。就像你和古伊尔、萨鲁法尔，还有伊崔格，也都一样。”

加尔鲁什咕哝着，将目光别向一旁。“他们已经忘记了什么才是部落真正的荣耀。而古伊尔从来都不曾知道过这件事。”

“看起来，打碎龙卵真的有很多该死的荣耀。”

“让龙屈服于你的意志便是一种荣耀！”

“那么，你的确认为折磨生命的守护者是一件正确的事。”

“我没有绑架阿莱克丝塔萨！”

“你的确是没有，但你早已和那帮人沆瀣一气。那些家伙一直都在将龙作为奴隶。因为‘让龙屈服于你的意志’是光荣的事情，对不对？”他又向加尔鲁什靠近一步，“对于部落，你到底有着怎样的期许，加尔鲁什？难道全世界都已经看到了这些毫无必要的暴力、折磨和对友人的背叛，而独独你看不到吗？”

“我的部落将要碾碎所有的敌人，就像巨人碾碎虫子！”加尔鲁什也站了起来，紧逼到安度因面前，安度因甚至能感觉到他喷在自己脸上的气息。不过加尔鲁什并没有碰到牢房的铁栅。

“当部落按照你的想象，碾碎了所有那些让你心烦的虫子以后，又会有什么事情发生？会有什么事情发生？当你们没有了敌人的时候，你们会做些什么？自相残杀吗？哦，等等，你们已经在自相残杀了，对不对？”

他们彼此瞪视了很长一段时间。然后，安度因叹息一声。他心中的怒火已经消散，剩下的只有哀伤。造成了这么多灾难的加尔鲁什·地狱咆哮以及他的同党只是让他感觉到恶心。

“我现在只想知道这是为了什么。”安度因的声音几乎近似于耳语，“至少，我已经了解了一些。我明白你希望你的族人能高昂起头，你们的孩子能够健康成长。你想让兽人变得强大，让你们一族昌盛繁荣。你想要做伟大的事情。这样，当你化为尘土的时候，你仍然不会被忘记。这些我都明白。但其余的呢？比如阿莱克丝塔萨？那家旅店？巨魔？塞拉摩？”他缓缓地摇着生满金发的头，“我无法理解。”

在安度因说话的时候，加尔鲁什一直沉默着。他紧紧地盯着安度因，仿佛这个男孩的话是一种定身的咒语。现在，他开始用如同安度因一般平静的声音回答道：“你永远也不会理解。”

片刻之间，安度因没有回话。最后，他说道：“也许你是对的。”

“安度因王子，请退后一些。”楚李的声音传来。安度因愣了一下，向后退去。楚李的目光落在加尔鲁什的身上，“一切都还好吗，殿下？”

“没有问题。”安度因说道。楚罗正站在楚李身后，手中捧着一只托盘。托盘上有一盘冒着热气的绿咖喱、一碗米饭、两只桃子、一只被切成四瓣的热带太阳果，还有一罐清水。至少加尔鲁什不能说他像他的囚犯那样遭受了虐待。玉菲喃喃地念诵出咒语，铁栅后面的紫色光屏消失了。楚李在一旁监视，楚罗将饭食放到铁栅牢门旁的一张小桌上。

安度因留下加尔鲁什单独享用他的晚餐。在坡道尽头的入口处，他停下脚步，又转回身。

“这一次，”他对加尔鲁什说道，“你可能又错了。”

* * *

这一次迟到的是希尔瓦娜斯。当她到达风行者之塔的时候，温蕾萨正在海滩上来回踱步。她一跳下蝙蝠，温蕾萨立刻跑了过来。

“我们有办法了！”希尔瓦娜斯的妹妹喊道，“完美的办法！”

也许是受到了温蕾萨兴奋之情的感染，希尔瓦娜斯发现自己正在微笑。如果她的妹妹说得没有错，那么这的确是一个非常好的消息。“快些说，我正急着想听呢！”

“他们会定期做绿咖喱炖菜。”温蕾萨说道，“通常是每三天一次。不过韶木兰也说，准备饭食的次序也要看哪样食材最新鲜。他们会在厨房的一只大锅里炖所有人的咖喱。”

她们迈着优美动人的轻盈步伐在海滩漫步，两个人的动作都格外迅捷而兴奋。希尔瓦娜斯觉得自己的全部感官都变得更清晰了，仿佛自己长久以来第一次从梦中苏醒。“继续说。”

“加尔鲁什的那一份被盛出来以后，会连同米饭和一些新鲜水果一起被送给他——另外还有一只被切成四瓣的太阳果。”温蕾萨几乎无法控制自己激动的心情，“希尔瓦娜斯——这餐饭最后的准备工作是由用餐者完成的。用餐者需要将咖喱与一小团米饭混合，并在上面挤一些太阳果的汁水。这种果子的汁水很酸，但果皮是甜的，所以用餐者可以在吃完饭之后再吃掉它的果皮。我们不必将毒药放在咖喱里……”

希尔瓦娜斯停下脚步。“我们只需要把毒药放进太阳果里，加尔鲁什自己会把毒药滴进饭中吃下去！”

“没错！”洋溢着喜悦之情的温蕾萨如同光芒四射的太阳，“我们要做的只是在食物离开厨房之前换掉里面的太阳果。”

她们同时伸出手。温蕾萨手套中的手指紧紧地牵住了姐姐的手。她很高兴，希尔瓦娜斯心中想着，我……也是一样。

“这个策略很好，小月亮，”希尔瓦娜斯对她说，“你实在是太聪明了。”看着满脸喜色的妹妹，希尔瓦娜斯进一步问道：“你能够进入厨房做这件事吗？”

温蕾萨点点头。“是的，我已经成为那里的常客了。我在木兰准备食物的时候同她谈天。没有人反对我这样做。我想，木兰一定已经对她的同伴说过我对他们的食物很感兴趣。今天我是亲眼看着他们准备咖喱的。太阳果在咖喱盛进碗里之前被切好，放在了托盘里。我可以带上一只已经切好并放毒的太阳果。只要一眨眼的时间，就能把没毒的果子换下来。"

"据你所知，他会喝太阳果汁吗？"

"是的，木兰说加尔鲁什觉得那种果子很鲜美。"

"真是太好了！"希尔瓦娜斯喃喃地说道，"加尔鲁什，也许是现在世上最危险的兽人，将因为他对熊猫人水果的喜爱而丧命。"

"感觉就像一份天赐的礼物。"温蕾萨说道，"也许这就是命运。"

希尔瓦娜斯低头看着她们牵在一起的双手。她觉得……心中很温暖。不是肉体的温暖，不，她再也感觉不到那种温度了。如果她和她的妹妹没有戴手套，温蕾萨一定会因为她冰冷的皮肤而退缩。

哦……也许不会。

"也许这的确是命运，"希尔瓦娜斯喃喃地说道，"也许你和我注定要并肩作战。只有艾泽拉斯最后两名风行者齐心协力，才有可能消灭加尔鲁什。"

她抬起头，放射出红光的眼睛紧盯着温蕾萨的天蓝色眼眸。"部落和联盟几乎无法阻止他，但我的妹妹，你和我将彻底终结他。并且……也许能有另一个开始。"

"你是什么意思？"

"我们的关系不会因为加尔鲁斯的死而终结。"希尔瓦娜斯说道。她的声音在微微颤抖着。这样的情景已经多久未曾出现过了？

自从她被杀死，这样的事只发生过一次。那还是多年以前，一名冒险者将一枚镶嵌蓝宝石的项链盒交给她的时候。

“你留在联盟还有什么意义？”希尔瓦娜斯只希望自己能读出妹妹的心思，“加尔鲁什只是一个开始。我们是风行者姐妹，我们很强大。我们已经改变了世界，而且还能继续改变它——只要我们齐心合力。加尔鲁什死掉之后，就来加入我吧。”

“什么？”

“来我身边，一起施行统治。你恨部落，我也曾经恨过，但我现在已经在部落中得到了属于自己的权力。没有任何人能阻止我们。我们将把敌人碾成粉末，让我们的盟友繁荣强大。我能感觉到这个未来。我相信你也一定能感觉到。”

她的双手握住了温蕾萨的手，十指用尽了全力。那名高等精灵游侠并没有退缩。她紧盯着希尔瓦娜斯，嘴唇微微分开，目光在女妖之王的脸上不断搜索着。

“我……”

“我希望你和我在一起，妹妹。”希尔瓦娜斯的声音变得嘶哑，“我是……那么孤独。直到现在，我才明白这一点。我从没有想到过，我可以……和你在一起。求求你……留下来，我的小月亮。”

第二十四章

第六日。

“语风书绍，你可以请出你的第一位证人。”

“谢谢，法设，我请上加考格，曾经的库卡隆成员。”

库卡隆已经没有多少人还活着了。他们之中绝大多数都向加尔鲁什献上了绝对的忠诚，甚至不惜在回音群岛与古伊尔的部队作战。沃金还没有组建自己的卫队。贝恩相信，新任大酋长的卫队一定会有不少巨魔加入。屈指可数的几个幸存下来的库卡隆都被关进了监狱，只有这一个是例外。远在潘达利亚被发现以前，加考格就已经脱离了库卡隆。部落曾经一度对他的人头发布了赏格，不过这个精明的兽人一直成功地躲避着部落的缉拿。

他比贝恩想象中要更年轻；像所有库卡隆一样，拥有一副健壮的身体。他那深翠色的皮肤几乎闪烁着翡翠一样的光泽。他一步一跛地走到证人席上，立下了誓言。

“请告诉我们你的名字和职位。”泰兰德说道。

“我是加考格。就像你所说的，我曾经是库卡隆的成员。我向萨尔大酋长效忠，随后又曾经在加尔鲁什·地狱咆哮麾下服役。”

“几乎没有‘曾经’为加尔鲁什服役的人能活得很久。”泰兰德喃喃地说道。

“对此，我表示反对！”贝恩喊道。

“我同意辩护人。”祝踏岚说道，“请提问，而不是对回答进行评价，书绍。”

“你是什么时候离开加尔鲁什的？”泰兰德继续问道。

“就在他发动夺取卡利姆多大陆的战争后不久。”

“谢谢。克罗米，请打开时光之相。”

时光之相中的龙在克罗米温柔的刺激下醒来了。历史中的加考格出现在大殿中央。他的背上扛着一只鼓鼓囊囊的血污麻袋，正向散布在锈水港各处的摇摇晃晃的金属长屋走去。

这间长屋的地板上铺着稻草，里面关押着俘虏。

这些俘虏们一开始都在睡觉。但是当门打开的时候，他们立刻醒了过来。这间屋子里的俘虏一共有四个人，男女都有。每一个人的右侧前腿上都拴着一根粗大的铁链。他们纷纷打着哈欠，用手揉着依然迷糊的褐色大眼睛，一边好奇地嘟囔着。他们的脸要比成年人类更大，但对于他们这一族而言，依然还很小。浓密的长发形成一个个黑色、棕色和灰色的小发卷，一直垂到后背。他们只穿着一点兽皮做成的衣服。加考格走进来以后，他们纷纷嗅着空气，很快就知道了加考格带来了什么，便兴奋地拍着手，发出欢快的叫声，并且不停地甩动着小尾巴，又用沉重的四只脚用力跺着地面。

他们是猛犸人的后代。

“就是这样，小家伙们，”加考格鼓励着他们，“把声音弄得大一点，这样你们的父母就能听到你们了。”他从袋子里拿出一块滴血的肉。那些小孩子立刻更加疯狂了。一个小猛犸人发出笑声，其余的则渴望地号叫着，伸出双手，泪水也开始在他们的圆脸蛋上闪烁。

画面中的加考格看着他们，又过了一会儿，他摇摇头，自言自语地说了些什么，将肉扔给一个身材瘦弱的女孩子。因为被铁链拴住了一条腿，她只能尽力向前伸着手。接到肉以后，她立刻扑倒在地，狼吞虎咽地吃起了甜美的鲜肉。其他孩子更是拼命喊叫着，向兽人索要他们的那一份肉。加考格分别将肉丢给他们。很快，全部四个孩子都开始大嚼起来。他们之中最小的几乎还只是婴儿，最大的一个脸侧已经有了象牙的痕迹。

“请停在这里，”画面停止不动了，“这些是什么人？”泰兰德问道。

加考格的面孔因为哀伤而变成了灰色。“小猛犸人。加尔鲁什绑架了他们，为的是强迫成年猛犸人在灰谷为他而战。”

“他们有受到折磨吗？”

“没有，”兽人回答道，“我的工作就是喂养并照料他们。当他们的父母不听指挥的时候，我就会给他们一些好吃的，让他们突然叫喊起来。他们喜欢浸透了蜂蜜的肉。猛犸人父母无从分辨我们对他们的孩子做了什么，忧子之情会让他们易于管理。暗夜精灵，我不会折磨孩子。”

“但你会绑架孩子。”泰兰德陈述着这个事实。

加考格揉搓着面颊，语音沉重地说道：“是的，我会。”

“那些成年猛犸人是否为部落而加入了战斗？”泰兰德问道。尽管贝恩很清楚，这位高阶祭司曾经亲自与猛犸人战斗过。

“是的。”

“他们最终结局如何？”

“他们全都被杀了。”加考格回答道。

“所以他们的孩子都变成了孤儿。”泰兰德继续说道，“成年猛犸人遵守了与部落的约定。那么在这份约定中加尔鲁什要做些什么？”

“他告诉猛犸人，如果他们拒绝战斗，他就会把他们的孩子全部杀死；如果他们为部落而战，他就会释放那些孩子。”

“我明白了。他是否遵守了诺言？”

加考格没有立即回答。他只是坐在证人席里，盯着画面中的那些被冻结在时间里的孩子们。虽然他们脸上都沾染了污血，但那种天真欢快的笑容是任何人都无法视而不见的。

“请回答问题。”泰兰德催促道。

加考格打了个哆嗦。“是……也不是。实际上，猛犸人并不算我们最强大的武器。而加尔鲁什向他们做出的承诺实在是很聪明。”他将头从时光之相上转开，眯起眼睛，盯着加尔鲁什。他的声音中流露出憎恨与唾弃。“没错，他释放了那些孩子。猛犸人以为加尔鲁什会把他们的孩子送回家。但实际上，他下令把小猛犸人丢弃在艾萨拉海滩上。”

贝恩闭起眼睛。他不敢去看加尔鲁什，因为他害怕自己会亲手把这个暴徒掐死。

“但他们能够保护自己了，是不是？”

“在诺森德，也许他们可以。他们了解那里的安全与危险，能够找到同族的成年人。但他们是被丢在了破碎海岸。”

“那里不安全吗？”

“破碎海岸到处都是纳迦。”加考格的声音显得空洞无力。他没有再说话，已经不必再说什么了。

“当你知道这件事的时候，你做了什么？”

“我扯掉制服，逃走了。那样做的并非只有我一个。”

“谢谢。绑架，谋杀，这就是加尔鲁什·地狱咆哮对儿童犯下的罪行。血蹄书绍，该你提问了。”

贝恩甚至无法开口谢绝。他只是挥挥手，示意自己没有问题。他无法对加考格说出一个字。如果一定要让他对这个兽人说话，也许他只能赞扬加考格所做的决定。

当泰兰德回到自己的座位上，加考格也返回了旁听席，一名精灵哨兵进入大殿，径直向泰兰德走了过去。她们迅速地交谈了几句，泰兰德的眉毛立了起来。一开始，她似乎并不相信，但哨兵的一些话显然说服了她。

“语风书绍，”祝踏岚说道，“你想要告知法庭发生了什么事吗？”

“请等一下，法设。”两名暗夜精灵继续用极低微的耳语交谈着。泰兰德终于点了点头。哨兵急忙走了出去，泰兰德则努力让自己镇定下来。她几乎在同一时刻显示出惊讶、喜悦和情难自已的激动。最后，她离开坐席，身上的长袍窸窣作响。又过了很长一段时间，她只是站在自己的桌子后面，并没有传唤证人，只是在人群中不断搜索着，然后又将目光转向天神，仿佛是要做出一个决定。贝恩心生警觉。审判开始以来，泰兰德一直都镇定自若。但现在，她看上去……非常得意。

“祝掌门，”她说道，“我正式提出请求，我们应当将这场审判视作一个无可修正的错误。”

大殿中发出一阵嘈杂的议论声。祝踏岚敲响了铜锣。审判开始以来第一次，加尔鲁什靠近贝恩问道：“这是什么意思？”

“这要看她这样做的原因。她有可能是认为你应当被释放——对此我绝不会相信——或者她想要更换陪审团。”

“这意味着我肯定会被处决。”

加尔鲁什的声音很平静，甚至显得有些无聊。贝恩用犀利的目光看着他。“这个世界上只有屈指可数的几位生灵能够对这一场审判做出公允客观的判决。其中四位已经组成了你的陪审团。”

“我坚持这一观点。”

贝恩没有回应。随着人们激动的情绪逐渐平息，祝踏岚说道：“血蹄书绍和语风书绍，你们和你们的时光顾问请到台前来。”

四个人在法官席前面站好之后，祝踏岚只是气恼地看着泰兰德。贝恩觉得，克罗米并没有显得很高兴。“控诉人，告诉我，你为什么希望我在此时宣布审判无效？”

“与此相关的问题，我刚刚才知道。而且我也必须让您知晓——血蹄书绍因为冲突性的利害关系，无法作为被告的代表。我不相信他能称职地履行这份责任。所以，我要求您宣布这场审判无效，并任命新的辩护人和陪审团。”

“书绍，”祝踏岚以混合着肃穆与气恼的声音说道，“我非常怀疑你其实很清楚，无论是在部落、联盟，还是其他任何地方，想要找到一个能完全尽心竭力地代表被告的辩护人几乎是不可能的。”

“不管怎样，您必须这样做。”泰兰德说。

“你这样说，有什么证据？”

泰兰德终于显露出一点不安的神情。“我刚刚被告知，有一位证人将会给出对血蹄书绍不利的证言。如果没有必要，我不想玷污血蹄书绍的名誉。我相信，如果陪审团听到这件事，一定也会受到影响，无法做出公正的判决。”

祝踏岚将双臂抱在胸前，久久地上下打量着泰兰德。“我不想成为你的敌人，泰兰德女士。”

“我很高兴你不是，祝掌门。”

“那么，这位令人惊讶的证人是何身份？”

“我更愿意……”

“现在，”贝恩愤怒地打断了她，“我可不在乎你愿意怎样，书绍！你到底知道些什么？”

祝踏岚举起一只手。“请安静，血蹄书绍。语风书绍，血蹄书绍对加尔鲁什的个人观点并不新奇。他已经在他的开庭陈述中强调过了对于加尔鲁什一切可能的偏见。如果你对他的观点有所反对，就应该在那时提出来。”

“我在那时还没有这名证人，法设。”

祝踏岚又沉默了很长时间。终于，他开口道：“血蹄书绍，语风书绍的目标已经非常清晰。对于天神和他们秉公判决的能力，我比语风书绍更有信心。但我希望能知道你的想法。照现在情况看，你将因为语风书绍的新证人而受到伤害。”

贝恩知道，自己必须有所决断。祝踏岚当然会做出他认为最适当的决定。这是他作为法设的权力。但他在做出决定之前首先询问了贝恩。贝恩必须如实回答。他还知道，泰兰德没有必要提出这个请求。贝恩绝无理由怀疑泰兰德对这份新证言的信心。而如果这份新的证言果真是那样具有杀伤力，泰兰德尽可以直接把它呈上法庭，以应有的方式抛出这颗炸弹。这位高阶祭司在努力向他表示尊敬——或者，泰兰德其实是为他好。

“也许控诉人更早一些提出此动议，我会欣然接受。”贝恩说道，“但我必须尽力履行我的责任。现在还不是我能够放下担子，任由局势自行发展的时候。大地母亲知道，我已经选择了战斗。这副担子不是我要求的，我相信，无论泰兰德找到了什么样的证人，都只会让公众明白我对被告的态度。也许我是一个糟糕的斗士，但我无疑是加尔鲁什·地狱咆哮能够得到的最好的代言人。我接受了为他辩护的使命，我就会尽全力为他辩护，无论我个人将冒怎样的风险。这就是我的想法，祝掌门。”

让贝恩感到惊讶的是，泰兰德显得很不高兴。她转向贝恩，诚恳地说道：“我相信，你肯定不会喜欢即将发生的事情。我不愿意让它成为一场人身攻击。”

“但你还是要让这件事发生。”

“我必须如此！”泰兰德的声音很低，但她说出的每一个字都掷地有声，“为了造成最强的控诉效果，如果有必要，我会牺牲你，贝恩·血蹄。我会牺牲我必须牺牲的每一个人。”

贝恩深吸一口气，再把它呼出去。他挺直身子，俯视着暗夜精灵，以异常平静的口吻说道：“那么，就去做吧。”

祝踏岚一直在看着他们两个人。他开口道：“那就这样吧。语风书绍，你可以提请你的证人。根据你的证据，被告可以选择是否继续保留贝恩作为书绍。”

泰兰德闭起眼睛，沉默了片刻。“贝恩 · 血蹄，无论随后发生什么……都是因为你的选择。谢谢您，法设。”

凯诺兹在回到位子上以前抓住了贝恩的胳膊，悄声说道：“我知道她要怎样对付你。但我没有时间找出反制的时光之相。现在我的脑子里什么都找不出来！”

“你不需要如此。”贝恩淡然说道，“如果克罗米也参与进来，那么泰兰德显然是计划要展示她的证据，而不仅仅是对其进行讨论。我必须相信事实本身的力量，而我也应该接受它所带来的后果。”

“你就像那个年轻的王子一样，是个理想主义者。”凯诺兹沮丧地嘟囔着。

贝恩颇觉有趣地哼了一声。“我曾经得到过更糟糕的评价。”说完这句话，他就回到了座位里。

加尔鲁什再一次向他靠过来，问道：“出了什么事？”

“审判将会继续。这一次，你将决定审判的进程。你可以让我继续为你辩护，或者拒绝。如果你选择由别人为你辩护，祝踏岚将会为你任命另一位辩护人。”

“为什么我会这样做？你给我所剩不多的日子里带来了不少乐趣。”

泰兰德站在证人席旁边，深吸一口气之后才说道：“我要事先告知法庭，我的下一位证人对于控诉人有着极深的敌意。我请远行者佩里斯·雷蹄上庭。”

就在此时，贝恩明白了，为了让加尔鲁什被判处死刑，泰兰德·语风将会把事情做得多么绝。

第二十五章

牛头人远行者佩里斯·雷蹄缓缓地走到证人席前，浑身散发着刽子手的气势。他神情肃穆地坐进证人席，等待着。

“请告诉法庭你的名字。”泰兰德说。

“我不会做证。”佩里斯说道。他的声音异常深沉，几乎毫无感情。但贝恩知道他现在有多么激动。

“佩里斯·雷蹄，”祝踏岚说道，“你已被传唤至此，就应该给出你的证言。”

“我曾先后向凯恩·血蹄和贝恩·血蹄立下誓言，绝不会说任何伤害他们的话。他们信赖我，相信我能够保守他们的秘密。你不能强迫我说话。”

“根据熊猫人的法律，我可以永远拘禁你，直到你选择做证。”祝踏岚说。

“我会留在牢狱之中，坚守我的荣誉直至最后一天，也不会背叛我的大族长。”

贝恩已经听够了，他站起身。“佩里斯·雷蹄，我命令你说话。你早已证明了对我和我的父亲的忠诚，我代表他和我自己向你明言：我绝不会认为你说的任何话是为了伤害我。凯恩和我所珍视的永远都是事实。说出你的事实，正如同熊猫人的法律所规定的那样。”

佩里斯看着贝恩，脸上冰冷的面具消失了，转变为极度的痛苦。很显然，他完全不相信贝恩能接受他的证言所带来的冲击。但贝恩的确就像是松了一口气。他又向佩里斯点点头。“说吧。”

“我会做证，只是因为我的大族长这样命令我。”佩里斯的表情中依然充满了痛苦。

“希望陪审团注意——这是一位有很强敌意的证人。”泰兰德说道。她并没有因为佩里斯的屈从而显露出任何喜悦之情，不过也没有任何歉意的表示。“请表明你的姓名和身份。”

“我叫佩里斯·雷蹄，是贝恩·血蹄的远行者，以前曾为他的父亲凯恩效忠。”

“告诉我们，远行者都要做些什么？”

“我们首先是传递信息的使者，这也是我们最重要的任务。我们的责任并不仅于此。我们知道身上携带的信件内容。我们知道大族长的秘密。”他的声音刻板而沮丧，“我们知道如何安全远行。因为无论如何，我们和我们所背负的至关重要的任务都不能在路途中受到阻碍。”

“当你不为血蹄大族长传递信件的时候，你通常又会在哪里？”

“在他身边。”

“作为一名参谋？一名顾问？”

佩里斯摇了摇生满灰发的头。“不，是作为并不存在的影子，除非他需要我的时候。”

加尔鲁什向贝恩靠过来，聊天一般地说道：“她要毁了你，牛头人。”

“我很清楚她会这样。”贝恩回答道。

“那你为什么……”

“安静。”贝恩的声音很低，却也很危险。

泰兰德继续说道：“看起来，你隐藏了很多秘密。控诉人希望首先明确一点：这份证词只被用于完成这场审判。我无意于探察部落的秘密供联盟使用。”

“如果我认为你有这样的目的，书绍，我将驱逐你离开这个法庭。”祝踏岚几乎是带着松了一口气的神情说道。

贝恩没有抬头去看联盟成员们的反应。他将放任局势发展。*恳求您，大地母亲，希望这对我们都是最好的选择……我们已经厌倦战争了。*

泰兰德微一皱眉，不过还是点了一下头。然后，她的注意力回到了佩里斯身上：“你是在何时第一次为贝恩·血蹄做事的？”

“他的父亲被杀害的那天夜晚。”远行者说道，“恐怖图腾占领了雷霆崖，攻击了血蹄村。贝恩及时得到警告，才能够逃走，感谢大地母亲。”

“你是唯一警告他的人吗？”

“不，我本来是陪同凯恩前往奥格瑞玛。在mak’gora之后，我返回的时候被……耽搁了。恐怖图腾一直在监视我。我后来是在陶拉祖营地才追上了贝恩。”

“那么，是谁向贝恩发出了警告？”

“一位名叫风暴之歌的恐怖图腾萨满。他与玛加萨不同，是有荣誉之人。”

“贝恩很幸运。庭上，请允许我展示一段来自那个恐怖夜晚的时光之相。”

画面出现的时候，贝恩闭起眼睛，祈祷自己能保持平静。画面中有他、乔恩·星眼、哈缪尔·符文图腾和佩里斯。他们坐在贝恩无比熟悉的风景中。佩里斯是贝恩深深尊敬的人，但他在一切场合中都只是奉陪末座。这也许是来自他作为远行者的职业素养。

“玛加萨已经得到了她想要的。”当食物被放到面前的时候，画面中的哈缪尔说道，“控制雷霆崖、血蹄村，也许还有莫沙彻营地。除非我们尽快阻止她，否则她就会控制全体牛头人。”

“她别想得到烈日石居，”乔恩平静地说道，“他们已经派来了一名信使。那里的人能够打退敌人的进攻。”

贝恩看到自己在点头，在轻声怒吼，在味如嚼蜡地用食物补充体力。“大德鲁伊，”画面中的贝恩终于开了口，“我的父亲从来都相信你的建议，而我现在最需要的正是你的建议。我们现在该怎么办？该如何与她作战？”

哈缪尔没有立刻回答。沉默片刻之后，他才说道：“根据我所知的，大部分牛头人现在都处于玛加萨的控制之下——无论是否自愿。加尔鲁什也许对这场阴谋并不知情，但他是个性情凶戾的家伙，无论怎样，他都会希望您的父亲消失。幽暗城对你来说并不安全，在那里巡逻的兽人很可能是忠于加尔鲁什的。暗矛巨魔应该是可以信任的，但他们的数量并不多。至于说血精灵，他们距离我们太过遥远，不可能为我们提供任何援助。而且加尔鲁什很可能已经先于我们和他们进行了洽谈。”

贝恩发出粗噶却苦涩的笑声。“看样子，我们的敌人比我们的朋友更值得信任。”

“或者，至少更容易接受我们。”哈缪尔回答道。

画面中的贝恩陷入了沉默，应该是在苦苦思索。终于，他摇了摇头，抖动耳朵，做出了决定。

“我宁可接受有荣誉的敌人，也不会去找失去荣誉的朋友。那么，让我们去找一位有荣誉的敌人吧。我们要去探访一下萨尔信任的那个女人。我们去找吉安娜·普罗德摩尔女士。”

法庭一片哗然。

* * *

吉安娜盯着泰兰德，她的周围全是各种模糊不清的声音，仿佛她正身处于水下。她能感觉到有一只手抓住了她，还有一只手在摇撼她的肩膀。她却只能盯着泰兰德，心中充满了可怕的、无法释怀的、被出卖的感觉。那名暗夜精灵回过头，看了她一眼，眼神中混杂着无可动摇的决心和深切的同情。

“她怎么能这样做？”吉安娜喃喃地说道。她本来多少还有些怀疑贝恩会做出这种事，但泰兰德……

“吉安娜！”卡雷的声音比以前任何时刻都更加强烈饱满。他晃动着吉安娜的肩膀。剧烈的抖动终于惊醒了吉安娜。突然之间，一切都迅速恢复了真实。雷鸣般的声音在吉安娜的耳鼓中震响。所有人都在叫嚷。祝踏岚用力敲着铜锣。吉安娜将目光从泰兰德身上移开，盯住瓦里安。暴风城的国王一样也在吼叫着。

“吉安娜，你为什么不告诉我？”

安度因的眼睛瞪得足有金币那么大。他显然也认为，对于援助流亡的牛头人大族长这件事，保持沉默是最好的选择。

愿圣光救助她和安度因吧。“一切都毁了。”她喃喃地说道，“一切，都毁掉了。”

“吉安娜，”卡雷说，“祝踏岚刚刚宣布休庭十分钟。如果你愿意，我们可以离开。你不必在这里经受这种事。”

“她不必在这里经受什么？”瓦里安质问道。这位国王显然正在努力让自己平静下来，但他的努力并不算很成功。“这就像夺日者那件事一样。吉安娜，你事先应该告诉我，这样至少能让我为现在做好准备。”

吉安娜摇着头，缩起双肩。“我完全没有想到你会看到这个。我不可能在十分钟时间里把一切都告诉你。”

“那么就把你能说出来的告诉我！圣光啊，吉安娜，我刚刚才发现，被我视作挚友的人竟然与贝恩·血蹄暗通款曲！”他将双臂抱在宽阔的胸膛前——也许这样做是为了避免挥拳殴打吉安娜。“你原先就一直在暗中与萨尔会面，而之后……”

“父亲，”安度因低声说道，“我也有一些事要告诉你。”

* * *

贝恩一言不发地坐着，当周围的整个世界都陷入疯狂的时候，他却感受到一种奇异的平静。

祝踏岚已经宣布了十分钟的休庭，但法庭至少用了二十分钟的时间才制止了一切争斗，并且把所有闹事的人送到了他们的新“寓所”中去。泰兰德不可能知道的是，贝恩最初与吉安娜·普罗德摩尔接触的时候，并没有试图隐匿自己的行动。加尔鲁什对于牛头人内讧的态度是袖手旁观，静待恐怖图腾和血蹄之中决出胜者。部落大酋长的这个决定让贝恩无比愤怒，所以他完全不惮于让人们知道，一位联盟领袖要比他们自己的大酋长更加关心他们。他甚至将吉安娜对他的支持作为借口，在一次部落领袖和民众的大规模集会上宣布不会攻击塞拉摩。没有人将他视为叛徒。部落之中有不少人都尊敬吉安娜。她并不像瓦里安和泰兰德那样受到部落成员的敌视。

至少，在那时不是。

加尔鲁什带着茫然的神情盯住贝恩。“看样子，你要和我一起被关进监狱了，血蹄。”

“有可能，”贝恩说道，“但我会要求与另外的狱友分享牢房。”

“也许是吉安娜？”

“不，不过有可能是安度因。”

祝踏岚再次敲响了铜锣。这一次，人们终于能回到座位上了。

“我很想就此结束今天的审判。”祝踏岚说道，他的声音比平时更加严厉，明亮的双眸中闪耀着罕见的怒火，“但我也希望，在这位证人做证结束的时候，我们将营造出一个更加文明友善的环境。如果不行，那么，如果我认为在此法庭内被点名的任何证人或个人将遭遇任何程度的危险，我都会立刻将其置于影踪派的保护之下。这不是暗月马戏团，也不是角斗场。这里是法庭，是正义与真相得以彰显之地。而我的责任就是实现这一目标。”

没有人说话。祝踏岚用了一点时间扫视全场。最终，他的目光回到了泰兰德身上。“书绍，你可以继续提问了。”

“谢谢，法设。”泰兰德不紧不慢地站起身，抚平身上的长袍，走向佩里斯。“我相信，在刚才的画面中，”听她的语气，仿佛法庭只是刚刚经历了一次普通的休庭，“我们能够看到贝恩·血蹄计划与吉安娜·普罗德摩尔女士见面。”

所有的目光都指向了吉安娜。吉安娜只是平静地坐在椅子里，挺直身子，双手交叠在膝盖上。但她涨红的面颊和急促的呼吸破坏了她平静的外表。在她身边，卡雷苟斯仿佛随时都准备采取必要的行动。瓦里安的脸上却仿佛积聚着雷暴云砧。暴风城国王的目光不停地在佩里斯和泰兰德之间扫动。贝恩不知道这位人类国王现在最忿恨的到底是哪一个。

“正确。”

“那次会面时，你在场吗？”

“不，我不在场。”

“但你知道会面中发生了什么？”

“我知道我的大族长告诉我的事情。”

“那是什么事？”

佩里斯向贝恩瞥了一眼，眼神中显露出深深的哀伤。“吉安娜女士不会将联盟引入同部落的战争，但她同意以个人身份支援贝恩大族长。”

“她提供了何种方式的支援？”

“她给了大族长黄金。”

旁听席上响起一阵反感的议论声。“多少黄金？”泰兰德追问道。

“这样的细节，我不会公开。”

“这是贝恩大族长唯一一次与吉安娜女士联络吗？”

贝恩心中一紧。牛头人第二次拜访吉安娜的事情更是从不曾被公开过。佩里斯作答时，声音显得格外沙哑。

“不，不是。”

泰兰德向克罗米点点头。“庭上，请允许我展示第二段时光之相。”

第二十六章

吉安娜依然没有完全摆脱因为惊骇而产生的麻木感。她知道，这种麻木感会慢慢退去，但此时此刻，她只希望这种感觉能够再滞留一会儿。许多情绪在她的心中冲突着，如同无数把锋利的匕首。她不想去仔细审视它们，至少不要在这里，不要在此时。瓦里安并没有立刻将她和安度因看作叛徒。在这样的一个时刻，这已经足够了。暴风城国王正等待着见证随后发生的事情。

说实话，吉安娜也在这样等待着。

吉安娜温馨的小客厅出现在画面中。壁炉两旁各安放了一把椅子和成排的书籍。一时间，吉安娜感到有些恍惚。那只是一个简单的地方，她的客厅，一个房间。而它已经不复存在了，连同塞拉摩的每一个人，每一样东西一起化成了紫色的灰烟。壁炉中的火苗哔啵作响，茶杯与茶碟轻轻碰撞的声音，欢笑声和生动、睿智的交谈——这些都再也无法听到了。

吉安娜无法将视线从这一幕场景中移开，但她还是向卡雷苟斯伸出了手。卡雷接住她的手，紧紧握住。

然后，她的身影出现了，身上只有一件仓促间披上的长袍……

金色的头发，和蔼的目光，那张脸上只在皱起的蛾眉之间有一道纹路。那双嘴唇更习惯说出柔和的话语，而不是痛苦的凄号。

那真是一张完全陌生的面孔。

看到自己就在不久之前还是那样天真纯情，吉安娜的心都要碎了。她不想就此垮掉，不想让所有人看到她的丑态。对此，卡雷心知肚明。所以他并没有伸出手臂抱住她，或者企图用别的方法安慰她。他只是握紧了她的手，如同山岩一般坚定有力。

画面中的吉安娜来回踱步，然后又转头去向来访者问好。和牛头人站在一起的时候，她是那么娇小纤细——这个念头在吉安娜的脑海中，倒像是激荡的情绪风暴中一片安稳的沙洲。那名牛头人披着斗篷，静静地站在小客厅里，并没有因为刚才卫兵对待他的粗暴态度而做出任何抗议。

“退下吧。”吉安娜说道。

我的声音……我真的有过那么年轻的声音？

“我的女士，你打算单独会见这个……生物？”一名卫兵忧心忡忡地问道。吉安娜严厉地瞥了那名卫兵一眼。

“他带着善意而来。你们不得无礼。”

那名卫兵面色一红，显得很是困窘。他向自己的领袖鞠了一躬，就同另一名卫兵退了出去。

佩里斯掀起兜帽，“吉安娜·普罗德摩尔女士。我的名字叫作佩里斯·雷蹄。我奉牛头人大族长之命前来，他让我把这战锤交付于你。他说……这东西会让你相信我所言不虚。”

破惧者，一件精美古老的矮人武器，由麦格尼·铜须赠予安度因·乌瑞恩，安度因又将它在这间客厅中赠送给贝恩·血蹄。直到现在，吉安娜才回忆起她在这次会面中一直握着这柄锤子。它被紧握在那时的吉安娜的双手中，如同它刚刚被铸造出来的时候那样古朴完美。它的白银锤头被包裹在黄金基座中，上面雕刻符文，镶嵌着小粒的宝石。

“我绝不会弄错，这是破惧者。”那时的吉安娜说道。任何人都不会认错这件武器。认识安度因的人一定会认得破惧者。也就是说，泰兰德已经将暴风城的王子像塞拉摩女士一样揭露了。

“他知道你不会弄错的，吉安娜女士。贝恩大族长一直都对您抱以尊敬和感激。也正是因为那天晚上收到破惧者的那份回忆，他才特意派我带来警告。部落已经攻陷了北方城堡。”

愤怒的喊声再次响起。有一些人在向吉安娜喝骂，但大多数人的目标都是贝恩。吉安娜知道这是为什么。向吉安娜求援，对抗玛加萨——这只是牛头人的内部冲突；而警告吉安娜部落对联盟的战略就完全不一样了。仿佛是许多个纪元以来的第一次，吉安娜发现自己在关心一名部落成员的安危。

祝踏岚敲响了铜锣。尽管法庭中的紧张气氛依然没有散去，但至少旁听者们都安静了下来。没有人想要在如此紧关节要的时刻从法庭中被驱逐。

画面中的佩里斯还在说话：“而更令大族长感到伤心的是，部落的这一场胜利源自于对黑暗萨满魔法的使用。他蔑视这种行为。但为了保护族人，贝恩已经同意牛头人会继续为部落服务。他希望我向您说明，这样的屈从绝对是他所不愿意的。”

一些人的怒意消褪了。但大殿中依旧能听到愤怒的火花在爆裂。

“我相信这一点，”吉安娜听见自己说道，“但无论如何，他还是参与了一场针对联盟的暴行。北方城堡……”

“北方城堡仅仅只是个开始，”佩里斯打断了她，“地狱咆哮想要的远不止一座城堡。”

“什么？”即使是现在，吉安娜还是能回忆起那时仿佛肚子上被狠狠打了一拳的感觉。

“他的目标是征服整片大陆。他很快就会下令部落向塞拉摩进军。请记住我的话，他们声势浩大，以你们目前的状况必将陷落。贝恩大族长从未忘记你的恩情，所以让我警告于你。他不希望看到你措手不及。”

“贝恩大族长，”吉安娜衷心地说道，“是一名真正值得尊敬的牛头人。我很荣幸受到他的重视。我感激他及时送来警告。请回报他，这将拯救许多无辜的生命。”

“他很遗憾自己能给的只有警告，我的女士。此外……他希望你收下破惧者并归还给其原本的主人。贝恩大族长感觉自己已经不该再持有它了。”

这些事，吉安娜想道，沃金肯定会理解，他甚至有可能早就知道……

“我会确保破惧者物归原主的。”画面中的吉安娜说道。她的声音温暖而且充满感激。我曾经……是很好的，吉安娜想，我曾是那么好，那时……

当佩里斯深深地向她鞠躬的时候，吉安娜知道，这名牛头人远行者也能看到那时的她有多么美好。画面中的吉安娜迅速写了一张纸条，盖上印章，将它交给远行者。

“这封信能确保你被安全送出联盟领地……如果你在路上被抓的话。”

佩里斯发出浑厚的笑声，“您多虑了，不过感谢您的好意。”

“也请转告贝恩大族长，从没有牛头人远行者来过我这里。我的情报都是来自一名从北方城堡侥幸逃脱的联盟斥候。你就稍作休息，然后安全返回吧。”

“愿大地母亲向您微笑，女士。见到您之后，我更加理解贝恩大族长的决定了。”

“也许有一天，”画面中的吉安娜诚挚地说道，“我们能共同战斗吧。”

“也许吧，但恐怕此刻还不行。”

也同样不是今天，不是现在，吉安娜心中想。“那么，陛下，”她一边继续注视着正逐渐消失的画面，一边向瓦里安说道，“你打算以叛逆罪逮捕我吗？”

“我有一个问题。”

吉安娜转过头，却只看到了瓦里安伤痕累累的侧脸。暴风城国王愤怒的目光并没有射向她，而是射向了贝恩。“你认为贝恩知道那颗法力炸弹？你认为他是故意引诱将军们前往塞拉摩？”

“不。”回答干脆而清晰。说出这个字，让吉安娜的胸中感到一种奇异的慰藉。

瓦里安缓缓地点点头。“好吧，我还没有做出决定。等这里的事情都结束以后，你和安度因要把一切都告诉我。”他向吉安娜转过头，蓝色的眼睛里闪动着他心里的熊熊烈火，“一切！”

“语风书绍，”祝踏岚说道，“你还有什么要问证人的吗？”

“不，没有了，祝掌门。”泰兰德说道。

“血蹄书绍，我可以给你和被告一段时间，然后……”

“我不需要时间。”加尔鲁什打断了法设的话。在这个法庭上，加尔鲁什一直以来只是沉默地坐在被告席上。现在听到他的声音，吉安娜被吓了一跳。他的声音响亮有力，很有气势，却又不像这个兽人过去那种已经被吉安娜所熟悉的傲慢的吼叫。“我已经决定好了。”

“那么，辩护人将明确告知……”祝踏岚开口道。

“我来说，”加尔鲁什的声音变得更大了，“我要保留贝恩·血蹄。”

贝恩的耳朵一直向前方转过去。吉安娜觉得，贝恩一定也像其他人一样，认为加尔鲁什会因为自己的通敌行为而暴跳如雷。

泰兰德似乎更无法相信加尔鲁什的决定。“法设，我……”

“被告愿意保留他的书绍。”祝踏岚说道。甚至是法设似乎也有一点惊讶。但他几乎是立刻就恢复了平静，“我建议你以良好的姿态接受这一点，语风书绍。你还有证人要出庭吗？”

“只有一个了，法设。”

“你可以明天再请他出庭。血蹄书绍，你准备好随后请你的证人出庭了么？”

“是的。”贝恩说道。

“很好。我认为我们在这一天中已经经历了足够多的意外。我要提醒在座诸位——这座寺院乃是和平之地。无论今天发生的事情令你们有何种感受，还请平静地进行交谈，不要因之出现纷争。”他敲了三下铜锣，正是宣布当日庭审结束。

吉安娜站起身打算离开，但瓦里安握住了她的手臂。“先等一下。我们还要稍微谈一下。”

第二十七章

这并非只是“稍微谈一下”。

这是一次漫长的交谈，一次令人不悦的交谈。最终，安度因发现他们根本不是在进行交谈，而是在彼此相互叫嚷。

理所当然，他的父亲非常愤怒。这是安度因和吉安娜早就预料到的。所以他们一直向瓦里安彻底隐瞒了吉安娜和贝恩之间的谈话，更不会提起安度因也参与了这些谈话。

“吉安娜，你怎么能帮助贝恩？你怎么能向他提供资金？”他们一到紫罗兰高地，瓦里安立刻爆发了。瓦里安在他的帐篷附近建起了一座大型亭帐，在那里处置各种事务。在这里，暴风城国王的座椅并不比其他人的更加华丽。不过现在没有人坐下。雨滴在亭帐上敲击出一串串有规律的节奏。

“我给他的是我自己的钱，不是塞拉摩的，也不是联盟的。你也应该明白，玛加萨·恐怖图腾如果成为牛头人的首领，对谁都不会是好事，包括联盟在内！”吉安娜的声音丝毫不弱。

“我根本没有机会说出我的想法，因为你从不会问我一句！”

“他没有去找你。他找的是我。塞拉摩……”说到这里，吉安娜突然变得面色煞白，并吃力地咽了一口唾沫，“早已习惯了自己照顾自己！而且，你根本不会认真听我的话，就像你现在不会认真听我说话一样。”

瓦里安揉了揉眼睛。“我听了。今天在法庭上，我听到了一个牛头人远行者告诉我，你私自与一个联盟的敌对种族进行了极为微妙的政治沟通。”

“那时，我们与牛头人和部落都还没有发生冲突。”吉安娜说。

“我们一直都在冲突之中！”瓦里安吼道，“总会在某个地方，有某个人制造出事端，导致双方开火。你很聪明，不可能不知道这一点。正因为如此，我们的关系才会如此微妙——每一件事都有可能影响全局。这件事尤其重要，我不应该以这种方式知道这件事。”

“你像我一样知道，无论贝恩说些什么，无论他有什么理由，你那时都不会听他的，因为他属于部落。正是因为我这样做了，我至少能够将塞拉摩的孩子们送到安全的地方！”

“而你现在也在做和我一样的事。”瓦里安说，“现在的你根本不听部落说的任何一句话。”不等吉安娜反驳，他已经抬起一只手，说道：“让我们后退一步。”他强迫自己的声音平静下来，“我们先不要谈贝恩和你，不要谈这件事。以圣光的名义，我现在真正想知道的是，为什么你认为把我的孩子拖进这种事里会是一个好主意！”

“我只是……只是碰巧遇到了。”安度因带着息事宁人的态度加入到这场争吵之中，“我用吉安娜的炉石逃出铁炉堡，恰好冲进了他们的谈话之中。父亲，不要生她的气，当时她也别无选择。”

“我很想把你们两个在监狱里关上一段时间。”瓦里安恨恨地说道。

“你不能这样处置我。我是一方势力的领袖，不是你的军官，更不是你的孩子。”吉安娜的声音如同寒冰。而亭帐外滚滚的雷声正像是对她情绪的回应。现在她全身都在因为愤怒而颤抖着。

“你是联盟的一员！”瓦里安毫不示弱地向她逼进了一步。

“你知道吗，”吉安娜咬着牙说道，“对于这件事，我想得越多，就越认为肯瑞托的前任领袖们是正确的——独立才是更好的选择。不要逼我，瓦里安·乌瑞恩。因为如果我别无选择，就只能反抗你了。”

“吉安娜……”安度因开口说道，但吉安娜摇了摇头。

“请原谅，但我现在实在是有些受够乌瑞恩家的男人了。我们晚餐的时候再见吧。”她开始用双手做出极度精巧的手势。经过多年练习，传送术对她而言已经像呼吸一样轻松自然。蓝紫色的光晕映照在她冰冷严厉的面孔上。然后，她就消失了。

乌瑞恩父子在沉默中又站了一会儿。雨水连续不断地敲打着他们头顶的帆布。“那么，”安度因感觉到尴尬的气氛，终于开口道，“您打算不让我吃些东西就送我去监狱吗？”

“她不应该把你扯进这件事里。”看到瓦里安的面容，安度因知道自己的笑话很失败。

“如果我不是‘嘭’的一声出现在她的客厅里，她根本不会把这事告诉我。”安度因坐下来，无聊地用手指描画着椅子扶手上的雕刻花纹，“父亲，贝恩是一个好人。”

瓦里安也坐下来，用指节撑住下巴。“麦格尼……他是你的朋友，安度因。破惧者是他所珍视的宝物。所以他才会将它赠送给你。为什么你要把它转送给一个牛头人？只是为了让那个牛头人……把它扔回到你的脸上吗？”

父亲的愤怒中压抑着受伤的心情。“因为我认为这样做是对的。圣光眷顾贝恩。他将这件宝物送还给我，是因为他要坚守自己的荣誉。他已经选择了自己的阵营，而他最不想做的事情肯定是使用破惧者在战场上攻击吉安娜。”

瓦里安闭起眼睛，片刻之后，他说道：“我没有想到过这件事。儿子，我还是非常生吉安娜的气。”

“她知道是为什么，但她也很难过。我觉得……昔日家园今天出现在她的眼前，对她而言一定是一件很难熬的事情。”

“当然。这场审判……”他摇了摇头，“等到这一切结束的时候，我会很高兴。无论结果如何，加尔鲁什都已经不再掌权了。我相信，无论他是被处决，还是在牢狱中等死，都不会有什么区别。他已经无法再兴风作浪了。”

“陛下！”一名瓦里安的卫兵在亭帐外说道，“有一封给您的信。”

“进来。”瓦里安喊道。满身雨水的卫兵走进来，敬了一个礼，将一份依旧保持着干燥的卷轴呈递到瓦里安面前。这份卷轴被蜡漆封住，上面有熊猫人的文字，表明它是一份公函。瓦里安伸出手指，挑开蜡封，细看信中的内容。一开始，他显得怒气勃发，但没过一会儿，他又笑了起来。

“信里说什么？”

作为回答，瓦里安把卷轴丢给了安度因。

> 致瓦里安·乌瑞恩国王：
>
> 您已受到召唤，请前往白虎寺，
>
> 在审判加尔鲁什·地狱咆哮的法庭上为被告做证。

卷轴末尾有一只熊猫人的爪印作为签章。

* * *

晚饭之后，安度因坐在海滩上。大雨已经暂时停住了。他现在不想去找他的父亲或者吉安娜，所以只是坐在一块大石头上面，看着大海，还有在港口中进进出出的海船，以及高塔上的那团紫罗兰色的光芒。

扇动翅膀的声音突然出现。他心生警惕，从石头上一跃而起，手中握紧了破惧者。看到自己头顶上方几码处有一只大小类似于大狗的生物在盘旋，他才放下心来。那只生物的前爪中还抓着一个皮囊。

“介意我陪陪你吗？”拉希奥问道。

“你知道的，”安度因回答道，“吉安娜和我父亲都不希望我和你说话，所以不管怎样，请一定下来陪陪我吧。”

拉希奥笑了一声，轻盈地落在王子身边的另一块石头上。眨眼之间，他已经变成人类形态，嘴角依然挂着笑容。

"你的左右呢？"安度因问道。他指的是永远都跟随在拉希奥身边的护卫。

"今晚我没有让她们跟着。我来看看，在今天法庭上乱过那一阵以后，你现在是否还好。我已经做好准备，如果你的父亲一定要把你放进监狱里去，我就打破监狱把你救出来。我希望你能知道，还有我在挺你。"

"你真好，"安度因说，"不过这件事暂时已经被放下了。至少可以等到审判以后再谈。我想，我的父亲大概会把我锁起来，直到我三十七岁的时候。"

"我大概能理解，绝大多数人类父母都会有这样的情绪，"拉希奥回应道，"我想，你今天没有去看加尔鲁什。"

"我怎么会……没关系。"他并没有想要隐瞒这件事，不过他也没有公开宣布过这件事。他相信，参与这件事的人都不会随便和别人提起，但拉希奥似乎总是能够查清楚他想知道的事情。"我……已经不知道是否还会再去见他了。"

"不要告诉我，你已经放弃将那个家伙带回到圣光中了！"拉希奥将一只手放在心口，以颇具戏剧性的姿态说道，"我承认，听到你这样说，我应该感到哀伤。不过，我早就说过，你的天真无邪迟早会要了你的命。"

安度因揉搓着下巴，叹了口气。"我不知道。我想，也许我只是有些累了，厌倦了所有这一切。我只是被束缚在了这里，尤其是现在这个时候。"

"等到我再长大一些，"拉希奥宣布说，"我会礼貌地请你骑到我背上，带你去看各种奇妙的地方。在那些地方，我们一个晚上经历的冒险就会和你父亲十年遇到过的事情一样多。”

“这听起来可真是吸引人。”安度因愁眉苦脸地说。

“现在，”黑龙说道，“我正在寻找浮木，好生起一堆火，赶走寒冷和黑暗，让我们能玩上一把……”他以夸张的动作从手中的皮囊中抓出一样东西，“机会。”

安度因的情绪终于高涨起来。“机会”是一种游戏，它的目标是让参与双方达到平衡状态。这肯定是度过这个特殊夜晚的完美方式。

“来吧。”安度因说道。

第二十八章

第七日。

"控诉人，你可以请出你的最后一位证人了。"祝踏岚说道。

吉安娜觉得，泰兰德看上去很是疲惫。

"如果法庭愿意，我将请吉安娜·普罗德摩尔女士做证。"

吉安娜站起身，不慌不忙地走下台阶，来到大殿的中心部分。对于泰兰德昨天的取证，吉安娜有许多理由可以质疑这位高阶祭司的智慧，其中非常重要的一个理由就是这位暗夜精灵的的确确地污损了她最好的证人的名誉。无论如何，吉安娜想，实在是有太多证据可以证明加尔鲁什的罪孽有多么深重。就算是仁慈宽厚如天神，也肯定可以明白，有必要将这名罪犯锁在某个阴暗潮湿的角落里，然后彻底把他遗忘。

卡雷昨晚一直在努力与她交谈。但她只是对卡雷说，她没有事，而且已经非常疲惫了，他们可以等到明天早晨法庭时再见。

那一晚，她做了很多噩梦，有些来自佩里斯的证言，有些则是因为害怕自己也会被推上证人席。

“首先，我必须要说，吉安娜女士，我真心为了要迫使您重提一些旧事而感到歉意。”

吉安娜看着泰兰德的眼睛，直白地说道：“书绍，我每天都会重新想起塞拉摩。提问吧。”

泰兰德点点头，仿佛刚刚受到一番严厉的斥责，不过她还是走过来说道：“吉安娜女士，就像我们昨天听佩里斯·雷蹄所述一般，你得到了塞拉摩将要受到攻击的警告。”

“是的。”

“在得到警告以后，你做了什么？”

“我下达命令，让所有塞拉摩居民都知道此事。想要离开的人可以立即启程，但最终绝大多数人都愿意留下来参加战斗。我们向加基森送走了满满一船的平民，其中包括所有的孩子。我还与瓦里安国王取得了联系。”

讲述这段过往并不像吉安娜所担心的那样困难。只要回答问题就好，她对自己说，保持客观的态度。

“瓦里安国王有何反应？”

“他告诉我，他将派遣第七军团的远洋舰队前来增援，并且从艾泽拉斯各处的几个驻防区召来了他麾下的将军们。他还会联系吉恩·格雷迈恩。我负责与联盟的另外几位领袖联络，寻求援助。”

泰兰德一直在来回踱步，将双手交握在身前。她的注意力不是在吉安娜身上，而是在陪审团那里。“那以后又发生了什么？”

“随后，我得知有几艘部落舰船驶来，并在紧邻联盟水域的地方下锚停泊。”

“你是什么时候知道这件事的？你对他们发动攻击了吗？”

现在，吉安娜的确感觉到了一些异样，一种令人作呕的感觉正在她的腹内慢慢凝聚。她摇了摇头说道：“没有。”

“为什么不攻击？”

“因为他们不在我们的水域。我不想成为挑起战争的人。”*我应该攻击的。圣光拯救我，我应该攻击的。也许，如果我们在将军们到来之前就采取行动……*

“你说过，你向其他联盟领袖寻求援助。你还向其他人寻求过援助吗？”

吉安娜舔了舔嘴唇。“是的，我前往达拉然，与六人议会进行了接洽。他们响应了我的请求，派遣罗宁本人和另外几位优秀的法师来到塞拉摩。罗宁的妻子，银色盟约的游侠将军温蕾萨·风行者也随罗宁一同前来。”

“你那时又做了什么？”

“我们等待瓦里安国王所承诺的援军。塞拉摩变成了一座时刻准备投入战争的城市——储备食物、武器、绷带。士兵们每天加紧训练。我们随时都在等待着部落的战舰冲进我们的港口。”随着叙述越来越接近塞拉摩毁灭的那一刻，吉安娜的心跳也快了起来。

“承诺中的援军赶到了吗？”

吉安娜很想用言语把控诉人的问题顶回去，但她最终还是控制住了自己。所有人都知道那段历史。所有人都知道塞拉摩发生了什么。肯定就连天神也都知道。但这一刻也正是她一直在等待的，不是吗？要让加尔鲁什偿还他犯下的罪行。如果这意味着她要重温那恐怖的一天，她愿意这样做。

吉安娜清了清喉咙。“是的，他们来了。第七军团的二十艘战舰和六位联盟最优秀的将军……还有一位伟大的海军司令。”奥布里，他在北方城堡的战斗中险死还生，却最终殒命于塞拉摩……

“普罗德摩尔女士？”泰兰德问道。

“我……我很抱歉。你能重复一下问题吗？”

“我说，部落最终发动了攻击，是吗？”

“是的。”

“你们是否做好了准备？”

“是的，最终是我们赢了。但我们也为此付出了巨大的代价，许多人都牺牲了。在战斗中，我们还发现了一名叛徒，萨伦·织歌者。一名肯瑞托的成员——一名夺日者。”吉安娜竭力用冷静客观的声音进行陈述，但她说出最后这个名号的时候，言语中还是充满了恨意。她紧紧攥起双拳。为什么那时她不曾意识到，他们根本就是不值得信任的？

“你有没有失去亲近的人？”

“维摩尔上尉。他是我多年的朋友。”

“还有谁的牺牲是让你格外感到心痛的？”

吉安娜摇着头。“没有。不……那时没有了。”

“你是否察觉到，那时部落正在图谋以其他任何非常规的手段摧毁塞拉摩？”

“没有。他们战斗得异常凶猛，同样死伤惨重。我们完全有理由相信，他们那时已经倾尽了全力，就像我们一样。”

“所以你认为你们获得了一场真正的胜利。”

吉安娜点点头。“是的。”

“部落撤退之后，你们又做了什么？”

“一切必要的事务——”吉安娜说，“照料伤员、掩埋死者，安抚那些失去挚爱的人，让活下来的人振作精神。”

金迪……

她用口水润了润嗓子。“我们发现，部落的士兵在战斗中救走了萨伦·织歌者。温蕾萨和珊蒂斯·羽月立刻出发去追踪那名叛徒。所以她们没有……”她的喉咙紧闭了起来。

“所以当法力炸弹落下的时候，她们没有在场。”泰兰德带着深切的同情说道。

吉安娜很高兴自己记得将一块手绢塞进袖子里。她把手绢抽出来，擦了擦眼睛。“是的，感谢圣光，她们活了下来。”

“书绍，”祝踏岚说道，“你想要提请休庭吗？”泰兰德看着吉安娜。大法师摇了摇头。她用尽全部力量，才能让自己在这个时候，在这里说出这些事。她不知道如果现在停下，她是否还能再有勇气张开口。

“好吧，我们继续。”泰兰德说道，“那么，你认为战争已经结束，联盟取得了胜利。你开始照料你的人民。你又是在什么时候感觉情况有异的？”

“卡雷苟斯在异变发生前来到了塞拉摩。”那些“如果当时……”的假想并没有完全离开。它们就像一群塔布羊在吉安娜的脑海中乱窜，用数不清的蹄子踢蹬吉安娜的神经。如果当时他们能够更加认真地寻找聚焦之虹；如果那件宝物未曾被偷走；如果……“蓝龙军团的一件名为聚焦之虹的珍贵宝物被偷走了，卡雷苟斯来请我帮助他寻找这件宝物。在战斗结束后不久，他告诉我，他能够感觉到聚焦之虹，而且那件宝物正在迅速向塞拉摩靠近。”

“聚焦之虹，”泰兰德喃喃地说道，“你是否能为我们详细说明一下这件宝物？”

“它已经沉眠了千年之久，直到玛里苟斯开始利用它来引导湍流之针。这些针能够将奥术魔法能量从艾泽拉斯的魔网中汲取出来，注入到魔枢中去。”吉安娜解释道，“玛里苟斯死后，聚焦之虹又曾被用于激活克洛玛图斯——唯一通过试验成功制造出来的多彩龙。后来，四位巨龙守护者与掌握大地元素之力的古伊尔合力击败了他。”吉安娜又一次不得不回忆起部落的前任大酋长对这个世界施与的恩惠。她立刻愤怒地将这个想法推到一旁。

“那的确是一件强大的宝物。很明显，如果它落在错误的手中，便会造成巨大的伤害。”泰兰德说道，“随后又发生了什么？”

“卡雷去寻找它，”吉安娜说道，“而罗宁……”她的嗓音变得沙哑。她用颤抖的手给自己倒了一杯水，吮了一口。现在她的心跳得就像一只狂奔的小兔。

泰兰德仿佛是想要伸出手抚慰吉安娜，但她最终还是没有完成这个动作。她只是转向克罗米，用几乎可以说是“虔敬”的声音说道：“庭上，请允许我以满心的敬意呈现关于那起事件的时光之相。”

吉安娜从没有见到过克罗米有过如此严肃的样子。那位小侏儒将双手轻轻放在时光之相上，开始编织法术，将沉睡中的铸铜龙唤醒。

吉安娜用力咬住嘴唇。一幅画面开始成形。她在画面中看到了自己和已经壮烈牺牲的罗宁。她的眼睛被泪水刺痛。她抬头向旁听席望去，看到了那里的温蕾萨。那位高等精灵双手紧攥成拳，仿佛已经全然没有了呼吸。让温蕾萨见证这一刻——吉安娜不知道自己是应该伤心，还是感到欣慰。那是毁灭的一刻，但温蕾萨将会亲眼见到她深爱的那个人是一位多么伟大的而真实的英雄。这里的所有人也都将与她一同见证这一刻。

画面所表现的地点是她的塔楼——她最喜欢的塔楼，里面装满了各种书籍、卷轴，还有许多小座位，让她能够在那里阅读。各种各样的药剂让她能够进行许多精彩的实验。一扇打开的窗户将阳光和清新的空气引入室内，也让她能看到那些在天空中行驶的地精飞艇——它们就像是蓝天上的一颗小点。她与蓓恩和特沃什在这里曾经度过了无数时光。而现在，活生生的罗宁正等待着那时的吉安娜快步跑上台阶。跟随在她身后的还有一些意欲帮助她的志愿者。而吉安娜现在才意识到，她还不知道他们的名字。

“那就是聚焦之虹？”画面中的吉安娜问道。

“是的，”罗宁说，“它正在给有史以来最大的一颗法力炸弹灌注能量。并且它还产生了一个抑制力场，使得没有人可以离开这里。我可以转移它，但是首先你得帮助我。我可以暂时压制住抑制力场，争取一些时间让大家安全离开。”

“当然！”画面中的吉安娜开始打开传送门。暴风城——吉安娜很清楚地记得那里。她要将同伴们送去那里。但法庭上的她和所有人都看到，传送门的对面是无尽之海上的一座岩石小岛。

“你为什么重新设定了传送门的方向？”

“这样……消耗的能量更少。”罗宁吃力地说着。抵抗抑制力场的行动显然正在耗竭他的力量。吉安娜想要反对，但罗宁打断了她，“别争了，全都进去！所有人！”

吉安娜的同伴们服从了命令，但她没有。现在的她看到自己向罗宁露出惊骇的表情。“你根本阻止不了那个炸弹，你打算牺牲自己！”

“闭嘴，赶紧进去！我必须把炸弹引到这里，法师塔里！这样才能保住温蕾萨、珊蒂斯，还有……尽可能多的人。这里的塔壁都灌入了魔力，我应该可以尽可能抑制爆炸的范围。别像个傻姑娘似的，吉安娜，快走！”

“不！我不能让你这么做！你还有家人要照顾，你还肩负着领导肯瑞托的责任！”

“而你是肯瑞托的未来！”罗宁厉声喝道。他仿佛随时都有可能瘫倒在地。现在唯一还能支撑他的，也许只剩下他的意志了。

“不！我不是！”画面中的吉安娜坚持着，“塞拉摩是我的城市，我必须留下来保卫它！”

“吉安娜，我用尽全力就是为了把炸弹引到这里来，避免它在城市中心引爆。如果你还不快走，我们就都会死在这儿，我的努力也就全部付之一炬了。这就是你想要的结果吗？”

天空中，飞艇靠近的声音越来越响了。“我不会丢下你的！”吉安娜喊道，“也许我们一起合作就可以转移它！”吉安娜看到自己仰头去看正在逼近的飞艇——她看到了卡雷苟斯落下，看到炸弹被抛出。时光之相的画面发生了改变，突然间，仿佛大殿中的所有人都在看着吉安娜所看到的一切。法庭上响起了一片片惊呼声。

后面的事情在吉安娜的记忆里已经是一片模糊。但现在，她能清楚地看到了。罗宁暂时停止施法，抓住吉安娜，把她推进了传送门。吉安娜挣扎着，但已经落入了传送门的法术范围之内。

当这一切发生的时候，吉安娜一直紧盯着罗宁。

肯瑞托的首领直视窗外，伸展双臂，在他留着山羊胡的脸上，只有彻底的轻蔑。

然后……

吉安娜的世界变成了白色。罗宁的整个身躯则变成了紫罗兰色——纯粹的奥术魔法能量的颜色。紧接着，它爆发成一团令人胆寒的浅紫色灰云。

不等吉安娜意识到自己在做什么，她的喉咙已经突然因为激烈的尖叫而感到疼痛难忍。法庭中不止她一个人发出这种叫声。在过去的画面中，看到那颗法力炸弹落下的人们也在发出同样恐怖而绝望的呼喊。

她依稀听到祝踏岚在不断敲击铜锣，呼吁人们镇定。吉安娜只能庆幸对温蕾萨的折磨终于结束了。而她自己的则刚刚开始。

* * *

安度因从没有直接和吉安娜谈过她在塞拉摩的最后一刻都见到了什么。他听说过那些事，也以为自己懂得吉安娜经历过一场怎样的噩梦。而现在他意识到，自己对那场灾难的理解实在是太苍白了。他不知道泰兰德计划展示些什么，但在发生了昨天那件事以后，他一直都在以最坏的可能性推测今天庭审的状况。现在，既然泰兰德已经让陪审团和旁听者们看到了罗宁牺牲的恐怖画面，安度因推测，这位控诉人肯定不会就此罢休。

安度因不得不承认，这名暗夜精灵残忍的、不留余地的手段的确奏效了。他愤怒地瞪着加尔鲁什。那个兽人坐在被告席里，坏了一条腿，身上全是煞的伤疤，被铁链紧紧地锁住。他旁边的贝恩正用双手托着头。安度因知道，阻止愤怒的旁听者们，让他们没有把这座神庙掀翻的并非是牢狱的羁押，而是他们知道这样做就无法看到下一段时光之相，听到下一个证人的证言，无法再知晓这名罪犯还犯下了怎样的滔天罪行。

法庭休庭二十分钟。温蕾萨站起身，一言不发地走了出去。安度因相信她不会再回来了。这当然不能怪她。吉安娜也是在祝踏岚刚一宣布休庭的时候，就随同泰兰德离开了。安度因能够从她们的肢体语言中看出来，现在她们的关系相当紧张。他本以为卡雷苟斯会陪着她们两个，但那位蓝龙只是留在了座位上。

“你不打算去找吉安娜吗？”安度因问，“休庭时间是不长，不过我相信，她一定很高兴能看到你。”

卡雷心不在焉地摇了摇头。“我不知道她是不是想见到我。”

安度因笨拙地在椅子里动了动身子。瓦里安完全没有注意他。国王正靠在椅子里，双臂抱在胸前，双眼死死地盯着加尔鲁什。

“听你这么说，我很难过，”安度因低声说：“她经历过那么多……你们两个真的很合适。”

“我也希望如此。”蓝龙说道。然后，他仿佛觉得自己说得太多了，便拍了拍安度因的肩膀，带着过于矫饰的兴奋表情说道，“我要去伸展一下翅膀了。”

“我真希望也能像你一样。”安度因说。

“什么？伸展你的翅膀？”这真是个糟糕的笑话。但安度因还是禁不住微笑起来。“哈，没有错。但我只有两条腿。一会儿见，卡雷。”

吃了三个莲蓉包，又喝了一杯牦牛奶茶之后，安度因发现自己正在自问为什么要帮助加尔鲁什·地狱咆哮。如果泰兰德继续按照安度因设想的那样展示那些灾难，安度因觉得自己再也不会去找那个兽人了。

* * *

吉安娜面色苍白，但要比刚才镇定了许多。当她和泰兰德重新进入法庭，回到证人席上的时候，两人的关系似乎也有所缓和。祝踏岚宣布庭审重新开始，泰兰德可以继续提问了。

“就像我们在时光之相中看到的那样，罗宁成功地将你传送到了安全地点，并吸引法力炸弹直接命中了塔楼。”泰兰德说道，“然后又发生了什么？”

吉安娜笔直地坐在椅子里，双手交叠在膝头，双眼通红。但当她说话的时候，她的声音显得格外平静。“我在那座岛上恢复了神智。卡雷苟斯找到了我。我告诉他，我要回塞拉摩，去看看还能为那个地方做些什么。他要陪在我身边，但我坚持要一个人去。”

安度因用眼角的余光瞥了一眼卡雷苟斯。蓝龙的嘴唇抿成了一条细线，并没有去看吉安娜。安度因猜测，那时他们之间的对话并不像吉安娜现在描述的那样温和有礼。

“你回去了？”

“是的。”

“我想要向法庭展示，吉安娜·普罗德摩尔在回到那座她所建立、所深爱，并愿意为之付出生命的城市之后，看到了什么。”她向克罗米点点头。

旁听席中传来许多心惊胆战的议论声。安度因看到，就连安稳如山岳的天神们也都露出了痛苦的表情。法力炸弹留下了一个巨大的弹坑。宏伟的塔楼只剩下了细小的碎石。天空中仿佛被撕裂出一道伤口，伤口中涌动着各种疯狂的色彩。安度因曾经听人说过，只有在诺森德才能见到如此诡异的景象。

还有那些尸体……

安度因吃力地咽了一口唾沫，却尝到了苦胆的味道。那么多尸体。其中有一些是正常的——至少还能看出尸体的样子，而另一些却飘浮在空中，向上流着血。还有许多尸体完全变成了紫罗兰色。这里的死亡仿佛全无规律或道理可言。

安度因在画面中看到了吉安娜——她的脸上全无血色，惊骇已经抹去了她的一切表情。她在废墟中行走。她的头发变成了白色，在她的身周飘散。安度因能够听到依旧强烈的奥术能量发出“嗡嗡”的共鸣和零星的爆裂声。

在一片毁灭的惨象之中，还留有一些细小的、日常生活的痕迹。安度因瞥到了一些像高脚杯、发梳、书页一样的东西。当吉安娜想要将它们捡拾起来的时候，它们崩碎成了紫色的粉末。

巨大的神殿中鸦雀无声。每一个人都在看着吉安娜在废墟中搜索，寻找生命，寻找任何希望的痕迹。唯一打破沉寂的只有悲苦的呜咽声——有一些人认出了吉安娜所经过的尸体，正在哀悼那些死者。蓓恩曾经从那么多战场上平安归来，现在她依然紧攥着佩剑。吉安娜俯身轻抚她的长发。发丝在法师的手指间粉碎了。

安度因也认得其他人——海军司令奥布里，以及马库斯·乔纳森将军，在过去很长一段时间里，只要看到暴风城的主门，就能看到他。安度因发现，自己正在内心中期盼着那时的吉安娜能够离开这个地方，这样他就不必再看到这种恐怖的场景了，哪怕他明知这已经是过去的事情。

地面上有一个不大的形体，差不多像是一个孩子。安度因转过头，望向法庭中的吉安娜，看到她已经将脸埋在了手绢里面。她无法再看到这一幕。安度因不觉得她有错，一点也不。

画面中的吉安娜盯着那具小尸体。她正俯卧在一个猩红色的水坑里，鲜血沾污了她粉色的马尾辫。吉安娜向金迪·火花的尸体轻柔地伸出手去，这名侏儒曾经是她的学徒。

金迪塌陷成一堆紫色沙粒。过去的吉安娜发出了惨痛的尖叫。

安度因想把目光转向一旁，但他完全没办法做出任何动作。他没办法不去看吉安娜·普罗德摩尔女士——这个时代最优秀的法师之一。现在，她只是在尖叫着，哭号着，捧起一把又一把奥术灰烬，仿佛能够将那个女孩重新拼合起来。

旁边的卡雷苟斯猛吸了一口气。安度因想要跳起来，用全力向泰兰德吼叫：停下来，求求你，停下！仿佛泰兰德听到了他心中的呼喊。精灵祭司向克罗米点点头，画面仁慈地消失了。安度因重重地呼出一口气——他完全不知道自己一直屏住了呼吸。

泰兰德转过身，眼睛里闪烁着以沉重的代价换来的胜利之光。她用如铜钟一般洪亮的声音说道："该你向证人提问了，血蹄书绍。"

第二十九章

贝恩·血蹄并没有立刻站起身。刚刚见到的那一幕彻底震撼了他。他无法想象，在这一切之后，自己怎么可能再用一系列问题淹没吉安娜，更不要说还要以此来回护加尔鲁什·地狱咆哮了。他甚至没有办法让自己去看那个兽人。他迅速地低声向大地母亲祈祷，寻求指引，然后才站起身，向曾经的塞拉摩女士走去。

“吉安娜女士，”他低声说道，“如果您有需要，我很愿意向法庭要求暂停休庭。”

吉安娜看着他，脸上闪过无从解读的复杂表情。她的声音则显得异常平淡。“不，我希望现在就结束这一切。”

“我相信，这个法庭中没有人能够指责您什么。”他并没有向吉安娜表示同情。这不是吉安娜想得到的——至少不是从他这里想得到的。“尽管齐聚于此地的我们都在为了刚刚看到的景象而心神难安，但对于这场卑鄙的袭击给您带来了什么，我们依旧只能进行猜测。”对于那场攻击，他并不惮于给出这样的评价。贝恩是一个有话直说的牛头人。而且，无论是谁看到塞拉摩的毁灭，都只能给出一样的评价。“您能否用您自己的话告诉我们，你有怎样的感受？”

吉安娜盯着他，然后开始发出笑声。那是凶狠却又苦涩的笑声。贝恩抖动耳朵，后退了一步。吉安娜努力控制住自己，然后说道：“我不认为这个世界上能有任何言辞可以形容我的感受。”

“请尽力一试，吉安娜女士。”

“愤怒，非常愤怒。我的心中有那么多……怒火。我无法呼吸，我无法进食，我几乎无法移动。我是那么愤怒。你们在这里看到了什么？是的，你们看到了恐怖。我看到你们之中的许多人都哭了，但你们并不在那里，你们没有看到你们的朋友……”

她咬紧嘴唇，陷入了沉默。贝恩给了她一点时间，然后温和地探问道：“您非常愤怒，那么您想要做什么？”

“我想杀了他。”

“加尔鲁什·地狱咆哮？”

“是的。加尔鲁什，还有我能找到的每一个兽人。我想杀死每一个地精、每一个巨魔、每一个被遗忘者、每一个血精灵，还有每一个牛头人，包括你，贝恩·血蹄。我想要彻底抹除部落，就像加尔鲁什·地狱咆哮抹除我的家，抹除了我的生命。”

贝恩并不愤怒，他的声音和神态依旧温和轻柔。“那么，您做了什么？”

“我去找瓦里安国王，告诉了他加尔鲁什所做的一切。他是对的，部落不值得信任，部落是应该憎恨的。一直都是我的错。我告诉他，我们需要向部落发动战争，第一步应该是摧毁奥格瑞玛。”

“瓦里安国王是如何回应的？”

“他同意我们需要进入战争状态，但他不想立刻发动攻击。他说，我们需要更合适的战略，应该重建北方城堡。我告诉他，我知道该如何使用聚焦之虹摧毁奥格瑞玛，就像加尔鲁什摧毁了我的家园。”

“他又如何回应？”

吉安娜再一次低头看着自己的双手。“他说……他不能冒这样的风险，让联盟继续遭受损失。安度因说，他认为就算是部落中也会有人对加尔鲁什的卑鄙行径感到愤怒。我告诉他们，现在说这些都已经太晚了。”

“你具体是怎样说的？”

“我记不起了。”

“吉安娜女士，如果你不能告诉我你当时说了些什么，我可以展示这一段时光之相。”贝恩的声音很和蔼，吉安娜却猛地抬起了头。贝恩在她的脸上看到了……羞愧。

“这没有必要，”她平静地说道，“我对瓦里安说，他是个懦夫，我……又向安度因道歉，因为我曾经让他轻信部落中也有好人。然后……我离开了他们。”

“那时你又做了什么？”

“我去了达拉然。我告诉温蕾萨当时发生的一切。她的丈夫是多么勇敢，正是罗宁拯救了我，也拯救了她和其他许多人。”贝恩没有去看温蕾萨的反应。实际上，温蕾萨在休庭结束之后还没有回来。“我请求肯瑞托的帮助。我想让他们启动浮空城达拉然——他们以前这样做过——并用它彻底铲平奥格瑞玛。他们拒绝了。”

“所以，看样子没有人想要铲平整座城市，即使发生过塞拉摩那样的惨剧。”贝恩说。

“他们不想。”

“那么你那时又是怎样做的？”

“我抢在部落之前回收了聚焦之虹。尽管没有人帮助我，但我还是学会了该如何使用它。”

“没有军队，没有达拉然的帮助？”

“是的。”

“你又有怎样的计划？”

吉安娜的目光一直没有离开贝恩。她扬起下巴，说道：“调动足够的水元素，冲毁奥格瑞玛。”

“我想，我们可以断言，你并没有那样做。”贝恩说，“你被阻止了吗？还是你改变了主意？”

“我……可以说两种原因都有一点。”

“你能做一下解释吗？”

吉安娜紧蹙起双眉。“我……做好了一切准备。我知道自己到底打算做些什么。”她顿了一下，也许是在仔细选择用词，也许是在努力回忆自己在那个时候的心情。凯诺兹已经精确地找到了那个时刻，却因为牛头人选择不展示这段时光之相而只能空自气恼。贝恩不认为展示一位愤怒、狂乱的吉安娜精心布置复仇行动会对加尔鲁什的案子有什么好处。在他看来，除了为他面前的这位女士带来更多的痛苦，这样做没有任何意义。而吉安娜在今天已经承受过太多痛苦了。

“我那时在勇士岛，制造出了足以摧毁奥格瑞玛的巨型波涛。只要再过片刻，我就会把它推向北方，推向奥格瑞玛。它在一路上将会聚集更多能量。”

“为什么你没有施放它，普罗德摩尔女士？”

“古伊尔干扰了我。”

“他怎么会知道可以在哪里找到你？”

“是元素告诉他的。元素向他发出呼唤，要求他帮助它们。他说，他不会让我淹没奥格瑞玛。我们……为了控制那道波涛而发生了争斗。”

贝恩转过头，看了一眼古伊尔。他正和阿格娜在一起，向前倾过身子，专注地看着贝恩和吉安娜。兽人的蓝色眼睛里充满了哀伤。这一段在人类外交家和兽人领袖之间建立的友谊是独特而珍贵的。加尔鲁什也将它摧毁了。

“谁赢了？”

吉安娜顺着贝恩的视线迅速瞥了一眼。“我。我打算杀死他。”

“又发生了什么事？”

“卡雷找到了我。他与古伊尔一起，竭力想要劝阻我。”

“他们说服你了？还是用武力逼迫你就范？”

吉安娜的表情显得很困扰。“他们……告诉我，那样的我不会比加尔鲁什更好，不会比……阿尔萨斯更好。我意识到……”她扬起面孔，“我意识到他们是对的。”

“如果你那样做，就会像加尔鲁什一样？”

“对此，我表示反对！”泰兰德说道。

“法设，我正试图确认，我们全都能够正确地理解证人的证词。”贝恩说道。

“我同意辩护人。”祝踏岚说道，“证人可以进行澄清了。”

“是的，”吉安娜说，“我们会成为一样的人。”

“你不想那样。”

“不，决不。”

“但在那一段时间里，你理解他怎么会想要做这种事——摧毁一座城市，甚至不惜杀光其中的平民。”

“我……是，是的，我明白。”

贝恩低下了头。“谢谢，吉安娜女士。我没有问题了。”

“你呢，控诉人？”祝踏岚问道。他的手伸向了锣锤，很显然，法设认为控诉人也不会再有问题了。

“法设，我有问题。”泰兰德站起身，向吉安娜走去，“吉安娜女士……你后来又发现，如果你当时释放波涛，你同样会摧毁联盟舰队。我们是否可以说这是你事后对自己收手感到欣慰的理由？”

贝恩屏住了呼吸。吉安娜很可能会不假思索地回答“是”。这正是泰兰德想要的答案。然后吉安娜就可以离开，去照料在今天被狠狠撕开的伤口。贝恩知道，达拉然已经成为吉安娜的新城市，她的新家园。而夺日者在达拉然的背叛更是深深地伤害了她。许多人都说，那些叛徒让吉安娜的情绪又回到了塞拉摩刚刚被毁灭时的状态。更有谣言说，吉安娜在推动瓦里安拆解部落。

吉安娜没有立刻回答。对于这个问题，她进行了应有的思考。“当然，得知联盟舰队不曾被我无意中毁掉，我感到很欣慰。但这并不是我真正感到高兴的原因。”她不眨眼地看着加尔鲁什，“我很高兴我没有那样做，是因为我绝对，绝对不想变成他那样的人。”

贝恩相信，假以时日，泰兰德应该会接受这个回答。但这位暗夜精灵现在显然无法对此感到释然。吉安娜是泰兰德最终的，也是最好的证人。从此刻开始，控诉人将只能受限于跟随提问了。很显然，泰兰德希望能给自己的控诉画上一个强有力的句号。而现在，她又问了一个多余的问题：“或者像部落一样？”

吉安娜一动不动地坐着。泰兰德也只得等待下去。过了一会儿，她又问道：“吉安娜女士？我的问题是，你希望绝对不要像部落一样吗？”

吉安娜——饱受折磨、怒不可遏、满身伤口、历经苦难、诚实的吉安娜，简单地回答道：“部落不是加尔鲁什。”

泰兰德瞪大了眼睛。她意识到了自己的错误，但太晚了。“没有问题了，法设。”泰兰德低声说着，久久地注视着吉安娜，然后回到了自己的座位上。

* * *

当希尔瓦娜斯到达幽暗城附近提瑞斯法林地的澈水湖时，她发现她的妹妹已经在等她了。

“我收到你的纸条了。”希尔瓦娜斯说，“我为我们带来了马匹。”希尔瓦娜斯看到温蕾萨离开法庭之后，就相信她不会再回来了。温蕾萨亲眼见证了丈夫的死亡——或者，更准确一些，见证了她的丈夫变成一团紫色的奥术虚影，然后才死掉。但希尔瓦娜斯看到这张纸条的时候，却吃了一惊：澈水湖，我想骑马。温蕾萨要求在被遗忘者的国土中心处见面，希尔瓦娜斯认为这是一个好兆头。她的妹妹竟然知道这个地方，而且能够绕过被遗忘者的一切边防哨所，悄无声息地深入到这里，这足以让希尔瓦娜斯感到骄傲。风行者的“双月”都是技艺非凡的游侠。不过，温蕾萨要骑马这一点并不让希尔瓦娜斯感到吃惊。她们从孩提时代开始，就非常喜欢一同骑马。温蕾萨更是酷爱这一活动。

温蕾萨正背靠在一棵枯树的树干上。她缓缓地转过头，看上去是那么憔悴、纤瘦，希尔瓦娜斯很高兴自己能为妹妹提供一点乐趣——至少她希望能这样。温蕾萨看到那两匹坐骑的时候，立刻瞪大了眼睛。两匹亡灵战马也在稳稳地看着她。其中一匹马垂下没有血肉的长脖子，咬了一口草。被牙齿咬碎的草屑又落回到地面上，这匹亡灵马却完全没有注意到，只是低垂着颈椎，又咬了一口草。

“它们是……骷髅。”温蕾萨喃喃地说道，“马的骷髅。”

“很少有活物愿意背负我，妹妹，它们甚至不愿意靠近我。你需要学习如何骑乘这些马，如果你要来幽暗城居住的话。我向你保证，它们绝对会服从任何命令。”

“是的，我觉得它们不会有犟脾气。”温蕾萨说。

但小月亮并没有走过来上马的意思。希尔瓦娜斯放下两匹马的缰绳。她知道，它们会一直停留在原地。她坐到妹妹身边，笨拙地问道：“你怎么样？”她已经太久没有在乎过别人的感受了。

温蕾萨闭起眼睛，但泪水还是沿着她的睫毛滑落下来。“我非常非常想他，希尔瓦娜斯。我真的好想他。”

希尔瓦娜斯没有办法安慰自己的妹妹。她甚至找不到罗宁的尸体，为妹妹复活她的丈夫。所以，她只能静静地坐着。

“想到我们就要杀死加尔鲁什，我又是那么……那么高兴。”温蕾萨继续说道，“我希望你给我的毒药起效很慢，又充满了痛苦，我希望他受苦——就像他让我受了那么多苦。我很高兴能在今天看到这一幕。它增加了我复仇的动力。但我绝不想再看到它了，我也不要再去回忆他的离去。我和那个世界已经再没有关系了。”

“好吧，”希尔瓦娜斯从口袋中取出一只小瓶子，“我相信，我能让你的全部梦想成真。这只瓶子里的毒药足以杀死二十个兽人。是的……它拥有我们想要的一切特性——起效慢、充满痛苦，而且绝对没有解药。”

温蕾萨伸出手，仿佛希尔瓦娜斯要送给她一件生日礼物。她的脸上焕发出光彩。哀伤的表情退去了。她几乎是带着虔诚的表情接过了那只瓶子，喃喃地说道：“这么小，却又如此致命。”

“每一瓣太阳果中滴一滴就够了。加尔鲁什·地狱咆哮必死无疑。”

温蕾萨紧紧地攥着瓶子。她的另一只手则握着挂在自己修长脖颈下面的项链匣。希尔瓦娜斯已经把项链交还给她。现在这两姐妹相见的时候，都会戴上各自的项链。“谢谢你，姐姐。我就知道，你一定会帮我。”

希尔瓦娜斯露出微笑。“你并不知道，你要做的事情让我多么高兴。如果你要离开那个世界——那么我的世界随时向你敞开大门。你是因为这个才会在这里和我见面吗？”

温蕾萨点点头。“在那座塔旁见面实在是……太让人伤心了。

我想要看看我很快就要定居的地方是什么样子。”

听到温蕾萨刻意选择的词句，希尔瓦娜斯隐藏起一丝微笑，但什么都没有说。那种怪异而且虚幻的疼痛感正变得越来越强烈，但希尔瓦娜斯以钢铁般的意志忽略了它们。她正是凭借这种意志才从阿尔萨斯手中夺回了自由。自从阿尔萨斯率领天灾军团进攻她的故国，如同蠕虫留下黏液痕迹一样在她昔日的家园中留下了死亡之痕，希尔瓦娜斯就再没有……快乐过。她失去了那么多，而命运却又给了她这一份意料之外的礼物——温蕾萨将成为她心灵的伴侣，又能帮助她在部落中牟取更大的权力。她和她的妹妹只要齐心协力，便无人能敌。是暴力和恐怖将希尔瓦娜斯带到了今天的这个位置上。同样的力量也会驱使温蕾萨找到自己的道路。

能够拥有一个可以信赖的人——这种感觉实在是太好了。一个真正可以信赖的伙伴，而不仅仅是因为恐惧或者个人贪欲而服从命令的奴仆。她将有一个与她有着同样想法和心情的同伴。而看上去，温蕾萨也像她一样，在渴望着这种新生活。

当然，希尔瓦娜斯并没有将一切都告诉温蕾萨。任何人都不可能与女妖之王平起平坐，除非她本身也是一名女妖。被遗忘者们不会愿意服从生者的统治，但她会让妹妹死得温和而且轻松，绝不会像她自己的死亡那样。她会好好地对待妹妹。温蕾萨只需一觉睡去，等她醒来的时候，就会发生美丽的变化，重生成为有生者望尘莫及的，拥有敏锐洞察力和强烈野心的女妖。

“也许你会觉得好笑，我现在已经非常清楚该如何烹制绿咖喱鱼了。”温蕾萨小心地将珍贵的毒药收进口袋里。

“看样子，厨房里的人很信任你。”

“是的，再过一两天，然后……”她皱起眉头，“希尔瓦娜斯……这一切真的会这么容易吗？我一直都觉得，一定会发生一些事情。”

“不会有事的，小月亮。”希尔瓦娜斯向她保证，“这不是谁赐给我们的机会——我们用汗水、泪水和痛苦换来了它。我们有权赢得这个胜利。”

“是的。我唯一的遗憾就是不能看着加尔鲁什·地狱咆哮呼出他最后一口气。”

“啊，”希尔瓦娜斯说道，“但我们肯定可以想象他在那个时候的样子。这就足够了。我们要见到的是尸体，还有他的死亡造成的混乱。总有一天，我们会向世人昭示我们的复仇。那些手脚太慢、胆子太小的家伙都将羡慕我们。”

温蕾萨用双臂抱住膝头，向湖面上望去。“我一直都觉得，这片土地黑暗，而且……哀伤。但在黑暗中，有着一种奇异的美，对不对？”

“是的。”希尔瓦娜斯答道，“我不是暗夜精灵，但他们懂得这种美。当太阳藏起面孔，月亮照耀大地的时候，夜晚有着一种甜美和纯粹的感觉。正如同死亡也有自己的美丽一样。”

“你……认为他们会接受我的决定吗？接纳我，与你一同进行统治？”

“被遗忘者？还是部落？”

“两者都是。”

“也许一开始不会，”希尔瓦娜斯说道，“他们需要一点时间来适应这件事。但用不了多久，他们就会知道你的价值，并因为你留在幽暗城而高兴。”

“我并不担心我自己，”温蕾萨继续说道，“我担心的是孩子们。这里的生活对他们而言一定……非常奇怪。”

这句话让希尔瓦娜斯吃了一惊。温蕾萨真的以为……不，这不可能。

希尔瓦娜斯谨慎地选择着用词。“应该是这样，”她表示同意，仿佛她也刚刚才意识到这个问题，“他们不会有同龄的朋友，而且很难向他们解释为什么要住在这里。他们也许会非常不高兴。幽暗城……的确不是适合孩子们居住的地方，妹妹。”

温蕾萨将目光转向一旁。希尔瓦娜斯如同鹰隼一般看着自己的妹妹，暗自咒骂自己竟然不多想一想，温蕾萨并非只是一个寡妇，还是两个孩子的单身母亲。这是这对姐妹开始秘密会晤以来，温蕾萨第一次提到他们。似乎在他们的父亲死后，温蕾萨能够想到的只有复仇。

“是的，”温蕾萨叹了口气，“是的，你说得对。”她的手落在草地上，无聊地捡起了一颗松果。

从温蕾萨的声音中流露出的某种东西让希尔瓦娜斯心生警觉。“当然，如果你真的想让他们住过来，我会竭尽全力为他们做好安排。毕竟，他们是我关系最近的亲人——除了你以外。”

温蕾萨摇了摇头。“不，你是对的。我无法想象这里对他们来说会是一个好地方。他们还是留在原先的家里会比较好。”温蕾萨苦涩地笑了笑，“看起来，我终究不是他们的好母亲。”随后，她突然将手中的松果捏碎，又用力一甩手，碎屑纷纷扬扬地飞了出去。

希尔瓦娜斯放心了。温蕾萨明白。希尔瓦娜斯感到很高兴——

她毕竟不用杀死自己的侄子们了。只让自己的妹妹接受安全的死亡——这也会让她感到更轻松一些。然后，她们就能在一起了。

永远在一起。

第三十章

第八日。

“我请求传唤瓦里安·乌瑞恩国王出庭。”贝恩说道。

安度因无法抗拒。他向父亲附过身，悄声说道：“只回答问题，不要多说任何话。”

“嗯，嗯。”瓦里安一边嘟囔着，一边站起身。安度因看到吉安娜震惊的表情，意识到关于贝恩希望父亲成为辩护方证人的事，父亲很可能只告诉了他一个人。她的蓝眼睛从父亲转向儿子，然后便紧紧抿住嘴唇，一动不动地目视前方。

当然，大感意外的并非只有吉安娜一个人。让暴风城国王为部落的首领说好话，这种事无论发生在什么时候，哪怕那位首领是古伊尔，都会很奇怪。而加尔鲁什呢？安度因向后靠进椅子里，心中奇怪贝恩到底想要做什么。

瓦里安立下誓言之后，便静待贝恩开口。“庭上，”贝恩说道，“在我开始询问证人以前，请允许我呈上证据。你们都知道，正是因为瓦里安·乌瑞恩国王的劝阻，被告才没有在战场上被立即处死。但他并非总是如此温和。”

“对此，我表示反对。”泰兰德站起身说道，“瓦里安国王不是来此接受审判的。”

“他的确不是，”贝恩表示同意，“但如果不是他的决定，加尔鲁什就不会活下来，我们今天也不会聚集于此地。”

吉安娜低声说了些什么，听起来似乎是“错误”。坐在她身后的卡雷不悦地皱起了眉头。温蕾萨却显露出一副得意的样子。她是一个美丽的女子，但那种表情实在是有些令人心烦。安度因咬住嘴唇，又将注意力转回到父亲的身上。

“这是不可否认的事实，”祝踏岚说道，“但仅是这一点并不足以让我忽略控诉人的反对。”

“法设，尽管这样说也许有些奇怪，但我将以瓦里安国王作为被告的品德证人，所以我要首先确立他在这一方面的可信度。”

“也许你的请求并不合理，”祝踏岚说，“不过我还是希望看看你到底想有怎样的作为。我同意辩护人。”

“那么，庭上，请允许我展示一段时光之相，以确认我的证人的可信度。”

凯诺兹大步走向时光之相。安度因注意到，那只沙漏一定被翻转过一次。在泰兰德展现塞拉摩毁灭时几乎已经倒空的顶部沙漏球现在被再次充满了。精灵形态的青铜龙开始在这件宝物周围轻柔地编织着法术。雕刻在沙漏上的金属龙活了过来，开始让闪光的沙粒向下流去。

一开始，画面上一片黑暗。然后传来了各种模糊的战争喧器——愤怒的喊声、尖叫声、钢铁交击的声音。

“那是怎么回事？”一个被吓坏的女人在问——直到最近，这个人才逐渐开始带上她的族人的标准口音。

茉艾拉·索瑞森。安度因知道随后要发生什么了。他不知道的是，这是否真的对辩护方有利——或者贝恩这样做，是否真的是要为加尔鲁什辩护。

一盏油灯被点亮，茉艾拉用充满恐惧的眼睛扫视四周。她正在铁炉堡自己的寓所中。画面里并不只是她一个人，床边的摇篮里有一个熟睡中的婴儿。两名黑铁矮人站在门边，其中一个正想要开门。

“不！”茉艾拉悄声说道。她在床上站起来，紧盯着门口。她的身上只穿着睡衣，双手捂住喉头。“我命令你们，不要出去！他们可能不会找到我们！”

为了以防万一，矮人们都抽出了武器。不过他们已经不必等待太久了。门板上传来了沉重的撞击声，茉艾拉猛吸了一口冷气。一秒钟时间里，门外的人已经三次猛撞门板，要冲进来。在第四次撞击的时候，门板彻底崩碎了。

茉艾拉惊恐地尖叫着。婴儿被从梦中惊醒，发出充满恐惧的细小哭声。三名入侵者闯进来，向卫兵发动了攻击。黑铁矮人们奋勇作战，但敌人的数量超过了他们。入侵者的头领戴着面罩，技艺娴熟地挥舞着双臂，用一记迅猛的突刺杀死了一名矮人。剑卡在矮人身体里，一时无法拔出，杀手索性丢下了那把剑。

他转过身，面对茉艾拉，喘息着撤掉了面具。画面中的茉艾拉连同旁听席上的人们都惊呼了一声。面具后面的人正是瓦里安。

安度因早就知道这段历史，但他依旧在为这种暴力的行为感到痛惜。如果他能早一些赶到就好了。他的目光转向法庭中现在的茉艾拉。那位矮人神情镇定，但显然很不舒服。安度因为她不得不重温这段历史而感到遗憾，同时也为贝恩这样做感到气愤。

瓦里安抓住那名心惊胆战的矮人，把她从床上揪起来，拖出了房间。茉艾拉一路挣扎着。画面跟随着他们。瓦里安将他的俘虏拖到大锻炉附近的开阔场地上。矮人和侏儒们纷纷挤成一团，瑟缩地看着眼前发生的剧变。瓦里安揪住茉艾拉睡袍的领口，用剑抵住她的喉咙。

“看看这个篡位者！”瓦里安喊道，“正是为了这个孩子——他所最爱惜的小女孩，麦格尼·铜须洒下了无数眼泪。如果麦格尼现在看到这个小女孩对他的城市、对他的人民做了什么，他会感到多么难过！”

他转头瞪着茉艾拉大睁着的双眼。“这里的王座不是你的。你用欺诈、谎言和阴谋篡夺了它。你威胁恐吓你的臣民，尽管他们并没有做错任何事。你一路恃强凌弱，才得到了你不配拥有的权位。我不会再让你坐在这个被偷来的王座之上了！”

“停在这里。”贝恩说道。安度因能够感觉到旁听席上的人们又回到了现实。所有视线都落在瓦里安身上。“我们都认得你和摄政女王茉艾拉·索瑞森。显然，她并没有死在那一晚的劫难中。你能告诉我们，那晚发生了什么？”

“那是在大地的裂变爆发前不久，”瓦里安说，“麦格尼国王尝试进行一场古老的仪式，希望能够与大地沟通，明白到底会有什么样的事情发生。但仪式发生了错误，麦格尼变成了大地的一部分。摄政女王茉艾拉突然出现，宣布继承王座。她将铁炉堡封锁，并囚禁我的儿子作为人质。幸运的是，我的儿子逃了出来。”

“你那时又做了什么？”

“我潜入了铁炉堡。”

“为了什么目的？”

“为了扳倒茉艾拉，解放铁炉堡。”

“你打算如何扳倒她？”

“实际上，我那时还不知道。也许是杀死她，如果她抵抗的话。”

“那一次战斗造成了许多伤亡。”

“是的。”

安度因向泰兰德瞥了一眼。控诉人正靠在椅子里，双臂交叠在胸前，谨慎地保持着面无表情的姿态。安度因知道，她很想反对，但法设在这个问题上已经取消了她反对的权利。贝恩看了一眼凯诺兹，点头示意让画面继续。

“父亲！”

安度因看到自己冲出人群，拼命地跑到瓦里安面前。我看上去是那么年轻，他这样想着，感到心绪烦乱。

“你不应该在这里，安度因。出去。这里不是你待的地方。”

“但我正应该到这里来！”画面中的安度因回答道，“是您派我来这里的！您想让我了解矮人。我照您的话做了。我很熟悉麦格尼。当茉艾拉到来的时候，我也正在这里。我看到了她的出现所引发的混乱。我也看到了这里的人们打算用武器解决和她之间的问题，让铁炉堡差一点陷入内战。无论您怎样看她，她都是合法的继承人！”

“也许她有这样的血统，”瓦里安吼道，“但她没有这样的心。儿子，她受到了法术操纵。麦格尼一直都是这么认为的。她要囚禁你。她毫无道理地囚禁了许多人。她不适合成为领导者！她会毁掉麦格尼辛苦经营的一切！为了这些……麦格尼甚至付出了生命的代价！”

画面中的安度因距离父亲更近了，他伸出一只手。我那时害怕得要死，安度因想，害怕我说错一句话，他就会割开茉艾拉的喉咙。那将是我的错。我们到底犯过多少错？我们都犯过错，至少是绝大多数人都犯过错。

“她没有被法术控制，父亲。那只是麦格尼一厢情愿的想法——他赶走了茉艾拉，只因为她不是男性继承人。”

“你在指责一位已经逝去的荣耀之人，安度因。”

“即使是荣耀之人，一定也会犯下错误。”

“停。”贝恩说道，“瓦里安国王，你认为安度因王子这句话的意思是什么？”

“他指的是我过去做的一些事。”瓦里安说，“我做过的许多事，说过的许多话，都让我无法为之自豪。我曾经对其他种族做出过威胁，失去过理性，曾经变得暴躁褊狭——这应该还只是比较客气的说法。在我看来最明显不过的事情，安度因却会另有想法。”

画面继续行进下去。安度因看到自己争辩说，是否要接受茉艾拉，是应该由矮人们自己决定的事情。而瓦里安随后说的话，安度因一生也不会忘记。

“她把你当作人质，安度因！你是我的儿子！这件事不能就这样了结！我不会容忍她囚禁你和整座城市！我不会的，你明白吗？”

“停。”贝恩说道，“听起来，你想要杀死茉艾拉的原因并非她篡夺了铁炉堡王位，而是她危害了安度因。”

瓦里安点点头。“我……当时很愤怒。我的儿子和我那时的关系很紧张。而我……”他努力搜索着合适的词句，显然是因为担心自己在大庭广众前用词有差，“我那时惊讶地发现，我是多么不想失去他。看到他平安无事，我就只想惩罚茉艾拉，因为她曾经那样让我心忧如焚。”

他和安度因的目光交汇在一起，暖意在父子之间流动。时光之相的画面则陷入了黑暗。“最终这件事是如何结束的？”贝恩问。

“安度因一再强调矮人有权利决定自己的命运。”

贝恩再次向凯诺兹点点头，那时的瓦里安似乎做出了决定。“尽管我很希望这不是真的，”他对仍然在他掌握之中的茉艾拉说道，“你的确有权继承这个王位。但就像我一样，茉艾拉·铜须，你需要比现在的自己做得更好。仅凭血统，你不可能统治好你的臣民。你必须以自己的行动赢得这份权力。”

“停。正因为如此，三锤议会才得以建立，这也是现在的矮人一族所满意的政府格局，对不对？”贝恩问道。

“是的，完全正确。”

“她是在什么时候同意接受这一制度的？”

“我放开她，率领我的人退出铁炉堡之后。”

画面在片刻之后又开始行进。瓦里安来到安度因面前，紧紧拥抱了他。在他们周围，矮人们都松了一口气，并准备像庆祝一切喜事一样，用美酒给这个圆满的结局助兴。他们欢呼着，吹着口哨，高喊着：“蛮锤！”“铜须！”“黑铁！”

“看到了吗，父亲？”画面中的安度因说道，“您知道怎样做才是正确的。我一直都相信，您是知道的。”

画面中的瓦里安露出微笑。“我需要有人相信我，尤其是在我能相信自己之前。”

贝恩向凯诺兹打了个手势，画面停住了。

“陛下，你认为你已经改变了吗？”

瓦里安的目光向安度因闪烁了一下。年轻的王子笑了。瓦里安转回来，向贝恩点点头。

“是的，我改变了。”

“其他人也会这样认为吗？”

“其他人似乎比我看得更清楚。是的，他们也都是这样想的。”

“为什么你要改变？”

“因为我身上的一些东西，正在阻止我成为我真正想要成为的那种人。”

“严格来讲，你是一个分裂的人。”贝恩继续说道，“要将你自己重新拼合成为整体，并不是一件容易的事。在世人的记忆中，你曾经是一个彻底奉行暴力的人。而改变本性对任何人来说都是一场胜率极小的战争。你是怎样做到的？”

“这……并不容易。”瓦里安承认，“我曾经有很多缺陷——就算是现在也是一样。我……曾不止一次濒临堕落。首先，我必须认识到我真心希望能够改变，然后我就需要意志与纪律的约束，还有让这样的奋斗有价值的理由。”

“意志、纪律，进行这种艰难奋战的理由。”贝恩重复着，“你又是在哪里找到了这种意志、这种纪律，还有这些理由的呢？”

“我有愿意帮助我的人民，我会听取他们的意见，”瓦里安说，“他们……是的，他们能够穿透我的厚脑壳，让我看清我到底做了什么——事实往往和我所预期的并不一样。我想要为一个失去母亲的儿子做最好的父亲；为承受过许多苦难的人民做最好的国王。当我坐在王位上的时候，我有责任让他们生活得更好，而不是将王权用在满足我自己的心血来潮上。”

“那么，我们这样说是否准确：你的改变并非是因为某些人的威胁或逼迫，而是你希望为那些依靠你的人做得更好？”

“是的，这样说绝对正确。”

“你认为加尔鲁什·地狱咆哮在意他的人民吗？”

“我反对！”泰兰德喊道。

“我同意辩护人。”祝踏岚一边说，一边向瓦里安点点头。

瓦里安显然是意识到自己要遵守刚刚立下的誓言。他沉思了片刻，才用犀利的蓝眼睛紧盯着加尔鲁什，开口说道：“我相信，他曾经关心他的人民。我相信他依旧是关心兽人的，但并不是全体部落。”

“那么，你的答案是‘是’。”

“如果你所说的‘他的人民’指的是‘兽人’，那么，是的。”

“你认为加尔鲁什聪明吗？”

“是的，非常聪明。”

“那么，就算是你——他的敌人，也认为他关心自己的人民。你也亲口承认他很聪明。这样的评价，也会被人们加在你的身上，陛下。你认为这样的一个人会改变吗？”

一阵很像是轻笑的声音从暴风城国王的口中逸出：“我非常怀疑加尔鲁什……”

“只需要回答问题。是或者不是？对于一个关心自己的人民，又很聪明的人来说，他有可能改变吗？”

瓦里安皱起眉头，张开嘴，又把嘴合上了。他吸了一口气，才低声说道：“是的，是有可能的。”

“谢谢你，陛下。我没有问题了。”

泰兰德显然一直在她的座位上挣扎着。贝恩的询问一结束，她几乎是一下子从椅子里跳了起来。而即将接受她询问的瓦里安和她看上去都仿佛松了一口气。

“陛下，”她说道，“我的问题并不多。首先——你曾进行过种族灭绝吗？”

“什么？”瓦里安紧盯着她。贝恩喊道：“对此，我表示反对！”

“法设，”泰兰德语气平稳地说道，“我并不是在指责证人，只是在请他明确自己的理念。”

“为了什么，书绍？”祝踏岚问道。

“辩护人以瓦里安国王作为加尔鲁什的品德证人。并且他得到了机会确立证人在这方面的可信度。现在，我在做着同样的事。”

“我同意控诉人，只要我认为你没有骚扰证人，你就可以按照你的计划进行。证人可以回答问题了。”

泰兰德点了一下头，将目光转回到瓦里安身上。“你曾进行过种族灭绝吗，陛下？”

“不。”瓦里安说道，他的眉毛拧在了一起。安度因很想知道，泰兰德到底是出于什么目的，才会问出这个问题。

“你希望，或者你是否曾经希望获取权力？”

“不，”瓦里安说道，“我认为，权力和责任都是沉重的。”安度因知道，与国王瓦里安相比，他的父亲更喜欢角斗士洛戈什的简单生活。

“在辩护人刚刚让我们看过的一段画面中，你和军情七处的成员潜入铁炉堡，攻击黑铁矮人，并且威胁没有武器的女性。你会说，这是你的基本行为原则吗？”

“当然不是，这太荒谬了。”瓦里安说道。

“陛下，请简单回答问题。”泰兰德依旧是波澜不惊。

“不！”

“在你最愤怒、最黑暗的时刻，你是否有意策划并执行过某个方案，目的是彻底灭绝一座大城的人口？”

安度因明白了。“不。”他的父亲回答道。

泰兰德平静地转过身，望向祝踏岚。“法设，辩护人以瓦里安国王来鉴定加尔鲁什·地狱咆哮处理各种问题的手段，我认为，尽管瓦里安国王的确也应对过类似的挑战，但他无论过去、现在，还是未来，都和加尔鲁什·地狱咆哮截然不同。所以，我们不可能以他来比照加尔鲁什将会怎样，或者不会怎样。所以，我请求您删除记录中这位证人说过的每一句证言。”

“对此，我……”

祝踏岚抬起一只手。“我明白你的观点了，控诉人，但我不会删除此位证人的证言。我相信，你和辩护人的问题都是有效且有价值的。”

“但，法设……”泰兰德又说道。

“你已经表明了你的观点，控诉人。对于此位证人，你还有更多问题吗？”

“没有了，法设。”

“很好。今天庭审结束。明天，我们将进行最终辩论。语风书绍、血蹄书绍，这将是你们最后向陪审团申诉的机会。我建议你们不要浪费它。”

第三十一章

第九日。

当审判的最后一天到来时，空气中几乎能听到火花的爆裂声。希尔瓦娜斯走进神庙的时候，经过了一名至今为止都成功地躲避了熊猫人卫兵的稽查，在旁听席经营赌局的地精。

“嗨，女士，”他光秃秃的大头上架着一副眼镜，马甲上的纽扣闪闪发光，“您不想赌上一把吗？”

希尔瓦娜斯的心情很好。地精的提议也让她觉得很有趣。于是，她停下脚步，冲那个绿色的小骗子露出微笑。“赔率是多少？”

“迅速执行死刑没赔率，一赔二赌终身监禁。有一些疯狂的结果赔率很不错。”

“比如？”

他仔细端详着手中的小本子。“让我看看……一赔二十五赌陪审团二对二分裂；一赔十八赌加尔鲁什尝试逃走；一赔五十赌被告突然身故；一赔两百赌被告彻底悔悟，诚心赎罪，赎罪行为包括但不仅限于：成为奥格瑞玛孤儿院的志愿者。”地精觑着希尔瓦娜斯，那副眼镜把他的一双小眼睛放大到了可笑的程度。

“有人真的赌这些吗？”希尔瓦娜斯饶有兴致地问道。

“嘿，说了你一定会吃惊的。每天都有大笔金钱被投到这场赌博里。什么事情都会发生的，我就曾经在旧沙漠赛道上见到过一辆光彩耀人的侏儒赛车在转弯处领先了十五个车位，却在最后输掉了比赛。”

哦，听起来，赌上一把的确很有诱惑力。但希尔瓦娜斯不能冒险让这个地精记得她参加过赌局。所以，她只是拍了拍那颗闪亮的绿色大头，就向大殿深处走去了。

今天，在最终辩论结束之后，天神将退庭进行商议。加尔鲁什也将吃下他最后的晚餐。希尔瓦娜斯知道，那顿晚餐的菜品是绿咖喱鱼。这是加尔鲁什很喜欢的一道菜。温蕾萨已经确认过这一点。无论今天的法庭中发生什么，都不过是无关痛痒的娱乐节目。就让其他人为陪审团的决议而担忧，紧皱眉头，去争论、辩驳和焦急吧。只有希尔瓦娜斯和温蕾萨知道这些纷争焦虑是多么没有意义。

为了压制大殿中的喧嚣，祝踏岚不得不多敲了几下铜锣。“我相信，你们现在全都已经知道，今天将是对加尔鲁什·地狱咆哮进行审判的最后一日。”他看了泰兰德一眼，“语风书绍，你还希望请哪位证人出庭吗？”

希尔瓦娜斯注意到，这位暗夜精灵今天穿了一件更加正式的长袍。毫无疑问，她在期待着自己的胜利。如果不是已经知道了事态将如何发展，希尔瓦娜斯一定会很乐意向她祝贺成功。“没有了，法设。”

“血蹄书绍，你还有想要请上庭的证人吗？”

贝恩摇了摇生着长角的头。“没有了，法设。”

“那么，请注意。在最终辩论开始时，我多少还是会有些担心这场审判的最后几个小时可能变成一场无序的闹剧。为了防止这样的事情发生，我要告知在座诸位，你们随后将会看到什么。今天的审判程序如下：控诉人将说明对被告执行死刑的理由。随后辩护人说明应该终身监禁被告人的理由。我们接着会休庭两个小时，被告人可以在这段时间里吃下他的最后一餐。然后他将进行最终陈述，如果他决定这样做的话。”

希尔瓦娜斯的身子一僵。什么？她本以为绿咖喱会是今天的晚饭，是在陪审团进行讨论之后才会送到加尔鲁什面前，而不是让那个兽人在下午就吃掉！她们的计划……希尔瓦娜斯的目光转向她的妹妹。在这么远的地方，她无从分辨温蕾萨的表情。但她的妹妹似乎突然对腰间的口袋产生了浓厚的兴趣。温蕾萨在口袋中摸索了一下，然后点点头，向被遗忘者的区域望了过来。

喜悦取代了片刻的惊慌。我亲爱的妹妹，希尔瓦娜斯努力压抑住唇边的微笑，我们将组成天下无敌的团队！看样子，温蕾萨一直随身携带着那瓶毒药。她们不会失败，无论那个该诅咒的兽人什么时候把那顿饭塞进他蛮横的大嘴里，他都必死无疑。

看到问题已经解决了，希尔瓦娜斯便将注意力转移到法官身上。祝踏岚正扫视着人群，面容严肃。“我相信，没有人会对此抱有异议——他的命运将在我们面前被决定。他有权说出心中和思想中的话，并有权得到倾听——只要他愿意如此。如果有人对此仍不理解，我很愿意让他在影踪禅院内静修一个月，把这件事充分考虑清楚。”

希尔瓦娜斯完全不怀疑这位熊猫人会采取此种手段。很显然，大殿中没有一个人怀疑。众人的沉默似乎让祝踏岚感到很满意。他便开始宣布随后的审判进程。

“被告陈词之后，陪审团将进行讨论。最终，当陪审团带着结论回到这里的时候，我们将齐聚于此，聆听判决。语风书绍，我们已经准备好听取你的总结陈词了。”

* * *

吉安娜眼睛眨也不眨地盯着泰兰德站起身，用了一点时间审视手中的笔记，然后整齐地将它们卷好，放到一旁。这名暗夜精灵知道，前来参加审判的人们都在等待这一天。现在，所有人的注意力都集中在了她的身上。但她并没有因此显露出任何匆忙慌张的神色。泰兰德又将一只普通的符文布口袋放在桌子上，伸手进去，取出一块有鸡蛋大小的石头。

“在我的起始陈词中，”暗夜精灵那如同抒情诗一般的嗓音清晰地传遍了整座大殿，“我曾经告诉过你们，我所接受的绝不是一个有多么艰难的任务。作为控诉人，我的工作就是提出证据，证明加尔鲁什·地狱咆哮不值得拥有‘第二次机会’，不值得改过自新，他更配不上其他任何会被辩护人用来博取你们同情的辞藻。就在我开口之前，加尔鲁什已经承认自己犯下了他被指控的所有罪行，而且……”她微笑着，耸了耸肩，“我毫不怀疑，你们都还记得他的态度。”

泰兰德一边说，一边来回踱着步。现在，她又走回到了自己的桌子前。她小心地放下那块石头，又从口袋中取出第二块石头，继续说道：“辩护人问，人们能否改变？他们当然可以。改变是事物的本性。但有时候，改变并不会意味着变得更好。一棵树当然会生长，疾病同样也会生长。”她又一次放下手中的石头，并拿起了两块石头。

“我在起始陈词中向你们承诺，你们将会看到加尔鲁什·地狱咆哮的阴谋，你们将听到他的谎言，你们还将见证他的背叛。”

她停下脚步，注视着吉安娜。“我不得不在这里展示出许多可怕的过去，对此，我极为遗憾。但如果我不能竭尽全力让我的控诉充实可信，有说服力，我就是严重辜负了我的责任。”她鞠了一躬，将手中的石头放在心口。

吉安娜明白。她吃力地咽了一口唾沫，点点头。对于吉安娜的表示，泰兰德并没有任何明显的反应，但吉安娜觉得她仿佛松弛了许多。又一次，这位高阶祭司将石头放下，再拿出两块石头。现在控诉人的桌边已经有四块石头排成了一条直线。不止一个人在好奇地看着它们。

“他一共被指控了十项罪行。”泰兰德说道，“其中绝大部分都有过多次的犯罪记录。”她一边说，一边拿出更多石块，将它们依次整齐地放好。

“种族灭绝。谋杀。强制人口迁徙。造成人员失踪。奴役。绑架儿童。酷刑折磨。杀害俘虏。强迫怀孕。对城市、集镇和村庄肆意摧毁，哪怕毫无军事或政治的必要性。”

泰兰德停了一下。她看着这些石头，仿佛是在点数它们。“这里有九块石头。”她抬头望向旁听席，烁烁放光的眼睛扫过每一张面孔。“也许，你们在好奇，为什么只有九颗。我对加尔鲁什的控罪却有十项。这是因为，这些石头所代表的并不是他的罪行。”

她转向自己的桌子，拿起了第一块石头，仔细打量着它，缓缓地说道：“这些石块，并不代表任何抽象的概念。它们来自那些将永远记住加尔鲁什的地方。比如……这一块来自石爪山。克罗姆加大王在那里杀害了一整个村子的无辜民众，因为他相信加尔鲁什灌输给部落的新理念。他怎么会这样做？怎么会向无辜平民丢下炸弹？随后，加尔鲁什杀掉了他，因为他……玷污了荣誉。”

她将那块石头重重地砸在桌子上。吉安娜被吓了一跳。一阵惊呼声涌过整座大殿。泰兰德扬起她美丽炽烈的双眼，同时拿起了另一块石头。

“这块石头上有黑红色的斑点……它见证了许多鲜血。它来自奥格瑞玛的决斗场。”泰兰德若有所思地抚过这块石头的表面。“那是举行 mak’gora 的地方。贝恩 · 血蹄的父亲因为叛徒的阴谋而死在了那里。”她轻轻将这块石头放下，拿起了第三块。

“这块生满苔藓的石头来自吉尔尼斯。加尔鲁什 · 地狱咆哮向那里发动了攻击……许多人都死了。另一场进攻的目标是艾萨拉——美丽的、秋季的艾萨拉。现在那里已经不是那么美丽了，对不对？加尔鲁什 · 地狱咆哮将那片土地给了地精。地精们用机器在那里雕刻出一个巨大的部落徽章，还让那里都城中的水再也不适合饮用！”她狠狠地将这块石头砸在桌面上，就像对待第一块石头一样。吉安娜从她的脸上看到了真正的痛苦。

当泰兰德轻柔地拿起下一块表面布满蓝绿条纹的石头时，她脸上的痛苦变得更加强烈。“灰谷，”她说道，“遍布森林、溪流和生命的地方。灰谷，被尊奉加尔鲁什命令的兽人所蹂躏。因为那场战争，许多儿童被绑架，他们的父母全都死在了那里。”

如痴如狂的吉安娜准备着听到石块重重敲击桌面的声音。但暗夜精灵只是轻轻地把石块放下，最后哀伤地抚摸了它一下，又转向下一块石头。这一块看上去和其他石头都不一样——就像一团来自火山口的岩浆。突然之间，吉安娜知道了它是从哪里来的。

“对艾萨拉和灰谷的掠夺并不能让他满足。无数无辜者的血染红了他的双手，却无法阻止他。加尔鲁什还想要更多。他相信，部落不仅有生存和繁荣的权利，而且他还有权以任何手段来实现这一目标，无论他可能会造成怎样的伤害。”她举起那块石头，让大殿中的所有人都能看到，“这是一个熔核巨人！一个强大的元素，却被迫要去做各种残忍的事情。利用它的黑暗萨满丝毫不在意大地是否在因为这种暴行而愤怒，而痛苦哭泣。这……简直就是在模仿大地的裂变！”

还有三块石头，吉安娜看着下面那一块。那是一块表面平滑的灰色石头。它一定经历过许多个世纪的水流冲刷。泰兰德小心地将它拾起，就如同捧起一颗易碎的鸟蛋。她的目光则射向了吉安娜。

大法师的呼吸停止了。她感觉到卡雷的手在轻轻靠近她的手。但如果她不需要安慰，这只手肯定会立刻退走。吉安娜没有去看卡雷。她无法将自己的视线从那块石头上挪开。她张开手掌，用手指紧紧攥住了卡雷的手。

“塞拉摩。”泰兰德的声音中充满了感情。她不需要再多说任何一个字了。

她将那块石头按在心口，片刻之后，才把它放回到桌子上。“达纳苏斯，”她轻声说着，手指碰到了倒数第二块石头，“暗夜精灵的家园。夺日者背叛了达拉然，他们不但不使用自己的魔法救助这个世界，还用它偷取了圣钟，达纳苏斯也因此遭到侵犯。”

最后一块……“锦绣谷。”她说道。她的声音在这里中断了片刻。吉安娜知道，这不是她有意为之。“一个古老的地方，很久以来，一直与世隔绝。直到最近，我们才能一睹它的真容。而现在，它遭到了严重的破坏，也许要再度过另一个永世，才有可能重现繁花似锦的美景。这全都是因为加尔鲁什无以言喻、无可阻遏的权力欲望，一切都只是为了部落的一个派系！”

她猛地转过身，在她强壮健美的身躯上，每一根线条都仿佛是用愤怒和激情的凿子雕成。“这样一个人怎么可以得到第二次机会？如果他有这样的机会，他只可能造成更多的灾难！谋取更多的权力！出卖更多盟友！至尊天神们，你们的睿智超乎我们的想象。我请求……我恳求你们，宣判加尔鲁什·地狱咆哮接受死刑，为了他所做的一切，为了他所伤害的敌人、盟友和这个世界。他不会改变，他无法改变，他心中只有傲慢和贪婪。只要他的心脏还在跳动，他就会策划阴谋；只要他的心脏还在跳动，他就会屠戮生命。”

泰兰德深吸一口气，挺起胸膛，显得端庄而伟岸。

“结束这场灾难。结束他。就是现在。”

第三十二章

当泰兰德回到自己的座位上时，整座大殿都保持着沉默。吉安娜几乎能感觉到所有人的目光都聚焦在加尔鲁什·地狱咆哮的身上。这么多生命、这么多痛苦、这么多毁灭，全都由这个兽人一手造成。只是这一个人！难道一个人有可能比他的整个种族造成的伤害还要多？

这个人就坐在这里。只需要长剑一次突刺，一颗瞄准精确的火球，就能彻底了结他。加尔鲁什·地狱咆哮将再也无法伤害任何人。

吉安娜的手指渴望着编织出这个法术。

过了一会儿，贝恩·血蹄站了起来。他的蹄子踏在地面上，在寂静的大殿中发出格外响亮的声音。对于这个牛头人和他不可能完成的任务，吉安娜突然产生了一丝同情。

贝恩站起身，收束起散乱的思绪，面向天神，开口道："我知道，你们期待着一场充满激情的演讲，期待我向你们恳求怜悯，呼吁你们以睿智和仁爱的头脑考虑这个案件。也许我会做出这样的恳求，但我现在还没有决定好。现在我想向你们陈述的，并非是关于加尔鲁什·地狱咆哮，而是关于我。”

他将双手背在身后，开始在大殿中心沿环形轨迹慢慢踱步。“当我被要求为加尔鲁什辩护的时候，我非常清楚，自己根本不想这样做。我羡慕语风书绍，不仅因为她有更大的可能赢得这个案子，更因为我很想有机会能做她所做的事情。”他停在泰兰德的桌子前。泰兰德看着他，眼神里夹杂着好奇和警惕。贝恩拿起桌上的第二块石头——就是从mak’gora决斗场中取来的那一块。吉安娜相信，那块石头上的黑红颜色一定是陈旧的血迹。也许这正是泰兰德会选择它的原因。那很可能就是凯恩的血。

泰兰德眯起眼睛，但并没有阻止贝恩的行动。贝恩则继续缓慢地踱着步。

“如果我能收集这些石头，回想那些地方发生的事情，逐一深思那些悲剧和无意义的暴行。”他的手轻轻握紧了那块小石头，“如果我能够和克罗米坐在一起，在时间的洪流中寻找每一个至关重要的证据，向陪审团和人们说：‘看啊，看这里！仔细地看，仔细地感觉！这……这就是加尔鲁什·地狱咆哮所做的一切！’我一定会感到非常高兴。”

他打算做什么？吉安娜暗自思忖。他要放弃了吗？承认为加尔鲁什辩护从一开始就是一个毫无希望的任务？

“于是，我去了雷霆崖。那是我的父亲和萨尔为我的族人建起的家园。我呼吸着那里的空气，坐在那里的红色岩石上，问我的父亲，我要怎么做。”贝恩指了指旁听席上的卡多尔·云歌，“那时，我希望见到的人出现在我的眼前。”

贝恩的声音开始微微颤抖。他的手紧紧攥住了那块可能被洒上了乃父鲜血的石头。

"我的父亲知道，我不能沉溺在自己的憎恨与痛苦之中。那样将让我再也无法高仰起头颅。他知道，我需要接下这个任务，需要以我最大的能力为加尔鲁什辩护，无论结果如何。否则我将无法得到内心的平和。他知道这一点，是因为他了解我，也是因为我的父亲——死在加尔鲁什之手的凯恩·血蹄——如果他活着的话，也会做出同样的选择。

"于是，我同意在法庭上代表加尔鲁什发言。我和凯诺兹用了许多个小时研究各种事件，正如同泰兰德所做的那样。我发现，没有任何办法可以真正为加尔鲁什·地狱咆哮辩护——这种可能性是根本不存在的。唯一的'辩护'方式就是超越这些事件，去关注真正重要的事情。"

贝恩再次俯视他巨大手掌中的那块石头。"泰兰德花费了很大精力寻找这些石头，将它们呈现在她的总结陈词上。我绝不会低估她的努力。而且我相信，当她收集起这些石块，思考它们的意义时，一定又经历过一番巨大的痛苦。但我必须告诉你们，无论她的陈述和展示有多么切中要害，那只是一段陈述、一场展示。正如同时光之相，或者也可以说，正如暗月马戏团——尽管这样的比较很不恰当，但实情的确是如此。"

他望向陪审团，用有力的手指捏碎了那块石头。

"这毫无意义。"

吉安娜感觉到一阵愤怒的冲动，仿佛自己刚刚受到了侮辱——他怎么能这样做？如此冷酷无情地毁掉一份对他父亲的珍贵回忆？

极度不快的议论声充满了整座大殿。祝踏岚拿起锣锤，却又低声嘟囔了些什么。

贝恩丝毫不为所动。他张开手，让石屑撒落到地板上。“万物最终都会变成这个样子。我们会化作尘土。岩石、树木、田野和森林中的生物，牛头人，暗夜精灵，兽人——我们本就是从尘土中来的。这并不重要。我们的死并不重要。重要的，是我们的生。”

他环顾大殿，稍稍显露出一点激愤的神情。“只有生命存在，事物才能改变。只有在我们活着的时候，我们才能安慰朋友，养育后代，建造城市。我的父亲活过，他做了很多事，做得很好。他教会了我很多。”

现在，贝恩直视吉安娜和安度因。“他曾经说过，毁灭很容易。但创造能够持续下去的东西——我的父亲告诉我，那是一种挑战。”

他又伸手拿起另一块石头——来自塞拉摩的石头。在那里，他、吉安娜和安度因曾经讨论过许多事情。“我能够用这块石头砸碎加尔鲁什 · 地狱咆哮的头骨。或者……我可以用它建起一座城市。我能够用它碾磨稻谷，或者将它加热，烹调食物。我能够给它涂上鲜艳的色彩，在仪式中用它来赞颂大地母亲。无论我们用这块石头做或者不做任何事，它终有一天会化作尘土。而重要的是，当我们活着的时候，我们用它做了什么。我相信，如果我们真的省视内心，透过守卫它的恐惧和伤痛，我们就能看到，只有这才是真实的。

“我们全都做过令自己感到羞愧的事情。我们全都做过只希望从未发生过的事情。我们全都有可能成为加尔鲁什·地狱咆哮。当我在这场审判中，看到一幕幕时光之相，我开始明白了这一点。我看到了杜隆坦的罪恶。他毁掉了泰尔莫。但后来，他因为坚持自己的信念而遭到了族人的放逐。我看到了加考格，他放弃了库卡隆中令人称羡的职位，因为他无法容忍自己竟然服从命令，对无辜的儿童做出了那样的恶事。瓦里安国王……”贝恩转头说道，“你曾经用剑威胁只穿着一件睡袍的女士。她那时完全无法保护自己。而现在，你们两个已经成为了朋友和盟军。阿莱克丝塔萨，曾遭受过那样恐怖的虐待，但她的宽容更超越了她的灾难，因为她知道——我们也全都应该知道——这是唯一的办法。”

他再次望向吉安娜，眼睛里充满同情。“曾经的塞拉摩女士，现在却已经失去了她的故国，她承受了巨大的损失和背叛。她没有巨龙守护者那样的非凡耐心和意志，能够从容应对如此深重的灾难。我们都见到并听到过她的悲苦与激愤。但即使是她也明白，她不希望自己变成加尔鲁什。”

贝恩转回到天神面前。四位天神正专注地看着他。“泰兰德提起过真正的正义。我相信，你们知道那是什么。我相信，我们今天将在这里看到它得以实现。谢谢。”

* * *

贝恩也许没有能赢得每一个人的心，但他的确触动了许多人的心弦。至少对于吉安娜是如此。在随后的两个小时休庭时间里，无数旧事飞掠过她的脑海和心灵。卡雷问她是否想一同用餐，但被她柔声拒绝了。“我……我需要想一些事情。”卡雷点点头，面对吉安娜的微笑，他的眼睛里却映出了哀伤。

吉安娜买了一碗面条，找了一个僻静的角落——一株樱花树下，独自吃着。她很喜欢面条，这里的景色也很美。但现在这两样东西都无法引起她的兴趣。她只是机械地将食物填进嘴里，一下一下地咀嚼着。

她并不羡慕天神们的责任。她仔细思考自己听到的、所看到的，以及被迫说出口的一切。她又想到了金迪，她的侏儒学徒永远都是喜气洋洋的样子，但对待事情的时候又会变得格外认真，并且有着坚定顽强的意志。她想到卡雷，还有那个蓝龙即使违拗她的意愿也执意要坚持的选择。卡雷爱她，这一点她丝毫不会怀疑。但一个伴随着苦涩的念头同时在她的脑海中闪过——卡雷的心，那颗比她更善良、更坚强、更仁慈的心，无法承受她的怨毒。她意识到，自己会伤害卡雷。卡雷或者将鲜血淋漓地留下来，或者会安然无恙地离开她。

总要做出选择，她想到。但贝恩有一件事说对了，她不想成为加尔鲁什那样的人。如果他们的角色互换——加尔鲁什会怎样对待她？

“吉安娜女士？”说话的是法庭信使贾骥，他向吉安娜深鞠一躬，“请原谅我的打扰。我有一封您的信。”

他呈上一支卷轴。吉安娜皱起眉头，接过卷轴。看清卷轴上的印章，吉安娜的脸色立刻变白了。红色的蜡封上清楚无误地印着部落的徽章。

成千上万个念头同时涌过她的脑海，每一个念头都非常可怕。

她用颤抖的手指破除蜡封，打开卷轴，看到了里面的文字：

> 我用了一些时间才知道了发生在达拉然的事情。你曾经是一位和平之人，但现在，你已非复往昔。加尔鲁什燃烧大地，死去的人并非唯一的受害者。我不会责备你，也不会怨恨你，无论你如何看待加尔鲁什——或者部落。
>
> 我们全都有自己心中的幽灵。
>
> ——沃金

吉安娜又将这封信读了几遍，缓缓露出了微笑。“你希望我传递答复吗，吉安娜女士？”贾骥问。

“是的。”吉安娜说道，“请告诉大酋长，我感谢他的理解。”

“好的，女士。”贾骥又深鞠一躬，回身去传达吉安娜的消息了。吉安娜看着那位熊猫人离开，脸上依旧带着微笑。一股暖流已经悄然间渗入了她的心房。在这个居高临下的位置上，她能看到下方的人群。那里面只有一个有蓝黑色头发的人。那个人正在与瓦里安和安度因交谈。就在吉安娜看到他的时候，他分别与那对父子握了手，便低着头向一旁走去。

他要离开了。

手中紧抓住沃金的信，吉安娜跑了起来。

“卡雷！”她高喊着，完全不在意纷纷向她转来的视线，“卡雷！”

她的双脚几乎要在山间小路上飞翔起来。这里跳过一段树根，那里跨过残缺的台阶，她以从未有过的敏捷飞奔着。人群在她面前分开。她没有注意，也全不在乎。她的眼睛只盯住了卡雷苟斯。她拼命地向圣光祈祷，祈求卡雷不要被人群吞没。

“卡雷！”

卡雷的脚步慢了下来，终于停住了。他侧过头，仿佛在倾听。然后，他转过身，努力在人海中搜索。他们的目光相遇在一起。卡雷的脸就像太阳一样放射出光芒。她的心中也充满了喜悦。他们之间的距离在迅速缩短。她一跃而起，扑进了卡雷张开的双臂。

就在这里，在所有人的注视中，他们忘情地拥吻，吉安娜的心中充满喜悦和渴望，还有最最诚挚的感激。

加尔鲁什·地狱咆哮已经夺走了太多。

但加尔鲁什无法将这个夺走，不会将它夺走。

第三十三章

“温蕾萨！”木兰热情地向她的朋友问候，“我本来还在想，不知今天能不能见到你，毕竟这是审判的最后一天了。”

温蕾萨向这位熊猫人露出微笑。木兰正忙着切姜末、洋葱粒和其他蔬菜。她的动作实在是快得令人咋舌，菜刀已经变成了一团幻影。“哦，我还会来的。我要确保得到你的菜谱。你的菜实在是很受欢迎，看样子，甚至就连兽人也会喜欢。”

木兰“咯咯”地笑着，眼睛也亮了起来。“也许有人会说，甚至就连精灵也会喜欢。”说到这里，她做了个鬼脸，“当然，如果我没能确保你知道该如何做好这些菜，那就是我的失职了。一定请记住，我的厨房永远都欢迎你。你会回来看我吗？”

看着熊猫人充满期待的双眼，突然间，温蕾萨感觉到一种完全出乎意料的痛苦。不，她不会再回来了。她不会再去任何她曾经无比熟悉的地方。只有那个黑暗之地，很快就会成为她的家园。还有黄沙漫天的奥格瑞玛，和只有黑烟和破屋的地精之城。不过，这并不是全部。她还可以去银月城，感叹那里和她曾经生活过的家园已经有了多么大的区别，她还可以拜访她的家族之塔……

“哦，当然。”她轻而易举地说了谎，“我已经喜欢上你了，木兰。”至少，这句话是真的。

木兰的脸上焕发出光彩。然后，仿佛是对刚才的对话感到有些困窘，她用更加直率的口气说道：“来吧……帮我干点活。把九层塔切了，还有切一下太阳果。”

太阳果，她的目标。不需切开，它们馥郁浓烈的香气就已经飘进了温蕾萨的鼻孔。温蕾萨小心地使用着厨刀，唯恐割伤自己的手指。

用餐的人一共有八个，木兰摆出了八只小瓷碟。温蕾萨将太阳果切成四瓣。这时木兰则仔细向她讲述咖喱鱼中的各种配料，包括咖哩酱本身的做法。温蕾萨并没有听进去多少。现在她的脑子里只有加尔鲁什。无论贝恩·血蹄最后的哀告如何感人，加尔鲁什一定要死。罗宁已经死了……加尔鲁什一定要付出代价。

“哪一份是加尔鲁什的？”温蕾萨希望自己的声音听起来很随意。

“那个褐色的竹盘子，”木兰用手中的勺子指了一下，“多给他一瓣太阳果吧，这也许是他的最后一餐了。我知道，他很喜欢这道菜。”

“对一个杀人犯，你真是仁慈。”温蕾萨不假思索地愤然说道。但木兰知道温蕾萨的损失，所以她只是同情地看着这位高等精灵。

“明天，当我醒来的时候，就会看到这片美丽的土地，能够享受美食，与家人和挚友一同欢笑，进行有意义的工作，让这个世界有所不同。但无论至尊天神做出何种判决，加尔鲁什·地狱咆哮都绝对无法再拥有这些了。想到这一点，我就会更容易对他和善一些。”

羞耻感如同火热的电流，涤荡着温蕾萨的神经。但愤怒紧随而至。她只是点点头，又拿起一瓣太阳果。木兰擦了擦手，转身去盛咖喱了。

就是现在。

温蕾萨将那只小瓶子从口袋中掏出来，拔去瓶塞。她的双手已不再颤抖。很快，每一瓣太阳果上都被滴了三滴毒药——只需要一滴，就足以杀死她的仇人。毒液迅速融入了令人垂涎欲滴的水果中。没有人能看出任何异样。温蕾萨用力塞好瓶塞，又用肥皂洗了手。

完成了。

“谢谢你，温蕾萨。”木兰说，“我会想念你，直到你下一次来看我。”

温蕾萨给了她一个苍白的微笑。“谢谢你，木兰。谢谢你为我做的一切。我们下次再见。”

她转身打算离开。木兰在她背后说道：“再来的时候，一定带上你的小家伙！他们肯定是很漂亮的男孩！”

她的孩子。

强烈的情感狠狠击中了温蕾萨。她的身体开始颤抖。她继续向前走着，一边挥手向熊猫人厨师告别，一边走出了神庙下方这座临时充作厨房的房间，快步跑进了走廊。

她靠在冰冷的岩石上，吃力地喘息着。对于暴力，温蕾萨并不陌生。她杀过人，但那全都是在战场上，是她在为他人而战的时候。这次却完全不同。这是精心策划的阴谋，是隐秘实行的谋杀。她使用的不是游侠的武器，而是刺客的毒药。这比一箭射中眼睛更糟，比黑暗中的匕首更糟。

他们肯定是很漂亮的男孩。

已经很长时间了，她一直没有真正想到过他们。首先，她必须对付夺日者和洛瑟玛，然后是对奥格瑞玛的攻击，紧接着就是这场审判。最近这几年，她几乎没有多少时间陪伴他们，甚至经过了……

他们很漂亮，有着罗宁的红色头发和她的眼睛。吉拉玛尔只早出生了一会儿，然后就是加拉丁。温蕾萨突然发现，自己是多么想念他们的笑声。他们都是疯孩子，但都有一颗善良的心。他们是她的孩子。他们的父亲一定会为他们感到骄傲，他们是那么勇敢……

温蕾萨努力想象他们在幽暗城的生活，却……完全无法去想象。他们要在哪里奔跑、玩耍和欢笑？该怎样仰起头，接受天空的亲吻？在一座死者之城中，他们要如何学会生活的意义？

“温蕾萨？”

灰色、黑暗的幽暗城，她的孩子将被困在其中……迷失在这样的想象中，温蕾萨被这一声叫喊猛然惊醒，急忙疯狂地向周围望去。

“安度因，”看到召唤自己的人，她轻笑了一声，“很抱歉……我有些走神了。”

“不，是我要道歉。我没想要吓到你。你还好吗？”

温蕾萨回到了现实世界。站在她面前的是另一个英俊的男孩。只不过这一个要比她的双胞胎大了许多，但他们同样是心地善良的金发王子。“我没有事，没有事，”温蕾萨说道，“你在这里做什么？”

安度因看上去有一点羞窘。“我要去见加尔鲁什。不久之前，他要求见我。从那时起，我们每天在庭审之后都会交谈一段时间。但在阿莱克丝塔萨做证之后，我就不想再去见他了。但是……嗯，也许这是我最后的机会了。我感觉我应该去，即使他可能还是只会对我大吼大叫。”

温蕾萨看着他，心中想着自己欢笑的孩子们。在改变心思之前，她猛地扑向安度因，抓住了他的一只胳膊，死死地盯住安度因，眼睛里充满了困惑。

“温蕾萨？”

“我相信，这一定是圣光的作用。”她说道。她说话的速度很快，因为她害怕恐惧和憎恨会封住她的双唇。“我要把选择的权力交给你。加尔鲁什的食物中有毒。一定记住这一点。”

没有等待安度因的回答，她便沿着走廊疾步飞奔。她要去找玉菲，让熊猫人法师送她去达拉然。然后她就要紧紧抱住自己的孩子们——她的温暖的、可爱的、活生生的孩子们，永远，永远不再去想要抛弃他们。

* * *

安度因盯着远去的高等精灵游侠，惊愕地张着嘴。

*毒？温蕾萨要毒死加尔鲁什？*他很难相信这种事。但他又想到了温蕾萨在塞拉摩被毁之后变得有多么冷酷和苦涩，以及她和吉

安娜相互舔舐伤口的样子。他终于痛苦地意识到，是的，温蕾萨会这样做。

安度因立刻迈开脚步——加尔鲁什的食物会不会已经被送去了？他跑过走廊，在牢房坡道的门前猛然停住脚步。

“晚饭，”他喘息着说道，“送来了吗？”

“没有，安度因王子，”楚罗说，“也许你应该先去吃些东西，缓缓心神，然后再过来。”

骤然放松的神经让安度因感到一阵虚弱，他发出颤抖的笑声。“抱歉，我能去见他吗？”

楚氏兄弟对看了一眼。楚罗说：“他……现在的情绪很不稳定。”

“非常不稳定。”楚李附和道。

及时赶到让安度因产生的宽慰与眩晕感立刻被严肃的心情所取代。“他即将面对死亡，而且绝不是他所期待的那种死亡。他一直都很勇敢，但现在，他能做的只有等待。我能够理解他会有多么……不稳定。也许我可以单独和他谈谈？”

“如你所愿，殿下。”楚李很不情愿地打开了门。

加尔鲁什并没有像往常那样坐在床铺上，而是正在狭小的监牢里来回踱着步——现在他每一步都只能迈出几寸远。当牢门打开的时候，他愤怒地抬起了头，看到走进来的人，他的面色立刻变得更加阴沉。安度因强打精神，准备好迎接加尔鲁什的吼叫攻势，但那个兽人什么都没有说，只是继续在脚镣的限制下踱着步。

安度因坐下来，等待着。当啷—当啷—当啷—当啷……

几分钟以后，加尔鲁什停下了脚步。“为什么到这里来，小人类？”

这不是安度因预料中的问题。加尔鲁什的声音中没有憎恨，没有愤怒，只有……听天由命。“我来是为了看你是否需……是否想和我谈谈。”

“是吗？我不需要。现在就滚吧。”兽人的语气不再是那种听天由命的样子，而是充满了轻蔑，“去玩你那个圣光的小游戏，挥舞你那柄被称作破惧者的小锤子吧。至少贝恩还是个牛头人，知道要把那件小玩具还给你。”

“你在试图激怒我。”安度因说。

“起作用了吗？”

“是的。”

“那好，现在，滚吧。”

“不。”安度因对自己的回答吃了一惊，“你曾经问过我一次。你也想过要找一位牧师，但你无法去面对来自部落的牧师，因为那样的话，你的愿望和你的需要就会变得太过真实。那么，你不如和我——你所谓的敌人谈谈。也许玩一玩文字游戏，或者相互叫骂几句也要好过真正面对那个事实：你也许会被执行死刑。但加尔鲁什，你不明白的是，我坚信一名牧师必有自己要履行的职责。我要留在你身边，不管你是否希望我留下。因为也许会有一分钟，哪怕只是一分钟，你会想要我的陪伴。”

“我就算是在扭曲虚空最黑暗的角落中腐烂，也不会想要你这个鼻涕虫的陪伴！”安度因察觉到了加尔鲁什的改变。他意识到，为了保持这张平静的面孔，这个兽人到底耗费了多么大的力气。而现在，这种表面的平静消失了，如同一套加尔鲁什感到不再合适，丢在一旁的披肩。他的眼睛并没有绽起血丝，但其中的怒意还是显而易见。他的内心充满了火焰，一双带着手铐的拳头不停地攥紧又松开。

“你每天都坐在那里，永远都是一副自鸣得意、伪装虔诚的样子。”加尔鲁什说出的每一个字都浸透着厌恶之情，“你只知道你那珍贵的圣光，所以你以为只要能挨我几句骂，冷眼旁观我的命运变化，你就能让我改变自己。孩子，那里的所有人都想从我身上得到些什么，你也是一样。”

“我来到这里只是为了帮助你……”

“帮助我什么？”加尔鲁什的音调提高了，“帮我去死吗？帮我像一头宠物狼那样活下去，呜咽着寻求爱抚，还有偶尔会丢来的一块肉？我无法像战士那样昂首阔步，但这对于你们来说还不够，难道我还必须像野兽一样被铁链锁起来吗？这就是你们希望你们的圣光对我做的？”

安度因感觉到加尔鲁什的这番话仿佛直接抽在了他的脸上。“不，根本就不是这样。圣光不是这样的……”

“一个乳臭未干的人类男孩就这么懂得圣光的一切吗？”兽人发出冷冷的笑声。

“我懂得的够多了！”安度因的火气也升腾起来，他努力维持着自己的耐心，“我懂得……”

“你什么都不懂，男孩。你的胎毛还没有褪干净呢。你大概才刚刚从你妈的肚子里爬出来！”

安度因仿佛被蜇了一下。“我的母亲和这件事无关，加尔鲁什。现在我们说的是你。你可能只剩下几个小时的时间了，而你却还不知道……”

“我说什么，就是什么！我们现在要说的是你的傲慢，你那该诅咒的联盟的傲慢。你们明明知道怎样是正确的，怎样做才是最好的，无论是对其他任何人，还是对我！”

安度因的呼吸在加快。他的拳头也攥了起来。牢房门打开了，玉菲和楚氏兄弟走了进来。他们的面容都很平静，仿佛完全没有听到这个兽人的吼叫。加尔鲁什只是怒气冲冲地盯着他们。

“后退，加尔鲁什。你知道我们不想伤害你。”楚罗说道。身材娇小的玉菲站在一旁。而安度因突然明白了，真正具有威胁的力量是这位熊猫人法师，并不是楚氏兄弟。加尔鲁什看着他们，无力地喷了一声鼻息，向后退去。法师消解了屏障法术，供囚犯食用的绿咖喱鱼被放进了监牢。玉菲重新展开屏障法术。之后，三名熊猫人便静静地离开了。牢门重新关闭，在他们身后被锁住。

“加尔鲁什，听我说……”安度因想要警告他鱼里已经被下了毒。

“你听我说，男孩。我希望你能成为国王。因为不管我到时候是否还能亲眼看到，但你登上王位的那一天，一定是值得兽人们庆贺的一天。我们将攻下暴风城。听到我的话了吗？我们将在你们的街道上驰骋，杀光你的臣民。我们会把你这副爱好和平的小身躯插在长矛上，把你的城市，连同你的胎毛一起烧光。无论你那宝贵的圣光会给你一个怎样的来世，你的父亲和蒂芬王后一定会希望当年她还是流产比较好。”

安度因停止了呼吸。他觉得自己就要被炽热的怒火炸开了。他想要阻止加尔鲁什继续说下去，想要打开这个兽人的头壳，抹掉那个大脑中关于加尔鲁什的一切。他知道如何使用圣光。他现在就能够使用它，不是作为保护的盾牌，或者治疗的灵药，而是一件武器。

也许温蕾萨是对的——也许这正是圣光的作用。圣光将就此带走加尔鲁什。而安度因要做的只是保持安静。他以为自己能帮忙，那实在是白痴的想法。他根本不可能和加尔鲁什进行沟通。这个兽人有一件事说对了——无论是什么，都不可能触及他的心灵。

他曾想要杀死我，安度因想道，如果他能做到，他现在也会杀死我。让他去死吧。没有了他，这个世界的确会变得更好。

加尔鲁什看着与自己的怒火抗争的暴风城的王子，发出了笑声。他将一瓣太阳果的汁水挤在咖喱上，然后便把咖喱往嘴里送过去。

安度因怒吼一声冲了过去，将手伸过魔法屏障后面的窗口，打翻了加尔鲁什手中的餐盘。餐盘落在地上，里面的食物一直溅到了毛皮铺位上。

加尔鲁什抓住安度因的胳膊，用力一拽，让王子的脸撞在了坚硬的铁栅上。他一拧那条胳膊，让它转到了一个几乎不可能的角度上。安度因猛地吸了一口冷气。

“我激起了你的怒火，对不对，男孩？那么，我已经赢了！”

“你的食物里……有毒。”安度因嘶声说道。为了压抑痛苦，他不得不咬紧了牙。

“你说谎！我的手没办法穿过栅栏捏断你的细喉咙，但我已经抓住了你的胳膊。我可以把它从你的肩窝里拽出来！”

安度因让体内充满圣光，痛苦退却了，平静取代了心中的骚乱。他没有试图挣脱，只是看着加尔鲁什。这个兽人是对的。他能够轻松地扯断安度因的胳膊，就像从地面拔起一棵植物。安度因已经落入了这个兽人的掌心。但他并没有对自己有过多忧虑。他做了正确的事情，这才是重要的。而注定会发生的事情，为之忧虑也没有意义。

加尔鲁什盯着他，愤怒地喘息着，但安度因的目光没有丝毫动摇。

加尔鲁什脚边的一点动静吸引了他们的注意。那是安度因之前见到过的一只老鼠。咖喱鱼的香气将它吸引了出来。它快步蹿过来，抽动胡须，嗅着落在地上的美食，然后用前爪捧起一小块鱼肉，吃了起来。

它抽搐了一下，一动不动地坐在地上，片刻之后，又大吃了起来。但它的身体又开始抖动，这一次是剧烈的抽搐。血和白沫出现在它的嘴角边。它痛苦地抽动着，想要爬回到洞里，四肢却已拒绝工作。它发出粗重的、带有痰音的喘息声——它的肺渐渐无法吸入空气了。又过了一会儿，仁慈的死亡终于带走了它。

安度因盯着那只老鼠，吃力地咽了一口唾沫，然后将视线从这个可怜的小生物转移到加尔鲁什身上。那个兽人正直直地盯着他。随后，兽人的眼睛转向一旁，用力一推安度因。人类王子踉跄着向后退去。

安度因犹豫了片刻，揉搓着自己已经被治愈的手臂，然后转过身，走上了坡道。他以稳定的动作敲了敲门。门打开了，他一言不发地离开了加尔鲁什。

他的心境恢复了平和。而加尔鲁什心中的波澜，只能由那个兽人自己去平息。

进入走廊之后，他转身对楚李说："等加尔鲁什被带去法庭接受审判的时候，请……除掉他的镣铐。"

"我们不能这样做，安度因王子。"楚李说道。

"那么……至少去掉他的脚镣吧。让他能够像战士一样迈开步子。如果他想要逃走，六名卫兵肯定足以抓住他。我……相信他不会逃走。他知道，他也许是在走向死亡。"

他们交换了一个眼神。"好吧，我们会请示祝踏岚，但我们不能向你承诺什么。"

* * *

对于贾骥而言，这是繁忙的一天。作为一名法庭信使，他受到誓言的约束，不得说出他的任务，以及谁曾经向谁寄出过怎样的信。他的工作一直都不算少，而今天更是让他忙得不可开交。

首先，他将沃金大酋长的信送交给吉安娜女士，然后再把那位女士的口头回答传达给大酋长。接着是游侠将军温蕾萨·风行者要他将一张纸条交给她的姐姐。他本想从希尔瓦娜斯那里得到回信，却只是被吼了一句："出去！"不过，他还是有一个口信要告诉游侠将军——不是来自希尔瓦娜斯，而是来自安度因王子。玉菲将他送到达拉然，他在那里发现温蕾萨正坐在喷泉边，看着她的两个孩子。他们正握着满手的硬币，在笑声中许下各种愿望。

"游侠将军，"贾骥礼貌地鞠了一躬，"我有消息要带给你。"他意味深长地看着那两个红头发的半精灵孩子。

游侠将军面色有些苍白。她从喷泉旁边站起身。孩子们停止了游戏，用担忧的眼神看着她。“我马上就回来。”她向他们许下承诺，就走到了说话不会被孩子们听到的角落里。

“什么事？”她的声音保持着礼貌，同时也充满了警惕。

“托我送信的是暴风城的安度因·乌瑞恩王子殿下。信的内容如下：‘他还活着。我不会让两个孩子在失去父亲之后又失去母亲。现在的结局正是因为你的选择。’我应该带回一个口信吗？”

温蕾萨的表情变得柔和起来，再一次呈现出宁静安详的美丽容颜。“好的，请告诉他：罗宁感谢他。”

* * *

亡灵战马如同活着时一般风驰电掣地全速疾奔，而且它在死后再也不会感到疲累了。马背上的骑手也像活着的时候一样以风一般的速度进行着杀戮。她同样不会感到疲累。尸体散布在森林各处：狼、熊、鹿、蜘蛛。所有挡在她路上的倒霉家伙都要死，也许不会死得很快，但很少能逃脱。

女妖之王发出了只有女妖才有的恐怖尖叫，将遭受背叛后满心的憎恨、愤怒和疯狂的哀痛全部注入其中。一头熊倒下了。仅仅是女妖之嚎已经让它失去了全部力量，心神彻底崩溃。希尔瓦娜斯的利箭射穿了它粗厚的毛皮，那头巨兽痛苦地嗥叫着，在满是青苔的泥土中做着最后的挣扎。熊的痛苦让希尔瓦娜斯感到快慰。她跳下骷髅坐骑，向一头狼冲去。那头野兽也露出满口利齿，疯狂地向她扑击，却被她徒手撕掉了头颅。

这种痛苦实在是令她无法承受。仿佛她在过去几天时间里所体会到的快乐全部在刹那之间改变了颜色。那时，她和温蕾萨是那样幸福。而现在，所有与痛苦相伴的快乐都消失了，只剩下无尽的折磨。

折磨，还有恨。

她的皮衣上溅满了鲜血，但她全不在乎。让自己免于受伤的办法只有让别的东西受伤，将她的苦楚、哀伤和绝望发泄在活物身上，既然她不能把这些发泄给温蕾萨——她的妹妹，小月亮……

她踉跄了一下，紧攥住那颗狼头，眨动了一下沾染了猩红黏液的睫毛，丢下了那颗头。狼头在地上跳了两下。希尔瓦娜斯跪倒在地，用双手捂住脸，哭了起来，哭得就像一个失去了一切的、伤心欲绝的孩子。

小月亮……

渐渐地，她止住了啜泣，她所熟悉的冰冷的平静赶走了火热的伤痛。希尔瓦娜斯站起身，舔着唇边的鲜血。

她早就应该知道。她早就体味过这种痛苦。她竟然还敢愚蠢地允许自己对已不属于自己的东西有所希望，允许自己去感觉到她不该有的……再次感觉到爱……这是一个警告，警告她不该再去感觉希望、感觉爱、信任，或者喜悦。这些东西都是属于生者的，是属于弱者的。到最后，它们终将从她的指缝间滑走，如同在吉安娜·普罗德摩尔的手指间飞散的、学徒金迪的紫色灰烬。她终究只有自己一个人。又一次是这样，永远都是这样。泪水和杀戮让她平静下来。她重新上了马。希尔瓦娜斯·风行者——被遗忘者的女妖之王——绝不会再错误地相信她还可以去爱。

第三十四章

古伊尔惊讶地看到希尔瓦娜斯的座位已经空了。在全部部落的领袖中，他一直认为黑暗女王对加尔鲁什的恨意最深。贝恩是怎样说的？沃金曾告诉那位牛头人，没有人比黑暗女王更了解恨，而且她很喜欢散播她冰冷的恨意。

但是，当加尔鲁什终于要打破沉默的时候，希尔瓦娜斯却不在这里享受他的痛苦。这一点真的很奇怪。

旁听者们进入大殿，回到了座位上。但没有人敢占据希尔瓦娜斯的座位。凯诺兹一个人站在青铜龙的桌子旁边，摆弄着时光之相。古伊尔相信那位青铜龙正在关闭这件已经完成任务的宝物。他发现自己竟然在气恼凯诺兹没有在做完，或者更早些时候就把那件东西搬走。终审辩论已经不需要这台设备了，一切证据都已被展示。尽管已经对加尔鲁什没有了好感，古伊尔依旧认为凯诺兹在这个时候来做这件代表着一切都已结束的琐碎工作是一种很失礼的行为。他很想知道，为什么祝踏岚会允许凯诺兹这样做，因为这对于法庭审判来说，同样是失礼的。想到这里，古伊尔觉得这其中一定只有青铜龙才会明白的重要原因。毫无疑问，克罗米很快就会来到凯诺兹身边。古伊尔相信，这两位在审判中扮演了关键角色的青铜龙肯定不会错过加尔鲁什的最终发言。

此时此刻，这场审判造成的紧张关系远比它解决的矛盾更多。许多部落成员都向贝恩表达了愤怒之情，因为他显然是在竭尽全力在为加尔鲁什辩护。沃金和古伊尔都在这场辩护的过程中遭受了种种折磨。但贝恩的最终陈词清楚地解释了他为什么认为自己有必要这样做。而古伊尔早已理解了他的苦心。不过，看到这一切即将结束，他还是有一种如释重负的感觉。无论天神们会做出怎样的判决，他终于能松一口气了。

大殿中充满了窃窃私语的声音。人们显然要比平时更加兴奋。当祝踏岚走进来的时候，议论声才渐渐止息下去。影踪派掌门像之前的每一天一样，迈着从容不迫的步伐朝自己的座位走去。敲响铜锣之后，他宣布道："审判继续，请陪审团出庭。"

四位天神坐到了他们惯常的位子上，面容安详沉静，准备好了倾听被告可能的发言。在古伊尔身边，阿格娜显得很有些紧张。她喃喃地说道："他来了。"

加尔鲁什·地狱咆哮依旧由六名卫兵看押着。但今天，让他无法迈开步伐的脚镣被撤掉了，只是他的步态依旧有些蹒跚。他的上半身也只剩下了手腕上的一副手铐。他站得比以往更直，神情疲惫，却更显强韧。

"我很高兴祝踏岚能这样对他。"古伊尔对阿格娜说，"无论他做过什么，他毕竟是一位战士。他应该像兽人一样面对死亡，而不是像一头野兽。”

“嗯，”阿格娜说，“你比我更加宽容。我可不认为他应该得到任何尊敬。如果他曾经真正尊敬过任何人，大概也不会落得今天这样的下场。”

古伊尔说道：“所以这实在是一场悲剧。”

* * *

安度因在很小的时候就受到过严格训练，知道该如何在正式场合中正襟危坐。“王子绝不能有轻浮的举止。”导师们总是这样告诫他。但今天，在先后与温蕾萨和加尔鲁什交谈过之后，他变得格外神经质，很难在椅子里安稳地坐好。幸运的是，其他所有人看上去都像他一样满心焦虑——尽管他并不希望别人也会体验到他刚刚经历过的一切。他注意到了吉安娜和卡雷苟斯的神情。看样子，今天终于有一些好事情发生了。他们手握着手，脸上洋溢着幸福。这让安度因感到很高兴。他只希望能有更多的事情会变得更好。

“你怎么样？”瓦里安问。

“我？我没事。”安度因知道自己回答得太快了。

“当你开始与加尔鲁什进行交谈的时候，我很不高兴。”瓦里安说，“但……我现在认为这样做是正确的。最终的决断应该由天神做出。”

“你认为，如果他乞求宽恕，天神们会答应吗？”安度因禁不住问道。

“我无法猜测天神们会怎样做。”瓦里安说，“让我关心的是，你是否一切都好。”

“我没有事。”安度因知道自己说的是实话。他已经为加尔鲁什做了他能做的一切。现在，他很满足，只是依旧有一点紧张。话说到这里的时候，他察觉到了大殿门口的脚步声。“他来了。”

当加尔鲁什走过来的时候，安度因看到祝踏岚已经按照自己的要求，去掉了加尔鲁什的锁链。那个兽人甚至换了一身干净的衣服。他的样子也比和安度因见面的时候好多了：更平静，也更加……威严。

“呃，”瓦里安说道，“克罗米在哪里？我觉得她应该很想在这里看到审判的结局。”

安度因转过头瞥了一眼，果然，只有凯诺兹坐在青铜龙的桌子后面，还在摆弄着时光之相。

“不知道啊。”他说了这么一句，就将注意力转回到加尔鲁什身上。卫兵们跟随他来到了大殿中央。四名卫兵退下，只有两人留了下来，站在兽人身后几步远的地方，与加尔鲁什一同面对着法设。

“加尔鲁什·地狱咆哮，”祝踏岚说道，“你在熊猫人的法庭中接受庄重的审判。在陪审团开始协商你的命运之前，你是否还有什么话想要对我、对陪审团，或者对这里的任何人说？”

加尔鲁什望向旁听席上的人们，仿佛是第一次见到这些人。他的视线在大殿中转了一圈，不时在某处停下。在片刻之间，他的目光与安度因的交汇在一起，某种神情闪过了他的面孔。

“是的，”他说道，强悍有力的声音瞬间传遍了大殿的每一个角落，“我的确有些话要说。尊敬的祝踏岚、至尊天神、来自艾泽拉斯各地的人们。我听到了你们所听到的一切，也见到了你们所见到的一切。”

他转过身，面对着泰兰德。精灵高阶祭司平静地坐在控诉人的席位上，显示出完美的镇定仪容。“泰兰德·语风对我提出了强有力的、不容辩驳的控诉。她的控诉引起了你们一些人的愤怒，以及复仇之心。你们希望我死掉。我并不责怪你们会有这样的渴求。”

向泰兰德微微一笑之后，他又转向自己的辩护人。贝恩同样镇定如山，但神情显然比泰兰德更加严肃。“贝恩·血蹄，他本没有理由这样做，却依旧以百倍的诚恳为我辩护。他并不主张我是无辜的，而是要求你们的理解和你们的同情。他请求你们——陪审团和旁听者们——扪心自问，明白没有人是完全无罪的。”

然后，令安度因感到惊讶的是，加尔鲁什向他转过了身。“还有安度因·乌瑞恩王子。他本来有着最充足的理由要求我以死赎罪，却一直在监牢中陪伴我。我曾试图杀死他，以极度野蛮、残忍和痛苦的手段。而他做了什么？”加尔鲁什摇摇头，仿佛感到难以置信，“他对我讲述圣光。他告诉我，他相信我能够改变。当我只有憎恨和暴力的时候，他给予了我仁慈与宽容。正是因为他，我才会站在你们面前，作为一名战士，而不是一个垮掉的奴隶，面对我认为注定会是死亡的宣判。”

他抬起戴着手铐的双手，向安度因微鞠一躬，再一次转身面对大殿中的众人。“是的，我很清楚我的手上沾染了多少鲜血。我知道我造成了多么巨大的灾难。”他深吸一口气，似乎正在整理思路。安度因向前倾过身子。他不想去希望，却还是在急切而欣喜地希望着。

“现在，此时此地，当我能够自由地说出我的想法与心愿，我会真诚地告诉你们：我对我的所作所为……”

他的笑声震撼着整座大殿。

“绝不后悔！”

安度因忘记了呼吸。他感觉到冰冷，麻木。他坐下来，盯着加尔鲁什。片刻间，他的大脑无法处理加尔鲁什的这句话。一阵阵声音撞击在他的耳朵上，那是狂暴的人群发出的怒吼。祝踏岚狠狠敲着铜锣，高声要求肃静。

但加尔鲁什的宣告刚刚开始。他举起戴着手铐的双手，高声吼道：“是的！是的！我将摧毁一千个塞拉摩，只要这样能让联盟跪倒在我面前！我会猎杀这个世界上每一个嗷嗷乱叫的暗夜精灵崽子，让他们永远不会再吵闹！只要我能做到，我会驱逐每一个巨魔、每一个牛头人、每一个虚伪的血精灵和贪婪的地精，还有连路都不会走的那些行尸——我几乎已经做到了！”

安度因意识到父亲正在叫自己的名字。他回过头，有些茫然地看着瓦里安。压倒一切的惊骇与幻灭依然让他无法清晰思考。“安度因，”瓦里安可能是第三次叫他的名字了，“过来，古伊尔想要和我们谈谈，我想，我知道是为什么。”

古伊尔正站在大殿的一个出入口附近。看到安度因走近，他朝通向外面的走廊一摆头。安度因一点头，舔了舔嘴唇，又摇着头和瓦里安向门口处的阶梯走去。在他背后的大殿中，加尔鲁什还在继续着他的咆哮。安度因紧咬住牙。他怎么可能相信加尔鲁什会改变？

“唯一让我后悔的‘暴行’，就是我还没有做出来的暴行！”面对他的言辞所造成的混乱，兽人的脸上露出凶狠的笑容，“唯一让我心痛的只有我在让真正的部落再次觉醒之前，就受到了妨碍！”

安度因和他的父亲走出大殿，古伊尔正在等待他们。“克罗米？”瓦里安问道。

“克罗米。”古伊尔向他做了确认。

“她怎么了？”安度因问道。

古伊尔转向他。“她一直在帮助泰兰德整理控诉方的证据，现在她却不在这里？”

“一定出了什么事。”瓦里安说。

“我可以去找她，”安度因立刻提议道，“现在我对这里已经很清楚了。”他的声音中充满苦涩。他的确很想帮忙，但更重要的是，他已经无法再忍受加尔鲁什的叫嚣了。

* * *

安度因飞快地跑下楼梯，向加尔鲁什的牢房冲去。他应该能问一下楚氏兄弟，是否看到了克罗米。如果克罗米没有在那里出现，也要叮嘱他们保持警惕。安度因跑过走廊的拐角，立刻刹住了脚步。

两名熊猫人瘫倒在地上，看上去就像两只被随意丢弃的黑白色谷物口袋。本来用于束缚加尔鲁什的锁链现在紧勒在他们健壮的身躯上。而且他们的嘴里都被塞上了东西。

“哦，不。”安度因呻吟了一声，快步跑向他们。这两兄弟显然都被打晕了。他们的皮毛上已经沾染了血迹。不过，他们还有呼吸。安度因将一只手放在楚李的心口，低声向圣光祈祷。一道柔和的黄色光芒在他的手上绽放，带来温暖的刺麻感觉。圣光的祝福涌过他的全身，如同温柔的小雨净化了他的心灵，让他向楚李伸展过去。那名熊猫人睁开了眼睛，安度因急忙拔掉了他的口塞。

“两个……女人。”楚李依旧有些口齿不清地说道。安度因已经转向楚罗，并继续向圣光祈求治愈的力量，同时听楚李说道：“她们拿着十字弩——在这里不应该携带武器，但她们的确拿着弩。”在安度因的手掌下，楚罗头上巨大的肿块也渐渐平复了。熊猫人眨眨眼，恢复了意识。安度因同样拔掉了他的口塞。

“如果她们有十字弩，那么你们还能活着就实在是很走运了。”安度因很想知道这些女性战士是谁，她们为什么会出现在这里，“我先把你们的锁链解开。”他知道，楚罗的腰间的口袋里肯定会有这些镣铐和牢门的钥匙。安度因去那只口袋里摸索了一番，皱起眉头。“楚罗，钥匙在哪里？”

“那些女人一定偷走了它们！”楚罗气恼却又无可奈何地扭动着身体。

“你认得她们吗？”王子问道。熊猫人兄弟都摇了摇头，“但……这样做根本没有意义。加尔鲁什已经离开牢房了。为什么她们还想要……”安度因一下子跳了起来，猛敲紧闭的牢门，“克罗米？”

他似乎听到了一些声音，便急忙将耳朵贴到牢门上，聚精会神地倾听。“安度因！”声音很弱，但音调很高，正是克罗米的侏儒嗓音。安度因紧绷的身子一下子松弛了下来。

“有人捆住楚罗和楚李，偷走了钥匙，但我们会救你出来的！”

安度因提高声音，好让克罗米听到，“不要担心。到底出了什么事？”

“是凯诺兹！”

“什么？”安度因的下巴耷拉了下来。

“听我说，我们没有多少时间了！我认为他要在时光之相上动手脚。我那时正好看见他摆弄时光之相，就问他要做什么，他找借口说是要‘把它关闭’。我正要仔细问他，然后……然后我醒来的时候，就被关在这里了。你必须阻止他的计划！而且一定要快！”

“快去！”楚李喊道。

“我们有足够的耐心在这里等。”楚罗说道。

“耐心对你们很有用。”一个如丝绸般柔和平缓的声音传来，“楚李尤其能好好利用它。”

安度因转过头，看到在这个阴暗的日子里出现在面前的另一名叛徒，感觉到自己的心脏仿佛被狠狠捏了一下。“两个装备十字弓的女性，”他用苦涩的声音说道，“一个兽人，一个人类。对不对，楚李？我早就应该知道。”

“也许你早应该知道，但你的内心是不会轻易怀疑别人背叛的，安度因·乌瑞恩。”拉希奥带着一抹哀伤的微笑说道，“如果这样能让你感到安慰，那么，我将深深地为我现在必须做的事情感到抱歉。”

安度因露出轻蔑的笑容。“你不可能问心无愧吧。”

黑王子耸耸肩。“随你怎样想，但这就是事实。我们是朋友，你和我。”

“朋友？朋友不会相互残杀！”

黑龙睁大了闪光的眼睛，似乎真心感觉受到了伤害。“为什么我要这样做？看看楚氏兄弟。虽然会经历可怕的头痛，但他们都还活着。而我对他们根本不会像对你那样关心。”

“拉希奥，这里到底发生了什么？你到底在干什么？”

年轻的黑龙叹了口气。“你曾经要我仔细观察，认真聆听，让我想清楚如何做才是对艾泽拉斯最好。我按照你的话去做了。你是暴风城王位的继承人。你有责任保护你的王国安全。你做了自认为对你的王国和臣民最好的选择。作为最后的黑龙，我的前代的责任完全落在了我的肩头——保卫艾泽拉斯的安全。我必须坚守这份责任。”

“别听他的！”克罗米喊道。

安度因向仍然被铁链紧缚的熊猫人指了一下。“这就是保护艾泽拉斯的安全？”

“我向你保证，在这件事上，无论手段如何，结果才是重要的。我衷心希望，总有一天，你能够理解。到了那一天，你和我将要面对一个恐怖的敌人。也许我们可以像兄弟那样，共御强敌。”

安度因在绝望中伸出手。“你不必这样做。告诉我，到底发生了什么。我们可以一起努力。我们一定能找到办法……”

“暂时告别了，年轻的王子。”拉希奥说道。他举起一只手，安度因失去了知觉。

第三十五章

“这个世界上没有任何力量能阻止我！”加尔鲁什咆哮着，举起他那还在手铐束缚中的拳头，以胜利之姿摇晃着它们。

就在此时，吉安娜明白了到底是什么在让她感到困扰。这里的所有人都是那么躁动不安——加尔鲁什、祝踏岚、卫兵们、旁听者们，但只有凯诺兹静静地站在他的桌旁，英俊的面孔上流露出一丝微笑。电光火石之间，吉安娜仿佛把一切都看清了。但就在她深深吸气，想要大声向祝踏岚示警的时候，青铜龙懒洋洋地伸出修长纤美的手指，一边看着咆哮的加尔鲁什，一边将时光之相拨下了桌面。

“不！”吉安娜喊出了声。但她的声音完全淹没在一片喧嚣之中。时间仿佛变得很慢。吉安娜清楚地看到时光之相旋转着落向坚硬的石块。沙粒在往复翻转的沙漏中开始发光。两条小金属龙全部醒来，伸展翅膀，开始飞翔。

沙漏在石板地面上撞得粉碎，发出柔和的乐韵之声。玻璃球中的沙粒向四外崩散，又腾空而起。爆发的能量飓风遮蔽了所有人的眼睛。光束盘旋，如同金色的龙卷风。人群中的怒吼变成了恐惧的尖叫。吉安娜感觉到周围的空气发生了变化——魔法力量正在震颤。覆盖整座神庙的抑制力场消失了。这只有可能是青铜龙的魔法抵消了抑制力场。就在吉安娜惊愕的注视中，一道巨大的时间与空间的裂隙打开了。加尔鲁什和凯诺兹仿佛直接掉落到地面以下，同时又有其他东西从那道裂隙中涌了出来。

他们不是恶魔，也不是元素，也不是其他任何常见的生物。在吉安娜的眼前，他们摇晃着脑袋，向四周扫视，然后就挥起了手中的武器。还处在强烈震惊中的吉安娜甚至连一个字都喊不出来。

她看到一名白发中夹杂着丝缕金色的女子，身穿白色、紫色和蓝色长裙，手持一柄纹饰华丽的法杖。这名女子的脸上呈现出坚毅和愤怒的冷酷神情。她浅蓝色的双眼放射出犀利的光芒。在她的头顶盘旋着一头辉煌壮丽的蓝龙，只需伸出一只前爪，就能抓起那名女子。他抖动全身如同冰川又仿佛碧空的蓝色鳞片，发出疯狂的笑声。白发女子身边站着一名暗夜精灵。她的面容残忍而冰冷。在她旁边……

“卡雷！”吉安娜喊道，“那是我们！”

但卡雷已经跳起身，向开阔的大殿中央跑去。他需要一个足够大的空间，让自己恢复成巨龙形态。吉安娜也做好了战斗的准备。她的意识瞬间变得比审判时更加清晰锐利。她和卡雷拥有这里的许多人都没有的优势——在熊猫人布置魔法抑制力场的同时，也要求参加审判的武者们不得携带武器进入法庭。

吉安娜决定充分利用自己的优势。大殿中央的那个女人正在将部落各族当作目标，不停地向他们射出火球。吉安娜很熟悉这个女人的想法和感受。她并不仅仅是一个可能的吉安娜——她是一个曾经实际存在的吉安娜。而在这条时间线中，吉安娜决意要阻止那个女人。她召唤出一颗不断爆裂并旋转的火球，向另一个自己掷了过去。

那个吉安娜转过头，用一股纯粹的奥术能量击破了那颗火球。一丝冰冷的微笑扭曲了她的面容，一个念头在吉安娜的脑海中闪过：我知道我会做什么，她一定也知道——我该如何与我自己战斗？

* * *

古伊尔和瓦里安背靠在大殿入口旁的一根石柱上，继续听着加尔鲁什·地狱咆哮的吼叫。“他说的每一个字都是在自掘坟墓。”古伊尔摇了摇头，“真是浪费。”

瓦里安想要点头，却愣了一下，微微一皱眉。古伊尔也在同时心生警觉。他将目光转向大殿里纷乱的场面。他也听得到——虽然还很微弱，但正变得越来越响亮。那是一种稳定却又显得有些飘忽的声音，仿佛许多……

“翅膀。”瓦里安说道。就在他说话的时候，另一种声音逐渐变得清晰。这是一种更有节奏的、如同帆布鼓风的声音：呼——呼——呼。

“飞艇！”古伊尔喊道。两名技艺超凡、有着数十年战斗经验的战士不需多言便已达成了完美的默契。瓦里安跃下走廊，冲了出去，一边高声示警，一边从一名惊讶的熊猫人警卫手中夺下一柄长剑。古伊尔则向大殿里面冲去。他刚刚张开口，想要呼唤卫兵们准备战斗，却看到凯诺兹轻描淡写地将时光之相拨翻。白虎寺大殿立刻陷入了一片混乱。

古伊尔将一只手举到眼前，遮住能量爆发产生的强光。盘旋的奥术风暴发出震耳欲聋的声响，却依然无法完全淹没人们的号叫。一道时空裂隙骤然开启。古伊尔眯起眼睛，恼恨却又无能为力地看着凯诺兹和加尔鲁什露出胜利的笑容，消失在地面以下。古伊尔本以为这道裂隙会就此关闭，但凯诺兹显然不打算就此善罢甘休。原先曾经只有他和加尔鲁什的地方，现在出现了十个人——古伊尔全都认识他们。他的目光落在一个披挂传统人类盔甲的强大兽人身上。他闪光的胸甲上套着一件金红色罩衣，戴着一顶黑鹰头盔。那个兽人抡动巨大的战斧，以超过他所有同伴的速度扑向了混乱中的旁听席。

古伊尔认识那顶头盔。一个来自时光之路，打算杀掉他的敌人正是戴着这样的头盔。古伊尔杀死了那个敌人，他一样也会杀死这个家伙。

“萨尔！”他怒吼一声。那个身穿埃德拉斯·布莱克摩尔的制服、孔武有力的兽人向他转过来，脸上露出饥渴的笑容。

* * *

扎伊拉看着这些永恒龙，发出了大笑。她忠诚的龙喉兽人们正骑在这些巨龙的背上，向白虎寺进发。她的大酋长现在已经逃出了那座神庙，这全是凯诺兹多姆的功劳。她回忆起第一次在格瑞姆巴托见到这头青铜龙时的情景。那里正是多年以前阿莱克丝塔萨的囚室。“龙喉的头领，我会给你一个龙族军团。”凯诺兹多姆这样对她说。

“青铜龙？”扎伊拉问。

他摇摇头。“青铜龙军团只会任由时间自行发展，从不顾及最终演进的结果。永恒龙军团和我则相信，只有改变时间，才符合我们的意志。”

这是一个绝无漏洞的作战计划。敌人毫无准备，也没有任何其他因素能够干扰这场必将到来的胜利。加尔鲁什最重要的敌人齐聚一堂。扎伊拉相信，当凯诺兹将整个计划报告给加尔鲁什的时候，加尔鲁什一定会非常欣赏这一计划。这与天才的塞拉摩战役计划实在是有异曲同工之妙。同时从神庙内部和外部发动攻击，将那些意欲置地狱咆哮于死地的丑恶家伙夹在龙喉氏族的战刃和他们自己的分身之间，把他们活活碾死。

这是一个简明高效的计划。许多部落的成员也会死在这场战役中，但扎伊拉对此没有丝毫迟疑。在她看来，真正的部落现在已经全部聚集到了她的身边了。

她艰难地控制着自己的情绪，不让自己按照早已习惯的方式，暴虐无度地对待胯下的坐骑。永恒龙并不是受到控制的奴兽，而是由凯诺兹提供的、自愿与龙喉一同作战的盟军。她向左侧一歪身子，胯下的巨龙便扇动有着钢枪色泽的漂亮皮翼翅膀，将她送到了哈隆梅瑟尔已经得到修复的飞艇旁边。

“你快乐的船员们做好准备了吗？”扎伊拉在一片嘈杂声中高喊道。

那个地精回过头，向站满飞艇甲板的海盗们看了一眼——所有那些暴徒身上都挂满了武器。接着他便向扎伊拉竖起了大拇指。最开始的时候，一些海盗很想杀掉哈隆梅瑟尔，但关于黄金的许诺打动了他们。“是的，但他们之中的一些人不太信任降落伞。这真是让我感到侮辱。夏琪亚已经在船头就位了。她将干掉关键目标和散落的逃兵。萨伦在船尾。他会执行同样的任务。那么……”他指着仍然锁在自己脚腕上的铁球和铁链，“这东西什么时候能摘下来？”

扎伊拉仰头大笑起来。她的笑声中充满了恣意的喜悦。谁能想到，仅仅是几天以前，她还像丧家之犬一样，满心都是绝望！

“你一定能在我们的庆功宴席上跳舞的，地精，我答应你！”

“最好是这样……我已经在这场冒险中投了太多的钱了。”哈隆梅瑟尔说。

“我要先走一步，去看看凯诺兹是不是成功了！”她高喊道。随后，她右侧大腿一用力，巨龙就回到了前进路线上。她听到哈隆梅瑟尔越来越远的叫喊声：“嘿，嘿，别碰那个……不，不，不要喝那个，该死的……！”

可惜的是，他们已经无法再制造出一颗那种能够将联盟都市炸成大坑的魔法武器了。萨伦做出了几十个小一些的法力炸弹。不知从何时起，那个血精灵法师和哈隆梅瑟尔之间建立起了一种相互尊敬的关系。地精飞艇主在萨伦的一些法力炸弹上安装了随机的定时器。它们看上去显得全然无害，却会在不知道什么时候爆炸。扎伊拉希望它们爆炸的时间都会是对敌人来说最糟糕的时间点。现在，每一个龙骑士身上都携带着至少两三颗这种法力炸弹。

它们造成的大规模死伤一定会令这些骑士们士气大振。扎伊拉已经能看到那座神庙了。巍峨的神庙矗立在她的眼前，但其中的宁静已经被彻底打破。它的小桥、步道和小型尖塔中全是跑动的熊猫人。而它的核心区域正挤满了加尔鲁什·地狱咆哮的敌人。

扎伊拉扯动缰绳，让坐骑飞低，向神庙靠近。坐骑很清楚该怎样做。永恒龙抿起翅膀，向下俯冲，扎伊拉趴伏在巨龙的背上，如同挂在野狼背上的一颗毛球。快到地面的时候，永恒龙猛一扬头，吐出一股黑色的龙卷气流，横扫正在向天空中指指点点又失声惊呼的熊猫人商人。

扎伊拉发出欢快的呼吼。凯诺兹就像他所承诺的那样，除掉了魔法抑制力场。扎伊拉将手伸进口袋，拿出一颗小球。龙喉氏族的头领抛下了她的第一颗法力炸弹，狞笑着看到一小团浅紫色的火焰猛烈地炸开。

* * *

安度因眨着眼，在痛苦的阴霾中努力想要看清眼前的景象。他听到克罗米在呼喊他的名字，还有其他声音从上方传来——不只是他刚才听到的叫喊声。他有些听不清这喧嚣的内容，不由得小心地摸了一下脑后。相当程度的疼痛让他吸了一口冷气。他能感觉到那里有一个鸡蛋大小的肿块。他的手指也被染红了。各种喧嚣声仍在继续。突然间，安度因明白了整件事的前因后果。

他听得出钢铁交击的声音和高亢刺耳的魔法咏唱。一阵眩晕感突然压倒了他。这与他受的伤没有任何关系。正是因为他，加尔鲁什才只是带着轻便的刑具上了法庭。如果他伤了谁，那都是我的错。

“安度因？”

“我没事，楚罗。”安度因说了谎。只是连坐起来这样简单的动作，他都差一点再次晕过去。刚才为楚氏兄弟进行治疗已经耗尽了他的体力。他现在没有多少力气了。不过他还是祈求了圣光的援助——他的伤痛减轻了一些，到了他可以忍受的程度。“我要上去……阻止凯诺兹。我会派人来救你们和克罗米。”

“你受伤太重，不能参加战斗。”楚李坚定地说。

这些都是因为我，这个想法炙烤着安度因的心，但安度因没有把它说出来。他并不理会他们的反对，只是用意志力支撑着自己，踏上通向上方的台阶。当他回到大殿中的时候，他开始怀疑自己是不是产生了幻觉。

他认得在这里战斗的人们，但他们现在仿佛又变得有些陌生：那个蓝色皮肤的巨魔的脖子上挂着一串人类和精灵耳朵做成的项链，而他现在正发出沙哑的狂笑声，努力增加着他的收藏。那个高大勇武的牛头人挥舞着一柄大锤，身上穿着大酋长的战甲……

那个金发的人类男孩穿着暴风城国王的华丽袍服，正跪在地上，膝盖紧紧顶住胸口，因为恐惧而一动也不能动。讽刺的是，他的手中还紧攥着破惧者。

拉希奥的话在安度因的耳边回响：“我担心你太软弱，没办法戴上将会属于你的王冠，安度因王子。”在另一条时光之路中，至少这条背叛他的龙是对的。安度因压下惊愕的心情，向另外那个男孩冲了过去，向他伸出手。那个年轻的暴风城国王喊了一声：

“小心后面！”就用双手捂住了头。

安度因冲向左侧，打了个滚，长时间枯燥而严格的徒手格斗训练培养了他灵敏的直觉。他听到兵刃的破风声，一柄大剑和他擦身而过。他跳转身，看到高大的巨魔正盯着他，目露凶光。

“你可真快啊，小王子，但我还是要取下你的耳朵。”沃金说道。

安度因看着那个巨硕无朋的巨魔挺直腰身，高举起大剑。王子立刻冲向另一个安度因，从他的手中夺过破惧者，将战锤向上挥起。一道耀眼的金光在锤头爆发，让沃金发出痛苦的呼吼。

敌人的迟疑给了安度因足够的时间。他手中的破惧者如同流星一般划过一条优美的弧线，银色的锤头狠狠击中了巨魔的左侧肋骨。巨魔身上的皮甲挡住了这次可能会致命的打击，但安度因还是切实地感觉到了战锤砸断了他的肋骨。

沃金踉跄了一下，喘着粗气，将残酷的面孔转向安度因。“为了这个，你可要多受些苦了，小王子。邦桑迪要多等一点时间才能得到你的灵魂了！”

他像疯子一样扑向安度因，以粗噶的巨魔语言吼叫着。安度因恐惧地意识到，那个巨魔的目的不是杀死他，而是砍下他右侧的耳朵。

安度因语无伦次地叫嚷着，再次举起破惧者。光芒闪耀的战锤再一次拯救了他的性命，把攻到他面前的巨剑挡在了一旁。沃金立刻再次进攻，一剑砍中了安度因没有护甲的肩膀，让王子踉跄着后退了一步。破惧者从他的手指间掉落。他捂住流血的伤口，抬起头，恰好看到沃金举起剑，准备最终取他的性命……

然后，他踉跄了一下，生着长牙、涂成白色的脸上露出了惊讶的神情。年轻的安度因国王向沃金扑了过来。

当然，这完全是徒劳的。

沃金立刻就恢复了平衡，转过身，轻松地将那个瘦小的安度因国王丢向一旁，就如同一条狗甩掉一只老鼠。巨魔一剑刺穿了年轻国王的胸膛，又将流血的剑拔出来，弯腰削下了他的耳朵。

一只巨大的金色利爪突然落下，抓起沃金，把他扔到了大殿的另一边。克罗米巨大的龙头一直探到安度因面前。“你还好吗？”

他没有事，而他却要死了，安度因不知道该如何回答。他走到另一个自己面前，只希望自己来得不要太迟。他迅速念诵祷词，伤口不再流血了。但年轻国王的苍白面孔告诉他，死亡只是稍稍放慢了脚步，但绝不会放弃这个灵魂。

“他扑向沃金，手中甚至没有一件武器。”安度因王子的声音有些哽咽，“他救了我的命。”他望向克罗米，仿佛是刚刚见到这头青铜龙。

“你出来了，”安度因笨拙地向克罗米说道，“我忘记了。抱歉。”他抱住那位国王，感觉到温热的血浸透了自己的衬衫。沃金的大剑彻底穿透了他的身体。

“卫兵们找到了我们，”克罗米说道，“我必须用尽一切力量才有可能破坏那道裂隙。那是把他们送回去的唯一办法。”

这一切都太不真实了，安度因想，我怎么会抱着临死时的我自己？“你需要我做什么？”他无法让自己的视线离开那张苍白、冰冷的面孔……他的面孔……

“你正在做你该做的。”克罗米的声音显示出无限的温柔，“接受他，就能够帮助他们的实质离开这个位面，回归到他们原本的时光之路上。你很容易就能接受另一个世界的自己。而其他人，”她扬起巨大的龙头，向周围疯狂的战场看了一眼，“就要困难得多。”

她又改变成侏儒的样子，跑向时光之相的碎片。向那些散落在地面上的沙粒施放法术。安度因的目光回到了年轻的国王身上。他正抬起头看着自己，蓝色的眼睛里带着一种令人不解的平静。

“你……没有事。”这位国王说道。

“是的，我没事，”王子回答，“是你救了我。”

“我……？”国王的声音很轻，但他看上去很高兴。他轻笑一声，又因为痛苦而打了个哆嗦，“我那时很害怕……我什么都做不了，只能看着他……”

“但你做到了，”安度因温和地止住了他的话头，“在最紧要的关头，你冲了上来。”

国王沉默了片刻，然后说道：“这里好冷啊。”

安度因紧紧抱住这个男孩的身体，小心地不要碰到他的伤口。“我抱着你呢。”

战斗还在持续，但周围的一切渐渐变得模糊，仿佛正在远离安度因。又是很长一段时间的沉寂。安度因觉得，也许最后的时刻已经到了。而国王此时又发出了极其轻微的声音。安度因急忙集中精神，才听到他说：“我很害怕……”

安度因的喉咙吃力地哽咽着。“不要害怕，你会和妈妈……还有爸爸在一起了。”

“父亲……还活着吗？在这里？”

“是的，是的，他还活着。”

濒死的安度因闭上了眼睛。“我很高兴，我希望能见到他。”

“你会的……坚持住，好吗？”

他的脸上浮现起一丝浅浅的微笑。“你说起谎来就像我一样糟糕。”微笑消失了，“告诉他，我爱他。”

“我会的。”

国王轻轻叹了口气，胸口不再有起伏。他的皮肤开始变成白色，比仅仅是受到死亡的触摸更加雪白。让安度因感到惊奇的是，这位国王的身体开始散发出柔和而纯粹的光晕，然后，他便消失了。

安度因·乌瑞恩国王回家了。

安度因·乌瑞恩王子缓慢地微微摇晃着站了起来，手中紧紧攥住破惧者，用袖子擦去脸上的血迹，开始去治愈那些依旧被困在战场上的人们。

第三十六章

卫兵们手持武器冲进大殿。一名熊猫人将一把短柄斧抛给贝恩。牛头人接过斧头，冲向了两个正鏖战不休的萨尔。他很庆幸古伊尔穿的是萨满的长袍——这两个兽人除了衣服和武器不同，根本看不出有其他任何差别。跑到半途中，他忽然停住脚步，努力保持住平衡，站稳身子——他听到一头龙在狂笑。向上望去，他看见那个发了疯的卡雷苟斯正在向他狂笑不止。这个来自异界的蓝龙肯定已经彻底疯了，也许正因为如此，大殿中才没有出现更多死伤。他的攻击完全不辨敌友，也没有任何策略性可言。

但现实中的卡雷苟斯则完全不同。他闪电般地扑向另一个自己，将疯蓝龙的注意力从贝恩的身上吸引开。贝恩前方，两个兽人激战正酣，头戴黑鹰盔的萨尔显然落在了下风。当然，贝恩很清楚，这个闯进现实中的萨尔从没有机会经历萨满训练。古伊尔却在掌握了超凡的战斗技艺的同时，还是一位萨满大师。

贝恩几乎就要冲到那两个人身边时，突然感觉到了另外一股凶暴的杀气。他总算是及时转过身，挡开了一柄巨大的战锤。挥舞那柄战锤的仿佛是一座被铁甲覆盖却又动作如风的山岳。贝恩看到了自己的双眼。他的另一个自己似乎有些惊讶，迟疑了片刻。而贝恩也在这短短的一瞬想起自己的身上只有轻薄的布衣，而另一个自己却是全身重甲。

贝恩从眼角处注意到天神们依旧一动未动。贝恩不由得感到一阵气愤。难道他们看不见人们正在死去？他们就是这样"高高在上"，甚至不会救一救这些凡人吗？

就在此时，仿佛天神们听到了贝恩的心思，喊声响起，一直穿透了喧嚣纷乱的战场。强壮的声音深沉浑厚，这是猛虎的长啸，如同祈愿，也是警告。发出喊声的正是这座神庙的主人——雪怒。

"还记得煞吗？还记得煞吗？"

突然之间，贝恩明白了。

另一个他自己、古伊尔，还有其他正在战斗的人——他们并非来自某一条随机的时光之路。凯诺兹有意选择了他能找到的最黑暗、最堕落、最好战的他们。卡雷苟斯疯了。贝恩自己成为了部落大酋长。不知为何，他知道，另一个自己成为大酋长的原因是他为了替凯恩·血蹄复仇而谋杀了加尔鲁什·地狱咆哮。

怪不得天神不会加入这场战斗。他们的介入只会让这场战争变得更加残忍激烈。

"你杀死了加尔鲁什，对不对？"贝恩问向另一个自己，"因为他杀死了我们的父亲。"

另一个贝恩眯起眼睛，咆哮着说道："我用我的手撕碎了地狱咆哮。那个青铜龙却对我说，你——你竟然为他辩护！”他狂躁地吼叫着，向贝恩发动猛攻。但贝恩挡住了他的攻击。斧刃和锤头撞击在一起。贝恩自己的话回到了他的脑海中，每一个字都是那么锐利而且清晰，仿佛德莱尼的水晶：“我们全都有可能成为加尔鲁什·地狱咆哮。”

智慧——玉珑的礼物。“这些都是我们可能会成为的人！他们并不是敌人，他们就是我们！”他向人群高声喊道，“我们不能与他们作战。只能接受他们！”

坚毅的决心出现在贝恩的心中。砮皂所给予的，是不屈不挠的勇气。贝恩挡开另一次攻击。他的手臂变得更加强壮有力。他向天神敞开心扉，聆听他们的教诲，接受他们的赠礼。

另一个贝恩再次发动攻击，这一次，铁锤击中了贝恩的肩头。贝恩哼了一声，但并没有反击。

“另一个我是个懦夫吗？”“部落大酋长”贝恩喊道。

“不，”贝恩说，“我们是一样的。你选择了另一条道路，贝恩。但我明白你的感受。我知道你为什么要杀死加尔鲁什。”

“你说谎，否则你也会做出同样的事。”对面的牛头人冲过来。但这一次，他的愤怒让他失去了谨慎。贝恩击中了他——但贝恩用的只是斧头的钝面。

“我不会伤害你，”贝恩喘息着说道，“但我会保卫我自己！”

大酋长贝恩变得犹豫了。他在听贝恩说话——但谁知道他能听多久？

玉珑的智慧再一次拂过牛头人的心。他在一瞬之间明白了自己需要怎样说，他该如何让这个受伤的、痛苦的自己明白。贝恩飞快地说道："我们的朋友古伊尔，也就是你所知道的萨尔，他告诉我，即使是在另一条时间线里，我们的内心中永远都只是我们自己。我们的父亲凯恩相信，尽管更难，但更有意义的事情是——"

"创造能够持久的东西。"异界的大酋长喃喃地说道。

贝恩感觉到了希望。

* * *

卡雷知道，在所有这些跨越时光的战斗中，他的对手是最大的威胁。不仅因为他是龙，更因为这一个卡雷苟斯显然是个疯子。

这让卡雷惊恐万分。

只有卡雷知道，当安薇娜死去的时候，他曾经因为极度的悲痛，距离疯狂只有一步之遥；只有吉安娜知道，当他通过玛里苟斯的眼睛重新经历巨龙的黎明时，他更是险些迷失自己，陷入疯狂。在另一个时间线中，他太有可能变成这种样子了。

他听到了贝恩的话，但他该如何接受这个疯子？就在他拼命思考的时候，那头疯蓝龙又是一个俯冲，抽动长尾，把旁听席上的一群人打散。有几个人再也没能站起来。

"不要！"卡雷吼道。他用冰霜攻击卡雷苟斯，减缓了那头巨龙的速度，但并没有能让他停下来。卡雷苟斯甩动头颅，一边大笑，一边哭泣。

"为什么不要？"他乞求着，"就让他们恨我，让他们终结我吧！求你了！"

卡雷也经历过黑暗的时刻。但他从没有过和面前这头疯龙一样的心情。“出了什么事？是什么让你变成这种样子？”他在这样问的时候，声音却变得喑哑无力——即使是他，也害怕听到这个答案。

“他们没有了。全都没有了！”

至少，他们开始交谈了。此时此刻，卡雷苟斯并没有杀戮。“谁没有了？”卡雷问道。

“所有的人！”卡雷苟斯吼道，“安薇娜！吉安娜……全部蓝龙，他们所有人，甚至克莉苟萨……”

“什么？”

“奥格瑞玛陷落以后，他们都死在了战争里——只剩下了我……全都是因为我。我没办法阻止她，他们全都去了……”

卡雷无法相信——而最让他感到恐怖的是，他知道这是真的。这个已经崩溃的卡雷苟斯无法劝阻他那条时光之路中的吉安娜摧毁奥格瑞玛。而那场战争灭绝了整个蓝龙军团。片刻之间，卡雷苟斯完全无法从震惊中恢复过来，他感觉到疯狂仿佛正掠过自己的心。但最终，他恢复了清醒，并且明白了该如何与卡雷苟斯沟通。

“这不是你的错，”他说道，“做出选择的是吉安娜，她选择不听从你和古伊尔的劝告。”当他说出这段话的时候，他的心灵变得愈发清澈。他知道自己所说的话有多么真实。他自己怎么没有能看清这一点？

“我本应该能阻止她的！”

“她不会听从你的命令！”卡雷吼道，“她是属于她自己的！我很难过，卡雷苟斯，非常非常难过，因为你失去了那么多，但那不该是你的负担！”

“你这么说倒是很容易！你的吉安娜还活着！她爱你！”卡雷

荀斯吼叫着，却又显露出犹豫的神色，“她……是吗？她爱你吗？”

卡雷感到胸口一阵疼痛。“她爱我。但她依旧走在阴影之中。只有她自己能选择走出那片阴影。难道你不明白吗？”他诚恳地说道，“我们都是一样的。我们做了同样的事。不同只在于吉安娜的选择，而不在于你做了或没有做什么。”

卡雷荀斯露出惊愕的表情。“那么……安薇娜呢？”

那是另一位他曾经全心爱恋过的女子。“她也只是做出了她的选择。”

卡雷荀斯没有立刻恢复理智。但他停了下来，开始思考。他的表情渐渐变得平静。

然后，他不见了。

* * *

带着复杂的感觉，瓦里安期待着即将到来的战斗。对他而言，这场审判是一次远远出乎他的预料的考验。现在他非常希望能够做一些实实在在的、有用的、毫无疑问会是正确的事情。

他并没有注意到，旁听者们正纷纷逃出大殿，武僧们将他们分成了两组——能够战斗的和需要远离战场的。随后，武僧们迅速带领非战斗人员走过石板庭院和覆盖着青草的练武场，跨过了石桥。他们大多都是一副心惊胆战的样子。瓦里安当然理解他们的心情。他知道，从外面杀来的敌人已经近在眼前。那一定是龙喉氏族。除了他们，还有谁会在加尔鲁什·地狱咆哮接受审判的最后一天攻打这座神庙？

通向安全之地的道路将会是漫长而艰难的，或者，他们可能根本找不到这样一个地方。这座神庙基本无法抵挡从天空袭来的攻击。这是一个练功习武的地方。强化力量是这里的生活主题之一。但这里所重视的是身体和意志的力量，而不是魔法或战争机器。瓦里安明白，这是熊猫人最大的弱点。从某方面讲，也正是这一点让熊猫人显得如此特别。

为了保护这个特别的种族，他愿意牺牲自己的生命。

那些带来飞行坐骑的人已经纷纷飞上天空，其中有猎人、法师、萨满和其他各种拥有特殊技艺的人。瓦里安甚至不知道那些施法者能否进行攻击。他不了解魔法，所以也无从知晓这里的魔法抑制力场是否还存在。翅膀扑击空气的声音越来越近了。瓦里安也逐渐感觉到紧张。如果那些猎人技艺高超，他们现在就已经能够用火枪和利箭射杀敌人了。或者至少能干掉几个龙喉兽人。一旦没有了骑手，他们的始祖龙也许就会逃走了。

他站在庭院的火盆旁边，调整着握住双手大剑的位置，将身体的中心转移到脚掌上。战斗的欲望正在他的体内升腾，他很欢迎这股愈加旺盛的烈火。他的身边还有几位熊猫人武僧。他不知道他们的名字。他们看上去很平静，但瓦里安知道，他们已经做好了战斗准备。

一开始，他们的敌人只是一片黑点。随着敌人逐渐靠近，瓦里安集中目力。“从轮廓上看……”他对身边的熊猫人说道，“距离还是太远，很难确定，但……看上去有些不对。”

“有什么不对的地方？”一名熊猫人问道。

“龙喉兽人骑乘的是始祖龙，而不是真正的龙。至少现在已经不是了。而这些……”后面的话消失在他的喉咙里。

“是龙。”熊猫人接口道，“看样子，他们的确是驭龙而来的。”

一种可怕的猜测开始在瓦里安心中滋长。那肯定不是黑龙。暮光龙也早已消失……“神殿里面……发生了什么？”

“我无法清晰地解答。不过我被告知，时光之相发生了严重的问题。”

瓦里安骂了一句。“永恒龙军团，我的熊猫人朋友们……我们遇到大麻烦了。”

就在这时，领头的永恒龙开始俯冲，并喷出了一股由沙粒组成的黑色龙卷风。战斗开始了！凶狠的笑容扭曲了瓦里安的嘴唇。“事情好办了。”瓦里安说道。

“好办了？他们有龙！”那名熊猫人不解地问道。

“我们有术士！”一个士气高昂的声音响起。同时已经有不少来自各个种族的人开始施放法术。红色、丑陋、满身骨刺的地狱犬从扭曲虚空中蹿出来，由闪烁的虚灵化为实体。不远处，一名有着年轻面容却已满头白发的女性人类术士弯下腰去，神情轻松地拍了拍那头虚空猛兽，管它叫“小乖乖”。瓦里安想起来，这些特殊的恶魔会以魔法为食。他不由得露出了笑容，这个将恶魔当宠物的可爱的年轻女性则向他眨了眨眼。

法师开始投掷火球、冰刃和奥术能量。那个龙喉兽人的头领把一样东西投掷在不远处。一颗泛着紫白色光芒的小球照亮了很大一片地方，转瞬间又变成了一颗展现出诡异美感的乳白色气泡。瓦里安猜出了那是什么东西，而他的猜测很快就得到了证实。三具尸体躺倒在石板地面上。法力炸弹的奥术能量将死者完全变成了紫色。其他人也认出了这种武器。恐慌的情绪开始在人群中蔓延。

怒火在瓦里安的胸中燃烧。“把他们打下来！”他对施法者们喊道，“让他们到地上来，我们才能把他们砍成碎片！”

他的话激励了施法者们，他们开始发动更强烈的攻势。有一两个兽人从坐骑上摔跌下来。如果他们运气好，也许会落在下方的水池中，否则就只能在岩石上摔烂。一名被遗忘者法师射出的强大火球烧穿了一头永恒龙的皮膜翅膀。那头龙发出痛苦的号叫，身子摇晃着，最终砸在庙宇正门前的台阶上。不会魔法的战士们立刻凶猛地向他扑去。

但敌人的巨龙正在迅速增加。十几头巨龙排成V字阵型从白虎寺上方飞过。没过多久，已经有几十人倒在这些飞行猛兽的攻击中。瓦里安向一个落地受伤的兽人冲过去。在龙翼扇动产生的疾风中，他觉得自己就像是在泥浆里奔跑。他听到利箭撕裂空气的尖啸。一支箭穿透了他的肩膀，让他不由得倒吸一口冷气。他没有穿护甲。这里的所有人都只是来参加审判，并没有做任何战斗准备。他已经算是幸运的了。不远处，一名兽人萨满倒在地上，黑色的羽箭射穿了他的喉咙。

龙喉兽人的攻击手段并不只有弓箭。又有两颗法力炸弹落了下来。邪恶的奥术能量制造了更多的死亡。而龙喉氏族的法师们也开始发射出火焰与冰霜。

巨龙掠过白虎寺之后，又向上飞去。这时，“吱吱嘎嘎”的地精飞艇来到了白虎寺上空。瓦里安心头一沉，他怀疑龙喉氏族又带来了一颗那种能够彻底毁灭塞拉摩的超级炸弹。不过，这艘飞艇的载重似乎不算很大。它到底……

数十个人影从飞艇中一跃而下。他们的背上立刻张开了一个个降落伞。猎人和施法者们不需要瓦里安的命令，已经向这伙儿新的敌人发动了攻击。当他们落在地上的时候，已经有一些丢掉了性命，但还有更多的人活了下来。

那支箭恰好射穿了瓦里安左臂与肩膀相连的关节。疼痛如同白热的火焰灼烧着瓦里安。瓦里安没有冒险将箭杆拔出来，也不再理会自己肩部痛苦的哀号，只是径自高举起双手剑，冲向那些新出现的敌人。发现被龙喉兽人雇佣来当作炮灰的实际上正是在诺森德肆虐，联盟却又无从追缉的海盗，瓦里安感到有些难以置信，却也在心中生出一丝残酷的欣喜。

“你们认为这样很有趣吗，龙喉！”他发出挑衅的吼声，扑向最前面的海盗。那个家伙还在拼命想要甩脱降落伞。瓦里安轻易就干掉了他，但其他海盗已经擎起刀剑，向瓦里安聚集过来。国王全身热血沸腾，他挥起重剑，仿佛那只是孩子的玩具。一个巨魔手持弯刀杀向他，却被他一剑就砍掉了脑袋，紧随其后的一个黑发女人又被他几乎斩为两段。但随后杀上来的那个异常巨大的牛头人尽管只有一只眼睛，却非同一般地勇武强悍，绝不是一个好对付的家伙。瓦里安拧转身躯，采取了更加灵活的战法。很快，双手重剑向上一挑，削断了牛头人的右臂。

但牛头人的左手同样拿着武器。瓦里安的肋下被狠狠地砸了一下。他在晕眩中向后退却，甚至无法再举起长剑保卫自己。但牛头人并没有向他发动追击。一个比牛头人更加高大，灰色皮肤外面罩着金红色铠甲的身影冲了上来。只是一眨眼的工夫，生有长角的牛头已经离开了身躯。那名恶魔卫士用闪光的小眼睛盯着瓦里安，用带有共鸣的声音说道：“你也应该有同样的命运。”

瓦里安已经无力反驳了。他眨眨眼，竭力想要集中起意识。但他的两条腿已经无力地跪倒下去。他开始怀疑，这名恶魔卫士也许说对了。

温柔的双手碰触到他。随着一阵突然袭来的疼痛，箭杆从他的肩头被抽了出去，一股暖流紧接着涌入他的身体，让他感觉好了很多。瓦里安感激地看了一眼那位暗夜精灵牧师。精灵牧师羞赧地低下头，转过身，高举起双手，开始为操纵恶魔卫士救了瓦里安一命的白发术士祈祷。

瓦里安再次冲入战团，扑向正在围攻一名年轻的兽人萨满的五个海盗。他和兽人一同打败了这些暴徒，然后相互点头致谢，又去寻找更多的敌人了。

阴影再一次从他们的头顶掠过。瓦里安等待着龙喉的下一轮攻击，但这一次，七头巨龙反而盘旋着离开了神庙主体。一时之间，瓦里安还没有搞清楚是为什么，但他很快就知道了。永恒龙的目标是白虎寺和外界连通的吊桥。一头巨龙几乎是毫不在意地甩动沉重的尾巴，砍断了吊桥的绳索，让不幸正从桥上通过的熊猫人援军落下深谷。另一头龙则用利爪拽住第二座桥的绳子，将它一把拽断。

现在，所有还未来得及疏散的人都站在了练武场和庭院里。

更多海盗从天空中落下。瓦里安本以为他们的任务是与大殿外的卫兵作战。有一部分海盗的确加入了殿外的战团，但大部分海盗都直接向大殿冲去。

他的儿子还在那里。瓦里安低吼一声，向那些海盗杀了过去。

他听到火枪发射的声音，随即感觉到自己的左侧肋下仿佛被铁锤狠狠砸了一下。尽管因为痛苦而面色铁青，瓦里安还是用手按住伤口，继续向前奔跑。没等他跑出几码，一片巨大的阴影笼罩在他的头顶。瓦里安停下脚步，举起双手剑。

“扎伊拉！”他难以置信地说道。

那个女兽人正趴伏在巨大的永恒龙背上，嘴角带着阴鸷的笑容，双手擎着大斧。“瓦里安·乌瑞恩国王！我将在今天解救我的大酋长，并拿下你的脑袋！”

“那就来吧！”瓦里安喊道。他丝毫不在意肋侧白热的剧痛，以最大的力量一跃而起，抓住了扎伊拉的脚踝，把她从龙背上拽了下来。

兽人督军完全没有想到会有这种事发生。她狠狠地撞在地面上。她的龙调转方向，急速上升，才没有撞上白虎寺的围墙。如果瓦里安握在手中的剑短小一些，这个兽人很可能此时已经送掉了性命。但人类国王必须向后撤步，才能挥起这把巨剑。而此时扎伊拉趁势咬住了他没有戴护手的手，并用一条腿盘住瓦里安。瓦里安虽然没有摔倒，却还是踉跄了一下。兽人督军随即便站起身，举起她更灵活的战斧，打算砍开他的肚子。

但一团烈火击中了扎伊拉，让她只能发出一声惨叫。

瓦里安转过头，看到了吉安娜·普罗德摩尔。她正伸开双手，编织出下一个致命的法术。一颗火球开始在她的双掌间成形。但随着一声枪响，吉安娜身子猛一抽搐。她瞪大了双眼。那颗刚刚出现的火球也从她的手掌间消失了。红色开始逐渐浸透了她胸前的衣服。

“吉安娜！”瓦里安喊道。

扎伊拉的上半身已经被烧焦，但她还是踉跄着跑上了通向神殿的走廊。瓦里安还可以追上她，然后杀死这个兽人，彻底结束她的威胁。但瓦里安没有追上去。

其他人能够阻止她，即使没有，救助朋友也要比杀死敌人更重要。

瓦里安向吉安娜跑去。

第三十七章

尽管身上的烧伤痛得令人难以忍受，但扎伊拉还是非常希望自己能有时间砍下瓦里安·乌瑞恩的头。这是她已经做出的承诺。毫无疑问加尔鲁什能够向世人展示这件战利品，并赢得响亮的欢呼。而她，扎伊拉，将成为立下这一功绩的最大功臣。但有一件事比她的功绩更加重要，那就是确保加尔鲁什已经平安逃脱。当她冲进大殿的时候，一时还很难分辨眼前的状况。现在这里已经变成了一个双方拼死相搏的小型战场。她看到了至少一条蓝龙和一条青铜龙盘旋在战场上方，竭力在攻击敌人的同时不会误伤到盟友。几头体型较小的永恒龙已经进入了大殿。他们的攻击显然没有任何限制。海盗们正欢快地吼叫着，尽情满足着他们的嗜血欲望，只有在搜检敌人或己方死者的尸体时才会暂时停止杀戮。

扎伊拉轻蔑地抽动了一下鼻翼。尽管她急速跳动的心脏催促着她冲进战团，但她并没有这样做。她一边咬紧了牙，抵抗着烧伤的痛楚，一边快步在一群群相互厮杀的人们中间穿行，寻找她的大酋长。到处都没有加尔鲁什雄壮的身影，也看不到那个能够穿行时间的朋友变化成的高等精灵。喜悦涌上扎伊拉的心头。她的任务完全成功了，她已不需要继续留在此地。

“我的龙喉们！”扎伊拉高举起染血的战斧，丝毫不在意这样做又会扯动伤口，引发更大的痛苦，“永恒龙正在外面等着我们，他们将载我们到安全地带去迎接胜利！不要再管这些海盗了！”

她的族人发出一阵欢呼。而那些曾经的盟友脸上现出的遭到背叛的愚蠢表情更让她感到愉快。蠢货。这些海盗中没有一个人问过他们要如何脱离战斗。现在，他们或者一命呜呼，或者将在监狱中腐烂。没有人会想念他们。

* * *

战斗的结束像开始一样突然。被扎伊拉抛弃的海盗们迅速失去了战意，被众人包围，抓捕，并交给了熊猫人。但绝大多数龙喉兽人都骑着永恒龙逃走了。所余不多的几个或者已经战死，或者很快就寡不敌众，丢掉了性命。

战斗结束之后，古伊尔立刻开始寻找阿格娜。阿格娜正抱着他们的孩子。三名愚蠢的海盗不自量力地向她发动攻击，结果都变成了她脚边的尸体。不过她看上去也已经很疲惫了。很可能战斗和治疗都消耗了她的大量体力。阿格娜向走近的古伊尔转过身。古伊尔将自己的伴侣和孩子一同抱进强壮有力的双臂之中。

“你以前也同自己进行过战斗，亲爱的。”阿格娜抬起头，亲昵地看着他，“不过，没有一次像今天这样……实实在在。”

古伊尔也看着阿格娜，眼神显得格外严肃。“我向先祖祈祷，希望这样的事情再也不要发生了。”看到自己会成为布莱克摩尔恭顺的爪牙——这实在是让他感到心惊肉跳。但他听到了贝恩睿智的提醒，所以也开始拼尽全力接受自己的这一部分，而不是试图杀死这个萨尔——一个完全名符其实的“萨尔”。最终，正是这个名字让他懂得了该怎样去做。他曾经是“萨尔”，所以他明白被自己抛弃的是什么。而对面这个兽人永远也不明白他可以成为古伊尔。看样子，其他人也都赢得了这场艰难的自我之战。

“古伊尔！”喊他的是瓦里安。人类国王的喊声虚弱而且沙哑。古伊尔转过身，瞪大的蓝色双眼中立刻充满了恐惧。

吉安娜……

瓦里安的身上有着不止一处流血的伤口，但他依旧踉踉跄跄地跑进了大殿。那位大法师正一动不动地躺在他的臂弯里。他又向前跑了几步，才双膝一曲，跪倒在地上，但他依旧拼尽全力，没有丢下手臂上珍贵的负担。古伊尔已经冲过去，抱过吉安娜，小心地把她放在地上。阿格娜将孩子交给伊崔格，紧随在古伊尔身后。

“她失血很严重。”阿格娜一边说，一边从口袋中取出图腾。古伊尔也从自己的口袋里取出水之图腾，开始祈求元素给予他治疗的力量。但他只能感觉到希望正随着他的每一次呼吸而流走。吉安娜的身上只有一颗子弹造成的伤口，但这个伤口太靠近心脏了。吉安娜的生命力正趋于耗竭。她的皮肤已经呈现出蜡一样的苍白色泽，古伊尔甚至已经看不出她的胸口是否还有起伏。

瓦里安向聚拢过来打算为他治疗的人吼道：“我没有事，先给她治疗！”

“吉安娜！”安度因冲过人群。他的心情清楚地呈现在他年轻的脸上。他呼喊着“阿姨”，跪倒在吉安娜的身边，聚集起全部精神，将双手覆盖在那个还在流血的伤口上。一团暗淡的光晕开始在他的手指间充盈。已经变成朱红色的衣服下面微微响起了液体涌动的声音。

古伊尔无法感觉到元素的回应。他对元素的呼唤已经太过衰弱了。刚才他与自己和其他敌人的战斗耗尽了他的体力。阿格娜也是一样。年轻王子的状况可能比他们更糟——他的双眼周围出现了黑色的眼圈，就连肩膀也塌了下去。泰兰德同样在向她的月亮母亲祈祷，但颤抖的声音显得格外虚弱。古老而睿智的维伦赶到了。但他似乎也已经来得太晚了。

刚刚结束战斗的卡雷冲了回来。他的面色几乎像吉安娜一样惨白。看到大法师呼出一团团红色的血沫，蓝龙跪倒下去，用双手捧起她的头。“吉安娜，”他悄声说道，“不要，不要走。你经历过那么多，都坚持了下来。你是坚强的，吉安娜。坚持住。听到我的话了吗？坚持住！”

“吉安娜，”安度因恳求着，“请……请不要离开我们。今天我已经看到了自己的死亡。我不能看到你也……”泪水从他的脸上滚落。就在他恳求的同时，他手中的圣光已经开始变暗了。

吉安娜的胸口几乎没有了起伏。也许用不了多久，她就将撒手人寰。和古伊尔一同经历过许多坎坷的朋友要永远地离开他了。他们已经没有机会再修复受伤的友谊了。吉安娜将作为古伊尔的敌人死去——古伊尔想不到还有什么样的结局比这个更可怕。他无法说话，只能轻轻地将手放在阿格娜的肩头，中断了她的施法。阿格娜抬起头，看着古伊尔，她的伴侣摇了摇头。女兽人的面孔在抽搐，不是因为自己的痛苦，而是在痛惜她的伴侣。她紧紧拥抱了古伊尔。

安度因抬起双手。他的手上已经浸透了吉安娜的血。在他身边，卡雷一动不动地站立着。蓝龙的脸上只有震惊和彻彻底底的难以置信。

“安度因，”瓦里安用古伊尔从不曾听过的温和声音说道，“放手吧，你已经无法再做什么了。”

就算是那些曾与吉安娜为敌的人也都低下了头。没有一张面孔上能看到喜悦或胜利的表情。看到一位如此传奇、如此非同寻常的人最终也不得不屈服于生命的法则，无论是谁都只能感到震撼。

“不，”安度因悄声说道，“我不能……”

“看起来，这名学生并没有忘记在我的庙宇中学到的功课。”说话的声音年轻却又苍老，充满激情却又威严肃穆，而每个人都能感受到它无尽的仁慈，“当一切都辜负你的时候，希望仍然属于你。只要希望尚在，就存有复苏之望——即便本是无望之物，亦可享有那样的恩泽。”

古伊尔抬起头，看到了朱鹤赤精。他正在他们的头顶盘旋。他的翅膀送出了清凉的风。在焦灼的战斗与滚烫的泪水之后，他让所有人都感到精神一振。春天的气息，新的开始，生命与希望。兽人心口的剧痛舒缓下来，取而代之的是充实的平静。他的伤痛，无论是肉体上还是灵魂上的，无论沉重还是轻微，都像阳光下的积雪，渐渐消融。他感觉到平静和满足。他低头望向吉安娜，发现她胸口处的流血已经停止，大法师的皮肤上再一次闪动起健康的光泽。吉安娜睁开眼睛，看着簇拥在周围的面孔——人类、龙、兽人，还有许多其他种族——他们一同用惊讶和喜悦的眼神看着她。她向卡雷伸出手，卡雷将她的手按在了自己的面颊上。

然后，吉安娜转过头，用依旧有些虚弱的声音对安度因说："你做得很好。"王子颤抖着笑了。卡雷苟斯用双臂将她抱起，将自己的脸紧紧埋在她柔软的颈窝中。古伊尔意识到，吉安娜现在看起来很……幸福。也许她被治愈的并非只是身体的伤口。他很想知道，吉安娜是如何接受了那个愤怒的自己。不过他也怀疑，自己可能永远都不会知道这个问题的答案了。他们四目相对，古伊尔向她露出微笑，握住了她向自己伸出的手。吉安娜用力地握了握他粗大的手掌，才将手放开。大殿中，有许多人都在慢慢坐起，身上全无伤口，脸上却满是困惑。

"这是来自赤精的祝福，"仙鹤说道，"今天，不会再有人死去。接受这第二次机会，明智地使用它吧。"

"感谢您，朱鹤。"瓦里安向天神深鞠一躬，然后转头看着克罗米，"加尔鲁什逃走了。是凯诺兹干的，对不对？这到底是怎么回事？"

在古伊尔的记忆里，克罗米从没展现过如此愤怒和挫败的神情。她面色苍白，金褐色的制服上沾染了血迹和时之砂。现在，她正紧盯着那只变成碎片的沙漏。

"我们曾经知晓时光之路的源起与延伸，"她处理了一下身上的污渍，开口道，"我们曾经能够清晰地看到过去与未来。从诺兹多姆成为守护巨龙以来，青铜龙一族的职责就是保护神圣的、不可触碰的时间丝线。为此，我们被赐予了巨大的力量。而现在……一切都不再那样清晰了。我们依旧能够在时光之路中穿行，但我们已经无法清楚地了解它的状态。所以，我们募请凡人帮助我们保护时间线的安全。但我们之中有些人对此颇有微词。他们认为，也许应当利用我们还掌握着的技巧控制时光之路，改变过去和未来，这样才能让世界变得更好。”

她露出哀伤的微笑。“当然，又有谁才能知道什么是‘更好’？尤其是当我们已经无法像过去那样看清一切的时候。所以我们大多不赞成这样做。但很显然，凯诺兹也认为青铜龙能够而且应该主动改变时间的走向。他一直都是个喜欢‘调整’的人……”克罗米的声音渐渐低了下去。

“但怎么会发生这样的事？你告诉过我们，时光之相的力量是很有限的。”泰兰德说道。很显然，她在竭力抑制自己，不要去伤害克罗米。这位青铜龙现在也像其他人一样痛心疾首——也许她比一般人还要难过。但暗夜精灵的高阶祭司实在是太过气恼，太过愤怒了。“难道它不是只能显示过去或者未来的画面吗？它不能让另外的时间化为实体，也不可能改变它们啊。”

“在今天之前，的确如此，”克罗米说，“诺兹多姆对此着意做了确认。但时光之相毕竟是凯诺兹创造的。他一定想办法绕过了安全检测。”

瓦里安皱起眉头，看着古伊尔。他们全都回想起了凯诺兹的怪异表现。“他今天早晨就在干这件事，”瓦里安说，“就在法庭上，在大庭广众面前。必须承认，他真是一个胆大的家伙。”

“拉希奥也参与了。”安度因说，“是他打晕了我和楚氏兄弟。”

大殿中陷入了令人不安的沉默。良久之后，沃金开口道：“看起来，一位强大的、天赋超凡的青铜龙发明家，最后的黑龙和地狱咆哮的儿子结为一党了。而我们甚至不知道该去何地，或者是何时寻找他们。”大酋长摇了摇头。

古伊尔将目光转向天神们。除了赤精以外，他们都还静静地坐在远处。“当我们在与我们自己作战的时候，你们不曾加入，但你们赐予我们礼物，让我们能看清此我与彼我。我明白你们为什么不曾做得更多。我们所有人更是无法用语言表达对您的感激，赤精，因为您将生命赐予吉安娜和其他人。但我本以为，加尔鲁什的逃亡会对你们有更多……”古伊尔的声音开始变得紧张，“触动，因为你们有责任宣布对他的判决。”

“至尊天神，请满足我这个熊猫人的好奇心，”祝踏岚说道，“陪审团是否早已对此案做出了判决？”

“是的，”砮皂用深沉的声音说道，“我们从一开始就已做出了判决。”

所有人都盯着天神。古伊尔努力压抑着心中的愤怒。泰兰德则是一脸惊讶的神色。

“那么……你们是如何决定的？”祝踏岚问。

“加尔鲁什·地狱咆哮将要活下来，继续学习。”玉珑舒展开她优雅的绿色形体，“亲情、智慧、勇气、力量和希望是无法从死亡中学会的。”

“生命并非奖励和惩罚，”雪怒说道，“而是理解与接受现在，并以此来明了何事将发生变化，以及如何变化。”

“我们感觉到，正义已得到伸张。”玄牛将一只蹄子踏在地上，摇晃着他毛发蓬松、光芒闪烁的头颅。

“那么，如果你们早已知道最终的判决，为什么还要进行审判？”泰兰德问，“难道你们只是在戏耍我们？”

玉珑温和地说道：“绝非如此，激情四射的控诉人。你们的努力对于最终的判决至关重要。你应该明白……接受审判的并不仅仅是加尔鲁什。”古伊尔感到一阵迷惑。但很快，他就理解了。

“我们也在接受审判。”古伊尔知道自己受到了摆布，但他惊讶地发现，自己竟然一点也不气恼。而且，在他的内心深处，一个更加睿智的他——那个渗透着生命之灵的他完全接受了天神的这种安排。他看到其他人的面孔——牛头人、人类、巨魔、精灵甚至于巨龙——他们也都有着和他一样的心情。

赤精点点头。“年轻的王子和牛头人辩护人是最早领会这一点的。不过，你们现在都已经懂得了。你们将做出判决，同时也会受到审判。在这一过程中，你们对于自己及他人的心灵和思想都有了更深刻的理解。带着这样的理解和我们的祝福，你们现在的任务是回到世界中去，做你们必须做的事情。”

众人彼此对视。瓦里安将强壮有力的手按在儿子的肩头。卡雷苟斯和吉安娜的双手紧扣在一起。泰兰德和贝恩，控诉人和辩护人，肩并肩站在一处。沃金点着头，露出若有所思的神情。克罗米、洛瑟玛和许多人都和他一样。

古伊尔已经不再是位高权重的部落大酋长，但他发现所有人的目光最终都转向了他。古伊尔——杜隆坦和德拉卡的儿子——谦恭地代表所有人向天神们说道：

“我们将找到加尔鲁什。”

尾声

加尔鲁什从时光之路的传送门中走出来，凯诺兹跟随在他身边。“你觉得如何？”青铜龙问道。他的神情显得格外喜悦。

加尔鲁什没有立刻回答。他只是站在原地，感觉到微风拂过自己的皮肤。他的目光落在纳格兰连绵起伏的绿色山丘上。他的双脚立在如波浪般摇曳的青草中，感觉着生机勃勃、强壮有力的大地。

“这不是我的家乡。”他斜睨着太阳，喃喃说道，“这不是我的天空。”

“是，也不是。”凯诺兹说，“你正是在你的家乡，加尔鲁什·地狱咆哮。但这……的确不是你小时候所熟悉的天空。”

一群裂蹄牛从不远处奔驰而过，牛蹄撞击地面，发出雷鸣般的震响。它们是皮毛光亮、身躯壮硕的巨兽。这就是他的族人生于斯长于斯的地方。他看到了他的父亲所拥有的土地和天空。这是青铜龙送给他的礼物——一个已不复存在的世界。但他还不知道……这到底是一份什么样的礼物。

“地狱咆哮！”兽人粗噶的喊声从远处传来。

听到有人喊自己的名字，加尔鲁什愣了一下。一定是他的盟友跟随他和凯诺兹一同来到了这里。

“谁……”他刚开口要问，却看到一脸恶作剧的笑容的凯诺兹伸手向旁边一指。全然搞不清状况的加尔鲁什顺着他手指的方向转过了头。

喊声来自另一个地狱咆哮。

他正站在一座山丘顶端，强风吹过他的黑发，阳光在他肌肉虬结的褐色身躯上闪耀。那是一个满身刺青的凶悍兽人。他的血液同样流淌在加尔鲁什的血管中。他正在用震耳欲聋的吼声回应兽人们对他的问候，同时高高举起了手中的——

血吼。

图书在版编目（CIP）数据

战争罪行 /（美）克里斯蒂 · 高登著；李镭译 . —2 版 .
—北京：新星出版社，2018.8（2019.5 重印）
ISBN 978–7–5133–2946–0
Ⅰ . ①战… Ⅱ . ①克… ②李… Ⅲ . ①长篇小说–美国–现代 Ⅳ . ① I712.45
中国版本图书馆 CIP 数据核字（2017）第 308517 号

幻象文库

战争罪行

[美] 克里斯蒂 · 高登 著　李镭 译

策划统筹：贾　骥　陈　曦
责任编辑：汪　欣
特约编辑：刘凤瑞　刘清远
美术编辑：马体浩　张恺珈
责任印制：李珊珊

出版发行：新星出版社
出 版 人：马汝军
社　　址：北京市西城区车公庄大街丙3号楼　100044
网　　址：www.newstarpress.com
电　　话：010–88310888
传　　真：010–65270449
法律顾问：北京市岳成律师事务所

读者服务：010–88310811　service@newstarpress.com
邮购地址：北京市西城区车公庄大街丙 3 号楼　100044

印　　刷：北京天恒嘉业印刷有限公司
开　　本：910mm × 1230mm　1/32
印　　张：13
字　　数：266千字
版　　次：2018年8月第二版　2019年5月第二次印刷
书　　号：ISBN 978–7–5133–2946–0
定　　价：69.00元

关于作者

克里斯蒂 · 高登，美国著名女作家。在她的笔下，每一位暴雪玩家都能深刻体会到与游戏相关的诸多细节。作为《纽约时报》畅销榜的常客，迄今为止，已著有长篇小说四十余部，短篇小说数十篇，作品横跨科幻、奇幻及恐怖等诸多类型。

她还是《魔兽世界》的狂热玩家，曾经以该游戏为背景，创作了两部漫画故事，以及数部长篇小说。除广为人知的《魔兽世界》系列小说外，她还撰写过包括十余部《星际迷航》系列小说和多部原创奇幻小说。此外，由她创作的《星际争霸》系列小说也深受读者喜爱，该系列作品包括《星际争霸：黑暗圣堂三部曲》《星际争霸Ⅱ：恶魔契约》等。